MICHAEL JECKS

SIR BALDWIN UND DER MÖRDER IM MOOR

Aus dem Englischen
von Hans Schuld

WILHELM HEYNE VERLAG
MÜNCHEN

HEYNE ALLGEMEINE REIHE
Nr. 01/13383

Die Originalausgabe
A MOORLAND HANGING
erschien 1996 bei Headline Book Publishing

Umwelthinweis:
Das Buch wurde auf
chlor- und säurefreiem Papier gedruckt.

Deutsche Erstausgabe 01/2002

Printed in Norway 2002
Umschlaggestaltung: Nele Schütz Design, München, unter Verwendung des
Gemäldes »The Happy Warrior« von George Frederic Watts, 1884
Satz: Pinkuin Satz und Datentechnik, Berlin
Druck und Bindung: AIT, Trondheim

ISBN 3-453-19893-X

http://www.heyne.de

Für Nicky, Martin, George
und besonders für Keith und Lynn,
die mich als Erste ermunterten, Schriftsteller zu werden

Anmerkung des Autors

Für Leser, die meine beiden vorangegangenen Bücher mit Sir Baldwin Furnshill und Simon Puttock nicht kennen, ist vielleicht ein kurzer Überblick über die Geschichte des frühen 14. Jahrhunderts ganz hilfreich.

In den Jahren um 1300 kam es in Europa zu tief greifenden Veränderungen. Konflikte um das Papsttum hatten dazu geführt, dass der Papst seinen Sitz nach Avignon in Frankreich verlegte, wodurch der französische König Philip IV. direkten Einfluss auf Gottes Stellvertreter auf Erden nehmen konnte und der mächtigste Mann der Christenheit wurde.

Als Beleg für seine Macht braucht man nur die Geschichte der ›Armen Ritterschaft Christi vom Salomonischen Tempel‹, der Tempelritter, zu betrachten. Sie waren fast zweihundert Jahre lang der führende Orden in Europa gewesen und unterstanden allein dem Papst. Die Mönche betrachteten sich als Ritter im Dienste Gottes, schützten die Pilger auf dem langen, gefährlichen Weg ins Heilige Land und kämpften für die Verteidigung des Königreichs von Jerusalem. Ihr Glaube an den Auftrag des Ordens, das Heilige Land vor den Heiden zu schützen, war so stark, dass sie oft rücksichtslos ihr eigenes Leben einsetzten. Diese Männer wurden nicht nur Ritter genannt, sondern waren es der Abstammung und Herkunft nach, gaben aber weltliche Freuden und persönlichen Wohlstand auf, um die Mönchsgelübde abzulegen und in Armut, Keuschheit und Gehorsam zu leben.

Der Orden blühte im Zusammenhang mit den Kreuzzügen auf, und die Templer verdienten enorme Summen durch Handel und Finanztransaktionen. Man könnte sie sogar als die ersten modernen Bankiers bezeichnen, da sie Schecks und Wechselbriefe ausstellten, die in anderen Ländern eingelöst werden konnten, womit sie also praktisch den bargeldlosen Zahlungsverkehr einführten. Von Gönnern erhielten sie zudem beträchtliche Schenkungen in Form von Gütern und Ländereien, mit deren reichen Erträgen sie ihre Truppen erhalten konnten. Ende 1200 waren die Templer eine nicht zu unterschätzende Macht.

Philip IV. dagegen benötigte dringend Geld und holte im Jahre 1306 zum Schlag gegen eine reiche, aber unbeliebte und ungeschützte Bevölkerungsgruppe aus. An einem einzigen Tag wurden sämtliche Juden in Frankreich verhaftet, ihr gesamtes Hab und Gut wurde beschlagnahmt und zugunsten der Krone versteigert, während man die jüdischen Bürger bettelarm aus dem Königreich vertrieb. Bequemerweise wurden dabei sämtliche Schuldscheine des Königs vernichtet, alle anderen Schuldner hingegen mussten ihre Darlehen nun an den König zurückzahlen – und er verlangte sofortige Bezahlung. Alles in allem erwies sich dieses Unternehmen als äußerst erfolgreich, und bald begann Philip sich nach einer ähnlich wohlhabenden Gruppe umzuschauen, die zu rupfen wäre.

Die Templer waren zwar reich, aber auch mächtig – und standen als religiöser Orden unter dem Schutz des Papstes. Wie also konnte er trotzdem an ihr Geld kommen?

Glücklicherweise war Papst Clemens V. ein Mann, der ebenfalls sehr auf seinen eigenen Wohlstand bedacht war; noch dazu war er bequemerweise bei der Hand, da er jetzt in Frankreich lebte. Trotzdem wäre sogar er vor dem Gedanken zurückgescheut, die Templer zu berauben, also handelte der König, ohne ihm etwas zu sagen.

Das Schicksal der Templer war im Grunde schon im Jahr 1291 besiegelt worden, als ihre letzte bedeutende Festung in Palästina erobert wurde, weil damit ihre ganze Legitimation vor dem Hintergrund der Zeitereignisse verschwand. Akkon war der einzige noch verbliebene Rest des alten Kreuzfahrerkönigreichs von Jerusalem gewesen. Es wurde im April 1291 von den Sarazenen angegriffen und fiel am 28. Mai. Mit ihm ging die Hoffnung der ganzen Christenheit auf das alte Königreich unter – und ebenso ein Großteil des Respekts für die Templer. Auch andere Orden erlitten nach dem Fall von Akkon einen Ansehensverlust, doch nur die

Templer hatten ihren Hauptsitz in Frankreich, und das war ihr Verderben.

Am Freitag, dem 13. Oktober 1307 – ein Datum, von dem unser populärer Aberglaube herrührt –, wurden alle Mitglieder des Ordens in Frankreich verhaftet. Es existieren unzählige Theorien, was genau geschah und warum, aber nur eins steht tatsächlich fest: Vorher waren die Templer reich, danach war ihr unermessliches Vermögen verschwunden. Philip war der hauptsächliche Drahtzieher, der die Templer der verschiedensten Verbrechen beschuldigte, und zwar zu einer Zeit, als er dringend Geld brauchte. Der Papst machte sich bald die vom König vorgebrachten Anschuldigungen zu eigen, was Clemens V. vermutlich umso leichter fiel, da er wohl ebenfalls finanziell von der Zerstörung des Ordens profitierte.

Der Templerorden wurde aufgelöst. Einige Ritter waren bereits tot; andere, vor allem die prominenteren, wurden öffentlich verbrannt. Vielen übrigen erlaubte man, sich in Klöster zurückzuziehen; einige traten den Deutschherren oder den Johannitern bei oder einem der anderen Orden, die an den Grenzen der Christenheit gegen die Heiden kämpften.

In England und Schottland hatte man den Anschuldigungen gegen die Templer nie viel Glauben geschenkt. Der englische König Edward II. vertraute ihnen, da sie seinem Vater im Kampf gegen die Schotten geholfen hatten; so war ihr Ordensmeister im Krieg gegen William Wallace gefallen. Als Edward die päpstliche Anweisung erhielt, seine alten Freunde verhaften zu lassen, zögerte er einige Wochen lang. Er war ein schwacher Mann (der später von seiner Frau und ihrem Liebhaber gestürzt wurde) und hatte bereits zu viele Feinde, als dass er die Templer und ihre Unterstützung verlieren wollte. Bis er endlich etwas unternahm, war die Mehrzahl der Templer spurlos verschwunden – und mit ihnen ihre Schätze.

Es ist davon auszugehen, dass einige nach Schottland gelangten. Es heißt, in der für Edward II. so verheerenden Schlacht von Bannockburn habe man die Standarte der

Templer gesehen. Der schottische König Robert I. (›Robert Bruce‹) hatte keine Angst davor, den Papst zu verärgern – er war sowieso bereits exkommuniziert, und sein Land stand unter dem Kirchenbann, was bedeutete, dass die Priester keinerlei religiöse Zeremonien mehr vollziehen durften.

1315 und 1316 litt ganz Europa unter einer verheerenden Hungersnot. In England und Frankreich starben hunderttausende Menschen, Überschwemmungen zerstörten die Ernten, ganze Schafherden ertranken; Banden von Gesetzlosen beherrschten die Straßen, raubten und töteten, um zu überleben, und es gab Gerüchte, dass es sogar zu Kannibalismus gekommen sei.

Es war eine finstere und brutale Zeit, in der Kriegsherren gegeneinander kämpften. Der schwache König Edward wurde von niemandem ernst genommen, und einige Jahre später führten die Streitereien zwischen ihm und den Franzosen zum Hundertjährigen Krieg. Theologen disputierten über solche Spitzfindigkeiten wie die Frage, ob Humor als Laster zu verurteilen sei, doch zur gleichen Zeit erfand ein Mann wie Bacon die Brille und das Schießpulver; an den neuen Universitäten wurde humanistische Bildung gelehrt, und der Handel blühte. Nur rund siebzig Jahre später sollte Chaucer seine *Canterbury Tales* schreiben und Froissart seine *Chronicles*. Allmählich gewann das *English Common Law* an Bedeutung, was Anwälten Wohlstand bescherte – und sie verhasst machte!

Trotz des allgemeinen Elends und der Not herrschte in manchen Gegenden noch einigermaßen Ruhe und Ordnung. Während die Küstenstädte von Piraten überfallen und englische Besitztümer auf dem Kontinent vom französischen König beschlagnahmt wurden, während die Grenzregionen von schottischen Räubern und Plünderern überrannt und Irland überfallen wurde, blieb es im West Country friedlich.

Zu jener Zeit lebten und wirkten Sir Baldwin Furnshill, ein ehemaliger Tempelritter, und sein Freund Simon Puttock, der Vogt von Lydford Castle.

Michael Jecks

1. KAPITEL

Thomas Smyth dachte nicht an den Mann, der bald sterben sollte. Er wünschte nur, er hätte es schon bis zum Gipfel geschafft, doch der Weg erschien endlos und wurde immer steiler. Seine überanstrengten Muskeln schmerzten so sehr, dass er kurz vor dem letzten Stück stehen bleiben und sich ausruhen musste.

Die glühende Hitze des Tages ließ allmählich nach, und es wurde zum Glück etwas kühler. Während er Atem schöpfte, musterte er den Weg, der noch vor ihm lag, und lächelte wehmütig. Nach diesem kleinen Ausflug musste er sich wohl damit abfinden, kein junger Mann mehr zu sein, auch wenn sein Verstand noch genauso frisch war wie damals, als er hierher gekommen war. Aber das war inzwischen mehr als zweiunddreißig Jahre her. Ja, er wurde wahrhaftig alt.

Thomas blickte sich um und sah im Osten dünne Rauchsäulen aufsteigen: Die Kleinpächter entlang der Straße nach Chagford machten Feierabend und kochten ihr Essen. Er hörte einen Hund bellen, einen Mann etwas rufen, Fensterläden wurden zugeschlagen, und gelegentlich brüllte in irgendeinem Stall ein Ochse. Nach den jammervollen Jahren von 1315 und 1316, als im ganzen Königreich Hunger und Elend geherrscht hatten, schien überall wieder das normale Leben zurückgekehrt zu sein, wie in diesem kleinen Dorf in der Mitte Dartmoors. Das Wetter war besser geworden, und in diesem Jahr, 1318, würde es zumindest eine ordentliche Ernte geben.

Aber Smyth hatte wenig Sinn dafür, den friedlichen Anblick zu genießen, denn ständig schwelte dieser Zorn in ihm, der ihm keine Ruhe ließ. Er schaute nach Südosten auf die grauen Schwaden, die aus seiner neuen Schmelzhütte aufstiegen, in deren Holzkohleöfen das Zinn verarbeitet wurde, dem er hauptsächlich seinen Wohlstand verdankte, dann ging sein Blick nach Norden, und er biss unwillkürlich die Zähne zusammen. Die Feuer dort stammten von anderen Männern, die vor kurzem hier aufgetaucht waren und ihm sein Land gestohlen hatten.

Er selbst war auch nicht hier geboren. Vor vielen Jahren, als Soldat im Walisischen Krieg, hatte er zum ersten Mal davon gehört, wie leicht man durch den Abbau des Erzes, das so überreichlich im Moor vorhanden war, zu Wohlstand kommen könne. Und deshalb war er, als die Schlachten geschlagen waren, südwärts gewandert, um dort sein Glück zu versuchen.

Damals, im Jahre 1286, war er ein schlaksiger Neunzehnjähriger gewesen, arm und ohne Zukunft. In einem großen Teil dieser Gegend um den West Dart River hatte in jener Zeit noch kaum jemand gelebt, und nur einige wenige mühten sich, dem Boden etwas Zinn abzuringen. Doch die Steuern waren erdrückend; wann immer Geld für Kriege gebraucht wurde, erhob man sofort neue – und selten einmal führte der alternde König keinen Krieg. Viele hatten daher das Land bereits verlassen, wodurch Thomas seinen Besitz rasch vergrößern konnte, ohne dass es ihn viel kostete, und im Lauf der Jahre waren seine Einnahmen stetig gestiegen. Heute war er der reichste Mann im Umkreis von vielen Meilen und beschäftigte andere, die für ihn die Öfen befeuerten und die Gussformen mit Zinn füllten. Dass ihm das Land nicht gehörte, war nur eine Formalität – und sogar günstiger, da es ihm unnötige Ausgaben ersparte. Er konnte Zinn abbauen und den Ertrag einstreichen; er konnte sich Land abstecken, wo immer er wollte; er hatte einen Sitz im Parlament der Zinnbergleute, wie es uraltes Recht in Devon war, und all diese Vorteile nutzte er weidlich.

Doch auch andere hatten sich im Laufe der Zeit Land genommen, das er als sein Eigentum betrachtete, arbeiteten auf eigene Faust, verdarben ihm das Geschäft, machten ihn zum Gespött seiner Nachbarn – und dieser Zustand war unhaltbar.

Mit einem letzten grimmigen Blick wandte er sich wieder um und setzte den Aufstieg fort.

George Harang, der ihm folgte, hatte seinen Gesichtsausdruck gesehen und lächelte zufrieden. Endlich hatte der Alte einen Entschluss gefasst; er würde sein Land und seinen Besitz verteidigen. Georges Ansicht nach war das längst überfällig – obwohl er es nie offen gesagt hätte; dafür empfand er viel zu großen Respekt vor seinem Herrn.

Sie stiegen an der Südseite des Longaford Tor hinauf, und bald sahen sie den gelblichen Schein eines Feuers in der Nähe des kegelförmigen Felsgipfels. George ging voraus und hielt die Hand griffbereit an seinem Messer, aber es war nicht nötig, wachsam zu sein. Wie vereinbart warteten die drei Männer im Schutz einer kleinen natürlichen Senke. Thomas Smyths Diener blieb etwas abseits mit verschränkten Armen stehen, während sein Herr mit ihnen zu reden begann.

George merkte, dass er noch immer diese innere Stärke ausstrahlte, die er schon als Junge an ihm bewundert hatte. Smyth war zwar nur etwas mehr als einen Meter fünfzig groß, aber gebaut wie ein Ringer, mit mächtigen Armen, kräftigen Schenkeln und einem Brustkasten so rund und fest wie ein Weinfass. Doch als geborener Anführer verstand er es, mit den Männern, die für ihn arbeiteten, so zwanglos umzugehen, dass sich niemand in seiner Gegenwart eingeschüchtert fühlte. Er hatte sich zu ihnen ans Feuer gekauert, und im Schein der Flammen wirkte er mit seinem kantigen Kinn, den lebhaften dunklen Augen, den fast zusammengewachsenen Brauen unter dem dichten, grau durchsetzten Haar und den energischen Gesten, mit denen er seine Worte unterstrich, wie ein Mann in den besten Jahren. Dabei war er bereits einer der Ältesten in weitem Umkreis.

Nachdem Thomas zu Ende gesprochen hatte, musterte er die Männer einen Moment lang wortlos, als wolle er sich noch einmal überzeugen, dass er die richtigen ausgesucht habe. Dann gab er den beiden nächsten einen zufriedenen Klaps auf den Rücken, stand auf und machte sich mit George wieder auf den Rückweg.

»Sie werden es tun«, meinte er und schaute nachdenklich in Richtung Osten.

»Bestimmt, Sir«, versicherte George.

»Du glaubst, sie sind die Geeignetsten dafür?«

George nickte überzeugt. »Harold Magge macht alles, was man von ihm verlangt. Und Stephen Crocker und Thomas Horsho tun, was Harold ihnen sagt.«

»Gut«, entgegnete Thomas. »Mir reicht es jetzt wirklich. Ich will mein Land zurück.«

Während die beiden Männer bergab stiegen, trieb Adam Coyt seine Rinder zum Gatter herein und umrundete anschließend mit seinen Hunden das eingehegte Grundstück, um zu prüfen, ob die Steinmauer noch fest und solide war.

Adam hatte sein ganzes Leben im Moor verbracht. Hier war er zu Hause, genauso wie schon sein Vater und sein Großvater, die ebenfalls in diesem harten Klima gearbeitet hatten, an dem Menschen, die sich nicht darauf einstellten, so oft zerbrachen. Zu allen Jahreszeiten hatte er als Junge auf den weiten Ebenen zwischen Lydford und Chagford gespielt und die Tiere beobachtet. Kaninchen, Hirsche und Rehe, Wölfe und Füchse kannte er ebenso gut wie die Tiere auf seinem eigenen Hof und empfand eine tiefe Verbundenheit mit dem Land; aber die Erfahrung hatte ihn gelehrt, es auch zu fürchten. Es schenkte ihm den Lebensunterhalt, doch Dartmoor forderte auch seinen Zoll.

Ihm hatte es die Frau und den Sohn genommen. Allerdings konnte er dem Moor nicht die Schuld daran geben; es war nun einmal, wie es war. Sie hätte nicht rausgehen sollen, als es angefangen hatte zu schneien, und es war verrückt von ihr gewesen, dass sie später versucht hatte, nach Hause zurückzukehren. Crockern, der Geist Dartmoors, verlangte Gehorsam. Es hatte keinen Zweck, Gott um Hilfe anzuflehen, wenn Crockern die schlimmen Winde übers Land schickte. Als Adam ihre im Todeskampf zusammengekrümmte, blauweiß gefrorene Leiche gefunden hatte, waren ihm die Tränen gekommen, aber nicht lange. Tränen hatten keinen Sinn – er musste sich um seine Arbeit kümmern. Ein Jahr später hatte er auch seinen Sohn verloren, der den strengen Winter von 1316 nicht überlebt hatte, als unaufhörlicher Regen die Ernte verdarb. Es war hart für Adam gewesen, aber er hatte nicht einmal mehr weinen können. Er hatte dem Jungen so viel es nur ging von seinem eigenen mageren Anteil abgegeben, doch es hatte einfach nicht gereicht. Sein Jammern war täglich heftiger geworden, sodass Adam fast erleichtert gewesen war, als es schwächer wurde und schließlich verstummte. Einen Monat später, als es zu tauen begann, hatte er die bedrückende Reise zur Kirche von Widecombe angetreten – der kleine ausgemergelte Leichnam konnte nicht länger wie eine Schweinehälfte in einem Fass mit Salz aufbewahrt werden, und er wollte, dass der Junge neben seiner Mutter begraben wurde.

Trotzdem verdankte er dem Moor ein gutes Leben. Sein Vieh gedieh, er hatte weder unter Kriegen noch Seuchen zu leiden, wie die Menschen in den Städten, wohin er höchstens einmal zum Einkaufen ging, und er lebte in Frieden, weitab von anderen. Nur die Bergleute sorgten gelegentlich für Unruhe, da sie Löcher in das Land gruben, das er als Weideland brauchte, und die Bäche verschmutzten, an denen er sein Vieh tränkte.

Für Adam Coyt bestand die Welt aus zwei Sorten von Männern: solchen, die wie er selbst aus Dartmoor stammten, und Fremden, die aus anderen Teilen Devons oder der Welt kamen. Während die Dunkelheit sich herabsenkte, konnte er die Orte, wo die Zinngräber lebten, mittels ihrer Feuer erkennen. Manche lagen weit entfernt und wirkten wie kleine Irrlichter, andere waren ganz in der Nähe. Seufzend tätschelte er seinem Hund den Kopf und ging weiter zum Haus. Es gab nichts, was er gegen diese wachsende Schar der Erzjäger tun konnte.

Gähnend saß Henry Smalhobbe an seinem Feuer und wartete. Letzte Woche hatte er einen neuen Graben vom Fluss zu seinem kleinen Stück Land gezogen, sodass er über fließendes Wasser verfügte, mit dessen Hilfe er das wertvolle Zinnerz aus dem leichteren Erdboden waschen konnte, und dies war nun sein erstes Feuer.

Er war gespannt, wie die Ausbeute sein würde. Die Arbeit war schwer, verglichen mit der, an die er gewöhnt war, und seine Hände bekamen immer noch allzu leicht Blasen. Es brauchte viele Tage, bis genug Erz beisammen war, dass ein Feuer sich lohnte, aber wenigstens schien dieses Stück Land einträglicher zu sein als das letzte, auf dem er sein Glück versucht hatte. Den größten Teil des Jahres hatte er ein paar hundert Meter des schmalen Flussbetts bearbeitet, das gute Erz von nutzlosem Geröll getrennt und den Abfall am Rand aufgehäuft, bis ihm in einem Loch, das er für ein Feuer gegraben hatte, Zinnstein aufgefallen war. Neugierig hatte er begonnen, den Boden ringsum zu untersuchen. Zuerst war nur wenig zu finden gewesen, doch dann hatte er ein viel versprechendes Lager entdeckt. Parallel zum alten Flussbett, nur rund dreißig Zentimeter unter der Oberfläche, schien es eine dicke Schicht Zinnerz zu geben, deshalb hatte er die Suche im Fluss bleiben lassen und sich auf diesen neuen Fundort konzentriert.

Müde lehnte er sich zurück. Er war ein schmächtiger Mann Ende zwanzig mit grob geschnittenem braunen Haar und von der Sonne krebsrot verbrannter Haut; seine Gesichtszüge waren angespannt, und in den hellen braunen Augen stand ein fiebriges Glitzern.

Als er ein Geräusch hörte, schaute er sich hastig um, doch es war nur seine Frau, die ihm eine Schüssel mit Bohnen und Suppe brachte, dazu Brot und einen Krug Bier. Sarah war Anfang zwanzig, dunkelhaarig und rundlich, und wenn sie lächelte, erschienen Grübchen in ihren Wangen, wodurch sie wieder aussah wie mit fünfzehn, als er sie kennen gelernt hatte. Er war froh, dass sie unbefangen mit ihm plauderte und nicht wieder über ihre Ängste und Sorgen redete. Sie hatten oft genug über die Bedrohungen gesprochen, und es war sinnlos, sich ständig deswegen verrückt zu machen. Sarah deutete auf das Feuer, während er sein Bier trank. »Ist dort viel Zinn drin, was meinst du?«

Bedächtig stellte Henry den Krug auf den Boden und betrachtete die rauchende Holzkohle. Diese Methode war am einfachsten, um Zinn zu gewinnen. Man grub ein Loch, machte ein Feuer mit Schichten aus Holzkohle und Erz, und wenn die Flammen erloschen waren, konnte man das Zinn in groben schwarzen Brocken aus der Asche ziehen. Er brach eine Kruste Brot ab und kaute. »Ich weiß nicht. Es war dunkel und fühlte sich schwer an, aber man blickt nie so recht dahinter. Manchmal denkt man, es ist bloß Geröll und findet reichlich Zinn, dann wieder glaubt man, es ist bestes Zinnerz, und das Zeug bringt so gut wie nichts ein ...«

Er merkte, dass Sarah ihm gar nicht mehr zuhörte, sondern in Gedanken woanders war. Ihr Blick war auf den flackernden Schein im Norden gerichtet, wo ihr Nachbar seine Hütte hatte. »Es hat keinen Sinn, sich Sorgen zu machen, Sarah.«

»Nein«, stimmte sie leise zu. »Trotzdem wünschte ich, er würde nachts zu uns kommen. Es wäre sicherer, für uns wie für ihn. Solange wir getrennt sind ...«

»Sarah, er wird nicht kommen.« Henry schaute flüchtig auf das Feuer in der Ferne. »Und überhaupt – ihm geschieht schon nichts.«

»Smyths Männer haben uns schon so oft bedroht. Vielleicht überfällt er uns eines Tages, um uns endgültig zu vertreiben, und Peter ist so weit da draußen im Moor, ganz allein, wo ihm niemand helfen kann.«

Henry stand auf und zuckte die Schultern. »Ich weiß. Aber er ist überzeugt davon, dass ihm nichts geschehen wird. Außerdem gibt es gar keinen Grund, warum wir Angst haben müssten. Wir sind genauso Zinngräber wie Smyth und haben die gleichen Rechte. Er kann uns nicht verjagen.«

Sarah schwieg, denn was halfen ihnen schon Gesetze? Dreimal waren bereits die Männer zu ihnen gekommen – und zweimal war sie allein zu Hause gewesen. Das erste Mal hatten sie ihr den Fluchtweg verstellt, sie umringt und anzügliche Bemerkungen darüber gemacht, warum sie wohl noch keine Kinder habe: Ob es an ihr oder ihrem Mann liege? Ob er etwa nichts tauge? Vielleicht sei ein anderer, ein echter Bergmann, besser? Und sie hatte nur stumm dagestanden, tiefrot vor Verlegenheit über ihr zotiges Gerede. Zum Glück waren sie bald wieder gegangen.

Das zweite Mal war Henry bei ihr gewesen, als ganz plötzlich vier mit Knüppeln bewaffnete Männer hereingestürmt kamen und ihnen befahlen, von hier zu verschwinden. Stolz dachte Sarah daran, wie mutig Henry gewesen war. Er hatte sich schützend vor sie gestellt, hatte die Männer verflucht und energisch und ohne sich von ihren Drohungen einschüchtern zu lassen erklärt, er habe das Recht auf das Zinn innerhalb seiner Grenzen. Die Männer waren genauso plötzlich verschwunden, wie sie aufgetaucht waren, aber ihre hasserfüllten Gesichter verfolgten Sarah noch lange.

Am meisten hatte sie jedoch der dritte Besuch verängstigt. Sie war allein in ihrer Hütte gewesen, als ein Mann ohne anzuklopfen eingetreten war. Sie hatte ihn sofort erkannt: Es war Thomas Smyth. Wortlos war er zu einem Hocker gegangen, hatte sich gesetzt, die Ellbogen auf die Knie gestützt und sie mit seinen schwarzen Augen unablässig angestarrt, während er mit ruhiger Stimme zu reden begonnen hatte. Zuerst war sie der Meinung gewesen, er rede nur so daher, denn er hatte von seinem Leben gesprochen, von seiner Ehe, schließlich von seiner Tochter – und erst da hatte sie erkannt, dass er versuchte, sie einzuschüchtern.

»Ich möchte mir nicht vorstellen, dass meine Tochter so weitab von allen Menschen in solcher Einsamkeit lebt. Ich möchte mir schon gar nicht vorstellen, dass sie ganz überraschend zur Witwe werden könnte und zusehen müsste, sich allein durchzuschlagen, was dir leicht passieren könnte, wenn deinem Mann hier draußen im Moor etwas geschieht.«

Bei diesen Worten war plötzlich ihre ganze Angst verflogen. Dass dieser Mensch es wagte, einfach in ihr Haus zu kommen und alle Gesetze der Gastfreundschaft zu brechen, indem er sie bedrohte, hatte Sarah derart empört, dass sie mit einem erhobenen Holzlöffel auf ihn zugegangen war und ihn angeschrien hatte, er solle verschwinden – was er mit einem amüsierten Blick auf ihre Waffe auch tat, als frage er sich im Stillen, was sie damit gegen die Schwerter, Messer und Pfeile seiner Männer ausrichten wolle. An der Tür war er noch einmal stehen geblieben und hatte gesagt: »Denk über meine Worte nach, Frau. Schließlich könnte dein Mann jetzt schon tot sein und du bereits Witwe. Denk daran!«

Der Schreck über diesen Besuch lastete ihr immer noch schwer auf der Seele. Dieser sonderbare kleine Mann, der mit beinahe zärtlicher Stimme von seiner Tochter gesprochen hatte, war ihr so unheimlich gewesen, dass sie selbst jetzt noch eine Gänsehaut bekam. Als ihr Mann an diesem Abend heimgekommen war, hatte ihr das Entsetzen im Gesicht gestanden.

Schutzsuchend hatte sie sich in seine Arme geflüchtet, und es hatte einige Zeit gedauert, bis sie wirklich glauben konnte, dass ihm nichts geschehen war und dass er den ganzen Tag über keinen Menschen gesehen hatte.

»Willst du das Moor verlassen?«

Henrys Frage kam so unerwartet, dass sie zuerst nicht sicher war, ob sie ihn richtig verstanden hatte. »Was?«

»Willst du von hier weg, hab ich gefragt. Ich nicht, aber wenn du keinen Frieden finden kannst, sollten wir vielleicht besser woanders hin.«

Sarah schwieg nachdenklich. Dieses Land war alles, was sie auf der Welt besaßen. Sie waren hierher gekommen – war es wirklich erst ein Jahr her? –, um sich ein neues Leben aufzubauen, nachdem sie ihr Zuhause verloren hatten, und mit Gottes Hilfe war es ihnen gelungen, sich ihren mageren Lebensunterhalt zu verdienen. Ob sie es noch einmal irgendwo anders schaffen würden, wenn sie jetzt aufgaben? Zum ersten Mal seit dem Besuch von Smyths Männern überdachte sie die Möglichkeiten, die sie hatten: bleiben und ihrem reichen, mächtigen Nachbarn trotzen, der vielleicht nicht einmal vor Gewalt zurückschrecken würde, oder zu versuchen, irgendwo anders eine neue Heimat und neue Arbeit zu finden. Damit hatten sie ein ganzes Jahr lang verbracht, ehe sie hierher ins Moor gekommen waren, und schon der Gedanke daran ließ sie erschaudern. Das könnte sie nicht noch einmal ertragen.

Sie schaute ihren Mann entschlossen an. »Wir bleiben.«

»Gut«, nickte er und lächelte liebevoll. »Wenigstens haben wir einander.«

»Ja«, flüsterte sie und blickte ein letztes Mal ängstlich hinüber zu Peter Bruthers Feuer, das so klein und verloren in der Ferne leuchtete.

Noch vor ein paar Wochen hatte sie gemeint, endlich einen sicheren Hafen gefunden zu haben, dabei war es hier nicht anders als an allen anderen Orten, an denen sie versucht hatten, sich zu verstecken. Ja, wenigstens habe ich meinen Mann bei mir, dachte sie. Der arme Peter Bruther hatte gar niemanden. Wie sollte er sich ganz allein dort draußen verteidigen, falls Thomas Smyths Männer ihn überfielen?

Sir Robert Beauscyr sprang von seinem Pferd, warf einem Knecht die Zügel zu und eilte die Treppe hinauf, die in den mächtigen Wohnturm führte. Mit bleichem Gesicht, die Lippen fest zusammengepresst, nahm er zwei Stufen auf einmal, stieß die Tür auf und schob den Vorhang zum großen Saal beiseite.

»Vater! Dieser verfluchte Trottel, der …«

»Schweig!«

Überrascht verstummte Robert bei diesem schroffen Befehl seines sonst so ruhigen, beherrschten Vaters und bemerkte erst jetzt die beiden anderen Männer im Raum. Den einen – jung, breitschultrig und mit dem kräftigen Körperbau eines Mannes, der zum Kriegshandwerk ausgebildet war – erkannte er sofort.

Sein jüngerer Bruder, der vor sechs Jahren als schmaler Vierzehnjähriger das Haus verlassen hatte, war sichtlich erwachsen geworden. Die blauen Augen in seinem braun gebrannten Gesicht waren zwar noch dieselben, aber die Nase war gebrochen, und eine wulstige Narbe zierte seine rechte Wange – was sicher alle Frauen in Exeter überaus anziehend finden werden, dachte Robert insgeheim.

Auch John Beauscyr musterte seinen Bruder und musste eine verächtliche Grimasse unterdrücken. Robert war immer schon mehr am Lernen als am Kämpfen interessiert gewesen. Er hatte die asketische Schlankheit eines Priesters, seine Haut war wachsbleich, weil er zu viele Stunden im Haus verbrachte, und sein Händedruck schwach und kraftlos. John war überzeugt, dass sein älterer Bruder weit besser zum Kaufmann getaugt hätte als zum Ritter, und es war ein beständiges Ärgernis für ihn, dass er durch die Willkür des Schicksals nur der Zweitgeborene war und Robert statt seiner den alten Besitz der Beauscyrs in Dartmoor erben würde.

Der zweite Besucher war ein groß gewachsener Mann, der ein wenig abseits vom Feuer stand, als wolle er sich erst überzeugen, dass von Sir Robert keine Gefahr drohte. Nachdem er gesehen hatte, wie John ihn begrüßte, trat er näher.

»Robert, das ist mein Lehrmeister, Sir Ralph of Warton«, stellte John vor. »Ich bin jetzt seit über zwei Jahren sein Knappe. Sir Ralph, das ist mein Bruder.«

Dieser Fremde fiel nicht nur durch seinen muskulösen Körperbau auf, sondern strahlte eine so spürbare Willenskraft und Entschlossenheit aus, dass Robert unwillkürlich beeindruckt war.

»Sir Ralph, ich freue mich, dass Ihr unserem Haus einen Besuch abstattet, und heiße Euch herzlich willkommen. Bleibt Ihr einige Zeit bei uns?«

Sir Ralph neigte freundlich den Kopf. »Leider nicht, Sir. Wir sind auf dem Weg zur Küste. Ich gestehe, dass ich den gegenwärtigen Zustand des Königreichs recht niederdrückend finde und froh bin, es zu verlassen.«

»Wer wäre das nicht?«, schnaubte Sir William und wies einen Diener an, Wein und etwas kaltes Fleisch zu bringen. »Seit der Hungersnot gibt es kaum mehr genug Leibeigene für die Feldarbeit.«

»Aber es ist friedlich hier.«

»Das schon. Wenigstens sind wir sicher vor den Überfällen dieser Mörder aus Schottland.«

»Das ist des Teufels eigene Brut«, stimmte Sir Ralph zu.

»Und ob, Sir. Sie müssen allesamt verrückt sein! Ein Sieg, und sie scheinen zu glauben, sie könnten ins Königreich einfallen, wie es ihnen beliebt. Es scheint ihnen gar nicht bewusst zu sein, wie sehr dem Papst ihr Verhalten missfällt.

Ihr Anführer ist bereits exkommuniziert worden, glaube ich, und wenn sie so weitermachen, fällt noch ihr ganzes Land unter den Kirchenbann.«

»Das ist bereits geschehen«, meldete sich John zu Wort, und Robert sah verwundert, dass er errötete, als sein Ritter ihm einen scharfen Blick zuwarf. Es war, als habe er plötzlich gemerkt, dass er etwas Falsches gesagt hatte.

»Ja«, meinte Sir Ralph und nahm einen Becher Wein, den der Diener ihm reichte, »die Schotten sind alle mit dem Interdikt belegt worden. Der Papst hat beschlossen, sie dafür zu bestrafen, dass sie sich weigern, ihren Streit mit König Edward zu beenden, der immerhin ihr Lehnsherr ist.«

»Gut.« Sir William rieb sich zufrieden die Hände. »Wollen wir hoffen, dass sie ihren Irrweg nun einsehen. Vielleicht erkennen sie, dass sie sich nicht so ohne weiteres alles aneignen können, was sie haben wollen. Nichts als elende Banditen, diese Schotten!«

»Viel wichtiger ist, dass durch diesen Zwist auch ein neuer Kreuzzug ins Heilige Land unmöglich ist, und eben das liegt dem Papst am Herzen«, fuhr Sir Ralph fort. »Solange die Schotten weiterhin in den Norden einfallen und der französische König den Süden bedroht, kann man von König Edward kaum erwarten, dass er sich bereit erklärt, nach Palästina zu ziehen. Der Wunsch des Papstes nach einem neuen Sturm auf das Heilige Land muss deshalb vorerst nur ein Wunsch bleiben.«

»Wenigstens versucht er jetzt, die Schotten endgültig zu unterwerfen.«

»Ja, und die Neuigkeiten aus Irland klingen noch besser. Dem dortigen Justitiarius des Königs ist es offenbar gelungen, die schottischen Eindringlinge zurückzutreiben. Gott sei gedankt für einen klugen Mann, der seine Truppen zu befehligen versteht!«

»Wenn … wenn es einen neuen Kreuzzug geben sollte, Sir Ralph – würdet Ihr dabei mitmachen?«, fragte Robert.

Der Ritter schaute ihn aus seinen grauen Augen eindringlich an. »Gewiss, Sir. Ich bin wie Euer Bruder der Zweitgeborene und habe keinen Besitz, da mein Bruder alles geerbt hat. Was ich mir wünsche – was ich brauche –, ist eine Gelegenheit, Ruhm und Ansehen zu gewinnen. Wo sonst gehört ein Ritter hin als in die Schlacht? In einem Kreuzzug könnte ich Ehre und Wohlstand erringen. Aber wie dem auch sei, solange der französische und der englische König sich bei jeder Gelegenheit streiten, wird es keinen Kreuzzug geben. Deshalb will ich übers Meer, um mir andere Länder anzusehen. In Italien gibt es Kriege, in denen ein Ritter gutes Geld verdienen kann. Vielleicht versuche ich dort mein Glück.«

Sir William schickte nach mehr Wein. »Ja, in den italienischen Städten bieten sich immer Gelegenheiten.«

Sir Ralph nickte, aber sein Blick blieb auf Robert geheftet. Nach einem Moment räusperte sich John.

»Also, wie steht es auf unseren Ländereien? Es scheint, als hätte das Gut kaum gelitten, verglichen mit dem übrigen Königreich.«

»Wir haben Glück gehabt«, stimmte Sir William zu, »und sind nicht so schwer betroffen gewesen wie andere. Nur einige Leibeigene sind gestorben.«

»Und einige davongelaufen.«

Roberts scharfer Ton ließ seinen Bruder und den Ritter aufhorchen. Sein Vater wollte etwas erwidern, doch Sir Robert redete bereits mit wachsendem Zorn weiter. »Jawohl, einige sind davongerannt. Wie Peter Bruther …«

»Der Sohn der alten Martha?«, fragte John.

»Ja. Sie ist gestorben, und er ist vor ungefähr neun Monaten verschwunden. Wir dachten, er sei nach Osten, um dort als freier Mann zu leben, aber heute bin ich ihm auf der Straße nach Exeter begegnet. Der Trottel ist anscheinend bloß ins Moor geflüchtet. Er hat mich ebenfalls gesehen und sich erdreistet, mich anzureden, um zu zeigen, dass er keine Angst mehr vor uns hat, dieser Hund!«

»Hast du ihn niedergeschlagen?«, fragte sein Bruder neugierig.

»Er war von Bergleuten umringt, wie ein König von seinen Leibwachen. Ich konnte nichts tun, sonst hätten sie mich angegriffen.« Robert schaute finster ins Feuer, während John nur mühsam ein abfälliges Lächeln verbarg.

»Nun, wenn Ihr ihn haben wollt, holt ihn Euch«, meinte Sir Ralph schulterzuckend. »Ein Leibeigener, der davonläuft, muss ein Jahr und einen Tag frei bleiben, um endgültig seine Freiheit zu erlangen. Da er noch nicht so lange weg ist, habt Ihr das Recht, ihn zurückzuholen.«

»Hier bei uns im Moor ist das nicht so einfach, Sir Ralph. Und es gibt andere, die dafür sorgen, dass er ohne Strafe davonkommt! Das weiß dieser Schurke ganz genau und hat nur gelacht. Er – ein Leibeigener – lacht mich aus!«

Sir William runzelte besorgt die Stirn. »Das könnte schlimm für uns enden. Was sollen wir tun? Wenn wir nichts unternehmen, glauben die Leibeigenen noch, sie könnten auf und davon, wie es ihnen passt, und uns wird es an Arbeitern fehlen; aber wenn wir versuchen, ihn zurückzuholen, bekommen wir womöglich Ärger mit den Bergleuten.«

»Verlange, dass der Vertreter der Krone in Lydford die Sache regelt«, meinte John unbekümmert. »Die Zinngräber in Devon unterstehen seiner Verantwortung. Peter Bruther muss zurückkommen, und er kann ihn dazu zwingen.«

»Vielleicht hast du Recht«, murmelte Robert. Als er aufschaute, sah John überrascht, dass das Gesicht seines Bruders vor Wut verzerrt war. »Eines ist allerdings gewiss: Wenn ich diesen Bastard mal allein draußen im Moor erwische, wird er bereuen, dass er auf meine Kosten gelacht hat.«

»Du darfst keinen Bergmann anrühren«, erinnerte ihn sein Vater.

»Ich darf vor allem keinen Leibeigenen davonlaufen lassen, Vater, und auch du solltest das nicht einfach so hinnehmen!«

2. KAPITEL

»Simon, um der Liebe Gottes willen!«

»Was ist?« Simon Puttock schaute seinen Freund an, der einen tiefen Stoßseufzer ausstieß, dann aber unwillkürlich laut lachen musste über Simons mürrisches Gesicht.

»Warum stöhnst und jammerst du unablässig wie ein Bär, der mit der Pfote in einer Falle steckt? Was machst du dir solche Gedanken um diesen Besuch? Unsere Reise führt uns nicht weit, am Ende gibt es eine Mahlzeit, und zumindest das Wetter ist prachtvoll für einen Ritt über das Moor, von dem du mir so viel erzählt hast.«

Simon, der Vogt von Lydford Castle, zuckte missmutig die Schultern, musste aber zugeben, dass Baldwin zumindest mit dem letzten Teil seiner Bemerkung Recht hatte. Sie waren am östlichsten Rand von Lydford angelangt, vor ihnen erstreckte sich im Sonnenschein das Moor und wirkte so farbenfroh wie das Gewand eines Kaisers – sanft reihten sich grüne Hügel aneinander, auf denen das helle Gelb des Stechginsters leuchtete, dazwischen wuchs Heidekraut wie purpurfarbene Kleckse, und an den Abhängen weideten hier und da weiße Schafe. Über ihnen schwebte am wolkenlosen Himmel ein Falke, und in Bächen und Tümpeln glitzerte helles, klares Wasser.

Doch der Anblick vermochte ihn nicht aufzumuntern, und das Schlimmste war, dass er wahrscheinlich nicht einmal richtig erklären konnte, was ihn quälte. Es war jetzt zwei Jahre her, seit er Sir Baldwin Furnshill, den Herrn von Furnshill-Manor in der Nähe von Cadbury, kennen gelernt hatte, und sie waren in dieser Zeit enge Freunde geworden. Gemeinsam hatten sie einige Mordfälle aufgeklärt, daher wusste Simon, dass Baldwin scharfsinnig und gelehrt war, außerdem war er in seinen Jugendjahren viel gereist, da er damals zu einer wohlhabenden und mächtigen Gemeinschaft gehört hatte. Aber auch wenn er sich bestens mit Recht und Gesetz auskannte – zumal er nun ein ›Wahrer des Königlichen Friedens‹ war –, würde er die Schwierigkeiten, mit denen Simon sich fast täglich auseinander setzen musste, nur schwer verstehen – denn ländliche Streitigkeiten waren eine ganz eigene Sache.

Der Vogt warf ihm einen zweifelnden Blick zu. Baldwin war braun gebrannt und von kräftiger Statur; in der Sonne leuchtete die Messernarbe auf seiner Wange, die braunen Augen strahlten Zuversicht aus, und mit seinem energischen, gut geschnittenen Gesicht wirkte er wie das Urbild eines modernen Ritters. Aber der ordentlich gestutzte Bart, der sein Kinn umrahmte, passte dazu genauso wenig wie seine Kleidung. Das alte Gewand war fleckig und abgetragen, die Hose zerschlissen und schmutzig, sodass man glauben könnte, er sei in Not geraten, was jedoch keineswegs der Fall war, denn Simon wusste, dass das Landgut des Ritters überaus guten Ertrag brachte – Baldwin war lediglich sein Aussehen schlicht gleichgültig, und wenn andere ihn für arm hielten, kümmerte ihn das wenig.

»Komm schon, alter Freund. Wie kannst du an einem solch schönen Tag so schlecht gelaunt sein, dass du nicht einmal mehr die Welt ringsum wahrnimmst?«, fragte Baldwin. Er hatte Simon selten so verdrossen erlebt, denn gewöhnlich war er es, der sich in dunkle Gedanken verlor, und dann bemühte sich sein Freund, ihm die Grillen zu vertreiben. Heute allerdings fühlte er sich entspannt und erfrischt, nachdem er drei Tage bei Simon verbracht hatte, und konnte nicht verstehen, warum die Botschaft aus irgendeinem unbedeutenden Rittergut in der Nähe von Widecombe den Vogt so aus dem Gleichgewicht gebracht hatte.

Simon ritt eine Weile schweigend weiter. »Es sind die verdammten Bergleute, Baldwin«, brummte er schließlich. »Wo immer sie auftauchen, gibt es Schwierigkeiten.«

»Aber dieser Beauscyr hat doch bloß eine ganz normale Beschwerde, oder?«

»Das scheint leider nur so. Hier geht's nicht zu wie auf deinem Gut, wo du das Recht hast, deine Bauern nach eigenem Gutdünken zu behandeln. Dies hier ist Heideland.«

»Und?«, fragte Baldwin.

»Es war früher einmal ein Jagdgrund des Königs, bis er Piers Gaveston zum Earl of Cornwall machte und es ihm schenkte. Nach Gavestons Ermordung ist es an den König zurückgefallen – und die Bergleute unterstehen allein ihm.«

»Wie kommt das?«

»Es hat im Moor immer schon reichlich Zinn gegeben«, erklärte der Vogt, »und der Abbau ist für viele ein einträgliches Geschäft geworden – nicht zuletzt für den König. Edward besteuert alles Metall, das hier gefunden wird, deshalb hat er den Bergleuten besondere Rechte verliehen, um sie und ihre Interessen zu schützen. Sie haben die Erlaubnis, mehr oder weniger alles zu tun, was ihnen die Arbeit erleichtert.«

»Aber der Mann ist doch eindeutig ein Davongelaufener, den das gar nicht betrifft.«

»Ich wünschte, es wäre so. Das Problem liegt darin, dass er, sobald er Land für sich abgesteckt hat, ein Bergmann geworden ist und damit dem König untersteht, mag es Beauscyr nun gefallen oder nicht. Und dagegen kann er wenig machen.«

»Nun, dann muss er sich eben damit abfinden, dass er einen Mann verloren hat. Er kann ja eine Bittschrift beim König einreichen, wenn er glaubt, dass das etwas nützt.«

Simon warf seinem Freund, der ihn fröhlich und offensichtlich ohne etwas zu begreifen anschaute, einen erbitterten Blick zu und seufzte. »Das wird Sir William Beauscyr nicht so sehen, *Sir* Baldwin«, sagte er trocken. Der Ritter lachte leise über die sarkastische Betonung seines Titels, während Simon finster auf den Weg starrte. »Schließlich hat er ebenfalls Rechte – die gleichen wie du und jeder andere. Dieser Mann war sein Leibeigener, der davongelaufen ist, deshalb müsste er eingefangen und zurückgebracht werden.«

»Nur dass er jetzt unter dem Schutz des Königs steht«, sagte Baldwin.

»Ganz genau. Verzwickt wird die Sache dadurch, dass viele Leibeigene ins Moor laufen und sich Bergleute nennen, nur um ihren Lords zu entkommen. Sie erklären, sie seien Zinngräber, und beanspruchen für sich die alten Rechte und Privilegien der Zinnbergleute – bis man ihnen eine neue Steuer auferlegt. Dann ändern sie plötzlich ihre Meinung und behaupten, sie würden sich als Händler oder Bauern oder sonst was betätigen! Genau das ist es, was Beauscyr vorbringt: dass dieser … dieser Peter, so hieß er wohl, nur behauptet, ein Bergmann zu sein und keinerlei Absicht habe, als Zinngräber zu arbeiten.«

»Das verstehe ich nicht. Was hätte denn das für einen Sinn? Es würde doch nur bedeuten, dass er einen Herrn gegen den anderen eingetauscht hat. Frei ist er deshalb ja immer noch nicht …«

»Doch, das ist er!«, erklärte Simon. »Als Zinnbergmann hat er fast alle Rechte eines freien Mannes – darum geht es. Und ich sagte ja schon, dass die Bergleute seit undenklichen Zeiten ihre besonderen Rechte haben, damit sie dem König so viel wie möglich einbringen. Er verdient durch sie jedes Jahr ein Vermögen und legt ihnen nur wenige Einschränkungen auf, deshalb machen sie sich ihre eigenen Gesetze. Überall im Moor, egal wem das Land gehört, können sie nach Zinn graben, Torf für ihre Feuer stechen, Wasser für ihre Arbeit umleiten – fast alles können sie sich erlauben. Dieser Peter Wieauchimmer wusste sehr wohl, was er tat, als er weglief. Er ist im Grunde jetzt frei. Und dieser verdammte Narr Beauscyr verlangt von mir – von mir! –, dass ich Probleme löse, die schon seit Jahrhunderten schwelen …«

Baldwin grinste vor sich hin, während sein Freund heftig weiterschimpfte. Mit zweiunddreißig war Simon etwa dreizehn Jahre jünger als er und neigte gelegentlich immer noch zu solchen Ausbrüchen, wie Baldwin sie eher von den wilden rothaarigen Männern aus dem Norden kannte. Er wusste allerdings auch, dass diese Wutanfälle nie lange andauerten. Simon war groß, braun gebrannt, hatte dunkles, fast schwarzes Haar und war normalerweise die Ruhe selbst; er nahm das Leben, wie es kam, und je älter er wurde, desto gelassener betrachteten seine grauen Augen die Welt, doch hinter seiner Abgeklärtheit verbarg sich ein scharfer Verstand. Er war ein gebildeter Mensch, der Wert darauf legte, sich bei einem Streit alle Argumente anzuhören, um eine vernünftige Lösung zu finden, was Baldwin sehr beruhigend fand bei einem Mann, der verantwortlich war für das Wohl und Wehe anderer. Es gelang ihm fast immer, Auseinandersetzungen zu schlichten und Bittstellern Gerechtigkeit widerfahren zu lassen, und nur selten einmal verlor er die Beherrschung, wenn ihm eine Sache ungerecht erschien oder jemand sich stur stellte.

Baldwin verstand, dass ihm diesmal nicht wohl zumute war bei zwei Parteien, deren Ansichten und Wünsche vollkommen gegensätzlich waren. Es schien wenig wahrscheinlich, dass es Simon gelingen würde, beide zufrieden zu stellen. Die Ansprüche der Bergleute und der Grundbesitzer im Moor waren zu sehr ineinander verflochten und gleichzeitig so gegensätzlich, dass eine Lösung sicher nicht leicht zu finden war – vermutlich würde der König selbst eine Übereinkunft anordnen müssen. Er musterte seinen Freund einen Moment lang mitleidig.

»Nun vergiss mal deine Sorgen, Simon. Es hat mich gefreut zu sehen, dass dein Sohn so prächtig gedeiht.«

Der Vogt grinste spöttisch. »Danke, dass du das Thema wechselst. Ja, meinem Sohn Peter geht es bestens, Gott sei Dank! Und Hugh ist ganz vernarrt in ihn.« Simon und seine Frau Margaret liebten ihre Tochter Edith abgöttisch, doch beide hatten sich sehnlichst einen Bruder für sie gewünscht. Im vergangenen Jahr war ihr Wunsch endlich in Erfüllung gegangen, und Simons Diener Hugh hatte von erster Stunde an einen Narren an dem Kind gefressen, was gelegentlich zu Streitereien zwischen ihm und Simons Tochter führte, die sich ebenfalls nur zu gern um ihren Bruder kümmern wollte.

»Hast du übrigens schon von der Geschichte oben in Schottland gehört?«, fragte Baldwin. Simon schüttelte den Kopf. »Es scheint, dass der Papst ziemlich erbost über den Krieg zwischen den Schotten und den Engländern ist. Jedenfalls hat er zwei Kardinäle losgeschickt, die versuchen sollen, einen Frieden auszuhandeln.«

»Frieden zwischen Bruce und Edward? Niemals!«, schnaubte Simon. »Kein Mensch in England will, dass Robert Bruce behält, was er gestohlen hat, und er wird wohl kaum damit einverstanden sein, es wieder herzugeben.«

»Das könnte sich möglicherweise ändern. Nachdem die Iren jetzt begonnen haben, seine Männer zurückzudrängen, sieht er vielleicht ein, dass seine Eroberungen dort drüben vorbei sind, und denkt nun endlich daran, doch einem Frieden zuzustimmen.«

»Das bezweifle ich. Ein Mann wie er hat keine Ehre. Schließlich hatte er dem Vater des Königs Treue geschworen, als er noch Earl of Carrick war – wie soll man ihm da je wieder trauen können?«

»Ohne weiteres, alter Freund, denn das war eine rein politische Angelegenheit«, erwiderte Baldwin sarkastisch. »Inzwischen ist er zum König gekrönt worden. Denk nur an unseren eigenen Herrscher. Immerhin ist Edward durch die Gascogne ein Vasall Frankreichs, und dennoch hat er König Philip gegenüber nicht den Treueid geleistet, oder?«

»Das kannst du doch nicht miteinander vergleichen! König Edward ist ein Ehrenmann, und er ist in den letzten Jahren stets nach Frankreich gereist, um seinen Treueid abzulegen – aber jedes Mal, wenn er zurückkehrt, stirbt der französische König, und er muss gleich wieder hin, um seinem Nachfolger zu huldigen. Das kann man wahrhaftig kaum von ihm erwarten, oder? Nein, mit dem Verrückten von Schottland, der stur seinem englischen König die Loyalität verweigert, verhält es sich völlig anders.«

»Ich bezweifle, ob es wirklich so einfach ist, Simon. Trotzdem können wir auf Frieden hoffen. Das Letzte, was das Land braucht, ist noch mehr Krieg.«

»Hatten die Kardinäle Erfolg?«

»Nein, eher nicht«, erwiderte Baldwin und lachte. »Sie hatten es unterwegs mit einigen Schwierigkeiten zu tun. Zwar sind sie bereits im Juli letzten Jahres an unserer Küste gelandet, aber erst sehr viel später in Schottland angekommen, denn zwischen York und Durham hat sie eine Gruppe von Straßenräubern erwartet und ausgeraubt.«

»Was ist mit ihnen passiert?«

»Oh, nichts weiter, als dass ihr Stolz etwas verletzt wurde! Natürlich hat man ihnen die Pferde und das Geld gestohlen, aber davon abgesehen hat sie niemand angerührt, und die körperliche Bewegung wird den ehrenwerten Eminenzen vermutlich recht gut getan haben.«

»Ich nehme an, damit können wir jede Hoffnung auf Frieden begraben. Wenn diese verdammten schottischen Rebellen es sogar wagen, päpstliche Kardinäle, die auf dem Weg zu ihrem eigenen Herrn sind, anzugreifen und auszurauben …«

»Ach, Simon!« Der Ritter lachte laut auf. »Nur nicht so voreilig! Nicht die Schotten haben die Kardinäle angegriffen; es war eine Bande, die von einem Engländer angeführt wurde.«

»Kein Engländer würde das wagen!«

»Sir Gilbert Middleton hat es getan. Wie ich erfahren habe, hatte er sich gedacht, wenn der König schon unfähig sei, seine Untertanen in den nördlichen Heidegebieten zu schützen, könne er das für sich ausnutzen. Er beschloss, sich nicht mehr um Recht und Gesetz zu scheren, und wurde zum Banditen. Ende letzten Jahres hat man ihn gefasst, und ich denke mir, dass sein Kopf inzwischen in London auf einer Lanze zu sehen ist wegen der peinlichen Schwierigkeiten, die er dem König bereitet hat.«

»Wie erfährst du nur immer all diese Neuigkeiten?«, brummte Simon, der seinem Freund wegen des Gelächters etwas grollte.

»Ganz einfach. Ich rede mit Reisenden. Die meisten erzählen nur zu gern, was sie gehört und gesehen haben. Und ich plaudere immer noch … mit Freunden, die mich manchmal besuchen kommen.«

Beide schwiegen nach diesen Worten für einige Zeit. Mehr als zehn Jahre waren inzwischen vergangen seit der Verhaftung der Tempelritter im Jahre 1307; in England hatte man sie so gut wie vergessen, ihre Ländereien aufgeteilt und an ihre Gegner, die Johanniter, verkauft. Doch weder Baldwin noch Simon konnten den Orden der Armen Ritterschaft Christi vom Salomonischen Tempel vergessen, denn Baldwin hatte einst selbst zu dieser Gemeinschaft gehört.

Allgemein herrschte in England und Schottland die Ansicht, dass den Tempelrittern keine Schuld an den Verbrechen zuzumessen sei, die man ihnen zur Last legte, und dass sie lediglich Opfer eines raffinierten Komplotts geworden waren, das der französische König ausgeheckt hatte, um sich ihr Vermögen anzueignen. Nach der Zerschlagung des Ordens waren viele der ehemaligen Mönchsritter vom englischen König als Diplomaten eingesetzt worden, andere hatte König Robert I. gern in Schottland aufgenommen, da er ständig ausgebildete Soldaten benötigte. Es gab Berichte, dass das ›Beauséant‹, das schwarzweiße Banner der Templer, bei Bannockburn gesehen worden sei, wo die englischen Truppen eine so verheerende Niederlage erlitten hatten. Jedenfalls gab es eine Vielzahl Menschen im ganzen Land, die früher Gefährten von Sir Baldwin of Furnshill gewesen waren, bevor man ihn als ›Wahrer des Königlichen Friedens‹ in Crediton bestallt hatte, und er beherbergte oft Gäste auf seinem kleinen Landgut, wie Simon wusste, doch er wollte lieber keine allzu neugierigen Fragen stellen.

»Also«, meinte er nach einiger Zeit, »der Papst wünscht ebenfalls, dass Frieden herrscht? Dann können wir ja vielleicht doch hoffen. Möglicherweise kann er Bruce von seinen räuberischen Streifzügen abhalten.«

»Verlass dich nicht zu sehr darauf, mein Freund«, erwiderte Baldwin nüchtern. »Der Papst hat Bruce schließlich bereits exkommuniziert. Und sicher wärst du als gekrönter König von Schottland auch nicht besonders erfreut darüber, einen Brief vom Papst zu erhalten mit der Anrede: ›Du, der du dich König von Schottland nennst!‹ Wenn Papst Johannes Frieden will, wird er sich schon etwas mehr bemühen müssen!«

Beide Männer lachten. Sie hatten den Kamm einer kleinen Anhöhe erreicht, und Baldwin, der diese Gegend nicht kannte, ließ erstaunt seinen Blick über das Moor schweifen. Hellgrün schimmerte das Gras in der Sonne, an manchen Stellen, wo das Vieh geweidet hatte, war es kurz wie ein Teppich, andernorts lang und dicht wie Schilfbüschel; dazwischen flossen silbrig glitzernde Wasserläufe und vereinigten sich hier und da zu blauen Teichen. Zwischen sanften Hügeln, die von Felsbrocken gekrönt waren, schlängelte sich der Weg wie ein dunkler Riss. Baldwin spürte, dass eine solche Landschaft im Winter bedrückend sein musste, doch jetzt, beim Gesang der Lerchen am klaren Himmel und dem beständigen Rieseln des fließenden Wassers, wirkte sie fast paradiesisch.

Sie ritten mehrere Meilen weit, ohne einem anderen Menschen zu begegnen. Der Weg wurde sichtlich oft benutzt, das Gras war flach gedrückt oder gänzlich zertreten, aber nirgends war eine Menschenseele zu sehen. Immer mehr graue Felsbrocken bedeckten den Boden. Ihr Weg führte sie durch ein Tal und schließlich zu einer steilen, bewaldeten Anhöhe.

»Gütiger Gott! Simon, was ist denn hier geschehen?«

Zwischen Steingeröll und Felsbrocken wuchsen Bäume, wie Baldwin sie noch nie gesehen hatte – verkümmerte, bestenfalls nur wenige Meter hohe missgestaltete Zerrbilder der riesigen Eichen, die er kannte.

»Es freut mich, dir eine Überraschung zu bereiten«, grinste Simon. »Du hast immer solchen Spaß daran, mich mit deinen Erzählungen über fremde Länder zu verblüffen, dass es ganz angenehm ist, mich wenigstens einmal ein wenig revanchieren zu können.«

»Aber was ist mit diesen Bäumen passiert? Warum sind so … verkrüppelt, das ist das einzige Wort, das mir einfällt. Das sind doch Eichen, oder nicht?«

»Ich denke schon. So wachsen sie allerdings nur hier draußen, in Wistman's Wood.«

»In anderen Gegenden des Moors nicht?«

»Es soll einige Stellen mit ähnlichen Bäumen geben, aber ich bin noch nie dort gewesen. Alle anderen Bäume, die ich sonst gesehen habe, sind normal.«

»Wahrhaftig sehr sonderbar. Sämtliche Äste deuten in die gleiche Richtung – hast du das bemerkt?«

»Man könnte fast glauben, sie zeigten auf etwas, nicht wahr? Es wird erzählt …«

»Ja?«

»Nun, du kennst doch die Geschichte vom Teufel und seinem Rudel Höllenhunde, das heulend nach verlorenen Seelen sucht? Solche Geschichten haben hier ihren Ursprung, Baldwin, hier im Moor. Man sagt, dass man hier draußen die Höllenhunde hören kann, wenn der Wind kräftig bläst.«

Baldwin schaute ihn spöttisch an. »Ich nehme an, du

meinst, diese Bestien kommen hierher, um an die Bäume zu pinkeln? Teufelshunde, die an die Eichen pissen, die deshalb auf einer Seite absterben! Wirklich, Simon, ich …«

»Nein, natürlich nicht«, sagte Simon hastig. »Aber ich möchte jedenfalls nach Einbruch der Dunkelheit nicht gern an diesem Ort sein.«

»Ich auch nicht, das ist wahr«, meinte Baldwin nachdenklich. Die ganze Atmosphäre hier war bedrückend, und wenn er auch selbst nicht an Altweibermärchen glaubte, verstand er sehr gut, dass die Menschen sich angesichts einer solchen Umgebung alle möglichen Gräuelgeschichten ausmalten, besonders wenn bei Einbruch der Nacht der Wind durch die Äste pfiff.

»Die Leute denken, dass es hier irgendetwas Unheimliches gibt«, fuhr Simon fort, »und bei diesen Bäumen kann man leicht auf solche Gedanken kommen.«

»Allerdings. Aber ich glaube, sie wachsen aus irgendeinem ganz harmlosen Grund so verkümmert. Höllenhunde!«, schnaubte er spöttisch, und Simon warf ihm einen ärgerlichen Blick zu.

Nachdem sie eine weitere Meile in südliche Richtung geritten waren und wiederum eine Anhöhe erreichten, verstand Baldwin, warum Simon diesen Weg genommen hatte. Er zügelte sein Pferd.

»Das ist es, was ich dir zeigen wollte, Baldwin. Willkommen bei den Zinnminen von Dartmoor!«

Auf einer Ebene, umgeben von niedrigen Bergen, doch weder von Mauern noch Zäunen geschützt, erblickte Baldwin die Siedlung der Bergleute. Verstreut standen hier und da graue steinerne Katen mit Torfdächern; aus einer Hütte, die größer als die anderen und in der Mitte gelegen war, stieg eine dicke Rauchwolke hoch; der gesamte Boden war zerpflügt von Löchern und Gräben; mitten hindurch verlief ein kleiner, rasch fließender Bach, von dem aus man mehrere Kanäle gezogen hatte, und zu ihrer Rechten sah er einen großen Damm. Das aufgestaute Wasser speiste weitere Kanäle, die in der Ferne verschwanden und vermutlich zu anderen Plätzen führten, an denen Erz abgebaut wurde.

»Bei all diesen Häusern muss es hier viele Männer geben«, meinte Baldwin nachdenklich.

»Eine richtige Armee. Über hundert allein in diesem Lager«, nickte Simon und gab seinem Pferd die Sporen.

Am Rand des Dorfs standen zwei Männer. Simon wusste, wie misstrauisch die Bergleute Fremden gegenüber waren, und es wunderte ihn nicht, dass der eine davonrannte, um offenbar seine Kameraden zu alarmieren, während der andere mit mürrischem Gesicht nach seiner Spitzhacke griff. Bis sie den Rand der Siedlung erreichten, erwartete sie schon eine ganze Gruppe von Männern, denen man ansah, dass mit ihnen nicht zu spaßen war.

»Wer seid Ihr? Was habt Ihr hier zu suchen?«, fragte ein gedrungener Mann, der so etwas wie der Anführer zu sein schien.

Simon seufzte. Es war schon ärgerlich, wie hochfahrend und unhöflich diese Bergleute jedermann gegenüber waren – nur weil sie wussten, dass sie es sich aufgrund ihrer besonderen Vorrechte erlauben konnten. Er merkte, dass auch Baldwin über diesen Tonfall nicht nur verblüfft, sondern regelrecht verärgert war.

»Guten Tag«, erwiderte er freundlich. »Wir sind auf dem Weg, um einen Freund zu besuchen. Mein Begleiter hat noch nie gesehen, wie Zinn gewonnen wird und …«

»Das wird er auch heute nicht rausfinden«, sagte der Mann schroff, und Baldwin drängte sein Pferd etwas näher zu Simon. Der Bergmann war von kleiner Statur, hatte rotblondes Haar, und seine Haut war von Sonne und Wind gegerbt wie altes Sattelleder. Ob seine Falten ein Zeichen des Alters oder die Spuren des harten Lebens im Moor waren, ließ sich nicht sagen. Körperlich schien er noch in bester Verfassung. Sein Bauch war straff, er hatte ungemein breite, kräftige Schultern, und Baldwin dachte bei sich, dass ein solcher Mann im Kampf sicher kein leichter Gegner war. Zwar trug er lediglich einen langen Dolch in seinem Gürtel, hielt aber die Hand bereit, um ihn jederzeit zu ziehen.

»Sagt uns wenigstens, wie weit es zu Sir William Beauscyr ist«, fuhr Baldwin ihn scharf an, und für einen kurzen

Moment flackerte Unsicherheit in den braunen Augen des Bergmanns auf.

»Ihr seid Freunde von Sir William?«

»Das nicht. Aber der Vogt von Lydford und ich sind auf dem Weg zu ihm.«

»Der Vogt?« Misstrauisch schaute er Simon an.

»Ja, ich bin der Vogt«, sagte Simon, der allmählich die Geduld verlor. »Und wie du gehört hast, sind wir auf dem Weg zu Sir William. Jetzt antworte und sag uns, wie weit es noch ist.«

Missmutig beschrieb der Mann ihnen den Weg, und Baldwin war froh, als sie weiterreiten konnten. Bevor sie die Siedlung verließen, blickte er noch einmal zurück und sah verwundert, dass der rothaarige Mann noch immer regungslos am gleichen Fleck stand und ihnen hinterher schaute.

Die vergangenen Jahre waren auch für viele begüterte Familien eine schwere Zeit gewesen, und etliche Lords hatten kaum mehr ihre Landsitze unterhalten können. Umso überraschter war Baldwin über Beauscyr-Manor. Die Familie war ihm natürlich bekannt – immerhin hatte sie über Jahrzehnte den Königen von England treue Dienste geleistet –, dennoch war er auf ein solch stattliches Anwesen nicht gefasst gewesen. Aber schließlich hatte Sir William Beauscyr in Schottland und Wales gekämpft und einige Zeit mit dem alten König Edward in Frankreich verbracht, was sich wohl als ziemlich einträglich erwiesen haben musste: Wie so viele wohlhabende Männer, die es im Leben zu etwas gebracht hatten, genoss er es jetzt offensichtlich, seinen Reichtum zur Schau zu stellen.

Sie hatten auf einer kleinen Anhöhe angehalten, sodass Baldwin die ganze Feste in Augenschein nehmen konnte. Sie lag am östlichen Rand des Moors in der Nähe von Widecombe, einige Meilen vom Dorf der Bergleute entfernt, in einer Biege des East Dart River, der an der Rückseite des Gebäudes vorbeifloss und einen kleinen natürlichen Burggraben bildete. In der Nähe standen Hütten für die Diener des Hauses und ein paar Leibeigene, die auf den Feldern arbeiteten, während sich alle wichtigen Gebäude innerhalb der imposanten Mauern befanden.

Auf der Westseite lag das Haupttor, hinter dem ein Bogengang zu einem zweiten Tor führte, wodurch das Grundstück doppelt gesichert war. Der massive Wohnturm, der den großen Saal beherbergte, lag auf der anderen Seite des kopfsteingepflasterten Hofs. In seinem Untergeschoss befanden sich wie üblich Vorratslager und Gewölbe. An einem Ende des wuchtigen Bauwerks erhob sich ein zweiter Turm, in den die Familie sich zurückziehen konnte. Nördlich zogen sich der Küchenbereich und die Unterkünfte für die Besatzung hin, im Süden die Ställe. Jeder Angreifer, der versuchte, diese Festung zu stürmen, würde einem Hagel von Wurfgeschossen ausgesetzt sein, die von all diesen Gebäuden herabregneten. Selbst wenn beide Tore erstürmt waren und man den Hof erreichte, konnten die Bewohner immer noch einem längeren Angriff standhalten.

Am ersten Tor mussten sie einige Minuten lang warten, wurden aber bald eingelassen und stiegen erleichtert aus den Sätteln. Beauscyr-Manor lag nur etwa zwölf Meilen von Lydford entfernt, doch nach den zahllosen Hügeln und Bächen, die sie hatten überqueren müssen, schien es ihnen, als sei der Ritt viel länger gewesen. Simon rieb sich den Rücken, und Baldwin verzog schmerzlich das Gesicht.

»Ich glaube, ich bin nicht mehr in der richtigen Verfassung für solche Reisen«, gestand er. »Ah, ist das unser Gastgeber?«

Auf der Treppe war ein Mann erschienen und kam die Stufen herunter. Simon erkannte, dass er erst Anfang zwanzig war, also nicht Sir William sein konnte, der mit einer ziemlich herrischen Botschaft Hilfe beim Einfangen seines Leibeigenen verlangt hatte. Sir William musste sicher bereits Mitte fünfzig sein.

»Mein Vater hat mich gebeten, Euch zu begrüßen«, wandte der junge Mann sich an Baldwin. »Ich bin Sir Robert Beauscyr. Seid Ihr der Vogt? Kommt mit und …«

»Nein«, unterbrach Baldwin ihn. »Das ist der Vogt. Ich bin bloß ein Freund.«

Robert Beauscyr errötete und schaute ärgerlich Simon an, als sei er schuld an seinem Irrtum. Simons Mut sank bei diesem hochmütigen, beinahe abfälligen Blick, und seine letzte Hoffnung, diese Angelegenheit ruhig und friedlich zu regeln, verflog. Sir Robert presste seine schmalen Lippen zusammen und bedeutete den beiden Männern mit einer kurzen Handbewegung, ihm zu folgen.

3. KAPITEL

Ein schmaler Durchgang führte in den großen Saal, vorbei an einer offenen Tür, hinter der eine Vorratskammer voller Fässer und Kisten lag. Ein Mann war gerade dabei, Bier zu zapfen – was für Simon und Baldwin nach ihrem Ritt einen besonders erfreulichen Anblick bot. Im Licht, das zu den hohen Fenstern hereindrang, sahen sie in der Mitte des Saals eine Feuerstelle, auf den trockenen Binsen standen eher planlos Bänke und Tische, an den Wänden hingen alte, vom Rauch verdunkelte Teppiche, und auf einer Estrade saßen drei Männer und eine Frau an einem großen Tisch. Während Robert Beauscyr den Vogt vorstellte, musterte Baldwin interessiert die Anwesenden.

»Mein Vater, Sir William Beauscyr.« Sir William war ein groß gewachsener, etwas unbeholfen wirkender Mann, da seine Beine im Verhältnis zum Körper viel zu kurz, die Arme hingegen übermäßig lang und kräftig wie die eines Affen zu sein schienen. Eine sternförmige Narbe, offenbar von einem Lanzenstoß, zierte beide Wangen, er hatte breite, volle Lippen, dichte, buschige Augenbrauen und eine bleiche Hautfarbe. Früher musste er einmal ein beachtlicher Kämpfer gewesen sein, doch das war schon viele Jahre her. Heute ist Sir William kein Mann mehr, der Angst einflößt, dachte Baldwin mit einem Blick auf den schweren Bauch, der sich über dem Ledergürtel wölbte.

»Meine Mutter, Lady Matillida.«

Die elegante Frau nickte hoheitsvoll. Auf den ersten Blick

schien es, als sei sie nur wenig älter als Sir Robert, doch um einen Sohn in diesem Alter zu haben, musste sie wohl Ende dreißig sein. Sie hatte dunkle Augen, war von hoch gewachsener schlanker Statur, wirkte anmutig und selbstbewusst, und Baldwin hatte das sichere Gefühl, dass sie ihrem Ehemann geistig weit überlegen war.

»Mein Bruder John.« Dieser junge Mann war eindeutig dabei, das Kriegshandwerk zu lernen. Er sah gut aus, hatte helleres Haar als die anderen Mitglieder seiner Familie und überraschend klare blaue Augen in seinem braun gebrannten Gesicht. Flüchtig streifte er Simon mit einem Blick und musterte danach Baldwin so eindringlich, dass es beinahe schon ungehörig war.

»Der Lehrmeister meines Bruders, Sir Ralph of Warton.« Baldwin hatte den Eindruck, dass dieser schlanke, elegante Ritter in einem fließenden grünen Überkleid ein weit gereister Mann war. Der Blick aus seinen dunklen Augen strahlte Ruhe und Gelassenheit aus, doch während er noch den Ritter betrachtete, stellte Simon ihn vor, und als sein Name genannt wurde, bemerkte Baldwin, dass Sir Ralph of Warton ihn plötzlich scharf ins Auge fasste. Er war eindeutig irritiert von seiner Anwesenheit, als habe er aus irgendeinem Grund Anlass, Baldwin zu fürchten – oder dessen Stellung.

Frisch gebackenes Brot und kaltes Fleisch wurden aufgetragen, und man forderte die Gäste auf, am Tisch Platz zu nehmen. In stillschweigender Übereinkunft vermieden es alle, den Grund für Simons Besuch zu erwähnen, bis die Mahlzeit beendet war und Matillida, ihr Sohn John und Sir Ralph sich zurückzogen. Sir Robert jedoch blieb und schaute seinen Vater an, der zustimmend nickte.

Sobald die anderen den Raum verlassen hatten, legte er dar, um was es ihnen ging, während sein Vater mit einem leeren Zinnkelch spielte.

»Wir haben darum ersucht, dass der Vertreter der Krone kommt und sich der Sache annimmt; stattdessen hat er Euch geschickt, was also gedenkt Ihr zu tun, Vogt? Wir bluten aus und sind ruiniert, wenn unsere Leibeigenen glauben, sie könnten ungestraft davonlaufen.«

»Das ist natürlich eine schwierige Situation«, meinte Simon ruhig. »Denn, wie Ihr wisst, ist Euer Leibeigener jetzt ein Bergmann und damit …«

»Das ist uns alles bekannt! Die Frage ist, was werdet Ihr tun, um ihn zurückzuholen? Wenn unserem Gut die Bauern fehlen, um die Felder zu bestellen und die Ernten einzubringen, haben wir kein Geld und können unsere Steuern nicht mehr zahlen. Und, glaubt mir, sollte dieser treulose Hund ungeschoren davonkommen, werden bald andere seinem Beispiel folgen.«

»Ja, ja, nur haben die Bergleute nun einmal uralte Rechte …«, seufzte Simon.

»Das braucht Ihr mir nicht zu sagen!«, unterbrach Sir Robert ihn. »Ich bin hier geboren und kenne ihre Privilegien. Aber Peter Bruther ist kein Bergmann. Er gräbt weder nach Torf noch nach Zinn. Er sitzt einfach in seiner neuen Hütte und genießt das Nichtstun. Davon könnt Ihr Euch gern selbst überzeugen!«

»Selbst wenn ich das täte«, erwiderte Simon, »was würde es nützen? Es macht keinen Unterschied, ob ich ihn faulenzen sehe oder nicht. Laut Gesetz geht er Euch nichts mehr an, also …«

»Er geht uns nichts mehr an? Immerhin ist er unser Leibeigener! Ich schere mich nicht um diese Gesetze, die nur ein paar Schurken im Moor zugute kommen …«

»Und dem König«, erklärte Baldwin ruhig.

»Dem König!«, schnaubte Sir Robert voller Verachtung. »Dieser lächerliche Popanz hat …«

»Schweig, Robert.« Sein Vater stützte die Ellbogen auf den Tisch. Wie manche Ritter mit durchstochenen Wangen lispelte er ein wenig, als sei damals seine Zunge verletzt worden. Er sah müde aus, und Baldwin war sicher, dass es nicht seine Idee gewesen war, den Vertreter der Krone um Hilfe zu ersuchen. »Also, Vogt, Ihr wisst, dass mein Sohn Recht hat. Es muss etwas getan werden; ich kann nicht zulassen, dass meine Leibeigenen einfach verschwinden. Wie wird sich der Vertreter der Krone verhalten, wenn ich mir diesen Bruther zurückhole?«

»Das dürft Ihr nicht«, erwiderte Simon, »denn die Bergleute hätten das Recht, Euch daran zu hindern, und niemandem ist an Streitigkeiten gelegen.«

»Ihr wollt also nichts unternehmen?«

»Was soll ich sagen, Sir?«, erwiderte Simon mutlos. »Wollt Ihr, dass ich Euch etwas verspreche, was ich nicht halten kann? Ich habe keine Truppen, die mir helfen könnten, ich bin nur ein Diener des Königs – und es liegt nicht einmal ein Gesetzesbruch vor. Bruther hat das Recht auf seiner Seite. Wenn Ihr versucht, ihn zurückzuholen, muss ich die Bergleute unterstützen, falls sie Euch daran hindern wollen. Aber das wisst Ihr ja selbst. Ich kann versuchen, Euch in Eurer unangenehmen Lage beizustehen, indem ich mich schriftlich …«

»Nachdem ich so viele Jahre lang dem König treu ergeben war, muss ich also jetzt hilflos zusehen, wie ich ausblute? Immerhin sind die Leibeigenen die Grundlage meines Wohlstands.«

»Dieser Mann ist weg. Vergesst ihn. Er ist dem Gesetz nach nun ein Freier, der auf seinem eigenen Land nach Zinn gräbt.«

»Vogt«, fauchte Sir Robert Beauscyr, »was mich angeht, ist dieser Mann noch immer unser Leibeigener, und *unsere* Leibeigenen haben kein Eigentum! Sie dürfen etwas von unserem Land für sich nutzen, wenn wir es ihnen gestatten, aber das Einzige, was sie wirklich besitzen, sind ihre Bäuche und ihr Hunger, sonst nichts!«

Simon ging gar nicht auf ihn ein, sondern wandte sich an seinen Vater. »Sir William, ich kann an den Tatsachen nun einmal nichts ändern.«

»Nein, offenbar nicht.« Sir Robert stand so plötzlich auf, dass sein Stuhl umkippte, und funkelte Simon wütend an. »Aber ich werde nicht tatenlos zusehen, wie mein Erbe verfällt wegen dummer Gesetze – und der Dummheit ihrer Hüter! Wenn Ihr uns nicht helfen wollt, müssen wir die Sache selbst in die Hand nehmen!« Ehe Simon etwas erwidern konnte, stürmte er aus dem Raum.

Einen Moment lang herrschte betretenes Schweigen.

»Er ist sehr besorgt, wie wir alle«, erklärte Sir William schließlich. »Hier draußen im Moor ist es schwer genug, die Bauern bei der Arbeit zu halten, und noch schlimmer wird es, wenn die jungen Männer davonlaufen, weil sie hoffen, ihre Freiheit zu erlangen und dabei noch gutes Geld zu verdienen.«

»Gewiss, ich verstehe Eure Schwierigkeiten, doch was soll ich machen? Als Vogt muss ich dafür sorgen, dass das Gesetz eingehalten wird.«

»Und Ihr glaubt, das sei der richtige Weg? In Gottes Namen!«, seufzte Sir William verzweifelt. »Ich habe meinen Sohn davon abgehalten, etwas Beleidigendes über ihn zu sagen, aber – Herr Jesus! – der König hat das Volk längst nicht mehr im Griff. Schaut euch die Geschichte in Bristol an – erst vor zwei Jahren musste die Stadt mit einer Streitmacht angegriffen werden, weil sie sich weigerte, die Steuern zu zahlen, die sie der Krone schuldete. Auf dem Land wird Wegelagerei zu einem immer größeren Problem, überall wimmelt es von Geächteten, und die Leibeigenen rebellieren unverhohlen. Nirgendwo will man mehr das Gesetz befolgen; alle verachten seit Bannockburn den König. Was wird mit uns geschehen, wenn wir diesen Burschen davonkommen lassen? Es könnte leicht mit einem Aufstand enden – und was würdet Ihr dann tun, Vogt? Würdet Ihr kommen und Euch bei meinem Leichnam entschuldigen? Und bei den Leichen meiner Frau und meiner Söhne?«

Simon schwieg, da er nicht wusste, was er darauf antworten sollte, und nach einem Moment senkte der alte Ritter seinen Blick. Er hatte auf Beistand gehofft, aber es war offensichtlich, dass er weder vom Vertreter der Krone noch vom Vogt Hilfe erwarten konnte. Und die Bergleute wussten sehr genau, dass das Gesetz hinter ihnen stand. Es gab nichts mehr, was er tun konnte – alles lag nun in Gottes Hand. Langsam stand er auf, und während er den Raum verließ, spürte er plötzlich die Last seines Alters. Er musste wenigstens seinen ältesten Sohn davon abhalten, eine Dummheit zu begehen und die Bergleute gegen sich aufzubringen.

Nachdem der Vorhang sich hinter Sir William geschlossen hatte, stieß Baldwin einen tiefen Seufzer aus. »Allmählich verstehe ich, warum du wegen dieses Besuchs so bedrückt warst.«

Simon nickte nur und erhob sich. »Gehen wir und schauen uns etwas um. Hier fühle ich mich wie ein Gefangener, der darauf wartet, dass der Gefängniswärter zurückkehrt.«

Draußen im Hof atmete Simon tief die warme, nach Torf riechende Luft ein. Er hatte zwar erwartet, dass die Beauscyrs wütend sein würden, aber das machte die Sache auch nicht einfacher. Im Grunde gab er ihnen sogar Recht, und er wollte wahrhaftig nicht dafür verantwortlich sein, dass ihnen ein Leid geschah, falls ihre Leibeigenen einen Aufstand wagen sollten.

»Nun vergiss die ganze Angelegenheit, Simon«, unterbrach Baldwin seine Gedanken. »Es gibt nichts, was du für sie tun kannst. Nach dem Gesetz kann man Peter Bruther nun einmal nicht verweigern, im Moor zu bleiben, wenn er das will.«

»Ich weiß, ich weiß, aber das hilft mir auch nicht weiter. Sir William hat schließlich Recht damit, dass ein Landgut von seinen Arbeitskräften lebt, und falls die Leibeigenen meinen, sie könnten den Willen ihres Herrn missachten, verlieren sie den Respekt vor ihm – und das kann nur zu Rebellion führen.«

»Um Beauscyr brauchst du dir keine übermäßigen Sorgen zu machen«, meinte Baldwin trocken. »Schau dich doch nur um! Da müssten sich schon die Bauern aus der ganzen Grafschaft zusammenrotten, um hier eindringen zu können.«

»Das ist wohl wahr«, nickte Simon bedächtig. Die hohen Mauern boten einen sicheren Schutz, die Lagerhäuser unter dem Wohnturm schienen gut gefüllt zu sein, und nach den vielen Männern zu urteilen, die geschäftig über den Hof eilten, gab es eine stattliche Zahl von Wachen und Dienstboten. Er deutete mit dem Kinn auf einige, die müßig in der Nähe des Tors standen. »Es sieht so aus, als könnten die Beauscyrs sich ihre eigene Armee leisten.«

»Das ist nicht weiter verwunderlich«, entgegnete Baldwin. »Sir William war etliche Jahre lang Gefolgsmann des Königs. Es ist bekannt, dass er mehrere Feinde Edwards gefangen genommen hat, und das Lösegeld für sie muss ihm einiges eingebracht haben. Außerdem kann man gewiss davon ausgehen, dass sein Beuteanteil groß genug war.«

In seiner Stimme lag ein zynischer Unterton. »Du hast doch auch gekämpft«, fragte Simon verwundert, »und dabei sicher ebenfalls Gefangene genommen und Beute gemacht? Schließlich lohnen sich Kämpfe ja überhaupt erst wegen der Kriegsbeute, sonst würde kein Mensch in ein Heer eintreten.«

Baldwin lächelte nur. Da sie selten über seine Zeit als Tempelritter sprachen, würde der Vogt, der so fest in seiner ländlichen Welt verwurzelt war, nur schwer verstehen, dass die Templer Ordensritter gewesen waren, die nicht der Beute wegen, sondern für Gott gekämpft hatten. Wenn sie Wohlstand errungen hatten, dann allein für ihren Orden, damit er weiterhin seine vordringliche Aufgabe erfüllen konnte, die Pilger auf der Reise ins Heilige Land zu schützen. Alles andere war unwichtig gewesen verglichen mit dieser heiligen Aufgabe, und bis auf den heutigen Tag fand Baldwin es verabscheuenswert, aus reiner Gewinnsucht zu kämpfen.

»Komm, mein Freund, gehen wir wieder hinein«, sagte er. »Wenigstens können wir morgen nach Lydford zurückkehren.«

»Ja, aber damit ist diese Angelegenheit bestimmt noch nicht zu Ende – nicht bei einem jungen Mann wie Sir Robert Beauscyr, der das Gefühl hat, sein Erbe sei in Gefahr.«

Sir Robert Beauscyr stand am folgenden Morgen auf dem Wehrgang über dem Tor und schaute voller Bitterkeit den beiden Männern hinterher, als sie davonritten. Er hatte immer an das Gesetz geglaubt und war überzeugt gewesen, es schütze jeden, der Schutz und Hilfe brauchte, doch nun sollte Peter Bruther straflos davonkommen, obwohl seine Familie im Recht war. Noch schlimmer war die Tatsache, dass sie selbst das Gesetz brechen würden, wenn sie versuchen sollten, ihn wieder zurückzuholen.

»Nun, Bruder – wohl etwas enttäuscht, was?«

John war an seine Seite getreten, und Robert konnte sich eine spöttische Bemerkung nicht verkneifen. »Ausnahmsweise mal ganz allein, John? Wo ist denn dein Herr und Meister?«

»Sir Ralph wollte ausreiten und sich das Moor ansehen.« Er musterte seinen Bruder mit einem leicht amüsierten Blick und zuckte dann die Schultern. Roberts Stimmung verwunderte ihn nicht, aber noch weniger scherte es ihn. »Also, der Vogt wird euch jedenfalls nicht helfen. Das scheint sicher.«

»Man fragt sich, was das Gesetz taugt, wenn es nicht gegen Unrecht schützt«, schnaubte Robert.

»Gesetz hin oder her – hier geht es zum einen um die Interessen einer kleinen Familie im Moor und zum anderen um die des Königs«, entgegnete John sarkastisch.

»Was meinst du damit? Unser Vater und bereits unser Großvater haben in den letzten fünfzig Jahren den Herrschern Englands in sämtlichen Kriegen gedient. Wir haben die gleichen Interessen wie der König. Das muss er doch wissen.«

»Bist du da so sicher? Nach allem, was ich höre, ist dieser König sogar zu schwach, um sich morgens zu entscheiden, welches Wams er anziehen soll. Das Einzige, was ihn interessiert, ist Geld, damit er sich seinen Freunden gegenüber großzügig zeigen kann – und die Bergleute bringen ihm dieses Geld ein. Was sind dagegen wir wert? Und wie viel bedeutet ihm unsere Loyalität, wenn eine ganze Reihe großer Lords zu seiner Verfügung stehen – Männer wie Aymer de Valence und Thomas von Lancaster? Braucht er dann auch noch die Familie Beauscyr zu seiner Unterstützung?«

»Unsinn!«, fauchte Robert gereizt. »Der König weiß, wer seine wahren Freunde sind – die Ritter in den Grafschaften, Männer wie wir, auf die er sich in Kriegszeiten verlassen kann, nicht …«

»Ach, Bruder, ich bitte dich! Glaubst du das im Ernst? Der König ist gewiss nicht so dumm, das zu denken. Die Ritter, auf die er zurückgreift, wenn es Kämpfe zu bestehen gilt, halten sich entweder in der Fremde auf und verdienen sich ihr Geld damit, für die Pisaner, die Venezianer oder jeden anderen zu kämpfen, der sie bezahlt, oder sie sind zunächst einmal ihren Lords gegenüber loyal und erst dann dem König. Denn wem leisten die meisten Ritter ihren Treueschwur? Dem König oder ihrem Lehnsherrn? Und überhaupt – wenn sich für Edward in dieser Sache die Frage stellt, ob er die Bergleute unterstützen soll, die ihm viele Tonnen Zinn liefern und erkleckliche Steuern zahlen, oder ein paar Ritter, deren Land an das Moor grenzt und deren Wohlstand nur gering bemessen werden kann, ist die Entscheidung wohl eindeutig.«

»Gerechterweise muss er …«

»Das Leben ist aber nicht gerecht. Der König, Gott schütze ihn, ist gezwungen, an sein eigenes Wohl und das Wohl des Königreichs zu denken. Ich fürchte, unser Vater – und auch du – steht in seiner Wertschätzung doch um einiges unter den Zinngräbern.«

»Warum redest du so zynisch daher?«, fragte Sir Robert betroffen. »Du weißt, dass der König Männer wie uns braucht; wir sind das Rückgrat des Königreichs. Wo wäre er ohne die Ritter und …«

»Wer kommt da?«

Robert schaute sich um und sah, dass sich von Westen her zwei Reiter näherten. »Guter Gott! Das sind dieser Thomas Smyth und sein Diener. Was wollen die nur hier?«

»Woher soll ich das wissen?«, entgegnete John ungerührt. »Aber du als Erbe des Guts wirst es sicher bald erfahren.«

Mit einem unterdrückten Fluch wandte Sir Robert sich um und eilte zur Treppe, die hinunter in die Ställe führte. Die Bergleute waren sowieso schon ein beständiges Ärgernis, und für einen Besuch von Smyth gab es wahrscheinlich kaum einen freundschaftlichen Anlass.

Neugierig blieb John oben auf der Mauer stehen, um zu beobachten, was geschah. Der alte Bergmann sprang vom Pferd und warf seinem Diener die Zügel zu; ihm war deutlich anzusehen, dass er selbst hier, in der Festung seines

Feindes, nicht die geringste Furcht empfand. Er schlenderte über den Hof auf Sir William zu, der mit grimmigem Gesicht oben auf der Treppe stand. Sie wechselten an der Tür ein paar Worte und gingen hinein. Kurz darauf tauchte Robert aus den Ställen auf und stürmte hinterher.

Zu seinem Bedauern konnte John nicht hören, was drinnen geredet wurde, und für einen Moment spielte er mit dem Gedanken zu lauschen. Vielleicht ergäbe sich eine Gelegenheit für einen harmlosen Spaß, wenn er etwas erfuhr, womit er seinen stolzen Bruder ein wenig ärgern könnte ... aber die Peinlichkeit, wenn man ihn dabei ertappte, wäre größer als dieses Vergnügen, deshalb beschloss er, sich stattdessen lieber einen Krug Bier zu holen, als die Stimmen lauter wurden.

Offensichtlich gab es eine hitzige Debatte. Sein Vater versuchte anscheinend, jemanden zu beruhigen, dann schrie sein Bruder empört: »Das darfst du nicht – ich lasse das nicht zu! Das ist Irrsinn, völliger Irrsinn! Willst du etwa dem Wort dieses Fremden vertrauen? Das ist doch wider alle Vernunft! Ich lasse das nicht zu!«

Das Geschrei ging noch für einige Zeit weiter, und John sah, dass der Diener des Bergmanns die Angelegenheit ebenso spannend fand wie er. Zu Beginn der Auseinandersetzung hatte er nach seinem Dolch gegriffen und offenbar überlegt, ob er seinem Herrn vielleicht beistehen sollte. Unsicher machte er einige Schritte über den Hof, doch in diesem Moment wurde die Tür aufgestoßen und Robert stürmte heraus. Er sprang die Stufen hinunter und rannte über das Kopfsteinpflaster zu den Ställen, zerrte einen der Knechte zu seinem Pferd und befahl ihm wütend, es zu satteln. Dann stieg er auf und galoppierte durch das Tor hinaus.

Sprachlos schaute John seinem Bruder hinterher, bis er verschwunden war. Sein Vater stand mit Smyth auf der Treppe. John sah, dass der Bergmann seinem Diener ein Zeichen machte, der daraufhin langsam die Hand vom Dolch nahm, aber er sah auch die Verzweiflung auf dem Gesicht seines Vaters und grinste verstohlen.

4. KAPITEL

Sir Ralph hatte den Rat seines Gastgebers befolgt und einen Bewaffneten auf seinen Ausritt mitgenommen – nicht nur weil es immer wieder zu Übergriffen durch Räuber und Geächtete komme, wie Sir William erklärt hatte, sondern auch weil es besser wäre, jemand dabei zu haben, der die Gegend kenne, denn Dartmoor könne gefährlich sein, selbst mitten im Sommer. Das Moor breite sich unberechenbar aus und verschlucke oft genug das Vieh der Bauern oder unachtsame Wanderer.

Im warmen Sonnenschein sah die Gegend jedoch so friedlich aus, dass Sir Ralph bald jedes Unbehagen vergaß und zu galoppieren begann. Es gefiel ihm, den Wind zu spüren, der an seinem Umhang zerrte, und die kraftvollen Bewegungen seines Pferdes. Er trug nur leichte Kleidung, eine Hose und ein schlichtes Wams aus grüner Wolle, und hatte statt seines Schlachtrosses seinen Zelter genommen, eine Rotschimmelstute, die spürbar Freude an diesem Ausritt hatte.

Sein Begleiter, ein junger Mann namens Ronald Taverner, war ebenfalls froh darüber, einmal aus der Feste herauszukommen. Er kannte diesen Ritter zwar nicht, gab sich als fröhlicher Bursche aber eifrig Mühe, Sir Ralph zu gefallen. Im Augenblick wäre ihm allerdings am liebsten gewesen, wenn dieser fremde Ritter auf den Gedanken gekommen wäre, irgendwo zu rasten und etwas zu trinken. Aus diesem Grund hatte er die nordwestliche Richtung eingeschlagen, denn dort, wo der Dart River den Weg übers Moor kreuzte, gab es eine Bierschenke. Die Bauern in dieser Gegend brauten immer viel zu viel und verkauften, was sie selbst nicht trinken konnten, nur zu gern an jeden Vorbeikommenden.

Sie waren etwa vier oder fünf Meilen weit geritten, als Sir Ralph am Rand eines Abhangs sein Pferd zügelte. Unter ihnen lag ein Tal, das früher einmal ein altes Flussbett gewesen sein musste, doch statt eines mächtigen Wasserlaufs rieselte jetzt nur noch ein kleiner Bach zwischen Felsen hindurch und verschwand mit einer scharfen Biegung zu ihrer

Linken. Hier und da wuchs ein kleiner Strauch oder ein verkümmerter Baum, ansonsten gab es lediglich graues Felsgestein, Kies und Geröll. Ein Mann schaute zu den beiden Reitern hinauf und beschirmte mit einer Hand seine Augen vor der Sonne.

Es war eindeutig ein Zinngräber, und Sir Ralph beachtete ihn nicht weiter, bis sein Begleiter überrascht rief: »Das ist ja Peter Bruther, der meinem Herrn davongelaufen ist!«

»Ach ja?« Ralph betrachtete den hageren Mann genauer. Er schien Ende zwanzig zu sein, trug ein zerschlissenes braunes Gewand und einen schäbigen Umhang. In seinen dunklen Augen stand weder Misstrauen noch Angst, er erwiderte neugierig ihre Blicke, zuckte dann die Schultern und begann Schlamm aus dem Bach zu kratzen und in einen ledernen Eimer zu füllen. Irgendwie fühlte Ralph sich enttäuscht. Nach allem, was er gehört hatte, musste dieser Leibeigene der reinste Teufel sein; dabei wirkte er in Wahrheit recht erbärmlich. Rasch fasste er einen Entschluss und gab seinem Pferd die Sporen.

Bruther hörte die Männer den Abhang herabkommen und schaute sich hastig um, während sie durch den Bach ritten, als suche er nach einem Fluchtweg. Sir Ralph lächelte grimmig; er konnte ihnen nicht mehr entkommen – wohin hätte er auch flüchten wollen?

»Bist du Peter Bruther?«

Bruther schaute ihn freimutig an. »Ich bin ein Bergmann.«

Ralph gefiel es, dass er kein unterwürfiger Feigling zu sein schien. »Ich nehme an, das stimmt. Aber du bist Sir William Beauscyr davongelaufen?«

»Ich war einmal einer seiner Männer«, gab Bruther so gelassen zu, als bestätige er lediglich, dass er einen Sack Getreide zu verkaufen habe.

Sir Ralph bemerkte plötzlich das spöttische Funkeln in seinen Augen, das ihn etwas verwirrte. Als Ritter war er daran gewöhnt, auf den Gesichtern von Bauern Besorgnis oder Beklommenheit, oft auch unverhüllte Angst zu sehen. Nie zuvor war er einer solch hämischen Verachtung begegnet wie bei diesem Mann, der sogar kaum verstohlen grinste. Bei einem Kaufmann oder einem anderen Freien wäre dieses Benehmen respektlos gewesen; bei einem davongelaufenen Leibeigenen war es schlicht eine Unverschämtheit. Wütend drängte er sein Pferd näher an ihn heran.

»Wenn es etwas gibt, was dich amüsiert, lass mich daran teilhaben.«

»O nein. Nicht ehe Ihr erklärt, warum Ihr mit mir reden wollt. Immerhin seid Ihr hier derjenige, der gegen Recht und Gesetz verstößt, nicht ich.«

»Was sagst du da?«, fauchte der Ritter, fassungslos über die Kühnheit dieses Kerls.

»Sir Ralph, ich denke, wir sollten wieder umkehren ...«

»Schweig«, befahl er seinem Begleiter. »Ich denke vielmehr, ich sollte ihn mitnehmen. Und sei es nur deshalb, weil seine Unverschämtheit Strafe verdient. Zudem wäre es ein kleiner Dank für Sir Williams Gastfreundschaft. Und niemand kann die Familie Beauscyr dafür verantwortlich machen, dass ich diesen Mann irrtümlich zurückbringe, oder? Außerdem reise ich bald weiter. Wenn er wieder auf dem Land der Beauscyrs ist, kann er für sein Davonlaufen bestraft werden. Binde ihn und gib mir dann das Seil. Unterwegs kann er uns gern erklären, was er so lustig findet. Wenn er nicht laufen will, schleifen wir ihn einfach hinter uns her.«

»Sir Ralph ...«

»Sir Ralph heißt Ihr?«, unterbrach Peter Bruther den Bewaffneten. »Seht Ihr hier meine Werkzeuge? Ich bin ein Zinngräber, und Ihr müsst wissen, dass ich jetzt dem König unterstehe und der Gerichtsbarkeit der Zinnbergleute. Trotzdem wollt Ihr mich gefangen nehmen?«

Ralph lächelte. »Ich weiß nur, dass du ein davongelaufener Leibeigener der Beauscyrs bist, das ist alles, was für mich zählt.« Er wandte sich seinem Begleiter zu. »Du sollst ihn binden, habe ich gesagt, und ...«

Überrascht verstummte er. Acht Männer mit grimmigen Mienen, die Hacken und Schaufeln in den schmutzigen Händen hielten, standen hinter ihm – offenbar Bergleute, die jenseits der Biegung in diesem alten Flussbett gearbeitet haben mussten. Unbewusst griff er nach seinem Schwert, doch schon hob einer drohend seine Spitzhacke. »Lasst uns in Frieden«, zischte er.

»Das sind nur meine Freunde – Zinngräber wie ich. Und ich denke, Ihr solltet jetzt besser weiterreiten. Dieses Land gehört *uns*, den Bergleuten. Ihr habt hier keine Rechte.« Bruther war dicht an sein Pferd getreten. »Verschwindet, Herr Ritter«, befahl er mit höhnischer Stimme. »Oder wollt Ihr mich immer noch zurückschleifen, wie Ihr es angedroht habt?«

»Das wirst du noch bereuen!«, stieß Sir Ralph wütend hervor. Aber es gab nichts, was er tun konnte. Heftig riss er die Zügel herum und trieb seine Stute mit einem Peitschenhieb den Abhang hinauf. Ehe Taverner ihm folgen konnte, griff Bruther nach dem Zaum seines Ponys und nahm dem nervösen jungen Mann das aufgerollte Seil ab.

»Sag Sir Ralph, das behalte ich«, erklärte er spöttisch. »Er kann jederzeit kommen und mich holen. Ich halte den Strick gern bereit, mit dem er mich binden und zurückschleifen will.« Damit versetzte er dem Pony einen Klaps, und Ronald ritt eilig Sir Ralph hinterher, verfolgt vom Hohngelächter der Bergleute.

Henry Smalhobbe richtete sich stöhnend auf und rieb sich den schmerzenden Rücken. Die Sonne stand schon tief im Westen; bald würde es dunkel werden, und es war Zeit, zu seiner Hütte zurückzukehren. In Bristol war die Sonne immer rasch hinter den Hügeln rings um die Stadt verschwunden, doch hier im Moor kroch die Dämmerung ganz allmählich heran, und es dauerte einige Zeit, bis es wirklich Nacht wurde und die Sterne wie winzige Diamanten am Himmel funkelten.

Er schulterte seinen Lederbeutel mit Erzgestein, seine Schaufel und die Hacke und verließ das alte Flussbett, um sich auf den Heimweg zu machen. Das Gelände war eben, und er kannte jeden Meter, da er diese Strecke nun schon seit Wochen Tag für Tag ging; es gab keine gefährlichen

Sumpflöcher, und um sich nicht zu verlaufen brauchte er nur darauf zu achten, dass Higher White Tor vor ihm und Longaford Tor zu seiner Linken lag.

Der fröhliche Plätschern des Bachs, das ihn neben dem Gesang der Vögel während des Tages begleitet hatte, wurde bald leiser, und die meisten Vögel saßen längst in ihren Nestern. Bis auf das Wispern des Windes herrschte Stille. Er ging etwas schneller. Bei den vielen Geschichten, die man sich von Crockern erzählte, fühlte sich kein Mann nach Einbruch der Nacht im Moor besonders wohl.

Aber Henry Smalhobbe war nicht übermäßig abergläubisch und verdrängte alle Gedanken an Geister und Gespenster. Unnütze Sorgen waren wie unnötiges Gepäck, das hatte er schon als kleiner Junge gelernt. Seine Kindheit war ereignislos und friedlich gewesen, und seit er erwachsen war, hatte er die meiste Zeit treu seinem Herrn gedient und war viel zu beschäftigt gewesen, um sich mit irgendwelchen dummen Ängsten abzugeben. Aber das war früher gewesen …

Er blieb stehen und rieb sich über das linke Auge. Seit ein paar Monaten zuckte sein Augenlid immer wieder ganz merkwürdig; gelegentlich fürchtete er sogar, irgendwann blind zu werden. Als Blinder war man hilflos und wehrlos jedem ausgeliefert, falls man kein reicher Mann war, und das war er nun wirklich nicht. Sollte er sein Augenlicht verlieren, würden andere Bergleute ihm sein Land abnehmen; er würde mit seiner Frau aus dem Moor vertrieben werden, und Arbeit fand ein Blinder nirgendwo. Ihre einzige Hoffnung wäre dann, dass Sarah den Lebensunterhalt für sie verdiente, und was das hieß, darüber wollte er lieber nicht nachdenken.

Henry Smalhobbe biss die Zähne zusammen und ging weiter. Es war dumm, mit solchen Sorgen Zeit zu verschwenden. Er könnte morgen von einem wilden Tier oder einer Schlange gebissen werden, in ein Sumpfloch fallen oder sich mit Aussatz anstecken … es gab viele Gefahren hier im Moor, durch die ein Mensch zu Tode kommen konnte; da musste er sich nicht noch alles mögliche ausmalen.

Wie auf ein Stichwort ertönte in der Ferne das leise Heulen von Wölfen, und er schritt ein wenig rascher aus.

Es war fast dunkel, als er erleichtert das flackernde Licht des Feuers sah. Er und Sarah hatten ihr kleines Häuschen aus Steinen erbaut, die offenbar einmal zu einer alten Mauer gehört hatten, und die Ritzen mit Geröll und Lehm ausgefüllt, aber als Tür diente ihnen nur eine alte, dicke Decke, die im Winter wenig nutzte. Im Sommer allerdings genügte sie, und Sarah ließ sie abends immer offen, damit er leichter den Weg fand.

Das Gelände war eben; nur hier und da wuchsen einige Sträucher, ansonsten konnte man ungehindert bis zur Hütte schauen. Plötzlich blieb Henry misstrauisch stehen. Einer der Büsche vor seiner Hütte sah heute Abend ganz anders aus. Er wusste genau, dass es nur ein dürrer Strauch war, aber jetzt wirkte er viel breiter und dichter. Dort hockte jemand!

Unwillkürlich musste er an die vielen Geschichten über Geister und Dämonen denken, die er gehört hatte, wenn er mit einem Krug Bier in der Schenke am Feuer gesessen hatte. Fast blieb ihm das Herz stehen. Damals hatte er es für dumme Märchen gehalten, aber jetzt, allein in dieser menschenleeren Einöde, überkam ihn doch das Grausen. Ein Windstoß wehte ihm ins Gesicht, und er spürte den eiskalten Schweiß auf seiner Stirn. Als die schattenhafte Gestalt eine langsame Bewegung machte, sträubten sich Henry die Haare vor namenloser Angst.

Was immer es war, es verstellte ihm den Weg. Er konnte nicht zu seiner Tür kommen, ohne daran vorbeizugehen, und erst recht nicht nach Sarah rufen – der Himmel mochte wissen, was dieses Ding womöglich mit ihr machen würde, wenn sie sich sehen ließ.

Doch dann verflog seine Angst mit einem Mal. Die Gestalt hatte gehustet! Und ein Wesen, das hustete, war lediglich aus Fleisch und Blut wie er selbst. Er packte seine Hacke und legte behutsam die übrigen Sachen auf den Boden. Wer dort lauerte, schien nicht zu wollen, dass man ihn entdeckte. Das leise Husten war rasch unterdrückt worden; nur der

Wind hatte es ihm zufällig zugetragen und den Mann verraten. Vorsichtig schlich er weiter, wobei er einen großen Bogen schlug, um aus der entgegengesetzten Richtung an die verdächtige Gestalt heranzukommen.

Bald erkannte er, dass der Mann, der dort hockte, einen dunklen Umhang trug und sich gelegentlich zur Hütte umschaute, aber ansonsten den Blick auf den Weg geheftet hielt. Henry spürte, wie sein Herz hämmerte. Das war niemand, der sich zufällig hier aufhielt. Dieser Mann lauerte ihm eindeutig auf. Wenn es ihm gelang, ihn zu überraschen, konnte er ihn vielleicht überwältigen.

Vorsichtig schlich er näher heran. Jedes Mal, wenn er sah, dass der andere sich bewegte, blieb er mit angehaltenem Atem stehen, ehe er sich weiterwagte, wobei er darauf achtete, kein Geräusch zu verursachen. Zum Glück gab es weder Zweige noch trockene Blätter auf dem Boden, die ihn verraten konnten. Er zitterte vor Anspannung und umklammerte fest den Stiel seiner Hacke.

Aber dann ging alles schief.

»Henry? Henry?«, hallte der ängstliche Ruf seiner Frau durch die Nacht.

Sarah hatte seit Einbruch der Dämmerung mit dem Essen auf ihren Mann gewartet, weil er normalerweise heimkehrte, bevor es dunkel wurde. Inzwischen war es bereits finster, und sie begann sich Sorgen zu machen. Ob er sich vielleicht bei der Arbeit verletzt hatte oder in eines der Sumpflöcher gefallen war, die es mancherorts gab? Aber das war lächerlich. Er kannte die Gegend, und außerdem war Henry ein vorsichtiger Mann – nur sah es ihm gar nicht ähnlich, so spät zu kommen, denn er ging nicht gern in der Dunkelheit über das Moor.

Beklommen spähte sie hinaus in die Nacht und sah eine schattenhafte Gestalt. Sie rief den Namen ihres Mannes, er wandte sich zu ihr um – doch da sprang eine zweite Gestalt neben dem Weg auf, und sie schrie vor Entsetzen.

Samuel Hankyn rülpste leise, als er die Schenke verließ. Das Bier war gut und wunderbar stark gewesen, aber es war schon merkwürdig, dass der Herr sie so früh nach Hause geschickt hatte, zumal sich Sir William mit einem Mann traf, der sein Feind war, wie alle wussten.

Ärgerlich musterte Samuel seinen Kameraden Ronald Taverner, der ziemlich angeheitert zu sein schien. Er hätte nicht auf ihn hören sollen, als Ronald vorschlug, erst noch einen Schluck zu trinken, ehe sie sich auf den Heimweg machten. Schließlich hatte er schon oft genug gesehen, wie wenig der Bursche vertragen konnte.

Aber dass sein Herr sie vor dem Haus des Bergmanns weggeschickt hatte und allein hineingegangen war ... wirklich sonderbar. Nach dem Streit an diesem Nachmittag, der dazu geführt hatte, dass Sir Robert wütend davongestürmt war, was alle in der Burg wussten, hätte er gedacht, Sir William würde einen ganzen Trupp mitnehmen und nicht nur Sir Ralph, seinen Sohn John und zwei Bewaffnete – ihn selbst und den jungen Ronald. Es hätte weit besser zu einem Mann seines Ranges gepasst, den Bergleuten zu zeigen, welche Macht er hinter sich hatte. Wenn sie wüssten, dass sie Zwietracht in den Reihen der Familie Beauscyr gesät hatten, könnten sie vielleicht auf den Gedanken kommen, noch weitere Forderungen zu stellen oder sogar den Ritter als Geisel nehmen und ein ansehnliches Lösegeld verlangen – das hatte es alles schon gegeben.

Im Grunde war Samuel recht froh, dass man sie weggeschickt hatte. Wenn es zu einem Kampf kam, wollte er lieber nicht mittendrin stecken. Ritter waren durch ihre Rüstungen gut geschützt und wurden bei einer Gefangennahme nur selten getötet; es war viel einträglicher, sie gegen ein ordentliches Lösegeld wieder freizugeben. Anders sähe es bei ihm aus. Samuel war nie wohlhabend gewesen, konnte sich kaum mehr als die vorgeschriebenen Waffen leisten – Schwert und Helm hatte Sir William für ihn bezahlt – und war deshalb nichts wert. Bei einer Niederlage konnte ein einfacher Soldat wie er sich glücklich schätzen, wenn er gleich ein Messer in die Brust bekam.

Wieder fragte er sich, warum Sir William wohl allein zu dem alten Bergmann gegangen war. Er musste doch wissen, dass er sich in Gefahr begab, so ganz ohne Schutz. Es war fast schon Wahnsinn. Er würde doch nicht etwa nachgeben wollen? Nein, das konnte er nicht glauben.

Trotzdem hatte Sir William seine Gefolgsleute, die ihn zu Thomas Smyths Anwesen begleitet hatten, weggeschickt. Zurückschauend hatte Samuel gesehen, dass John und Sir Ralph ebenfalls in Richtung Chagford weitergeritten waren. Sie hätten Sir William nicht allein gelassen, wenn er nicht überzeugt gewesen wäre, dass ihm nichts geschehen könne, und das bedeutete wohl, dass er die Bedingungen des Bergmanns akzeptiert hatte – ihm also Geld zahlte, um Schaden von seinem Gut abzuwenden.

Samuel und Ronald hätten direkt zurückreiten können, aber nach dem Streit am Nachmittag herrschte in der Burg noch immer eine gedrückte Stimmung, und so war es Ronald nicht schwer gefallen, ihn zu überreden, in einer Schenke einzukehren. Da John und Sir Ralph in nördliche Richtung geritten waren, wollten sie vermutlich in den ›Fighting Cock‹. Es war kein Geheimnis, dass die beiden oft in dieses Wirtshaus gingen, um etwas zu trinken und sich auch sonst zu amüsieren, und weder Samuel noch Ronald legten Wert auf ihre spöttischen, gönnerhaften Blicke, deshalb schlugen sie den entgegengesetzten Weg ein. Dort, wo die beiden Flüsse Dart und Cowsic die Straße kreuzten, lag in einem kleinen Tal ein Gehöft, zu dem eine Bierschenke gehörte, wo sie bald alles andere vergaßen.

Einige Stunden später hatte Samuel darauf gedrängt zurückzukehren. Er wollte nicht gern noch unterwegs sein, wenn die Nacht hereinbrach, denn er kannte die vielen unheimlichen Geschichten, die man sich erzählte, und außerdem hatte er Angst vor Lady Matillida. In einer kleinen Burg wie Beauscyr würde sie zweifellos erfahren, wenn sie spät heimkehrten, und ihre Wutanfälle waren berüchtigt.

Sie verließen den Hof und ritten in östliche Richtung, bis Samuel zwei Reiter sah. Er hatte das sichere Gefühl, dass es Bergleute waren, und fluchte. Selbst nach einem einzigen Krug Bier war Ronald bei einem Kampf nicht mehr zu gebrauchen, und heute hatte er drei getrunken. Unsicher blickte Samuel nach Süden, doch er wusste, dass der Boden dort in dieser Gegend oft ein einziger Morast war. Auf der anderen Seite der Straße führte ein Pfad nach Norden. Wenn sie ihm eine Meile weit folgten, kämen sie über einen Umweg in östliche Richtung wieder zurück auf die Straße, und ein Umweg war immer noch besser als in einen ungleichen Kampf zu geraten.

Ronald schien gar nicht zu bemerken, dass sie eine andere Richtung genommen hatten. Er ritt mit zufriedenem Gesicht hinter Samuel her, der ärgerlich fluchte, obwohl es sicher klüger war, zwei Meilen mehr in Kauf zu nehmen. Die beiden Reiter schauten ihnen misstrauisch hinterher, und Samuel hoffte bloß, dass sie ihnen nicht folgen würden.

Der Weg führte zuerst am Fluss entlang, und allmählich wurde das Gelände zu beiden Seiten hügeliger. Jetzt hätten sie nach rechts abbiegen und wieder zurück zur Straße reiten können, aber dabei wären sie dicht an Crockern Tor vorbeigekommen, dem Versammlungsort der Bergleute, und um alles, was mit Bergleuten zu tun hatte, wollte Samuel heute Abend lieber einen großen Bogen machen, deshalb beschloss er, dem Pfad weiter zu folgen und den Umweg in Kauf zu nehmen.

Der Boden wurde immer felsiger, eine Anhöhe folgte auf die andere, und bald sah er vor sich den Wald, der wie eine dunkelgrüne Wand wirkte. Jetzt war es nur noch ein kurzes Stück, bis sie wieder auf den richtigen Weg kamen, und er gab seinem Pferd die Sporen. Die Sonne stand schon tief im Westen und krönte die Hügel zu seiner Linken mit einem purpurnen Kranz. Hier im Tal stieg die nächtliche Kälte aus dem Fluss auf, und der gedämpfte Hufschlag ihrer Pferde klang unheimlich, als sie das kleine Waldstück umrundeten.

»Ist es noch weit?«, hörte er Ronald rufen, der immer noch ziemlich benommen, gleichwohl aber bestens gelaunt zu sein schien.

»Halt das Maul, du Schwachkopf«, fauchte Samuel. »Wenn du nicht wärst, hätten wir es längst geschafft. Siehst du nicht, wo wir sind?« Ronald schaute ihn völlig verständnislos an. »Wir sind meilenweit von unserem Weg ab, hast du das nicht gemerkt?«

Sie hatten inzwischen den Wald erreicht, und Samuel wollte sich gerade verärgert umdrehen, als er Ronalds fassungslosen Gesichtsausdruck sah. »Was ist denn jetzt schon wieder?«, fragte er gereizt.

Stumm deutete der junge Mann mit zitternden Fingern nach links. Dort stand neben einem Felsbrocken ein großer Baum. Und an einem Ast drehte sich langsam ein Erhängter.

5. KAPITEL

Es war schon seit fast einer Stunde dunkel, als Matillida Beauscyr am Tor jemanden rufen hörte; dann schnaubte ein Pferd, und Hufschläge hallten durch den Hof. Sie spähte nach draußen und sah ihren ältesten Sohn aus dem Sattel steigen, der die Knechte anwies, das Tier zu füttern und zu striegeln.

Wortlos schaute sie ihm entgegen, und Robert wusste sofort, wie wütend sie war.

»Verzeih, Mutter, dass ich so spät dran bin. Ich …«

»Sei still und komm rein!«

Er folgte ihr mit rotem Kopf und fühlte sich wie ein kleiner Junge, denn er kannte ihre scharfe Zunge, und es kostete ihn Mühe, sich seine Beklommenheit nicht anmerken zu lassen.

Robert fürchtete sich vor keinem Menschen, nicht einmal vor seinem Vater, aber bei seiner Mutter war es etwas anderes. Matillida war als Tochter eines wohlhabenden Bürgers aus Exeter von Kind an daran gewöhnt, dass allen ihren Wünschen Folge geleistet wurde, und noch immer benahm sie sich herrisch wie eine Prinzessin – zumal sie in Beauscyr-Manor über mehr Macht verfügte als jede Königin.

Mit einem Fluch jagte sie die Diener aus dem Saal und setzte sich ans Feuer. »Nun?«, fragte sie mit trügerisch kühler Stimme und konnte ihre Verachtung kaum verbergen, während sie ihren ältesten Sohn anschaute. Er hat allen Grund, sich zu winden, dachte sie.

Es war nicht einfach für Matillida gewesen, aus einer Stadt mit regem gesellschaftlichen Leben mitten ins Moor zu ziehen, aber sie hatte getan, was ihre Pflicht gewesen war. Ihr Vater war glücklich gewesen, ihr einen solchen Bräutigam wie Sir William Beauscyr bieten zu können. Er war vielleicht nicht so gut aussehend wie andere Ritter, aber damals, im Jahre 1289, ein reicher, mächtiger Mann, und sie war zufrieden mit ihrem Los gewesen. In den vergangenen neunzehn Jahren hatte sie nie ihre beiden Pflichten vergessen: sich um das Gut zu kümmern und ihrem Ehemann die Söhne zu schenken, die er brauchte. Und diese Pflichten hatte sie erfüllt, auch wenn drei ihrer Kinder früh gestorben waren – zu schwach, um in dieser rauen Gegend zu überleben. Doch zwei Söhne hatte sie immerhin – und heute hatte der älteste die Familie in einer Notlage im Stich gelassen, dieser Dummkopf!

»Es tut mir Leid, wenn du dir um mich Sorgen gemacht hast«, begann Robert, »aber ...«

»Sei kein Narr! Wenn du so dumm wärst, im Moor in Schwierigkeiten zu geraten, denke ich, dass du dir selbst zu helfen wüsstest. Und wenn du dir den Hals gebrochen hättest, würdest du uns wenigstens weitere Probleme ersparen.«

»Was soll das heißen? Ich war wütend – ich *musste* weg, andernfalls wäre ich vielleicht wirklich mit etwas herausgeplatzt, das uns Ärger eingebracht hätte.«

»Du hast dich aufgeführt wie ein schmollendes Kind, dem man sein Spielzeug weggenommen hat, und eine wichtige Besprechung verlassen, bei der dein Vater dich brauchte«, fuhr sie mit erhobener Stimme fort. »Und du hast es auf eine Weise getan, dass alle Männer im Hof es gesehen und gehört haben. ›Ach, der arme junge Herr‹, werden sie gedacht haben. Und was hast du damit bezweckt? Wie kannst du erwarten, dass sie dich je respektieren? Was geschieht, wenn dein Vater stirbt? Er ist jetzt über fünfundfünfzig, sehr lange wird er nicht mehr leben – und wie willst du seine

Stellung einnehmen, wenn die Männer denken, dass du bei jeder harten Entscheidung oder Verhandlung davonrennst?«

»Das ist ungerecht«, entgegnete er mit gerötetem Gesicht. »Dieser erbärmliche Bastard Smyth hat uns bedroht! Er kommt hierher geritten, dieser Narr, als gehöre ihm das Gut und …«

»Du wagst es, *ihn* einen Narren zu nennen?« Ihre Stimme war leise, aber Matillida hatte Mühe, sich zu beherrschen. Es war nicht zu fassen, dass ihr Sohn so schwer von Begriff war. Nach der hervorragenden Erziehung, die er genossen hatte, müsste er doch begreifen, was diese Angelegenheit für das Gut und ihn selbst bedeutete. »*Er* kennt zumindest seine Macht – du scheinst das zu vergessen. Kennst du nicht mehr das Gesetz des Königs? Wenn ein Bergmann sagt, hier auf unserem Land gibt es Zinn, darf er es sich holen! Wenn er sagt, unter unseren Feldern liegt Erz, kann er ohne weiteres unsere Ernten vernichten, und glaube nur nicht, dass Smyth das nicht wagen würde.« Sie hob ärgerlich die Hand, um seine Erwiderung abzuschneiden. »Er hat die nötigen Männer dafür. Und als er hierher kam, um mit uns zu reden, bist du davongerannt wie eine Jungfer, die Angst um ihre Tugend hat!«

»Gewiss, dir hätte es gefallen, wenn ich geblieben wäre und ihm die Stirn geboten hätte«, entgegnete Robert bitter.

»Bist du wirklich so ein unglaublicher Narr?« Abrupt stand sie auf. »Wenn dein Vater stirbt, wirst du für das Gut und für mich verantwortlich sein. Dieser Smyth darf kein Anzeichen von Schwäche bei dir wittern, denn das würde er natürlich bei jeder Verhandlung mit dir sofort ausnutzen. Wenn er weiß, dass er dich nur in Wut zu bringen braucht, hat er dich in der Hand.«

»Aber er verlangt, dass wir Geld dafür bieten, dass er nicht auf unser Land kommt!«

»Das ist mir bekannt. Wenn wir uns weigern, wird er behaupten, hier sei Zinn, oder er wird verlangen, dass man ihm erlaubt, das Wasser aus unserem Fluss für seine Arbeit umzuleiten, er wird unsere Bäume fällen, um Holzkohle für seine Öfen herzustellen oder was auch immer. Und wir wissen, dass wir nichts tun können, um ihn daran zu hindern. Trotzdem gibt es vielleicht bald einmal etwas, das wir gegen ihn verwenden können. Für den Augenblick müssen wir jedoch Ruhe bewahren und uns freundlich mit ihm stellen, ihn weder beleidigen noch verärgern, damit er von unserem Gut wegbleibt. Genau das versuchen dein Vater und dein Bruder im Moment gerade. Nach deinem Wutausbruch war das nötig. Wir werden also zahlen, damit er zufrieden ist. Später sind wir vielleicht einmal im Vorteil, und dann soll er seine Anmaßung büßen!«

»Aber er ist nur ein gewöhnlicher Bauer, nicht besser als Peter Bruther, ein davongelaufener Leibeigener. Würdest du auch mit *ihm* verhandeln?«

»Wenn es um unser Gut geht, würde ich sogar mit dem Teufel persönlich einen Handel abschließen!«

Sprachlos über diese Blasphemie schaute Robert seine Mutter an, aber sie schien es wahrhaftig ernst zu meinen. Mit einer gemurmelten Entschuldigung verließ er das Zimmer.

Matillida atmete tief durch. Gewiss hatte Robert nun verstanden, um was es ging. Als ältester Sohn hatte er nicht nur dem Gut, sondern auch der Familie gegenüber seine Verpflichtungen, und sein heutiges Verhalten war unverzeihlich. Diese deutlichen Worte waren nötig gewesen, denn sie spürte, dass ihnen irgendein Unheil drohte, und hatte Angst um die Familie und ihren Besitz.

Sir Robert überquerte den Hof, blieb bei den Ställen stehen und schaute zu, wie ein Knecht eifrig mit einer Hand voll Stroh sein Pferd abrieb. Mürrisch dachte er daran, dass seine Mutter ihn immer noch wie ein dummes Kind behandelte – aber nicht mehr lange! Sie würde bald sehen, dass er ein Mann geworden war! Mit etwas Glück hatte heute ein neues Leben für ihn begonnen.

Seine düstere Stimmung verflog bei diesem Gedanken, und er stieg mit einem versonnen Lächeln die Stufen hinauf, die zu dem Wehrgang auf der Mauer über dem Haupttor führten.

Zwei Reiter näherten sich der Burg.

»Öffnet das Tor!«, schrie einer von ihnen bereits von weitem. »Ist Sir William schon daheim?«

»Das solltest du doch wissen«, entgegnete der Wächter mürrisch, nachdem er die Riegel zurückgeschoben und das Tor geöffnet hatte. »Du bist schließlich mit ihm weggeritten. Natürlich ist er noch nicht zurück!«

»O Gott!«

Die beiden Männer sprangen von ihren Pferden und führten sie durch das zweite Tor in den Hof. Sie waren sichtlich erschöpft, ebenso ihre Tiere, die mit Schweiß bedeckt waren. Robert sah, dass zahlreiche Stallknechte und Wachen sie umringten, und ihre beunruhigten Mienen machten ihn stutzig. »Ihr da!«, rief er hinunter. »Was ist los? Was gibt's?«

Das Stimmengewirr im Hof verstummte, und alle schauten mit bleichen Gesichtern zu ihm empor. »Sir«, erwiderte einer der beiden Reiter beklommen, »es ist … Euer davongelaufener Leibeigener, Peter Bruther … Er ist tot!«

Sir Ralph of Warton stand am folgenden Nachmittag auf einem der Türme, als er vier Reiter herankommen sah. Der Vogt von Lydford und sein Freund waren leicht zu erkennen; die beiden anderen mussten wohl ihre Diener sein. Einer hielt sich dicht neben dem Ritter und ließ sein Pferd im gleichen Schritt traben, woran man sehen konnte, dass er ein gut ausgebildeter Knappe war. Das gelegentliche Aufblitzen an den Handgelenken und Knöcheln verriet, dass er wie sein Herr unter einem leichten wollenen Überwurf Rüstung trug.

Der letzte Mann der Gruppe war dagegen eindeutig kein Krieger. Er war von kleiner Statur, trug ein schlichtes, kurzärmeliges Hemd mit einem Wams und zockelte wie ein gefüllter Getreidesack verdrossen hinter den anderen her.

Ralph hörte Schritte und wandte sich um. John kam zu ihm und spähte über seine Schulter.

»Da wären ja der Vogt und sein Freund wieder. Und sie haben Verstärkung mitgebracht. Sehr vernünftig. Man weiß schließlich nie, wen man zum Feind hat; nicht wahr?«

Ralph lächelte kühl. »Wir brauchen einander jedenfalls nicht zu fürchten.«

»Glaubt Ihr? Aber nachdem dieser Mann Euch so gedemütigt hat ...«

»Sei nicht albern! Er war bloß ein Bauer und nicht einmal wert, dass man auf ihn zornig wird – und schon gar nicht das Risiko eingeht, wegen Mordes gehängt zu werden. Du glaubst doch nicht, dass ich ...?«

»Nun, es war eine recht peinliche Sache, nicht wahr? Ich hoffe, der Bewaffnete, der bei Euch war, hält es nicht für notwendig, dem guten Vogt davon zu erzählen. Das könnte ihn unnötig auf dumme Gedanken bringen.«

»Was sollte er denn schon erzählen?«, meinte Ralph vorsichtig.

»Nur was passiert ist, natürlich. Aber vielleicht rede ich besser mal ein Wörtchen mit ihm und sorge dafür, dass er sich ... nicht mehr so recht erinnern kann. Dass irgendein Verdacht auf einen von uns fällt ist wirklich das Letzte, was wir brauchen.«

Er verbeugte sich und ging die Treppe hinunter. Gerade wurde das erste Tor geöffnet, um die Besucher einzulassen. »Ja«, murmelte Sir Ralph, »das ist das Letzte, was *ich* brauche – ich bin schließlich hier ein Fremder. Aber was ist mit *dir,* mein Freund? Warum liegt *dir* so viel daran?«

Im Hof stiegen die vier Männer langsam aus den Sätteln, zuletzt – wie immer – Simons Diener Hugh, der das Reiten schon von jeher gehasst hatte. Er war als zweiter Sohn eines Bauern im Nordosten Dartmoors aufgewachsen. In dem kleinen Weiler, wo er zu Hause gewesen war, baute man alles, was man benötigte, selbst an, und das wenige, was man darüber hinaus brauchte und nicht selbst herstellen konnte, tauschte man bei reisenden Händlern ein, sodass es kaum nötig gewesen war, jemals das Dorf zu verlassen.

Doch seit er in Simons Dienste getreten war und regelmäßig lange Reisen unternehmen musste, hatte Hugh wohl oder übel reiten gelernt – und er hasste es aus tiefster Seele! Pferde waren seiner Ansicht nach viel zu groß, als dass ein Mann sie beherrschen konnte, und jedes Mal, wenn er eines dieser Tiere bestieg und sich voller Unbehagen in den Sattel kauerte, dachte er daran, wie hart der Erdboden war – und wie weit weg. In Simons Diensten musste er bis hinauf nach Tiverton reiten, nach Exeter, manchmal das Moor überqueren, um Ashburton, Tavistock und Chagford zu besuchen, oder die lange Reise hinunter zur Küste machen. Das Einzige, woran er bei diesen entsetzlichen Reisen denken konnte, waren die Schmerzen und Qualen, und selbst wenn sie endlich ihr Ziel erreicht hatten, konnte er die Freude, sicher angekommen zu sein, nicht genießen, denn bald begann ja wieder die Heimreise, und dabei standen ihm die gleichen Qualen erneut bevor.

Heute fühlte er sich allerdings nicht so elend wie sonst. Das Wetter war gut, daher hatte er keine Angst zu haben brauchen, sich im Nebel in diesem Moor zu verirren, und die warme Sonne war Anlass zu fast heiterer Stimmung gewesen, wozu auch regelmäßige Schlucke aus seinem Weinschlauch beigetragen hatten. Allerdings sollte sein Herr gar nicht erst denken, er gewöhne sich allmählich ans Reiten, deshalb befreite er sich mit mürrischem Gesicht aus den Steigbügeln, rutschte schwerfällig aus dem Sattel und rieb sich mit beiden Händen den Rücken.

Zwei Männer kamen auf sie zu und begrüßten seinen Herrn und Sir Baldwin. Hugh erfuhr, dass es sich um Sir William Beauscyr und seinen Sohn Robert handelte. Während er ihnen über den Hof folgte, schaute er sich mit besorgtem Gesicht um. Als Junge hatte er Schafe gehütet und die Herde vor zwei- und vierbeinigen Dieben beschützen müssen; aus dieser Zeit stammte ein Gutteil seines Argwohns Menschen gegenüber, und die Männer im Hof gefielen ihm gar nicht. Einige Knechte versorgten ihre Pferde, einige luden ihre Gepäcksäcke ab, andere lungerten herum und schauten zu, einfache Soldaten, die noch in der Woche zuvor Räuber und Strauchdiebe gewesen sein mochten. Hugh kamen sie vor wie Henkersgesellen, die an ihren Gefangenen Maß nahmen, und er spürte, wie ihn eine Gänsehaut überlief.

»Sir William«, sagte Simon, als sie in den großen Saal traten, »soviel ich verstanden habe, war Peter Bruthers Tod kein Unfall?«

»Nein, Vogt. Ein Unfall war es nicht.«

»Warum seid Ihr so sicher?«, fragte Baldwin.

»Weil er mit einem Strick um den Hals an einem Baum hing – deshalb. Zwei meiner Männer haben ihn gefunden.«

Simon und Baldwin wechselten einen bestürzten Blick. Angesichts der ganzen Probleme, die es ohnehin schon zwischen den Zinngräbern und den Landbesitzern gab, bräuchte es nur eines kleinen Funken, um eine regelrechte Feuersbrunst auszulösen, die das ganze Land erfassen würde – und dieser Tod könnte leicht ein solcher Funke sein.

Sir William empfand diese Furcht offenbar nicht. Gelassen ging er zu seiner Frau, die am Feuer saß und ruhig an einem Wandteppich stickte. Sie lächelte ihm zu, als er ihre Schulter berührte. »Gewiss, es ist ein Ärgernis. Aber es löst auch ein Problem.«

Seine Worte überraschten Baldwin kaum, denn Bruthers Tod musste eine Erleichterung für Sir William sein, und der alte Ritter war kein Heuchler.

Simon setzte sich auf eine Bank am Feuer, während Robert sich gegen den Tisch lehnte, um zuzuhören. »Ach so?«

»Ja.« Sir William ließ sich schwerfällig auf einen Stuhl sinken. »Bruther war ein Ärgernis für mich und meine Familie, doch nun ist er tot, und falls irgendein anderer Leibeigener daran gedacht hat, sich an ihm ein Beispiel zu nehmen und ebenfalls davonzulaufen, wird er es sich jetzt gut überlegen.«

Baldwin hatte sich neben Simon gesetzt. »Habt Ihr irgendeine Vermutung, wer ihn getötet haben könnte?«

»Ja. Er selbst«, antwortete Matillida Beauscyr anstelle ihres Ehemanns und schaute von ihrer Stickerei auf. »Ich denke, er hat etwas getan, was sich so auswirkte, als habe er sich eigenhändig das Seil um den Hals gelegt.«

»Wie meint Ihr das?«, fragte Baldwin.

»Die Bergleute sind harte Männer, Sir Baldwin, und haben ihre eigenen Gesetze. Sie verlassen sich darauf, dass alle sich an gewisse Grundsätze halten. Wenn ein Mann ein

Stück Land für sich absteckt, ist es seins. Bruther, dieser Narr, begann irgendwo nach Zinn zu graben, und sicher werdet Ihr herausfinden, dass bereits ein anderer dieses Land für sich beanspruchte. Unter den Bergleuten wird das mit einem Diebstahl gleichgesetzt, und ich vermute, man hat beschlossen, ihn zu bestrafen.«

Sir Robert runzelte etwas verwirrt die Stirn, aber dann wurde ihm mit einiger Verblüffung klar, dass Matillida mit diesen wenigen Worten Thomas Smyth die Schuld an Bruthers Tod zugeschoben hatte.

»Ihr meint, man hat ihn gehängt als Bestrafung dafür, dass er auf dem Land eines anderen Mannes gearbeitet hat?«

»Ja«, erwiderte Sir William. »Daran haben wir keine Zweifel. Deshalb wurde er umgebracht.«

»Ist seine Leiche jetzt hier?«, fragte Simon.

»Ja, in einem kühlen Kellergewölbe.«

»Können wir sie sehen?«

Schulterzuckend führte der Ritter sie über den Hof zum Küchenbereich. Über einige Stufen ging es hinunter in einen Keller, in dem Fässer mit Bier und Wein lagerten; als Hugh versuchsweise an eines klopfte, tönte es dumpf und angenehm voll. Am anderen Ende des Raums stand eine große Kiste, und unmittelbar hinter der Mauer musste der Fluss vorbeifließen, der für die nötige Kühle sorgte.

Baldwin und Simon sahen in der Kiste einen schmächtigen Mann Ende zwanzig vor sich liegen, der mit einem groben ärmellosen Gewand aus dickem rötlichen Tuch bekleidet war.

»Armer Teufel«, murmelte Baldwin. Das glatte dunkle Haar, das in die Stirn fiel, verbarg nicht die weit geöffneten Augen in dem roten Gesicht; der Mund stand offen, die Zunge war eine dunkle, aufgedunsene Masse mit scharfen Zahnabdrücken, da sein Kiefer sich im Todeskampf wohl wiederholt geschlossen hatte. Dieser Mann war eindeutig durch Strangulieren gestorben. Um seinen Hals lag noch die Schlinge eines leichten Hanfseils. Baldwin stützte sich auf den Rand der Kiste, um die Leiche genauer zu betrachten. Simon trat etwas zögernd neben ihn.

Allmählich wurde ihm der Tod vertraut. In den letzten zwei Jahren hatte er Verbrannte und Ermordete gesehen, wobei ihm oft recht übel geworden war; als Vertreter des Gesetzes war er zudem bei etlichen Hinrichtungen durch Erhängen dabei gewesen und wusste, wie solche Leichen aussahen. Allerdings fand er es weniger bedrückend als den Anblick von ermordeten Menschen, wahrscheinlich weil die Verurteilten schuldig gewesen waren und nur ihre gerechte Strafe erhalten hatten, aber auch, weil die Spuren äußerlicher Gewalt fehlten. Diesmal war es jedoch etwas anderes, denn hier ging es um einen Mann, der grundlos durch ein Verbrechen ums Leben gekommen war. Und Bruthers Ende musste schrecklich gewesen sein. Ihm war, als spüre er das Entsetzen des jungen Mannes und könne vor seinem geistigen Auge sehen, wie die Mörder ihn packten, ihm die Hände banden, das Seil um seinen Hals warfen und ihn in die Höhe zogen, während er sich zappelnd gegen das Ersticken wehrte, sein Gesicht dunkler wurde und er die Augen verdrehte. Simon erschauderte und wandte sich ab.

Baldwin dagegen schien wie gewöhnlich ungerührt. Ihm machte der Anblick eines Toten nichts aus. Er rief seinen Diener zu sich und befahl Edgar, mit einer Kerze den Leichnam zu beleuchten, zuerst die Füße, dann die Hände und schließlich das Gesicht. Als Letztes betrachtete Baldwin gründlich den Kopf, wobei er etwas vor sich hinmurmelte.

Sir William warf Simon einen verwunderten Blick zu, der etwas mühsam lächelte. »Keine Sorge, Sir William. Mein Freund hat eigene Vorgehensweisen.«

»Zum Glück!«, erwiderte der Ritter. »Gut, Edgar. Jetzt halte die Kerze an den Hals, während ich mir das Seil anschaue.«

»Habt Ihr nicht schon genug gesehen?«, fragte Sir William ungeduldig und verschränkte die Arme vor der Brust. »Der Mann ist tot, und damit hat sich die Sache.«

Baldwin blickte auf. Das Licht der Kerze warf tiefe Schatten über sein Gesicht. »Das weiß ich noch nicht so genau,

Sir.« Er winkte Edgar. »Schneide das Seil ab. Sir William, wie könnt Ihr sagen, damit hat sich die Sache, wenn wir nicht einmal wissen, wer es getan hat?«

»Aber das ist doch klar, wie meine Frau schon erklärt hat. Die ...«

»Die Bergleute, ja. Ich bin mir allerdings fast sicher, dass die Bergleute behaupten werden, es sei jemand anderes gewesen. Wer weiß – vielleicht sagen sie sogar, *Ihr* wäret der Schuldige, Sir William. Also, wo genau hat man diesen Mann gefunden?«

Der alte Ritter starrte ihn ungläubig an. »*Ich?* Das würden sie nicht wagen!«

»Oder einer Eurer Söhne«, fuhr Baldwin unbekümmert fort. »Das ist der Grund, warum wir uns diese Leiche sorgfältig anschauen müssen, um zu sehen, ob sich irgendein Anzeichen dafür finden lässt, wer ihn tatsächlich getötet hat. Also, wo wurde er gefunden?«

»In ... in Wistman's Wood, einem kleinen Waldstück.«

»Und er hing an einem Baum?«

»Ja. Meine Männer sahen ihn dort baumeln, als sie vorbeikamen.« Sir William hatte sich immer noch nicht von seinem Schrecken erholt.

»Danke. Es wäre sicher gut, sich dort einmal umzuschauen. Könnt Ihr einen der Männer bitten, uns hinzubringen?«

»Ja ... Ja, ich denke schon, wenn Ihr das wollt.«

»Gut. Und jetzt ... ach, danke, Edgar.«

Baldwin nahm seinem Diener die Seilschlinge ab und musterte sie sorgfältig. Sie war aus starkem Hanf. Edgar hatte sie von Bruthers Hals abgeschnitten, ohne den Knoten zu durchtrennen. Er stellte fest, dass er sich leicht hin und her schieben ließ, und reichte die Schlinge danach wortlos an Simon weiter, während er wieder die Leiche betrachtete und alle anderen im Raum vergessen zu haben schien.

Baldwin, der in Schlachten dem Tod in vielerlei Gestalt begegnet war, machte sich gelegentlich darüber lustig, dass Simon etwas zartbesaitet war. Er selbst empfand dagegen bei jeder Leiche eine gewisse Faszination. Es war jedoch keine simple Neugier, ihn fesselte vielmehr stets die Frage, auf welche Weise der betreffende Mensch zu Tode gekommen war. Er wusste, wenn er aufmerksam alles betrachtete, gab ihm die Leiche vielleicht die richtige Antwort, er musste sich nur die nötige Zeit dazu nehmen.

Bei Menschen, die auf eine bestimmte Weise gestorben waren, fanden sich jedes Mal ungefähr die gleichen Spuren, das hatte er schon vor langer Zeit erkannt. Und dass dieser Mann durch Erhängen ums Leben gekommen war, ließ sich eindeutig an seinem Gesicht erkennen. Baldwin hatte schon oft genug Gehängte gesehen. Die Haut war dunkelrot; im Weiß der Augen sah man kleine Blutungen, ebenso auf den Wangen und der Kopfhaut. Nein, er hatte keine Zweifel, dass dieser Mann stranguliert worden war.

Aber eins war merkwürdig: Das Seil hatte um seinen Hals kaum einen Abdruck hinterlassen, nur stellenweise war die Haut abgeschürft, doch merkwürdigerweise gab es noch einen *zweiten,* etwas schmaleren tiefen Striemen. Er nahm Edgar die Kerze ab und brachte sie näher heran.

»Habt Ihr nun alles gesehen? Oder wollt Ihr den ganzen Nachmittag lang hier bleiben?«, fragte Sir William gereizt. »Es scheint doch ganz eindeutig zu sein, dass Bruther durch den Strick gestorben ist – was wollt Ihr noch mehr?«

Baldwin betrachtete aufmerksam Bruthers Hände und untersuchte die Gelenke, bevor er sich aufrichtete und dem Hausherrn zulächelte. »Ja, natürlich. Wenn Ihr uns jetzt einen der Männer mitgeben wollt, die die Leiche gefunden haben, dann könnten wir gleich aufbrechen.«

Sir William stapfte die Treppe hinauf in die Küche und ging voraus in den Hof, wo er einem Wächter einen Befehl gab, der mit einem misstrauischen Blick auf die Fremden Samuel Hankyn holen ging. Hankyn war so dünn und spitzgesichtig, dass er Simon an ein halb verhungertes Frettchen erinnerte. Verstohlen musterte er Simon und Baldwin, während Sir William erklärte, was sie von ihm wollten.

Bald waren sie unterwegs. Dem Sonnenstand nach zu urteilen blieben noch gute drei Stunden bis zum Einbruch der Dunkelheit, und da keiner von ihnen bei Nacht noch im

Moor sein wollte, ritten sie so zügig, dass eine Unterhaltung schwierig war. Simon spürte sämtliche Muskeln, die nach so vielen Stunden im Sattel elend schmerzten. Eine halbe Stunde später bog Samuel nach Norden ab in ein breites Tal.

»Sind wir an diesem Wald dort vorne nicht neulich vorbeigekommen?«, fragte Baldwin.

»Ja, das ist Wistman's Wood«, entgegnete Simon mit sichtlichem Unbehagen, und Baldwin grinste.

»Jetzt wirst du mir sicher gleich erklären, der Mann sei getötet worden, weil er die Höllenhunde verärgert hat!«

»Es gibt einige Sachen, über die man nicht spotten darf, Baldwin, besonders nicht hier im Moor. Das ist eine ganz eigene Gegend, hier geschehen oft merkwürdige Dinge. Zum Beispiel dieser Wald – nirgendwo sonst gibt es derartig verkrüppelte Eichen. Crockern macht auf *seinem* Land, was *er* will.«

Ehe Baldwin etwas erwidern konnte, verkündete Samuel: »Hier haben wir ihn gefunden.«

Ein leichter Wind strich raschelnd durch die Blätter der moosbedeckten Bäume und ließ die Männer frösteln. An einem Stamm, der ein klein wenig höher war als die anderen, lag ein Felsbrocken, und daneben sahen sie den Rest des Hanfseils, dessen Schlinge sie um Peter Bruthers Hals gefunden hatten.

»Er hing dort.« Samuel deutete auf einen dicken Ast direkt über dem Stein.

Baldwin stieg vom Pferd und musterte gründlich den durchgeschnitten Strick, den Baum und den Stein. »Habt ihr ihn abgeschnitten?«

»Ja, Sir. Als ich mit den anderen Männern zurückkam.«

Baldwin kletterte auf den Felsen. Er war etwas über einen halben Meter hoch, und als er darauf stand, konnte er mit ausgestrecktem Arm gerade den Ast erreichen, den er einige Zeit lang betrachtete, dann sprang er wieder hinunter und prüfte den Boden ringsum. Simon hatte seinen Freund schon öfter dabei gesehen, wie er nach Spuren suchte gleich einem Hund, der eine Witterung aufgenommen hatte.

Samuel trieb sein Pferd hinter einen Felsen, der etwas Schutz gegen den Wind bot. Hugh folgte ihm und griff nach seinem Weinschlauch. Er trank einen Schluck und reichte ihn Samuel, der ihn dankbar nahm.

»Ist er immer so?«, fragte Samuel und deutete auf Baldwin, der Zweige und Geäst beiseite schob. »Sieht aus, als wolle er nach Wurzeln graben.«

»Ja, und er scheint manchmal Sachen zu sehen, da kann man nur staunen«, erklärte Hugh mit einem gewissen widerwilligen Respekt und verschloss den Weinschlauch. »Was er aber jetzt sucht, kann ich mir nicht denken.«

»Da gibt es auch nichts weiter. Irgendwelche Männer haben ihn aufgehängt, das ist alles.«

»Er hat hier draußen gelebt, nicht wahr?«

Samuel deutete mit einer Kopfbewegung nach Norden. »Ein Stück nördlich von hier, viel tiefer im Moor als die meisten Bergleute. Muss verrückt gewesen sein. Jeder Mensch weiß, dass man besser nicht zu weit ins Moor geht.«

»Warum?« Edgar kam zu ihnen geritten.

»Weil keiner, der das Moor kennt, *ihn* verärgern will«, murmelte Hugh, und Samuel nickte weise.

»Wen verärgern?«

»Schau«, erklärte Hugh, »dieses ganze Land gehört Crockern, dem Geist des Moors. Er mag es nicht, wenn Menschen es ihm abzunehmen versuchen. Das wissen selbst die Bergleute, deshalb bleiben sie meist zusammen, graben nur in der Nähe ihrer Dörfer und überlassen das ganze übrige Moor *dem Alten.* Denn sonst ...« Er verstummte, als er Edgars spöttischen Blick sah.

»Komm schon, Hugh. Sonst – was?«

»Nicht weit von hier gab es mal einen Bauer. Er führte ein gutes Leben, konnte sich und seine Familie ernähren, aber dann wurde er habgierig und fing an, dem Moor immer mehr Land abzunehmen. Nun, Crockern hat nichts dagegen, dass hier Menschen wohnen, solange sie sein Land nicht schädigen, aber er mag es gar nicht, wenn sie sich mehr nehmen, als sie wirklich brauchen. Also sorgte er dafür, dass nichts auf den neuen Feldern wuchs, und dachte, das würde den Bauer zur Besinnung bringen. Aber der Narr gab einfach nicht auf. Er entwässerte immer mehr Land und umgab es mit Hecken, zog Gräben, pflanzte und säte immer weiter, bis Crockern genug hatte und beschloss, dem ein Ende zu machen. Eines Tages waren alle Tiere des Bauern tot, alle Pflanzen verwelkten, nicht nur die auf dem neuen Land, sondern auch auf seinen alten Feldern, dann brannte sein Haus nieder …«

»Sein Haus?«, unterbrach Samuel ihn. »Nein, es war seine Scheune.«

»Ob Haus oder Scheune«, meinte Hugh diplomatisch. »Jedenfalls verlor er alles und war am Ende. Ja, so ist Crockern. Wenn du ihn hier auf seinem eigenen Grund und Boden verärgerst, wirst du von ihm vernichtet.«

»Und du meinst, so ist es diesem Bergmann ergangen?«, grinste Edgar, der die meiste Zeit in großen Städten gelebt hatte und sich über den Aberglauben des Landvolks erhaben fühlte. »Er hat versucht, sich zu viel Land zu nehmen, und deshalb hat der alte Mann des Moors ihn getötet?«

Beleidigt von seinem spöttischen Ton schwieg Hugh, aber Samuel sagte ernst: »Ich würde an deiner Stelle nicht darüber lachen, das könnte Crockern vielleicht nicht gefallen. Wer kann schon sagen, warum Bruther sterben musste? Möglich, er hat sich selbst getötet, oder die Bergleute haben ihn umgebracht, aber ich sage dir – genauso gut kann es Crockern gewesen sein.«

»Und warum lässt Crockern dann die anderen Bergleute in Frieden?«

Samuel deutete nach Süden. »Weißt du, wie dieser Berg genannt wird?«

Edgar schüttelte den Kopf.

»Das ist Crockern Tor, wo die Bergleute sich zu ihren Versammlungen treffen«, erklärte Samuel. »Und Bruther … na ja, er hat ganz in der Nähe gelebt. Zu nahe vielleicht. Crockern mag es nicht, wenn man seinen Frieden stört.«

»Das kannst du doch nicht im Ernst glauben!«, lachte Edgar, aber Samuel gab nur seinem Pferd die Sporen und ritt wieder zurück. Als Edgar sich zu Hugh umwandte, bemerkte er dessen fassungsloses Gesicht. Es schien fast, als rechne er damit, dass jeden Moment ein Blitzstrahl Edgar niederschmettern würde.

6. KAPITEL

Baldwin war mit seiner Untersuchung des Bodens fertig und stieg mit nachdenklichem Gesicht wieder in den Sattel. »Simon«, sagte er leise, »ich glaube, das wird eine interessante Angelegenheit. Irgendetwas ist merkwürdig an diesem Tod.«

»Was denn?«

»Zuerst einmal die Frage, was Bruther hier gemacht hat – wollte er vielleicht Holz holen? Es gibt nirgends eine Axt. Und dann die Leiche …« Er betrachtete den Baum, als erwarte er, dort irgendwelche Antworten zu finden.

»Seine Leiche?«

»Ja. Wenn du jemanden aufhängen wolltest, was würdest du zuerst machen?«

»Ich weiß nicht – ihn knebeln vielleicht.«

»Und?«

»Nun ja, es hinge davon ab, wie viele Männer ich dabei hätte, wie stark derjenige ist, und von etlichen anderen Dingen natürlich auch.«

»Als Erstes würdest du ihn doch sicher binden?«

»Ja, zweifellos.«

»Warum war Bruther also nicht gefesselt?«

»Ich nehme an, die Männer, von denen er abgeschnitten wurde, haben ihn losgebunden …«

»Nein, Simon. Er war nicht gefesselt, das hätte man sonst an seinen Handgelenken gesehen. Dort waren keine Male. Ich habe es geprüft.«

»Könnte er nicht bewusstlos gewesen sein? Vielleicht wurde er niedergeschlagen, ehe man ihn aufgeknüpft hat.«

»Möglich«, erwiderte Baldwin.

»Na also. Er wurde überfallen und bewusstlos geschlagen, dann hat jemand das Seil über den Ast geworfen, ihm die Schlinge um den Hals gelegt, ihn hochgezogen und das andere Ende am Baum befestigt.«

»Könnte sein«, meinte Baldwin zweifelnd. Er dachte an die rätselhafte schmale Strieme am Hals des Toten, wollte darüber aber nicht in Gegenwart von Samuel Hankyn reden.

»He, du!«, rief Simon. »Du hast diese Leiche gefunden, stimmt das?«

Samuel nickte. »Ja, ich und Ronald Taverner.«

»Was habt ihr denn überhaupt hier gemacht? Wenn ich recht verstanden habe, seid ihr doch mit Sir William zu Thomas Smyth geritten.«

Samuel erklärte, dass sie noch in einer Schenke eingekehrt seien und auf dem Heimweg einen Umweg gemacht hätten, nachdem ihnen die beiden Bergleute auf der Straße aufgefallen wären. Baldwin hörte ihm aufmerksam zu. Seine Geschichte klang wahr, doch eins erschien ihm sonderbar.

»Aber warum seid ihr denn so weit geritten? Gibt es keine näher gelegene Schenke? Sicher steht doch auch eine auf dem Weg nach Chagford?«

»Dorthin sind John und sein Ritter, und ich wollte nicht mit ihnen zusammen sein.«

»Warum nicht?«, fragte Simon.

»Weil …« Er verstummte und schaute zu Boden.

»Komm schon, Samuel. Es bleibt unter uns«, versicherte Simon.

»John kann ein harter Mann sein«, murmelte er.

Baldwin nickte. Ja, er bezweifelte nicht, dass der junge Knappe ein grausamer Herr sein konnte. Immerhin wurde er von Sir Ralph of Warton ausgebildet, und solche Ritter wie Sir Ralph, die ihre Dienste jedem gegen Lohn boten, waren nicht gerade für ihre Freundlichkeit oder ihren Großmut bekannt.

»Ihr seid also bis zu der Schenke in der Nähe des Dart geritten und habt dort etwas getrunken«, sagte Simon. »Und auf dem Rückweg habt ihr wegen zweier Bergleute die Straße verlassen. Wie sahen sie aus?«

»Einer war groß, beide waren jung. Sie trugen Mäntel mit Kapuzen.«

»Es ist selten, dass Bergleute Pferde besitzen«, meinte Simon. »Wenn überhaupt, reiten sie gewöhnlich Ponys, nicht wahr? Und du sagst, sie trugen Mäntel …war es nicht ein warmer Abend? Warum also trugen sie Mäntel?«

»Ich weiß nicht. Damals hab ich einfach angenommen, dass es Bergleute sind. Wer sonst wäre um solch eine Zeit noch draußen im Moor? Die Bauern sind am Abend dabei, ihre Tiere in die Ställe zu treiben und zu versorgen, und auch keine Händler sind mehr unterwegs. Ich hab einfach gedacht …«

»Könnte es ein Ritter gewesen sein, der in Begleitung seines Knappen war?«

Samuel runzelte die Stirn. Wenn er jetzt darüber nachdachte, war ihm irgendetwas an den beiden merkwürdig vorgekommen. »Ich weiß nicht … Einer könnte von vornehmer Herkunft gewesen sein, aber der andere …«

»Na gut, Samuel«, nickte Simon freundlich, »sag es uns, wenn dir noch irgendwas einfällt. Aber jetzt möchte ich wissen, ob du uns zeigen kannst, wo dieser Bruther gelebt hat.«

»Ja, in der Nähe der Smalhobbes, noch ein Stück tiefer im Moor.«

»Gut, es ist demnach kein allzu großer Umweg für uns. Führ uns dorthin.«

Simon und Baldwin folgten ihm, und als er an dem Felsen vorbeiritt, wo die beiden Diener warteten, hörte Simon zu seiner Verwunderung, wie Edgar mit einem spöttischen Grinsen Hugh zuraunte: »Sei auf der Hut vor Crockern!« Er nahm sich vor, seinen Diener zu fragen, was er mit dieser Bemerkung gemeint hatte.

Sie erklommen eine Anhöhe, und nach kurzer Zeit wurde der steinige Boden weicher. Felsen schien es nur in dem Tal am Rand des Waldes zu geben; hier oben erstreckte sich eine sanfte grüne Ebene so weit das Auge reichte, und zwischen dem Gras wuchsen gelbe und weiße Blumen. Simon musste ein Stöhnen unterdrücken. Allmählich spürte er jeden Knochen im Leib, aber noch immer war nicht abzusehen, wann er für heute endlich aus dem Sattel kam.

Es waren gute anderthalb Meilen bis zu der kleinen, aus Steinen erbauten und grob mit Torf gedeckten Hütte, in der Peter Bruther gelebt hatte. Ein munterer Bach floss daran vorbei, dahinter lag ein Stück Land, auf dem Bruther Getreide angebaut hatte, das sich gegen die heftigen Winde stemmte, die über die Ebene strichen.

Unwillkürlich näherten sich die fünf Männer schweigend der Hütte, als wollten sie damit Respekt für den toten Mann bekunden, der dort gelebt hatte. Als sie durch den Bach ritten, hörten sie plötzlich einen Aufschrei. Aus der Tür hetzte eine Frau, duckte sich unter dem Kopf von Baldwins Pferd hindurch und rannte davon.

Die Männer waren so überrascht, dass sich zuerst niemand rührte. Baldwins Pferd schien genauso verblüfft wie sein Reiter und scheute erst, als die Frau schon ein gutes Stück weg war, aber Baldwin hatte sich rasch wieder gefangen. Er gab seinem Pferd die Sporen und ritt ihr, gefolgt von Edgar, hinterher, um zu erfahren, wer sie war und was sie im Haus des Toten gemacht hatte.

Bald hatte er sie überholt und zügelte sein Pferd. Sie weinte, und er hob mit einem beruhigenden Lächeln die Hände, um ihr zu zeigen, dass er keine Waffen trug. Atemlos wischte sie sich die Tränen aus den Augen.

Baldwin bemerkte das fadenscheinige löchrige Kleid und das schmutzige Brusttuch, aber er sah, dass diese Frau keine verschüchterte Leibeigene war. Freimütig, fast wie eine Lady, erwiderte sie seinen Blick.

»Bitte, bleib stehen. Dir droht keine Gefahr, das versichere ich.«

»Wer seid Ihr? Gehört Ihr zu Thomas?«

Baldwin zuckte die Schultern, um ihr zu verstehen zu geben, dass er diesen Namen nicht kannte.

»Dann seid ihr keine Bergleute?«, fragte sie unsicher und sah verwundert, dass der braun gebrannte Reiter laut lachte.

»Nein, nein, wir sind keine Bergleute. Ich bin Sir Baldwin Furnshill, und der Herr dort bei der Hütte ist Simon Puttock, der Vogt von Lydford. Wir sind hier, um herauszufinden, wer Peter Bruther getötet hat.«

»Dann ist er also wirklich tot?«, rief sie betroffen.

Baldwin ließ Edgar sein Pferd zurück zur Hütte führen, während er neben der weinenden Frau herging. Bis sie zu den anderen kamen, hatte er erfahren, dass sie Sarah Smalhobbe hieß.

»Warum warst du hier, Sarah?«, fragte Simon.

»Ich wollte Hilfe holen, weil wir überfallen wurden. Drei Männer haben gestern bei unserem Haus meinem Mann aufgelauert. Drei gegen einen! Diese Feiglinge haben ihn geschlagen und getreten, während er am Boden lag, und mit Knüppeln auf ihn eingedroschen, bloß weil er sich weigert, das Moor zu verlassen. Aber wo sonst sollen wir hin, Sir? Wir haben keine Familie, die uns schützt, wir sind nur arme Leute und können nicht einfach weg, um uns woanders unseren Lebensunterhalt zu verdienen.«

»Dann stammt ihr also nicht aus dieser Gegend?«, fragte Baldwin.

»Nein, Sir.« Sie zögerte unsicher und wollte offenkundig nicht zu viel sagen. »Wir sind aus dem Norden.«

»Und warum seid ihr in diese erbärmliche Einöde gekommen?«

Sie begann erneut zu schluchzen. »Sir, nirgends konnte man sich ein Stückchen Brot verdienen, denn selbst die Reichen litten unter der Hungersnot, und dann hörten wir von dem Erz im Moor. Wir hatten gehofft, hier fänden wir unser Auskommen.«

Simon blickte kurz zu Baldwin. »Wir können dich auf dem Weg zu deinem Haus schützen und vielleicht deinem Mann helfen. Aber du musst uns sagen, wer ihn überfallen hat.«

»Wenn ich Euch das sage, kommen sie wieder zurück«, flüsterte sie ängstlich.

»Wenn wir wissen, wer es war, sorgen wir dafür, dass sie euch künftig in Frieden lassen«, versicherte er.

»Und was ist, wenn Ihr das nicht könnt? Dann brennen sie uns vielleicht das Haus nieder oder töten uns sogar!«

»Sarah, beruhig dich. Ich bin der Vogt. Sie werden es nicht wagen, euch etwas zu tun, wenn sie hören, dass ihr unter meinem Schutz steht.«

»Ich weiß nicht … ich muss mit meinem Mann reden.«

»Gut, ich will dich nicht zwingen. Aber überleg es dir. Wir könnten euch vielleicht helfen – denn dass weder Recht noch Gesetz etwas gilt, ist das Letzte, was wir hier dulden können.«

»So ist es aber längst, Vogt«, sagte sie traurig und wandte sich ab.

Während sie mit Hugh und Edgar draußen wartete, traten Simon und Baldwin in die Hütte. Ein Balken in der Mitte des Raums stützte das Dach, ein dunkler Aschekreis mit einigen halb verkohlten Ästen zeigte, wo der Bergmann seine Feuerstelle gehabt hatte, ein schlichter Hocker bildete das einzige Möbelstück. Die traurigen Besitztümer des Mannes lagen auf einem großen Steinblock, der ihm als Tisch gedient hatte: ein Mantel, eine Mütze, ein kleines Messer, ein halber Laib Brot, ein fettes Kaninchen. Auf dem Boden neben der Wand sah man eine dünne und zerschlissene Schlafmatte.

Baldwin hob das tote Kaninchen auf und wog es in der Hand. »Das kann erst einen Tag tot sein. In dieser Hitze würde es kaum länger halten. Jemand, der sich ein Kaninchen fängt, begeht doch sicher nicht kurz darauf Selbstmord?«

»Denkst du etwa, er hat sich möglicherweise selbst umgebracht?«, fragte Simon.

Der Ritter seufzte. »Nein, aber das würde erklären, warum seine Hände nicht gebunden waren. Allerdings ist da dieser zweite Striemen …«

»Was für ein zweiter Striemen?«

Baldwin erklärte, was ihm aufgefallen war. »Es beweist mehr oder weniger, dass es ein Mord gewesen sein muss«, sagte er und warf das Kaninchen zur Seite.

»Es ist nicht sehr ehrenvoll, sich an jemanden heranzuschleichen und ihn zu erdrosseln«, meinte Simon. »Bei den Männern hier im Moor kommt es für gewöhnlich zu

Messerstechereien oder Faustkämpfen. Doch so etwas ... das ist widerwärtig.«

»Zumindest nicht sehr ritterlich. Aber ich bezweifle, dass einer von den vielen Bergleuten im Moor von vornehmer Herkunft ist. Auf jeden Fall – wenn man sich hier umschaut, kann Raub wohl kaum das Motiv gewesen sein, diesen Mann zu töten.«

»Könnten sie ihm etwas abgenommen haben?«

»Einem Leibeigenen? Vielleicht hatte er eine Geldbörse dabei, aber er hat noch nicht mal ein Jahr hier gelebt, kann also noch nicht viel verdient haben. Nein, ich bezweifle, dass es um Raub ging. Außerdem, seit wann hängen Räuber ihre Opfer auf?«

Sie gingen wieder nach draußen und bestiegen ihre Pferde. Baldwin bot Sarah Smalhobbe an, bei Edgar aufzusitzen, aber sie wollte lieber laufen; es sei nicht sehr weit. »Würde ich auch lieber«, murmelte Hugh wütend, doch sein Herr überhörte wohlweislich diese Bemerkung.

Das Zuhause der Smalhobbes war eine kleine, aus Steinen erbaute Hütte. Sarah eilte voraus, während die Männer von den Pferden stiegen. Im Licht einer flackernden Talgkerze, deren unangenehmer Geruch die Luft des kleinen Raums erfüllte, sah Simon jemanden auf einem Strohsack an einer Wand liegen. Sarah kniete daneben. Bei ihrem Erscheinen richtete ihr Mann sich mühsam auf. In seinen braunen Augen stand Unruhe – aber keine Angst, wie Baldwin bemerkte. Sein hageres Gesicht war voller blauer Flecke, doch obwohl er recht schmächtig war, wirkte Smalhobbe drahtig und zäh.

»Meine Frau sagt, Ihr wollt herausfinden, was letzte Nacht geschehen ist«, sagte er mit müder Stimme.

Baldwin blickte sich um, es gab allerdings weder Stühle noch Bänke, so er hockte er sich seufzend auf den Boden. »Ja. Peter Bruther wurde getötet, wie deine Frau dir sicher schon erzählt hat. Wir hörten, dass auch du überfallen wurdest.«

Henry Smalhobbe musterte die beiden Männer unsicher, aber Simon meinte, ein klein wenig Hoffnung in seinen Augen zu entdecken, als habe er um Beistand gebetet und nun das Gefühl, seine Bitte sei vielleicht erhört worden. »Kannst du uns sagen, was letzten Abend geschehen ist? Vielleicht können wir dir helfen und gleichzeitig aufklären, wer Peter Bruther getötet hat.«

»Vielleicht.« Henry Smalhobbe sank zurück auf sein Lager, sodass sein Gesicht im trüben Licht der Kerze nicht mehr zu erkennen war, und Simon fragte sich, ob das Absicht oder Zufall war. »Aber da gibt es nicht viel zu erzählen. Ich habe wie immer den ganzen Tag draußen an dem Bach südlich von hier gearbeitet. Als ich zurückkam, war es beinahe schon dunkel. Na ja, ich war fast daheim, da sah ich einen Mann, der auf mich gewartet haben muss.« Er sprach ruhig und beinahe unbeteiligt, als berichte er etwas, das einem anderen widerfahren sei. »Nachdem ich Sarah rufen hörte, rannte ich los, um zu sehen, ob ihr etwas geschehen war. Aber ehe ich mich umdrehen konnte, traf mich ein Schlag am Hinterkopf.« Er berührte vorsichtig seinen Schädel. »Ich bin hingefallen, und jemand hat mir zugeraunt, wenn ich nicht verschwinde und dieses Land dem überlassen würde, dem es gehört, müsse ich sterben. Und meine Frau ...«

»Ich verstehe. Was ist dann passiert?«, fragte Simon.

»Einer hat mich getreten, ein anderer hatte einen Knüppel, glaube ich, und hat damit auf mich eingeschlagen – auf die Beine, den Rücken, den Kopf, überall. Ich hab dann das Bewusstsein verloren.« Da er in schlichten Worten berichtete, was geschehen war, und nicht versuchte, seine Erzählung auszuschmücken, war Simon sicher, dass man ihm glauben konnte.

»Hast du irgendeinen der Männer sehen können?«, fragte Baldwin.

»Das war gar nicht nötig, Sir. Ich kenne die drei: Thomas Horsho, Harold Magge und Stephen Crocker.« Er erzählte kurz von ihren früheren Besuchen und wie sie ihn und seine Frau bedroht hatten. »Gewöhnlich ist auch George Harang dabei, wenn sie losziehen, um Leute einzuschüchtern, aber letzte Nacht war es Harold, der gesprochen hat. Wenn George dabei gewesen wäre, hätte er geredet.«

»Hast du gehört, dass sie irgendwas über Peter Bruther gesagt haben?«

»Nein, Sir, nicht dass ich mich erinnere. Sonst würde ich es sagen.«

»Ist in letzter Zeit noch jemand anderer überfallen worden? Vielleicht sogar letzte Nacht?«

»Nein, Sir«, sagte Smalhobbe und blickte zur Bestätigung zu seiner Frau. Auch sie schüttelte den Kopf und schaute die Männer angstvoll an.

Baldwin nickte, und Simon richtete sich mühsam auf. »Gut, wir wollen sehen, was wir tun können. Wenn du bereit bist, diese Männer anzuklagen, können wir vielleicht dafür sorgen, dass sie bestraft werden.«

»O nein, Sir!«, rief Sarah Smalhobbe hastig. »Das geht nicht! Wer weiß, was dann mit uns geschieht! Ihr seht doch, wozu diese Schurken fähig sind, nur weil wir ihnen ein wenig Schwierigkeiten machen ...«

»Was meinst du mit ›ein wenig Schwierigkeiten‹? Was habt ihr getan, um diese Behandlung zu verdienen?«

Sie wich seinem Blick aus und schaute ängstlich ihren Ehemann an.

»Henry?«, fragte er.

»Als wir hergekommen sind, haben wir unser Land abgesteckt, wie es das Gesetz vorschreibt, und es amtlich registrieren lassen. Wir wollten bloß in Frieden unseren Lebensunterhalt verdienen, weiter nichts. Aber manche Zinngräber sind nur darauf aus, die anderen zu vertreiben.«

»Zinngräber? Du meinst sicher die Landbesitzer? Sie wollen doch, dass die Bergleute verschwinden«, sagte Baldwin.

»Nein, Sir. Die Landbesitzer wollen, dass wir sie in Ruhe lassen, das ist wahr, weil manche Bergleute ihre Weiden zerstören, aber ich meinte wirklich, dass die anderen Bergleute uns verjagen wollen.«

»Ach, dann gibt es also viel Zinn hier, und sie wollen es sich selbst holen?«

Zu seiner Überraschung ließ Henry Smalhobbe ein schroffes Lachen hören. »Kaum! Sarah und ich können vielleicht davon leben, aber es ist nicht genug, um von dem Ertrag reich zu werden. Nein, es liegt daran, dass jemand die Bergleute dafür bezahlt, dass sie dieses Land *nicht* bearbeiten, damit er es als Weideland nutzen kann, und diese Vereinbarung wollen sie einhalten.«

»Diese Männer haben dich also geschlagen, weil man sie dafür bezahlt hat, dass niemand hier nach Zinn gräbt?«

»Ja, Sir. Sie arbeiten für einen mächtigen Mann, für Thomas Smyth, und er hat Geld dafür bekommen, dass er nicht überall im Moor nach Zinn sucht. Deshalb hat er ihnen gesagt, sie sollen Zinngräber wie uns vertreiben.«

»Wusstest du davon, Simon?«, fragte Baldwin seinen Freund erstaunt.

»Ich habe davon gehört«, gab der Vogt zu. »Es ist schwer, etwas dagegen zu unternehmen. Die Bergleute hier in Dartmoor sind in den letzten Jahren zunehmend mächtiger geworden, und solche Geschichten sind bereits einige Male vorgekommen. Aber ich werde tun, was ich kann, nachdem ich jetzt weiß, wer dafür verantwortlich ist«, versprach er den Smalhobbes.

Simon schwieg auf dem Rückweg, und auch Baldwin war in Gedanken versunken. Obwohl sein Freund ihm von den Schwierigkeiten mit den Zinngräbern berichtet hatte, wäre er nicht auf den Gedanken gekommen, dass es derart schlimm war und dass einige sogar mit Hilfe bezahlter Schläger versuchten, andere in Angst und Schrecken zu versetzen, um sie zu vertreiben.

Die Dämmerung zog herauf, als sie Beauscyr-Manor erreichten, und alle waren erleichtert, endlich aus den Sätteln zu kommen. Samuel Hankyn ging in die Küche, während Simon und Baldwin sich mit ihren Dienern in den großen Saal begaben. Auf einem Tisch vor dem Feuer stand schon das Essen für sie bereit, und sie machten sich hungrig darüber her.

Nach einigen Minuten wurde der Vorhang beiseite geschoben, und Sir Robert Beauscyr trat ein. Er setzte sich Simon gegenüber auf eine Bank. »Und? Habt Ihr etwas entdeckt?«

Simon musterte ihn schweigend, während er auf einem zähen, trockenen Stück Fleisch kaute. Er mochte den älteren der beiden Brüder nicht; über dessen verletzenden Hochmut hatte er sich von Anfang an geärgert. Simon lehnte sich zurück und griff nach seinem Zinnbecher. »Wie lange zahlt Ihr schon Geld an Thomas Smyth, damit er von Eurem Land fernbleibt?«

Robert Beauscyr wahrte nur mit Mühe die Fassung. Wie hatte der Vogt so rasch davon erfahren? Nicht einmal er selbst hatte bis vor einigen Tagen etwas von dieser Vereinbarung gewusst. Hastig versuchte er, die Sache mit einem Schulterzucken abzutun. »Das ist eine ganz übliche Regelung und steht doch nun wirklich in gar keinem Zusammenhang mit diesem Mord.«

»Sagt das nicht. Wenn Ihr beispielsweise einen Mann dafür bezahlt hättet, um Euer Land zu schützen, und er bringt deswegen einen anderen um, wäre es so, als ob Ihr für den Mord verantwortlich wäret.« Simon schob sich genüsslich ein Stück Brot in den Mund und freute sich insgeheim über das Unbehagen des jungen Ritters. »Nicht wahr?«

»Nein … ich meine, vielleicht. Aber das ist hier nicht wichtig.«

»Warum? Meint Ihr etwa, Recht und Gesetz haben für Euch keine Gültigkeit?«, fragte Baldwin.

Sir Robert funkelte ihn wütend an. »Natürlich denke ich das nicht. Aber Wistman's Wood gehört nicht zu unserem Land. Wenn es jemandem gehört, dann Adam Coyt, einem Moorbauern. Er hat dort die Weiderechte. Und überhaupt würden wir nie jemanden bezahlen, um einen Leibeigenen töten zu lassen!«

»Auch nicht einen, der weggelaufen ist und ein beständiges Ärgernis für die Familie darstellte?«, fragte Simon.

Ehe Robert antworten konnte, wurde die Tür geöffnet und Sir William schob den Vorhang zur Seite. Er bemerkte die Anspannung im Raum und warf seinem Sohn einen ärgerlichen Blick zu. ›Was hat der Narr jetzt wieder gesagt?‹, fragte er sich mit einem stillen Stoßgebet. Flüchtig nickte er den Besuchern zu und setzte sich neben Robert. Er fühlte sich erschöpft und wusste, dass man ihm seine Müdigkeit ansah. Baldwins Behauptung, dass die Bergleute ihm den Mord an Bruther zuschreiben würden, war ein schwerer Schlag für ihn gewesen, und er vermied es, dem Blick des Ritters zu begegnen. Die vergangene Woche hatte sich als schwierig genug erwiesen, und bis der Vogt wieder verschwunden war, würde es gewiss nicht leichter werden.

»Ich nehme an, Ihr habt die Stelle gefunden, wo er getötet wurde, Vogt?«, fragte er.

»Davon habt Ihr gar nichts erzählt!«, rief sein Sohn hastig. »Habt Ihr etwas entdeckt?«

In seinem Blick lag eine gewisse Unruhe, wie Simon auffiel, und er betrachtete den jungen Mann nachdenklich. »Dass er sich selbst aufgehängt hat, können wir wohl ausschließen. Wir vermuten, er wurde von einer Bande getötet.« Er wollte ihren Besuch bei den Smalhobbes zunächst noch nicht erwähnen, ehe er nicht sicher war, dass sie keine Vergeltungsmaßnahmen befürchten mussten. »Wie Ihr schon sagtet, die Bergleute sind harte Männer. Zweifellos waren einige von ihnen verärgert darüber, dass Bruther sich auf ihrem Gebiet niedergelassen hatte.«

»Eben. Und was werdet Ihr tun?«

Simon schaute Baldwin an, der genüsslich die Beine ausstreckte und zufrieden seufzte. »Wir werden morgen mit diesen Bergleuten sprechen und hören, was sie zu sagen haben.«

»Gut.« Sir Robert stand auf. »Ich will, dass diese Angelegenheit rasch geklärt wird und wir wieder ein normales Leben führen können.« Damit marschierte er zur Tür und verschwand.

»Verzeiht ihm seine Schroffheit, Vogt. Das ist nur das Ungestüm der Jugend. Es war heute ein Tag mit vielen Sorgen für ihn, und er ist überzeugt davon, dass die Bergleute uns noch mehr Schwierigkeiten bereiten werden. Außerdem hat er sich mit meinem anderen Sohn gestritten.« Sir William seufzte. »Und dann wurde auch noch einer der Soldaten beim Üben verletzt … Warum kommt alles immer auf einmal?«

Simon lächelte nur frostig, während Baldwin rasch einen Schluck trank, um sein Grinsen zu verbergen. Wenn der junge Mann weiterhin so ›ungestüm‹ ist, dachte er, kann es leicht geschehen, dass ihm der Vogt mit seinem Schwert bessere Manieren beibringt.

7. KAPITEL

Sie hatten sich den Weg beschreiben lassen und brachen zeitig am nächsten Morgen auf, um dem Bergmann, von dem sie nun schon so viel gehört hatten, einen Besuch abzustatten. Auf dem Weg zu Thomas Smyth sprachen sie über Baldwins Entdeckungen an der Leiche. »Bist du sicher, dass der zweite Striemen nicht ebenfalls von dem Seil stammt, mit dem er gehängt wurde?«, fragte Simon.

»Ganz sicher. Wenn ein Mann gehängt wird, hinterlässt das Seil einen Abdruck; wenn ein Mann erdrosselt wird, zeigen sich die Abdrücke der Finger. Einen Toten jedoch kann man malträtieren wie man will – es entstehen weder Abdrücke noch blaue Flecke.«

Simon zuckte die Schultern. »Mag sein, aber was bedeutet das?«

»An dieser Leiche hat das Seil keinen Abdruck hinterlassen. Die Haut war etwas abgeschürft, aber mehr auch nicht. Und das bedeutet eben, dass Bruther bereits tot war, als man ihn aufgehängt hat. Getötet worden ist er mit einer dünnen Schnur, weil diese einen Abdruck an seinem Hals hinterlassen hat, doch dann hat sein Mörder sich aus irgendeinem Grund die Mühe gemacht, ihn auch noch aufzuhängen.«

»Und du bist sicher, dass er erdrosselt wurde?«

»O ja, daran besteht kein Zweifel. Die Anzeichen waren eindeutig. Hast du nicht die roten Flecke auf seinem Gesicht gesehen? Die kleinen Blutungen in seinen Augäpfeln?«

»Ich hatte nicht den Wunsch, die Leiche so gründlich zu betrachten wie du«, entgegnete Simon trocken. »Was ist dir sonst noch aufgefallen?«

»Wie kommst du darauf, mir sei noch mehr aufgefallen?« Baldwin lächelte.

»Ich kenne dich, und du schaust so zufrieden drein wie ein Wirt, der gerade einem Trunkenbold ein Fass mit sechs Monate altem Bier verkauft hat. Also, was gibt es noch?«

»Wie ich schon sagte, Bruthers Hände waren nicht gefesselt. Es gab keinerlei Spuren an den Gelenken. Die Abdrücke an seinem Hals waren vorn und an den Seiten, im Nacken gab es jedoch keine. An seinem Kopf sah man einige Kratzer, ob sie allerdings vor oder nach seinem Tod entstanden sind, lässt sich nicht sagen. Das heißt, dass er von hinten angegriffen wurde.«

»Ich verstehe. Jemand hat sich an ihn herangeschlichen und ihn erdrosselt.«

»Ja, aber es deutet natürlich auch noch auf etwas anderes hin.«

»Auf was?«

Baldwin schaute ihn beinahe vorwurfsvoll an und seufzte. »Denk einmal nach, alter Freund. Wenn er von einer ganzen Gruppe überfallen worden wäre, hätte es Spuren eines Kampfs gegeben. Es gab aber keine – das heißt meiner Ansicht nach entweder, dass Bruther zunächst bewusstlos geschlagen wurde, wobei die Abschürfungen am Kopf entstanden sind, und danach hat man ihn erwürgt, oder er wurde von einem einzelnen Angreifer überrumpelt, der ihm eine Schnur um den Hals warf und ihn auf diese Weise erdrosselte. Ich glaube eher an die zweite Variante.«

»Warum?«

»In Gottes Namen, Simon, überleg doch mal!«, rief Baldwin fast erbittert. »Warum sollte sich der Mörder die Mühe machen, erst noch eine Schnur zu holen, wenn sein Opfer schon bewusstlos gewesen wäre? Er hätte ihm doch bloß noch die Hände um den Hals legen müssen. Das wäre ganz rasch gegangen und hätte kaum mehr als eine Minute gedauert. Gut, vielleicht hatte der Mörder rein zufällig eine Schnur dabei, aber ist es nicht viel wahrscheinlicher, dass er vorbereitet war? Er hielt die Schnur schon bereit, als er Bruther näherkommen sah, brauchte sie dem ahnungslosen jungen Mann lediglich noch über den Kopf zu werfen – und das war es. Einer weniger im Moor.«

»So könnte es gewesen sein«, nickte Simon. »Aber wer ihn getötet hat, wissen wir damit immer noch nicht.«

»Nein. Dazu müssen wir herauszufinden versuchen, wem daran gelegen war. Nur scheint es leider etliche Leute zu geben, die ihn gern aus dem Weg haben wollten.«

»Nun, vielleicht erfahren wir hier etwas«, sagte Simon. Sie hatten eine kleine Anhöhe erreicht und schauten hinunter auf ein Dorf, wie Baldwin es mitten im Moor nie erwartet hätte.

Die Häuser und Katen sahen genauso aus wie die in den kleinen Weilern bei ihm daheim, nur die Farbe war anders. Dort, in Blackway oder Wefford, schimmerte der gebrannte rote Lehm, mit dem man baute, durch die Kalktünche der Mauern, diese Gebäude dagegen wirkten grau und schmutzig. Doch im Näherkommen sah er, dass sie gar nicht aus Holz und Ziegeln erbaut waren. In seiner Grafschaft gab es genügend Lehm, und der Wald, der fast an jedes Dorf grenzte, lieferte reichlich Holz; hier im Moor fand man jedoch lediglich Steine und Fels in Fülle, und davon machte man eben Gebrauch.

Die Häuser standen zu beiden Seiten einer auffällig schnurgeraden Straße. Hinter ihnen befanden sich die Felder, auf denen Nahrung für Mensch und Tier angebaut wurde; ein Bach schlängelte sich durch das Dorf und speiste einen Fischteich, und wo er die Straße kreuzte, gab es eine breite Furt, zu der sie ihre Pferde lenkten. Man hatte ihnen gesagt, dass Smyth das Anwesen gehöre, das dem westlichen Ufer am nächsten lag.

Baldwin hob verwundert die Brauen. Er kannte wahrhaftig viele Häuser reicher Leute, aber dieser Besitz konnte mit jedem Gutshof eines Adeligen mithalten. Hier lebte ganz eindeutig ein wohlhabender Mann. Das prächtige Wohnhaus hatte breite, hohe Fenster und ein Schieferdach, gegenüber lagen Scheune, Ställe und Speicher, daneben in einem abgetrennten Gebäude offenbar die Küche und Vorratskammern. Alles strahlte Ordnung und Behaglichkeit aus.

»Verglichen damit sieht Lydford direkt ein bisschen jämmerlich aus«, hörte er Simon murmeln, der ebenso beeindruckt zu sein schien, und er lachte. Simon und seine Frau behaupteten immer, in Lydford ziehe es erbärmlich durch sämtliche Ritzen des alten Gemäuers, und Margaret, Simons Frau, war froh darüber, dass er als Vogt in einem nahe gelegenen Haus leben konnte statt in der Burg selbst.

Das Anwesen des Bergmanns war von der Straße durch ein breites Feld getrennt, auf dem einige Ochsen standen, die zufrieden wiederkäuten. Ein gerader Weg führte zu den Ställen, und ein grauhaariger Knecht, der sich den Schlaf aus den Augen rieb, kam herangeschlurft, nahm ihre Pferde und musterte überrascht die frühen Besucher.

»Ah, ich glaube, das wird interessant!«, sagte Baldwin, als ein Mann in der Tür des Hauses erschien.

Simon sah, dass es derselbe war, der sie neulich aus dem Dorf der Bergleute gejagt hatte. Auch er hatte sie erkannt. Unsicher und voller Misstrauen schaute er ihnen entgegen. Simon fand die Situation irgendwie beinahe schon komisch.

»Ich glaube, wir kennen uns bereits«, grüßte er fröhlich.

»Vielleicht.«

»Natürlich. Du warst so freundlich, uns den Weg zu Sir William zu weisen, nicht wahr? Wir wollen mit Thomas Smyth sprechen. Ist das sein Haus?«

Der Mann schnaubte nur, während er Simon von oben bis unten musterte. »Ich glaube nicht, dass er Euch sehen will.«

»Nun, dann mag er es uns selbst sagen«, entgegnete Simon knapp und wollte an ihm vorbeigehen, doch der Bergmann vertrat ihm den Weg.

»Weshalb wollt Ihr ihn sprechen?«

Baldwin sah, wie sich die unterschiedlichsten Gefühle auf dem Gesicht seines Freunds widerspiegelten – zunächst Verblüffung, dann Amüsiertheit, aber schließlich packte ihn doch die Wut. Sein Gesicht wurde rot, er presste die Lippen zusammen, und Baldwin wusste, dass er im nächsten Augenblick explodieren würde.

»Ich denke, das erklären wir ihm selbst«, sagte er rasch.

Edgar trat neben ihn und hatte seine Hand bereits am Schwert. »Also, wo ist dein Herr?«

George Harang starrte ihn trotzig und etwas hilflos an. Er war es nicht gewohnt, dass jemand sich ihm widersetzte, denn kein Bergmann würde es wagen, ihm so zu begegnen.

»Was soll denn dieser Lärm?«, ertönte hinter ihm eine Stimme. Ein Mann spähte zur Tür heraus und lächelte freundlich.

Simon erinnerte er ein wenig an Baldwins Hund, einen Mastiff – wenn er auch nicht ganz so hässlich war. Er hatte grau durchsetztes Haar, das ihm bis auf die Schultern reichte, und Augen wie Kohlenstücke, die vor Amüsiertheit glitzerten. Seiner Kleidung nach hätte man ihn ohne weiteres für einen armen Leibeigenen halten können; sein Lederwams war alt und abgetragen, sein Hemd aus schlichter Wolle an vielen Stellen zerrissen und geflickt, und nur der goldene Ring an seinem Zeigefinger passte nicht recht dazu. Aufgrund seines Verhaltens war vollkommen klar, dass dieser kleine Mann nur der Hausherr sein konnte.

Er gab seinem Diener einen Wink. »Aus dem Weg, George. Natürlich empfange ich diese Gäste. Ich kann doch den Vogt von Lydford nicht wegschicken, oder?« Er bat sie einzutreten. Hugh folgte ihnen, während Edgar weiterhin George anstarrte, bis dieser den Blick senkte.

Wie Baldwin es erwartet hatte, war das Haus prachtvoll eingerichtet. Hinter der Tür befand sich ein holzgetäfelter Durchgang, der zu einem großen Saal mit hohen Fenstern führte, durch die helles Licht hereindrang. Ein enormer Holzklotz schwelte knackend in der glühenden Asche des Feuerplatzes in der Mitte des Raums. Teppiche schmückten die Wände und verhinderten, dass die Wärme entwich, während das sichtbare Holzwerk reich mit Schnitzereien verziert war. Zwei Wolfshunde lagen am Feuer, die sich beim Eintritt der Besucher erhoben und aufmerksam ihren Herrn anschauten.

Thomas Smyth legte ihnen kurz die Hände auf die Köpfe, und die Tiere ließen sich wieder nieder, während Smyth seine Gäste einlud, auf einer Bank am Tisch Platz zu nehmen.

Simon merkte, dass er sich plötzlich unsicher fühlte. Dieser Mann sah nicht aus wie ein Mörder, schon gar nicht wie ein brutaler Henker. Er schien ein ruhiger, vernünftiger Mensch zu sein und strahlte die Selbstsicherheit aller Reichen aus. Baldwin ging hinüber zu den Hunden und streichelte sie. Als Hugh ebenfalls näher kam, begann eines der Tiere drohend zu knurren, worauf der Diener sich rasch auf die Bank setzte, doch Baldwins Streicheln ließen die Tiere sich mit sichtlicher Freude gefallen. Simon schüttelte den Kopf. Er wusste nicht, woran es lag, aber alle Hunde mochten Baldwin.

»Also, Vogt, was kann ich für Euch tun?« Thomas Smyth stützte lässig seine Hände auf die Knie und lächelte freundlich.

»Woher wusstet Ihr, dass ich der Vogt bin?«

»Oh, wenn so wichtige Leute wie Ihr und Euer Freund hierher ins Moor kommen, bleibt das nicht unbemerkt. Und ich habe immerhin über einhundert Männer, die für mich arbeiten.«

»Aha«, nickte Simon nur, der sich durchaus der unterschwelligen Drohung bewusst war, die in diesen scheinbar harmlosen Worten lag. Nur ein sehr reicher Mann konnte es sich leisten, so viele Arbeiter in seinen Diensten zu beschäftigen, und Smyth wollte ihm zu verstehen geben, dass er auf sie rechnen konnte. Was war dagegen schon der Vogt mit seinen drei Begleitern! Smyth grinste, als sei alles nur ein Spiel. Er wusste, dass Simon ihn sehr gut verstanden hatte, und nachdem sein Gegner ihn nun richtig einschätzen konnte, war er gern zu einem Gespräch bereit. Simon ertappte sich dabei, dass ihm die dreiste Selbstsicherheit dieses Mannes sogar gefiel. Er beschloss jedoch, nicht gleich den Grund für ihren Besuch anzusprechen.

»Es gab gestern einen Überfall«, begann er. »Warum haben Eure Männer Henry Smalhobbe geschlagen und ihm gesagt, er solle verschwinden?«

»Wen?«

»Henry Smalhobbe. Er hat erklärt, es seien Eure Männer gewesen.«

»Das ist eine schwere Anschuldigung, Vogt«, erwiderte Thomas Smyth kühl. Simon hörte ein unterdrücktes Schnauben und wandte sich um. Der Mann, der ihnen an der Tür den Weg verstellt hatte, war ihnen gefolgt und funkelte ihn ärgerlich an.

»Sehr ernst«, stimmte Simon freundlich zu.

»Hat dieser Mann genau gesagt, wer ihn geschlagen hat?«

»Harold Magge, Thomas Horsho und Stephen Crocker. Alles Eure Männer.«

»George?« Smyth schaute seinen Diener an.

»Sir, sie sind vorgestern aus der Siedlung der Bergleute verschwunden.«

»Aha. Ihr seht also, Vogt, dass ich mit der Sache nichts zu tun habe und Euch deswegen auch nicht sagen kann, warum sie diesen … wie hieß er noch? – überfallen haben.«

»Was könnte der Grund dafür sein, dass sie aus dem Dorf weg sind?«

»Ach Gott, Vogt«, lächelte Smyth und zuckte die Schultern, »dafür gibt es viele Gründe und für jeden andere. Ich lasse hier im Moor Erz abbauen und beschäftige die unterschiedlichsten Männer. Einige sind Tagelöhner, die jeden Abend ihren Lohn erhalten, andere sind auf ein Jahr vertraglich gebunden – erwartet Ihr wirklich, dass ich alle persönlich kenne? Das ist unmöglich! Und natürlich gibt es auch noch Fremde, die nicht von hier sind und mit der Zeit des Moors überdrüssig werden – oder Angst davor haben. Oft finden sie das Leben hier niederdrückend und verschwinden einfach wieder.«

»Wie ich gehört habe, sollt Ihr Eure Männer fest im Griff haben.«

»So? Nun ja, das ist wohl wahr.« Sein freundliches Lächeln blieb unverändert, als wisse er sehr gut, dass Simon nichts gegen ihn in der Hand habe. »Das muss ich sogar. Es sind harte Burschen, Vogt, und sie brauchen … etwas Aufsicht, um es einmal so zu sagen. Es gibt hier draußen so manche, die nicht möchten, dass man allzu gründlich nach ihrer Vergangenheit fragt. Ich bin sicher, dass ziemlich viele nur nach Dartmoor gekommen sind, weil sie woanders Schwierigkeiten hatten und wussten, dass sie hier sicher sein würden – hier, wo die Gesetze der Bergleute für sie gelten.«

»Ihr meint also, es arbeiten Gesetzesbrecher für Euch?«, fragte Simon direkt.

»Vogt, bitte! Erwartet Ihr, dass ich mich bei allen Amtspersonen im ganzen Land nach der Vergangenheit jedes Mannes erkundige, der kommt und bei mir nach Arbeit fragt? Die meisten werden sowieso nie wieder dorthin zurückkehren, woher sie gekommen sind, deshalb könnte man fast sagen, dass ich dem Gesetz *helfe*, indem ich sie davon abhalte, Räuber und Wegelagerer zu werden! Solange sie für mich arbeiten, hausen sie nicht in den Wäldern und berauben Kaufleute – das heißt, falls sie das jemals getan haben.«

Baldwin stand auf. »Diese drei Männer – waren sie Verbrecher?«

»Ich habe keine Ahnung. Ich habe sie nicht gefragt«, entgegnete Smyth.

»Ist es wahr, dass Ihr versucht habt, Smalhobbe und andere aus dem Moor zu vertreiben?«

»Zu vertreiben?«

»Ja, sie aus dem Moor zu vertreiben, indem Ihr sie bedroht und angedeutet habt, dass ihre Frauen vergewaltigt oder zu Witwen gemacht werden könnten …«

»Also, wirklich! Ich besitze bereits so viel Land, dass ich gewiss nicht noch mehr brauche.«

»Gleichwohl ist ein Mann verletzt worden und macht Euch dafür verantwortlich – und ein anderer ist tot.«

»Tot?« Der überraschte Blick, den er George Harang zuwarf, war nicht gespielt.

»Ja, ein Mann namens Bruther.«

»Was sagt Ihr da? Peter Bruther ist tot?« Smyth starrte ihn fassungslos an.

»Ermordet«, nickte Simon. »Jemand hat ihn aufgehängt. Habt Ihr eine Ahnung, wem an seinem Tod gelegen sein konnte?«

Der Vogt kann die Wahrheit nicht kennen, dachte Smyth benommen, sonst hätte er diese Frage nie gestellt. Ehe er sich wieder fassen und antworten konnte, wurde die Tür aufgestoßen.

Zwei Frauen traten ein. Die ältere war höchstens vierzig Jahre und damit etwa zehn Jahre jünger als Smyth. Baldwin vermutete, dass sie seine Frau war. Sie war klein und rundlich, hatte klare, frische Gesichtszüge, wirkte fröhlich und lebhaft und hatte nichts von der dumpfen Schwerfälligkeit, die man so häufig bei Menschen dieser Gegend fand. Ihr dunkles Haar war zu Zöpfen geflochten, und die steife Strenge ihrer Haube passte nicht so recht zu ihren lachenden braunen Augen.

Die jüngere war offensichtlich ihre Tochter, die das dunkle Haar, das warme Lächeln und die lebhaften klugen Augen von ihrer Mutter geerbt zu haben schien. Beim Anblick der Gäste zögerte sie kurz, ehe sie zu ihrem Vater ging. Baldwin schätzte sie auf ungefähr fünfzehn Jahre. Sie war noch ein wenig ungelenk in ihren Bewegungen, doch schlank wie ein Fohlen und ohne die linkische Schüchternheit, die man oft bei Mädchen dieses Alters sah. Tatsächlich wirkte sie sehr selbstsicher und wusste eindeutig, dass sie von den vier Männern beobachtet wurde, während sie hoch aufgerichtet zu ihrem Vater schritt. Baldwin sah, dass ihre Mutter in stiller Verzweiflung über dieses frühreife Benehmen leise seufzte, und lächelte, als sie seinem Blick begegnete.

»Vater, du hast versprochen, heute morgen mit mir auszureiten.« Die Stimme das Mädchens war überraschend tief und voll. Sie legte Smyth eine Hand auf die Schulter, stellte sich jedoch so, dass sie die Gäste betrachten konnte.

»Ja, aber wir sind jetzt beschäftigt, mein Schatz.« Geistesabwesend schlang er einen Arm um ihre Taille, ohne den Blick von Simon zu wenden. Es schien, als habe er Mühe, sich zu beherrschen, was wenig verwunderlich war. Immerhin hatte der Vogt ihn der Erpressung und gleich darauf des Mordes beschuldigt.

»Dauert es noch lange?« Herausfordernd schaute sie

Baldwin an, der nicht sicher war, ob die Frage an ihn gerichtet war oder an ihren Vater. Thomas Smyth drückte sie nur fester an sich, ohne ihr zu antworten.

»Wem an Bruthers Tod gelegen sein könnte, wolltet Ihr wissen. Das müsst Ihr diese Hunde fragen, denen er davongelaufen ist, die Beauscyrs. Sie wollten ihn zurückhaben, damit nicht noch andere Leibeigene ihr Gut verlassen, daraus haben sie kein Geheimnis gemacht.«

»Aber warum sollten sie ihn umbringen?«

»Um allen zu zeigen, was Davongelaufene erwartet. Er wurde aufgehängt, sagt Ihr? Damit wollten die Beauscyrs unmissverständlich jeden warnen, der vielleicht auch daran denkt, seine Arbeit zu verlassen und einfach davonzulaufen, wenn es ihm gefällt. Das Gut braucht die Leute.«

»Sie haben angedeutet, Ihr könntet ihn getötet haben.«

Einen Moment herrschte Stille. »Das haben sie gesagt?«, stieß der Diener schließlich fassungslos hervor. »Sie wagen es, meinen Herrn zu ...«

»Schweig, George!«, befahl Smyth. Simon sah das zornige Funkeln in seinen Augen, doch seine Wut verflog so rasch, wie sie aufgeflammt war. Plötzlich wirkte er nur noch müde und merkwürdig traurig.

»Vogt«, erklärte Thomas Smyth mit ruhiger Stimme, »ich lebe schon viele Jahre hier und beschäftige, wie ich schon erzählt habe, viele Männer, mit denen nicht zu spaßen ist. Gelegentlich hat es Schwierigkeiten gegeben, und jedes Mal habe ich für Frieden gesorgt. Hier geht es nicht zu wie an anderen Orten, wo selbst die Ritter angefangen haben, sich als Räuber zu betätigen. Die letzten Jahre sind hart gewesen, doch ich habe dafür gesorgt, dass hier im Moor weiterhin Recht und Gesetz gelten. Wenn ich glauben müsste, einer von meinen Männern hätte Peter Bruther getötet, würde ich ihn dafür zur Rechenschaft ziehen. Seht Euch dagegen diesen alten Narren Sir William und seine beiden jungen Welpen an. Wenn Ihr den Mörder sucht, braucht Ihr Euch nur in dieser Familie umzuschauen. Sir Robert Beauscyr insbesonders ist ein ...«

»Vater, das ist ungerecht!«, unterbrach ihn seine Tochter

und löste sich aus seinem Arm. »Robert könnte nie auch nur an einen Mord denken!«

»Alicia, sei still!«, befahl er zornig. »Deine Ansichten in Ehren, doch hier geht es um eine ernste Angelegenheit. Ein Mord ist geschehen, und ich glaube durchaus, dass Robert der Täter gewesen sein könnte. Ich habe ihn schon immer für kalt und herzlos gehalten, und er hätte viele Helfer unter den Männern seines Vaters gefunden. Es wäre leicht für ihn gewesen, ins Moor zu reiten und Bruther umzubringen.«

Alicia hatte sich neben George gesetzt, der ihr mitleidig über den Rücken strich, und sah aus, als wolle sie in Tränen ausbrechen. Offenbar standen sie und der Erbe von Beauscyr-Manor sich recht nahe. Vom Alter her passten sie gut zusammen: der Junge war etwas über zwanzig und das Mädchen mit seinen fünfzehn Jahren im heiratsfähigen Alter. Vermutlich kannten sie sich schon ihr ganzes Leben lang, und hier draußen in dieser Einöde gab es sicher nur wenige andere in ihrem Alter.

»Aber was ist mit Euch, Sir?«, fragte Simon. »Wo wart Ihr an dem Abend, als Bruther getötet wurde?«

»Ich?«, fragte Smyth ungläubig. »Hier, Vogt – ich war hier! Und wenn Ihr dafür einen Zeugen wünscht, fragt Sir William Beauscyr; er war bei mir. Nun entschuldigt mich, ich habe noch andere Angelegenheiten, um die ich mich kümmern muss.«

Er ging zur Tür, doch ehe er den Raum verlassen konnte, rief Baldwin: »Noch eins, bitte! Wenn Ihr nichts dagegen habt, würden wir gern die Bergleute befragen, ob irgend jemand weiß, was mit den drei Männern geschehen ist, um entweder auszuschließen, dass sie mit dieser Sache zu tun haben, oder …«

»Natürlich«, erwiderte Thomas Smyth mit einem etwas spöttischen Blick. »George wird Euch hinbringen und dafür sorgen, dass man Eure Fragen beantwortet, nicht wahr, George?« Damit verschwand er und schlug die Tür hinter sich zu.

8. KAPITEL

»Wie lange kennst du deinen Herrn schon, George?«, fragte Simon, als sie den Weg einschlugen, der zur Siedlung der Bergleute führte. Sie hatten bereits den Bach überquert, und vor ihnen erstreckte sich eine menschenleere Ebene.

Harang warf ihm einen misstrauischen Blick zu und zuckte die Schultern. »Siebzehn Jahre, denke ich.«

»Damals bist du hierher gekommen?«

»Ja.«

»Und hast angefangen, für ihn zu arbeiten?«

»Ja.«

»Seither warst du immer bei ihm?«

»Ja.«

Ratlos über seine Einsilbigkeit schaute Simon Baldwin an, der ihm zu Hilfe kam. »Ich vermute, ungefähr um diese Zeit, als du angefangen hast, für Thomas Smyth zu arbeiten, wurde Alicia geboren?«

»Ja.«

»Sie muss … na ja – fünfzehn sein? Sechzehn?«

»Fünfzehn. Im Mai 1303 ist sie geboren.« Zum ersten Mal lächelte er, und ihm war anzusehen, wie sehr er die Tochter des alten Bergmanns mochte.

»Sie scheint ein kluges Mädchen zu sein.«

»Sehr klug«, erwiderte er, »und aufgeweckt. Als sie klein war, brauchte ich ihr nur einmal zu sagen, was für ein Vogel gerade sang, und sie hat es danach immer gewusst.«

»Es ist eine Freude, wenn jemand rasch lernt, nicht wahr?«

»O ja, Sir. Und sie ist auch fast so stark wie ein Junge. Da sie hier aufgewachsen ist, kennt sie das Moor so gut wie andere Leute ihren eigenen Garten. Oft ist sie stundenlang mit ihrem Pony unterwegs.«

»Sie hat wohl Sir Robert Beauscyr recht gern?«

»Warum sagt Ihr das?«, fragte George misstrauisch.

»Weil sie ihn so heftig verteidigt hat.«

»Nun ja, sie kennen sich«, gab George widerwillig zu.

»Ist es nicht …» Baldwin zögerte. »Ich meine, dieser Robert Beauscyr mag vielleicht wohlhabend sein, aber er ist kaum das Musterbild eines Ritters, oder? Ich finde ihn etwas stumpfsinnig.«

»Das habe ich auch zu ihr gesagt, aber wenn sie sich einmal ...« Sein Gesicht wurde rot, und er schwieg.

»Es scheint, sie ist ein wenig starrsinnig und hat ihren eigenen Kopf.«

George warf ihm einen raschen Blick zu, dann grinste er plötzlich und nickte. »Und ob! Wisst Ihr, Sir, wenn es irgendein anderer wäre, ein Bauer oder sonst jemand, hätte ich gewiss nichts dagegen, aber den Beauscyrs traue ich nicht. Ich habe in meinem Leben einige Lords gekannt und gemerkt, dass sie nie so stark wie ihre Ahnen sind, versteht Ihr? Die Söhne scheinen immer schwächer zu sein, entweder im Kopf oder in den Armen, gerade so, als ob die Kraft mit der Zeit abnimmt. Und so ist es wohl auch bei den Beauscyrs. Sir William ist ein starker Mann, das kann ich nicht bestreiten, er hat es in zahlreichen Kämpfen für den König bewiesen – doch sein Sohn? Sir Robert hat Verstand, aber er benutzt ihn nur zum Bücherlesen, und das ist einfach unnatürlich. Nein, ich glaube nicht, dass er etwas taugt.«

»Im Hinblick auf Alicia? Oder meinst du, er könnte auch töten? Wie dein Herr schon gesagt hat, hätte Robert Beauscyr guten Grund gehabt, diesen Bruther bestrafen zu wollen. Glaubst du, er könnte jemanden töten?«

George überlegte schweigend. Sicher hatte die Familie Beauscyr ziemlichen Ärger mit Peter Bruther gehabt, aber einen Mann deswegen zu töten war doch etwas anderes. »Ich denke, eigentlich nicht. Wenn er allerdings einige Männer dabei hätte, die ihm untergeben sind, würde er sicher nicht davor zurückschrecken, ihnen zu befehlen, jemanden umzubringen.«

»Was weißt du über seinen Bruder?«

»John?«, schnaubte er und spuckte aus. »Wenn Robert den Verstand hat, dann hat John die Muskeln. Er ist ein Mann, den ich immer lieber vor mir und nie in meinem Rücken haben wollte. Aber er hat kein Interesse an dem Besitz; er reitet dauernd mit seinem Ritter durchs Land auf der Suche nach Beute … Solche wie sie sind nie zufrieden und wollen immer mehr.«

»Solche wie sie?«, fragte Baldwin, aber George hatte das Gefühl, er habe nun genug gesagt, und schwieg für den Rest des Ritts. Glücklicherweise war es nicht mehr weit, und bald erreichten sie das Dorf der Bergleute. In der Nähe eines Schöpfrads, das sich langsam im Bach drehte, gab es einige kleine Ställe, wo sie ihre Pferde unterbrachten, bevor George sie zur Schmelzhütte führte. »Das wolltet Ihr doch sehen, als Ihr das letzte Mal hier vorbeigekommen seid.«

Im Innern war es so heiß wie in einer Schmiede. Zwei Männern mit nackten Oberkörpern arbeiteten an einem Ofen, dessen Flammen den Raum in ein unheimliches rotes Glühen tauchten. Die Luft war so trocken und so mit beißendem Holzkohlerauch durchgesetzt, dass es schwer war zu atmen. Mit jedem Druck der Blasebälge schlug ihnen ein neuer Schwall Hitze entgegen.

Das schlichte Gebäude aus Stein und Torf hatte nur zwei Räume. Eine Tür zur Rechten führte in einen Lagerraum, und auf der gegenüberliegenden Seite befand sich der Ofen, der aus waagrecht in die Wand eingesetzten Felsplatten bestand. Zur Linken gab es einen riesigen Blasebalg, den offenbar das Schöpfrad draußen im Bach antrieb und der Luft in den Schmelzofen leitete. Hinter den Felsplatten, so erklärte George, befinde sich ein großer Tontopf, geformt wie ein auf der Spitze stehender Kegel.

»Wir füllen ihn schichtweise mit Holzkohle und Erz. Die Blasebälge braucht man, um das Feuer stark genug zu entfachen, damit das Zinn schmilzt, dann läuft es dort in diesen Trog.« Er deutete auf einen tief ausgehöhlten Stein unter dem Ofen. »Danach brauchen wir es nur noch in eine Barrenform zu schöpfen, bevor es zur Münze in die Stadt geschafft werden kann.«

Obwohl Baldwin gern länger geblieben wäre und sich alles genauer angesehen hätte, war die Hitze einfach unerträglich. »Faszinierend«, seufzte er, als sie wieder draußen waren, und wischte sich den Schweiß von der Stirn, »doch was für eine Höllenglut!«

»Jawohl, aber im Winter tut es gut«, entgegnete George fröhlich, dessen Stimmung sich auf einmal völlig gewandelt zu haben schien – wie bei einem Teufel, der sich rasch mal am Höllenfeuer aufgewärmt hat, dachte Baldwin.

»Kannst du uns zeigen, wo diese drei Männer gelebt haben?«, fragte Simon, der herzlich wenig für Schmelzanlagen und dergleichen übrig hatte. So etwas fand er genauso aufregend wie Korn beim Trocknen zuzuschauen – wenn es auch sehr viel einträglicher sein mochte.

George Harang nickte bereitwillig. Vor einer Hütte am südlichen Rand des Weilers blieb er stehen und bedeutete ihnen einzutreten, während er sich lässig gegen die Wand lehnte. Simon und Baldwin wechselten wortlos einen Blick, ehe sie in die erbärmliche Hütte traten.

Der kleine Raum war nur drei mal zweieinhalb Meter groß, und es stank nach Urin und Rauch. In einer winzigen Feuerstelle sah man noch ein paar verbrannte Zweige, daneben ein Bündel Reisig; auf dem Boden lag ein aufgeplatzter Strohsack, auf einem Leinensack daneben standen ein hölzerner Teller und ein Becher, davon abgesehen war der Raum leer.

Als sie wieder nach draußen kamen, wartete ein kleiner, schmächtiger Junge bei Hugh, Edgar und George. Er hatte gelbliche Haut und schien müde und abgearbeitet. »Das ist ein Freund von den dreien«, erklärte George. »Er hat die Hütte mit ihnen geteilt.«

Simon fiel auf, wie ängstlich der Junge sie anschaute, aber vielleicht war er auch nur schüchtern. »Wir möchten dir gern ein paar Fragen stellen. Weißt du, wo Harold Magge, Thomas Horsho und Stephen Crocker sind?«

»Nein, Sir.« Der Junge schüttelte heftig den Kopf. »Ich hab nicht gemerkt, wie sie weg sind. Sie waren vorgestern einfach nicht mehr da, als ich schlafen ging, und ich hab sie seither nicht mehr gesehen.«

»Haben sie immer hier geschlafen?«

»Ja, Sir.« Wieder nickte er so eifrig, dass Simon nur hoffen konnte, sein Kopf säße fest genug auf den Schultern und würde nicht jeden Augenblick abbrechen.

»Wann hast du sie das letzte Mal gesehen?«
»Ich weiß nicht, Sir.«
»Ungefähr, Junge. Das musst du doch wissen.«
»Vor ein paar Tagen, Sir.«
»Und wo?«
»Kann mich nicht erinnern, Sir.«
»Sicher kannst du uns doch sagen, ob das hier in der Hütte oder irgendwo draußen war!«
»Weiß nicht, Sir.«
Simon wollte ihn schon ärgerlich anfahren, als er plötzlich sah, dass George Harang dem jungen Bergmann zufrieden zulächelte.
»Dann danke ich dir«, sagte er. »Du warst sehr hilfreich.« Der Junge eilte davon wie ein erschrecktes Wild, und Simon wandte sich an seinen Freund. »Ich glaube, wir haben Georges Zeit lange genug in Anspruch genommen, nicht? Komm, wir müssen mit den Beauscyrs reden.« Er nahm den verwunderten Baldwin beim Arm und ging zurück zu den Pferden.
George folgte ihnen. »Tut mir Leid, dass Ihr so wenig herausgefunden habt.«
»Ja«, sagte Simon nachdenklich. »Aber noch ein Letztes – wo warst du an dem Abend, als Peter Bruther umgebracht wurde?«
»Ich?« George lächelte. »Ich war natürlich zu Hause bei meinem Herrn. Wo sonst sollte ich gewesen sein?«

»Das war reine Zeitverschwendung!«, schnaubte Baldwin wütend, als sie aus der Siedlung ritten.
»Nicht ganz«, lächelte Simon. »Etwas haben wir zumindest erfahren, nämlich dass George Harang und Thomas Smyth uns nicht dabei helfen wollen, einen dieser drei Männer aufzuspüren. Sie wissen ganz genau, was diese drei in jener Nacht getan haben, und wollen nicht, dass wir es herausfinden – was einige interessante Überlegungen nach sich zieht. Zum Beispiel: Wenn Thomas Smyth die Männer versteckt oder uns daran hindert, sie zu finden, heißt das, dass er wusste, was sie vorhatten? Hat er ihnen gesagt, sie sollen

verschwinden? Hat er sie vielleicht sogar angewiesen, Henry Smalhobbe zu verprügeln? Und wenn ja, hat er ihnen auch gesagt, sie sollten sich Peter Bruther ebenfalls vornehmen?«

»Wie es aussieht, könnte das durchaus sein«, meinte Baldwin und schaute nachdenklich zum Horizont. Simon folgte seinem Blick und sah einen Mann, der eine Viehherde hütete. »Ich glaube, Smyth würde so leicht vor nichts zurückschrecken, um seinen Willen durchzusetzen«, fuhr Baldwin fort. »Er hat sich hier sein eigenes Reich aufgebaut, in dem er schalten und walten kann, wie es ihm beliebt. Es gibt mehr als genug Männer, die tun, was er ihnen befiehlt, und wenn ich an diesen armen, verängstigten Hasen von vorhin denke, kann ich mir vorstellen, dass viele Angst haben, ihn zu verärgern. Dieser Junge jedenfalls hatte Angst, meinst du nicht?«

»Ganz sicher. Deshalb habe ich auch gedacht, wir könnten genauso gut wieder weiter, da wir kaum etwas erreichen werden – wenigstens nicht, solange George Harang dabei ist. Wenn wir von irgendeinem der Männer etwas erfahren wollen, müssen wir mit ihnen sprechen, ohne dass ihr Herr oder sein Diener daneben stehen.«

Sir William schaute beinahe erleichtert seinen Söhnen und Sir Ralph hinterher, die mit drei Gefolgsmännern zur Jagd ritten. Die beiden Jungen hatten sich seit Johns Rückkehr fast unablässig gestritten, und obwohl er sehr stolz auf beide war, wünschte er sich langsam, Sir Ralph und sein Jüngster würden weiterreisen. Seufzend kehrte er ins Haus zurück, wo seine Frau wartete, die infolge der ständigen Anspannung allmählich ebenfalls immer reizbarer wurde.

Es ist merkwürdig mit Robert, dachte Sir William. Normalerweise war er die Ruhe selbst, aber nun schien es beinahe, als suche er regelrecht die Auseinandersetzung mit seinem Bruder. Früher hätte er jeden Streit vermieden und wäre still seiner Arbeit nachgegangen, doch seit der Sache mit Peter Bruther und besonders seit Johns Rückkehr schien er geradezu Freude an Streitigkeiten zu haben.

Und auch John war ein anderer Mensch geworden, was jedoch verständlich war. Als stiller, schüchterner Junge war er von zu Hause weggegangen und als selbstbewusster Mann zurückgekehrt; damit kam Robert offenbar nur schwer zurecht. Er hatte eine sechsjährige Ausbildung im Dienst seines Herrn hinter sich, hatte gegen die Eindringlinge aus dem Norden gekämpft und dabei zu vieles gesehen und erlebt, um sich noch wie früher folgsam und zufrieden den Wünschen seines älteren Bruders zu beugen. Vielleicht war das der Grund. Vielleicht begriff Robert einfach nicht, dass John erwachsen geworden war.

Sir William stieg die Treppe hinauf, doch sein Blick ging noch einmal zurück zum Haupttor, durch das die Männer eben geritten waren. Was er von Sir Ralph halten sollte, wusste er immer noch nicht so recht. Der Ritter hatte seinen Sohn sicherlich gut ausgebildet und ihm auch das geziemende ritterliche Verhalten beigebracht, das hatte er selbst gesehen. Großzügig teilte John sein Geld mit den einfachen Soldaten, gab Bettlern, die am Tor klopften, Almosen, aber vor allem konnte er bestens mit einem Schwert umgehen – obgleich Sir William gestern schon etwas bestürzt gewesen war, als er ihm bei einem Übungsgefecht zugeschaut hatte.

John hatte sich anscheinend gelangweilt und Ronald Taverner, einen der Wächter, zu einem kleinen Kampf überredet. Sie hatten Übungsschwerter aus schwerem Eisen mit stumpfen Schneiden und Spitzen benutzt und kurze Rundschilde zu ihrem Schutz getragen.

»Es ist gut zu sehen, dass die Jugend sich bemüht, ihr Handwerk zu erlernen«, hatte er zu Sir Ralph gesagt, der sich ebenfalls als Zuschauer eingefunden hatte und mit einem merkwürdigen Lächeln die Kämpfer musterte.

Der Ritter hatte ihm einen fast abfälligen Blick zugeworfen und erwidert: »Um etwas zu lernen, sollte man wohl doch Gegner wählen, die ebenbürtig oder besser sind.«

Überrascht hatte Sir William die beiden Männer beobachtet und selbst gesehen, was Sir Ralph gemeint hatte. Während John gekonnt seine Geschicklichkeit demonstriert und jeden Schwachpunkt seines Gegners genutzt hatte, war Taverner ihm fast hilflos unterlegen. Er hielt zwar sein Schwert ganz gut, schien aber nicht genug Kraft zu haben, um es wirksam zu gebrauchen. Selten gelang es ihm, sich rasch genug mit dem Schild gegen die wuchtigen Schläge seines Gegners zu schützen, und meist war er zu langsam, um eine Deckungslücke auszunutzen. Obwohl John so getan hatte, als habe er hart zu kämpfen, war es in Wahrheit nur eine Spielerei für ihn gewesen.

»Sie sind ein wenig ungleich«, hatte Sir William eingeräumt, doch sein Gast hatte nur spöttisch gelacht.

»Mehr als nur ein wenig. John wird jetzt jeden Augenblick keine Lust mehr haben. Aha, da ist es schon so weit!«

John stolperte und schien das Gleichgewicht zu verlieren, was Taverner natürlich auszunutzen versuchte, doch John wich seinem Angriff geschickt aus, riss seinen Schild hoch und versetzte ihm damit einen solchen Schlag, dass er in die Knie ging. Ehe er noch reagieren konnte, traf ihn das schwere Schwert Johns, er sackte zusammen, umklammerte seinen Hals und krümmte sich vor Schmerzen, während John hinüber zu den Zuschauern schlenderte, sein Schwert auf den Boden warf und lässig seine Panzerhandschuhe abstreifte.

»Nun, Vater? Hast du gesehen, wie dein Wächter auf meine kleine Finte hereingefallen ist? Aber zumindest hat er jetzt gelernt, auf der Hut zu sein, wenn ein Schwertkämpfer scheinbar ins Straucheln gerät.«

»Musstest du denn so fest zuschlagen? Das war doch wirklich unnötig ...«

Drei Männer waren zu dem Verletzten gelaufen und hatten ihm auf die Beine geholfen. Sein Kopf hing ihm auf die Brust, als wäre das Genick gebrochen.

»Natürlich«, erwiderte John ungerührt. »Wie sonst soll er etwas lernen? Hunden und Dienern kann man nur mit Schlägen etwas beibringen. Ihm fehlt schon nichts. Wird bloß einige Tage lang Kopfschmerzen haben. Die Hauptsache ist, dass ich gewonnen habe, nicht wahr? Gewinnen ist alles, was zählt. Gewinnen und überleben.«

»John, so sollte ein Ritter nicht denken. Nicht der Sieg, die Ehre ist das Wichtigste«, hatte sein Vater protestiert.

»Vielleicht, Vater. Aber manchmal pfeift man besser auf die Ehre«, hatte John erwidert, und Sir William war darüber so entsetzt gewesen, dass es ihm die Sprache verschlagen hatte. Mit einem Schulterzucken war John davongegangen, während der verwundete Soldat ihm mit finsterem Blick hinterhergeschaut hatte.

Doch noch mehr als die Worte seines Sohns hatte ihn Sir Ralphs Bemerkung getroffen. »Ihr Soldat sollte dankbar sein, dass sie keine Kampfschwerter benutzt haben. John hätte auch damit ohne Zögern zugeschlagen.«

Allerdings hatte eine merkwürdige Traurigkeit in seiner Stimme gelegen, als ob sich Sir Ralph mit diesen Worten eingestehen würde, wie schlecht er seinen Knappen ausgebildet hatte. Obwohl ein Ritter hart und entschlossen im Kampf sein musste, sollte er gleichzeitig auch ehrenhaft und höflich sein – Untergebenen gegenüber ebenso wie Vorgesetzten. Johns Verhalten war in keiner Weise ritterlich gewesen. Vermutlich hatte Sir Ralph deshalb so bekümmert ausgesehen, weil er zum ersten Mal begriffen hatte, was für ein Mensch dieser Knappe war, den er herangezogen hatte.

Ein Geräusch am Tor ließ Sir William aufschauen. Der Vogt und sein Freund kehrten zurück. Beklommen dachte er daran, was sie wohl bei ihrem Besuch von Thomas Smyth erfahren haben mochten. Aber was konnte er schon tun? Wenn Thomas es ihnen erzählt hatte, würden sie ihn sicher bald deswegen befragen. Er riss sich entschlossen zusammen und musste wieder an seinen Sohn denken. Sir Ralph konnte gestern auch einen anderen Grund für seine bedrückte Stimmung gehabt haben. Niemand wusste bislang, wann Peter Bruther gestorben war – und womöglich glaubte Sir Ralph, dass John etwas mit dem Tod des Leibeigenen zu tun hatte.

Simon sah, wie der alte Ritter langsam die Treppe hinaufstieg, und meinte: »Die Sache hat ihn schwer getroffen. Sir William wirkt viel älter als bei unserem ersten Besuch.«

»Ja, er spürt die Last seiner Verantwortung. Ein Todesfall erinnert einen Mann oft an seine eigene Schwäche – oder an die seiner Familie«, entgegnete Baldwin nachdenklich.

»Was meinst du, sollen wir ihn besser für eine Weile in Ruhe lassen?«

»Irgendwann müssen wir ihn befragen, warum also nicht gleich?«

Sir William saß mit seiner Frau im großen Saal vor dem Feuer und nickte ihnen müde zu. »Vogt, Sir Baldwin – bitte, kommt herein und trinkt einen Becher Wein.«

»Danke.« Simon und Baldwin setzten sich auf die Bank, während Edgar und Hugh unauffällig einige Schritte hinter ihnen ihre Plätze einnahmen.

»Hattet Ihr einen erfreulichen Morgen?«, fragte Matillida Beauscyr.

»Ja, danke sehr«, lächelte Baldwin. »Wir haben Thomas Smyth getroffen und waren im Dorf der Bergleute. Doch sagt mir – im Moor haben wir einen Mann mit einer Viehherde gesehen. Gibt es viele, die das Moor als Weide nutzen?«

Sir William nickte. »Einige. Es ist nicht mehr wie früher vor der Hungersnot – da lebten hier fünftausend Menschen oder mehr, nun sind es nicht einmal halb so viel ... Aber es gibt immer noch einige Bauern, die auf ihr Weiderecht pochen. Der Mann, den Ihr gesehen habt, war vermutlich Adam Coyt. Ich glaube, er hat sein ganzes Leben hier im Moor verbracht, und es war ein schweres Leben. Seine Frau und sein Sohn sind beide tot, und er bewirtschaftet seither seinen kleinen Hof ganz allein.«

»Das ist gewiss nicht einfach«, meinte Baldwin. »Die viele Arbeit und niemandem, dem er den Hof hinterlassen kann.«

»So ist es leider nur allzu oft«, seufzte Sir William. »Das Leben hier ist hart, und um es zu bestehen, muss man ebenso gnadenlos wie das Moor sein.«

»Aber Ihr könnt doch nicht klagen! Euer Gut bringt reiche Ernten, und Euer Viehbestand wächst«, wandte Simon ein, der als Vogt über die Verhältnisse Bescheid wusste, da man ihm jedes Jahr die Steuerlisten des Guts vorlegte. Sir William warf ihm einen Blick zu, als erwarte er eine sofortige Erhöhung der Abgaben.

»Wir haben bislang Glück gehabt. Mehr Glück als andere«, gab er zu.

»Ihr müsst froh sein, dass Euch zwei starke Söhne zur Seite stehen, denen Ihr alles hinterlassen könnt«, meinte Baldwin.

»Natürlich. Es wäre schwierig, wenn ich keine Erben hätte«, nickte Sir William.

»Thomas Smyth hat keinen Sohn, oder? Könnt Ihr uns irgendwas über ihn erzählen?«

Sir William starrte für einen Moment schweigend ins Feuer. »Eigentlich hättet Ihr doch alles, was Ihr wissen wollt, von ihm selbst erfahren können«, erwiderte er dann. »Nun, er stammt nicht von hier, wie Ihr vermutlich schon gehört habt. Ich glaube, er kommt aus dem Norden. Im Jahre '86 oder '87 hat er sich hier niedergelassen. Damals war er noch ein sehr junger Mann, aber tatkräftig und voller Begeisterung. Er begann mit der Suche nach Erz und hatte Glück. Viele Männer graben bis in alle Ewigkeit, ohne etwas zu finden, doch er geriet zufällig auf ein Stück Land mit reichem Erzvorkommen, und er war so klug, andere Männer anzustellen, die es für ihn gegen Bezahlung abbauten, während er nach weiteren Lagerstätten suchte. Bald war er nicht mehr damit zufrieden, nur Zinn abzubauen; er überlegte sich zudem einen besseren, einträglicheren Weg, es zu schmelzen. Die meisten begnügen sich damit, ihr Zinn einmal zu schmelzen, er jedoch nicht.«

»Es einmal zu schmelzen – was heißt das?«, fragte Baldwin.

»Es gibt eine erste und eine zweite Schmelze«, erklärte Simon. »Üblicherweise brechen die Bergleute das Erz in kleine Brocken und schmelzen das Zinn über dem Feuer heraus. Das ist die so genannte ›erste Schmelze‹, die noch viele Unreinheiten enthält, deshalb muss noch einmal geschmolzen werden, bis man ›weißes Zinn‹ erhält, das rein genug ist, um daraus Münzen zu schlagen.«

»Ich verstehe. Und Smyth war mit der einfachen Prozedur nicht zufrieden?«

Sir William lächelte etwas säuerlich. »O nein, der alte Thomas wollte mehr. Er hat seine eigene Schmelzhütte gebaut, in der er das Zinn viel schneller schmelzen kann, zudem viel größere Mengen, und nichts wird durch Holzkohle verunreinigt, sodass alles reines weißes Zinn ergibt. Er kann so viel produzieren wie er will und auch noch das Erz anderer Männer verarbeiten, also lässt er sich den Gebrauch seiner Öfen bezahlen, was ihn noch mächtiger macht.«

»Ihr mögt ihn wohl nicht, Sir William?«

»Nein. Es ist falsch, dass solch ein einfacher Mann leben kann wie ein Lord – man weiß ja nicht einmal, ob er überhaupt ein Freier ist. Genauso gut könnte er ein Bauer wie Bruther sein, der seinem Herrn davongelaufen ist.«

»Er hat uns gesagt, Ihr wärt bei ihm gewesen an dem Abend, an dem Peter Bruther ermordet wurde. Was habt Ihr dort gewollt, wenn Ihr ihn so wenig mögt?«

»Für einen Gast seid Ihr sehr neugierig, Vogt«, sagte Sir William verärgert, doch dann seufzte er resigniert. »Wie dem auch sei – ich habe mit ihm verhandelt und die Bedingungen geklärt, unter denen er meinem Land fernbleibt.«

»Ihr wart also dort, um ihn dafür zu bezahlen?«

»Ja. Er hatte gedroht, andernfalls kämen scharenweise Bergleute, die mir das Wasser nehmen, auf meinen Weiden graben und meine Bäume fällen würden, um Holzkohle daraus zu machen. Sie haben schließlich das Recht dazu. Wir haben uns auf eine bestimmte Summe geeinigt.«

»Ich verstehe. Die Männer, die Bruthers Leiche gefunden haben, hatten Euch begleitet, nicht wahr?«

»Ja. Aber ich habe sie vorher weggeschickt.«

»Warum?«

»Ich wollte mit Smyth ohne neugierige Lauscher reden.«

»Wart Ihr mit ihm allein während des Gesprächs?«

»Nur sein Diener George Harang war dabei.«

»Ihr hattet keine Männer bei euch?«, fragte Simon verblüfft.

»Wen hätte ich denn bei mir haben sollen, Vogt? Meinen Sohn Robert, der es empörend findet, dass ich mit einem Erpresser verhandle? Oder vielleicht John und seinen Herrn, die mit mir geritten sind? Die beiden würden sich lieber selbst die Kehle durchschneiden, als mit einem gemeinen Mann über Geschäfte zu reden. Sie haben mich verlassen, als wir Smyths Haus erreichten, und die beiden Bewaffneten habe ich zurückgeschickt, damit sie nicht hören konnten, was es mit Smyth zu besprechen gab. Es hätte sonst im Nu die Runde gemacht, dass ich, der Herr von Beauscyr-Manor, von einem dahergelaufenen Zinngräber erpresst werde und gezwungen bin, ihn zu bezahlen. Wie sollten meine Männer mich dann noch respektieren?«

Seine Frau legte ihm eine Hand auf die Schulter, und William ließ sich erschöpft in seinen Stuhl zurücksinken. Der Vogt muss doch verstehen, dachte er, dass eine Burg wie diese nur so stark ist wie ihre Besatzung. Wenn die Männer ihren Herrn für einen Schwächling halten, laufen sie vielleicht davon oder kommen zu dem Schluss, er sei zu alt für seine Pflichten – was noch schlimmer war. Schwache Lords lebten nicht lange; es fand sich immer jemanden, der bereit war, einen Aufstand gegen sie anzuzetteln. In alten Zeiten waren die Männer noch ehrenhaft gewesen und ihrem Herrn ein Leben lang treu geblieben, doch heutzutage musste man sich auf bezahlte Söldner verlassen. Aus diesem Grund gab es, wie in so vielen anderen neuen Burgen, auch in Beauscyr gesonderte Unterkünfte für die Besatzung, die vom Wohnbereich der Familie getrennt waren. Früher war es üblich gewesen, dass alle im großen Saal schliefen, aber Söldnern konnte man nicht vertrauen; es geschah nicht selten, dass ein Lord sich gegen seine eigenen Männer, die er selbst zum Kampf ausgebildet hatte, zur Wehr setzen musste.

Seine Frau warf Simon einen gereizten Blick zu. »Genügt es nicht bereits, dass wir uns vor diesem Bergmann demütigen müssen? Ist es nötig, diese Sache auch noch ans Licht zu zerren und uns damit in Verlegenheit zu bringen?«

»Es tut mir leid, Mylady, doch Peter Bruther ist offenbar

ermordet worden, und selbst wenn er nur ein Leibeigener war, müssen wir jeden fragen, der damit etwas zu tun haben könnte.«

»*Damit etwas zu tun haben könnte?* Soll das etwa heißen, dass Ihr meinen Ehemann verdächtigt?«, rief sie zornig. »Ich wünsche davon nichts mehr zu hören, Sir. Ihr seid unsere Gäste, doch deswegen müssen wir uns keine Beleidigungen gefallen lassen. Wir möchten jetzt gern allein sein. Bitte, geht.«

Simon bedauerte es aufrichtig, dass er Lady Matillida erzürnt hatte. Er stand verlegen auf.

»Genauso habe ich mich als kleiner Junge gefühlt, wenn meine Kinderfrau mich wegen schlechten Benehmens aus dem Zimmer geschickt hat«, raunte Baldwin ihm augenzwinkernd zu, als sie den großen Saal verließen.

Nachdem sie allein waren, kniete sich Matillida zu Füßen ihres Ehemanns hin und nahm seine Hände. »Ist dir klar, was sie denken? Dieser Hurensohn Smyth hat sie bereits ganz auf seiner Seite – und der Vogt hat offensichtlich mehr seine Börse als Gerechtigkeit im Sinn! Es ist ja weidlich bekannt, wie bestechlich alle sind. Du musst etwas tun, damit Puttock klar wird, welche Gefahr die Bergleute darstellen.«

Sir William wirkte alt und müde, und zum ersten Mal sah sie, dass die Jahre ihren Tribut gefordert hatten. Er drückte ihre Hand und strich ihr übers Haar. »Arme Matillida!«, lächelte er. »Du wünschst dir nur eins – dass die Familie stark und mächtig ist. Doch von allen Seiten lauern Bedrohungen. Was soll ich tun? Thomas Smyth ermorden lassen? Oder vielleicht nur solange foltern, bis er zugibt, Bruther getötet zu haben?«

»Sei nicht albern. Im Gegenteil, wir müssen uns vielmehr gut mit ihm stellen. Du weißt, dass Robert ein Auge auf Alicia geworfen hat?«

»Was? Mein Sohn? Aber er hasst Thomas …«

»Natürlich, doch das bedeutet nichts. Das Mädchen ist klug und dürfte ihm eine hübsche Mitgift einbringen.«

Sir William stieß ein schroffes Lachen aus. »Ja, eine sehr hübsche Mitgift – unser eigenes Geld!«

»Gewiss, aber besser, es kommt als Mitgift zurück als dass es der Familie für immer verloren geht. Und das Mädchen wäre eine gute Ehefrau für ihn, besonders wenn ich ihr helfe und sie erziehe. Deshalb müssen wir sicherstellen, dass ihr Vater nicht gegen uns ist.«

»Aber du hast doch gesagt, wir müssten dafür sorgen, dass der Vogt erkennt, wie gefährlich die Bergleute sind. Wie können wir ...«

»Wir müssen ihm begreiflich machen, wie beunruhigend es ist, dass sich Gesetzlose und Diebe als Bergleute ausgeben. Natürlich haben wir nichts dagegen, dass freie Männer ins Moor kommen und ihrer Arbeit nachgehen, doch wenn sich hier das Gesindel niederlässt, ohne dass dagegen eingeschritten wird, braucht man sich nicht zu wundern, dass es zu Mord und Totschlag kommt! Das musst du dem Vogt und seinem Freund deutlich machen – dass es schwer genug ist, hier zu überleben, ohne dass zudem noch Mörder und Gesetzlose in der Nähe hausen.«

Er stand auf und seufzte. »Ich will sehen, was sich machen lässt.«

»Du musst etwas tun! Wir müssen versuchen, Thomas Smyth zufrieden zu stellen, damit er in die Heirat seiner Tochter mit unserem Sohn einwilligt. Er wird schon erkennen, welche Vorteile es für ihn hat, durch eine solche Ehe mit einer guten Familie verbunden zu sein, und uns kommt seine Macht und sein Wohlstand zugute. Aber er muss ein wenig an die Kandare genommen werden. Er muss einsehen, dass seine Macht an den Grenzen unseres Landes endet, und er darf nicht versuchen, uns noch mehr Geld abzupressen.« Sir William nickte nur wortlos. »Und wenn der Vogt auf dich hört«, fügte seine Frau hinzu, »gelingt es uns vielleicht, die Macht der Bergleute für immer zu brechen und selbst die Herrschaft über das Land zu erringen.«

9. KAPITEL

Sir Ralph hatte die Jagdgesellschaft verlassen und ritt allein zurück. Wieder einmal war es zum Streit zwischen Robert und John gekommen. Er wusste sehr gut, wie leicht Brüder aneinander geraten konnten; vor wenigen Jahren hatte er selbst einmal das Schwert gegen seinen älteren Bruder gezogen, nur wegen einer Wette um den Preis eines Falken, und oberflächlich gesehen benahmen sich Robert und John im Grunde lediglich wie Brüder überall auf der Welt. Allerdings herrschte zwischen ihnen eine ungewöhnlich dauerhafte Feindseligkeit. Kaum ein Wort konnten sie miteinander wechseln ohne unterschwellige Sticheleien. Der schlanke, bleiche Robert war schon wegen seiner schwächlichen Statur eine Zielscheibe des Spotts für seinen Bruder, doch er war immerhin wenigstens ein aufrichtiger, redlicher Mensch, während John sich frech und rücksichtslos benahm.

Es war Sir Ralphs Einfall gewesen, zur Jagd zu reiten, da er gern einmal aus den engen Mauern der Burg herauskommen wollte, wo ihn seit einiger Zeit die Blicke des Vogts belauerten und wo dessen Freund unangenehme Fragen stellte. Es war schon lange her, dass er nur zum Spaß und nicht aus bitterer Notwendigkeit gejagt hatte, und er hatte sich darauf gefreut, wieder einmal loszureiten und die Hunde auf ein Wild zu hetzen.

Die Freude war ihm jedoch rasch vergangen. Sie waren nach Osten geritten, wo es einen dichten Wald gab. Einer der beiden Brüder – er war nicht mehr sicher, wer es gewesen war – hatte eine abfällige Bemerkung über das Jagdgebiet gemacht, das der andere ausgewählt hatte, und schon waren sie wieder in Streit geraten, hatten einander mit beleidigenden Bemerkungen verletzt, und aller Frieden war dahin gewesen. Schließlich hatten sie einen kleinen Rehbock aufgescheucht und ihn eine Meile weit gejagt, dann aber die Spur verloren, und natürlich behauptete jeder der beiden Brüder, der andere sei daran schuld. Sir Ralph hatte, so lange es ging, seinen Zorn unterdrückt, doch schließlich war es ihm zu viel geworden. Er hatte verkündet, dass er zurückkehren wolle, und entschieden jede Begleitung abgelehnt. Rasch war er losgeritten, obwohl ihm die bittenden Blicke der Bewaffneten nicht entgangen waren, die ebenfalls die beiden Streithähne lieber sich selbst überlassen hätten und mit ihm verschwunden wären.

Zwischen den beiden jungen Männern herrschte eine unbegreifliche Spannung, die weit über die normale Rivalität hinauszugehen schien. Vielleicht war die Ursache dafür einfach Johns Eifersucht. In den meisten Familien wäre er in ein Kloster geschickt worden, statt zum Ritter ausgebildet zu werden, denn üblicherweise trat der zweite Sohn in die Dienste der Kirche, während der ältere als Erbe erzogen wurde. Bei den Beauscyrs hätte es allerdings genau umgekehrt sein sollen. Robert wäre, trotz seiner stolzen, hochmütigen Art, viel geeigneter für ein klösterliches Leben gewesen; der resolute, starke John hätte dagegen einen sehr guten Herrn für das Gut abgegeben.

Am Tor rief Sir Ralph den Wächter an, sprang vom Pferd und ging in den Hof, wo er den Freund des Vogts erblickte und kurz zögerte, doch dann fasste er sich und führte sein Pferd zu den Ställen.

»Ein gutes Tier«, sagte Baldwin. Sir Ralph nickte nur wortlos und wäre am liebsten einfach weitergegangen, aber das hätte wohl grob unhöflich gewirkt.

Baldwin entging seine Verunsicherung nicht, und er lächelte freundlich, während er dem Rappen einen Klaps aufs Hinterteil gab; obwohl das teilweise verschmutzt war, entdeckte er dabei das Brandzeichen in Form eines großen M. Als er Sir Ralph anschaute, sah er, dass der Ritter wie erstarrt wirkte.

»Sir Ralph, keine Sorge«, sagte er so leise, dass der Pferdeknecht es nicht hören konnte. »Was oben im Norden geschehen ist, hat hier unten keinerlei Bedeutung.« Damit wandte er sich um und ging, doch er spürte förmlich die Blicke des Ritters in seinem Rücken.

Neben der Küche sah er Simon, Hugh und Edgar, die aus großen Krügen Bier tranken, das der alte Kellermeister ihnen gebracht hatte.

»Du trinkst schon wieder, Simon? Das Bier wird noch deinen Verstand vernebeln.«

»Zu spät.« Simon nahm noch einen langen Schluck. »Mein Verstand ist sowieso schon benebelt. Bergleute, Ritter, Knappen, Leibeigene ...pah! Wir vergeuden hier nur unsere Zeit! Ich habe keine Ahnung, wer Bruther getötet hat, ich habe nicht mal eine Ahnung, was er für ein Mensch war. Und wie sollen wir herausfinden, wer es getan hat, wenn wir nichts, aber auch gar nichts über ihn wissen?«

»Da hast du Recht.« Baldwin ließ sich ebenfalls einen Krug Bier einschenken, jedoch nur halb voll. »Danke. Ja, Simon, wir wissen, dass er ein Ärgernis für seinen Herrn, den alten Sir William, und für Robert Beauscyr war. Thomas Smyth mochte ihn nicht, weil er ein Fremder war und sich nicht seinem Willen unterwarf, also wäre es möglich, dass er ihn getötet hat oder ...«

»Oder die drei Männer, die Smalhobbe verprügelt haben«, unterbrach Simon ihn. »Und dann ist da noch dieser Ritter.« Er deutete mit dem Kinn auf die hoch gewachsene Gestalt bei den Ställen. »Ich traue ihm nicht. Er wirkt so abweisend. Irgendwas stimmt mit ihm nicht.«

»Ich glaube, ich ahne, was das ist. Überlass das mir.«

»Und schließlich hätten wir noch den jüngeren Bruder ...«

»John? Er hielt sich in den vergangenen Jahren kaum hier auf. Was für einen Grund sollte er haben, einen Mord zu begehen?«

»Für einen Mord kann es viele Gründe geben, Baldwin. Vielleicht wollte er seinem Vater und seinem Bruder eine Sorge vom Hals schaffen.«

Sir Ralph kehrte gerade aus dem Stall zurück. Er schaute etwas unentschlossen zu der kleinen Gruppe hinüber, ging dann aber weiter zum Haus. »Hast du das gesehen?«, fragte Baldwin. »Ich glaube, er hätte gern mit mir gesprochen, wenn ich allein gewesen wäre.«

»Warum sagst du das?«

»Ich hatte mir gerade sein Pferd angeschaut und bemerkt, dass es ein Brandzeichen trägt.«

»Wirklich? Nun ja, das machen heutzutage viele Lords, nicht wahr? Sie brandmarken die Pferde, damit man sie wiederfinden kann, wenn sie gestohlen werden. Es ist ja nicht ungewöhnlich, dass ein Mann behauptet, sein Pferd sei gestohlen worden, während er es in Wirklichkeit gegen Geld eingetauscht hat. Vielleicht weil er der Meinung war, sein Herr zahle ihm einen zu geringen Lohn – und zumal er weiß, dass sein Herr ihm das Tier ersetzen wird. Auch wenn Söldner mit ihrem Pferd davonlaufen, ehe ihr Vertrag beendet ist, kann man sie mittels eines Brandzeichens wiederfinden. Es ist zwar recht barbarisch, gewiss, aber leider greift diese abscheuliche ausländische Angewohnheit immer mehr um sich und …«

»Es ist gut, dass du nie auf den Gedanken kommst, in ein fremdes Land zu reisen, alter Freund, denn du würdest sicherlich schon wenige Meilen von der Küste entfernt gesteinigt werden. Aber sag, kennst du irgendeinen Ort, der Pferde mit einem großen M kennzeichnet?«

»Moretonhampstead?« Simon dachte angestrengt nach, ob ihm noch weiter entfernt liegende Orte einfielen.

Lachend gab Baldwin ihm einen solchen Klaps auf den Rücken, dass er einen Gutteil seines Biers verschüttete. »Simon, du bist unschätzbar als Führer in dieser Gegend, doch ein Mann von Welt bist du wahrhaftig nicht. Wer in dieser kleinen Stadt würde denn Söldner anheuern? Ich gebe dir einen Hinweis: Man müsste weit, weit im Norden suchen, an der Grenze zu Schottland, wo John und Sir Ralph gelebt haben.«

In diesem Moment ertönte am Tor ein Ruf, und kurz darauf ritt Robert Beauscyr herein, gefolgt von seinem Bruder.

»Statt dich damit zu brüsten, wie viel erfahrener du bist als ich, wäre es vielleicht besser, du sprichst einmal mit Sir Robert«, meinte Simon. »Und ich rede ein Wort mit seinem Bruder. Wir sollten herauszufinden versuchen, ob sie irgendetwas wissen.«

Als der Ritter nickte, schlenderte der Vogt zu John, der sein Pferd abrieb, während Baldwin Robert in den Stall folgte.

Hugh warf Edgar einen unsicheren Blick zu. »Sollen wir mit ihnen gehen, was meinst du?«

Edgar zuckte die Schultern. »Ich glaube nicht, dass wir ihnen helfen könnten – wir wären wahrscheinlich bloß im Weg.«

»Genau das hab ich mir auch gedacht.« Hugh rülpste zufrieden und ließ sich seinen Krug noch einmal füllen.

Robert Beauscyr trieb einen Stallknecht, der seinem Pferd Sattel und Zaumzeug abnahm, mit einigen scharfen Worten zur Eile an. Als er Schritte hörte, schaute er sich um und schien erleichtert darüber, dass es Baldwin war.

»Ein guter Ritt?«, fragte Baldwin freundlich.

»Der Ritt war gut, aber die Unterhaltung öde, sehr öde.«

Baldwin lehnte sich gegen die Wand und verschränkte die Arme. »Ja, es ist gelegentlich nicht einfach, wenn man einen Bruder hat. Man fühlt sich verpflichtet, ihn zu mögen – doch oft hat man eher Anlass, sich über ihn zu ärgern.«

»John ist manchmal so überheblich – ganz anders als früher. Bevor er in den Norden ging, haben wir über alles reden können und waren gern zusammen, aber jetzt heißt es nur: ›Ach, das machst du immer noch …‹, oder: ›Na ja, im Norden hatten wir diese Annehmlichkeiten natürlich nicht …‹, oder: ›Hier, mitten im Moor, mag das so sein, aber in besserer Gesellschaft …‹ Manchmal hätte ich dann gute Lust, ihm etwas Verstand einzuprügeln.«

Der Ritter lächelte. »Freunde kann man sich aussuchen, aber seine Familie nicht.«

»Gott sei Dank reitet er bald mit Sir Ralph weiter.«

»Seid nicht zu hart mit ihm, Robert. Er ist noch sehr jung und wird mit der Zeit vernünftig werden. Wisst Ihr, er hat gegen Männer gekämpft, die er respektieren musste, und im Augenblick weiß er nur, dass er diese Kämpfe bestanden hat – oder wenigstens nicht getötet worden ist, doch als Ritter wird er entdecken, dass die Sache so einfach nicht ist. Er wird eines Tages Verantwortung tragen, er wird andere in den Tod schicken müssen, und das ist sehr ernüchternd.«

Robert sah den versonnenen Ausdruck in Baldwins Augen. »Ihr sprecht aus eigener Erfahrung?«

Baldwin lächelte wehmütig. »O ja, mein Freund. Und ich war Eurem Bruder sehr ähnlich – ungestüm, voll Übermut und ein ständiger Quell der Verlegenheit und des Schmerzes für meinen älteren Bruder. Er hatte die Pflicht, sich um die Familie und unser Gut zu kümmern, während ich meine Freiheit genießen konnte, und ich glaube nicht, dass mir je bewusst war, wie schwer ihm diese Aufgabe fiel. Erst durch den Untergang einer ganzen Stadt habe ich erkannt, was Pflicht bedeutet, und da war es zu spät, mich mit ihm auszusprechen. Doch keine Sorge, John wird sich im Lauf der Zeit ruhiger geben, und Ihr werdet stolz auf ihn sein und Euch wieder freuen, ihn als Bruder zu haben, wenn er einmal die Gier nach Macht und Geld überwunden hat.«

»Falls das jemals geschieht.« Robert warf einen säuerlichen Blick auf seinen Bruder im Hof. »Es ist heutzutage nicht mehr wie in früheren Zeiten, wo ein Ritter noch Geld und Gut in fremden Landen erringen konnte und wohlhabend zurückkehrte.«

»Einigen gelingt es immer noch«, erwiderte Baldwin. »Ich denke, solange er in Sir Ralphs Diensten steht, ist er in guten Händen; er scheint ein kluger Mann zu sein.«

»Möglich.«

»Robert«, meinte Baldwin nachdenklich, »ich weiß, dass es ärgerlich für Euch ist, aber ich muss es trotzdem fragen: Was habt Ihr an dem Abend gemacht, als Peter Bruther starb?«

Sir Robert schaute ihn fassungslos an. »Ich? Wollt Ihr … wollt Ihr etwa mich beschuldigen?«

Baldwin erwiderte ruhig seinen Blick, und Sir Robert zuckte schließlich die Schultern. »Ich nehme an, Ihr habt Recht. Immerhin hatte ich Grund, ihn zu hassen, nachdem er davongelaufen war und die Familie dadurch bloßgestellt hat.« Er schwieg einen Moment. »Ihr wisst ja bereits, dass dieser elende Bastard Thomas Smyth von uns Geld verlangt hat, damit er von unserem Land fernbleibt. An eben diesem Nachmittag kam er zu uns. Wir hatten den Rest des Tages

Zeit, darüber nachzudenken. Es klang ganz vernünftig, was er sagte – er brauche mehr Wasser, und es würde ihn sehr viel kosten, es aus dem Moor zu holen. Er könne aber auch unsere Bäche umleiten – das sei für ihn bedeutend billiger. Doch wenn wir einverstanden seien, ihm die Differenz zu zahlen, könne er den Bergleuten befehlen, unsere Bäche in Ruhe zu lassen und das Wasser von woanders herzuholen. Letztlich war es die reine Erpressung.«

»Wie hat Euer Vater reagiert?«

»Mein Vater ist ein alter Mann, alt und müde. Er hat in seinem Leben in vielen Schlachten gekämpft und muss sich noch immer mit solchen Gesellen wie Smyth herumstreiten. Er meinte, uns bliebe keine andere Wahl. Ich … ich habe leider die Beherrschung verloren. Mit Smyth einen Handel einzugehen war für mich, als zanke man sich mit einem Dieb um die Rückgabe der eigenen Börse! Und dass der Dieb auch noch bekommen würde, was er verlangte, hat mich einfach rasend gemacht. Ich bin mitten während des Gesprächs auf und davon und nach Chagford in die Schenke geritten.«

»Seid Ihr in die Nähe von Bruthers Hütte gekommen?«

»Ja«, erklärte er ohne Zögern. »Ich kam am Nachmittag dort vorbei. Aber ich habe weder ihn noch sonst jemanden gesehen.«

»Wann seid Ihr zurückgekehrt?«

»Kurz nach Einbruch der Dunkelheit. Ich war so wütend, dass ich lange gebraucht habe, um mich zu beruhigen. Der Gedanke, dass mein Vater so leichtfertig mit meinem Erbe umgeht – dadurch, dass er diesen Leibeigenen davonkommen lässt, und dann, indem er diesen Bergmann bezahlt … nun ja, es war besser, dass ich für eine Weile dem Haus fernblieb.«

»Wie hat John auf Smyths Ansinnen reagiert?«

»Wie schon? Als er davon gehört hat, war er amüsiert. Es ist mein Erbe, nicht seines, und wenn sich mein Erbe verringert, stehe ich wie ein Trottel da, was ihm natürlich gefällt.«

»Ihr habt also niemanden in der Nähe von Bruthers Hütte gesehen. Und sonstwo?«

Robert runzelte die Stirn und überlegte. »Nur Adam Coyt, einen Moorbauern. Er stach Torf, glaube ich, nördlich von Crockern Tor. Ansonsten … ja, da waren noch die Bergleute.«

»Wo? Und zu welcher Tageszeit?«

»Sie waren in Richtung Norden unterwegs, kurz nachdem ich Coyt gesehen hatte.«

»Wie viele waren es?«, fragte Baldwin gespannt.

»Drei. Sie kamen wahrscheinlich aus ihrer Siedlung und wollten wohl ins Moor.«

»Aha«, nickte Baldwin, der deutlich spürte, dass Sir Robert ihm etwas verheimlichte. »Und Ihr wart die ganze Zeit über allein?«, fragte er beiläufig.

»O ja, gewiss, die ganze Zeit.«

Baldwin wusste, dass dies eine Lüge war.

John sah, dass Simon auf ihn zukam, und lächelte. »Nun, Vogt, habt Ihr die Männer schon gefunden, die den armen Peter getötet haben?«, fragte er fröhlich und stemmte die Hände in die Seiten.

Simon musterte ihn verdrießlich. Dieser junge Bursche war genauso überheblich wie sein älterer Bruder. »Bislang nicht, aber das werden wir schon noch.«

»Aha?« Sein Blick wanderte zu Baldwin, der mit Robert sprach. »Und aus diesem Grund wollt Ihr mit uns getrennt reden, nehme ich an. Wohl damit wir unsere Angaben nicht aufeinander abstimmen können? Wenn das Eure Absicht war, seid Ihr zu spät dran; wir sind gerade für einige Zeit ganz allein gewesen, da es Sir Ralph in unserer Gesellschaft zu langweilig wurde, denke ich. Na ja … Was kann ich denn für Euch tun?«

»Peter Bruther wurde sicherlich aus einem ganz bestimmten Grund getötet. Wer könnte ihn genug gehasst haben, um ihn umzubringen?«

»Eine gute Frage. Ich nehme an, Ihr kennt bereits die Antworten, die auf der Hand liegen: Thomas Smyth und seine Männer, mein Vater und natürlich mein Bruder. Ihr habt also die freie Wahl.«

»Was ist mit Euch?«

»Mit mir?« Für einen Sekundenbruchteil schien er verblüfft. »Aber … ach, Vogt, ich glaube, Ihr wollt Euch über mich lustig machen. Was für einen Grund sollte ich denn haben? Es ist ja nicht so, als ob ich durch Bruthers Tod irgendetwas zu gewinnen hätte. Er war ein Ärgernis für die Familie, doch das geht mich nichts an. Der ganze Besitz fällt einmal an Robert, und ich habe nicht den Wunsch, ihm auch noch Hindernisse zu seinem Glück aus dem Weg zu räumen, wahrhaftig nicht!«

»Es ärgert Euch, dass Robert das Gut erbt, nicht wahr?«

»Scharf beobachtet, Vogt«, entgegnete John trocken. »Mein geliebter Bruder ist ein Gelehrter. Er versteht sich aufs Lesen, Schreiben und Rechnen, was vermutlich genau die Fähigkeiten sind, die man die meiste Zeit braucht, um einen solchen Besitz ordentlich zu verwalten, aber genauso nötig ist eine feste Hand. Und die hat er nicht – ich dagegen schon.«

»Um die Bauern im Griff zu behalten?«

»Genau«, nickte er. »Seitdem Wegelagerei ein ernstes Problem geworden ist und Räuberbanden die abgelegenen Güter überfallen, ist es an der Zeit, dass wir allen Unruhestiftern zeigen, wer die Herren sind. Sie wollen das Königreich zu Fall bringen, und deshalb müssen sie vernichtet werden.«

Simon bemerkte, dass John bei seinen Worten lächelte, als mache er einen Scherz, den der Vogt nicht verstehen könne. »Ihr findet also, alle Gesetzlosen sollten gejagt und getötet werden?«

»Jawohl, Vogt. Jeder, der Zwietracht stiftet: Bauern, die sich Vogelfreien anschließen, Diebe, Wegelagerer, Brauer, die ihr Bier verwässern, Bergleute, die ihr Zinn mit Schmutz vermischen … und Männer, die ihren Besitz nicht in Ordnung halten können. Alle verdienen den Strick, meint Ihr nicht?«

»Auch Ritter?«

»O nein«, entgegnete John mit ernstem Gesicht. »Man kann Ritter von edler Abkunft nicht mit den anderen in einen Topf werfen. Ein Ritter ist der Inbegriff aller grundlegenden Tugenden, er kämpft für das Gute und gehört zum höchsten Stand, ja mehr noch – er ist wichtiger als alle anderen, denn was wären Adel, Klerus und das gemeine Volk ohne Ritter? Immerhin sind sie die Wahrer der Ordnung.«

»Viele würden sagen, dass die Geistlichkeit die höchste Stelle einnehmen sollte.«

»Die Geistlichen können unterweisen, aber kaum mehr, das haben die Kreuzzüge gezeigt. Bischöfe und Priester haben uns belehrt, dass wir das Heilige Land zurückerobern müssen, doch was hätten sie tun können ohne die Ritter? Nichts!«

»Aber es waren die Ritter, die das Heilige Land *verloren* haben, weil sie anfingen, sich mit den Heiden einzulassen! Wenn sie ...«

»Wenn sie nicht von anderen irregeleitet worden wären. Der Papst und seine Bischöfe begannen in alte Gewohnheiten zurückzufallen, nicht wahr? Die Päpste sind viel zu sehr und viel zu lange schon nur an ihrem eigenen Wohlstand interessiert. Nehmt nur Bonifaz und all die Gerüchte, dass er ein Teufelsanbeter und Sodomit sei. Es ist kein Wunder, dass Gott beschloss, uns das Heilige Land wieder abzunehmen.«

»Das hat damit gar nichts zu tun! Bonifaz ist erst Jahre nach dem Fall von Akkon Papst geworden!«

»Glaubt Ihr etwa, er sei der Erste gewesen, der ein so verkommener Ketzer war? Ganz gewiss nicht! Die Ritter jedoch folgten immer dem Gebot der Reinheit. Ihr einziges Ziel ist es von jeher, Ehre und Ruhm im Kampf zu erringen. Höflich, ehrenvoll und großmütig zu sein, danach muss ein Ritter streben. Ein Bischof dagegen braucht lediglich dafür zu sorgen, dass man ihm seine angebliche Liebe zu Gott glaubt, und schon vergrößert sich sein Wohlstand hundertfach, denn sobald er als heiliger Mann betrachtet wird, scharen sich die Leute wie Schafe um ihn und schieben ihm ihr Geld in die Tasche.«

»Ihr habt eine sehr zynische Sicht der Welt, John.«

»Vielleicht. Aber wenigstens werde ich nicht enttäuscht.

Ich habe bereits zu viel gesehen, um noch irgendjemandem zu vertrauen außer mir selbst und meinem Schwert.«

»Wenn Ihr so denkt, dann glaubt Ihr wohl auch, ein davongelaufener Leibeigener sei im Vergleich zu einem Ritter wenig wert und sollte dafür bestraft werden, dass er Schande auf die Familie eines Ritters gebracht hat?«

»Sehr gut, Vogt!«, grinste John. »Damit habt Ihr das Gespräch wieder zurück auf dem Punkt gebracht und gleichzeitig angedeutet, dass ich einen Grund gehabt hätte, diesen Bruther zu ermorden. Aber ich fürchte, Ihr müsst woanders suchen. Ich würde mir nicht wegen jemanden, der ein Ärgernis für meinen Bruder war, die Hände schmutzig machen. Bruther war lediglich ein Stachel in Roberts Fleisch, und als solcher bereitete er mir sogar Vergnügen.«

»Trotzdem, wo wart Ihr an dem Tag, als Bruther ermordet wurde?«

»Nun, ich war fast den ganzen Tag hier und entweder mit Sir Ralph, meiner Mutter oder meinem Vater zusammen. Auch den Streit zwischen Robert und Thomas Smyth habe ich gehört – wirklich peinlich, dass der ältere Bruder bei einer Unterredung davonrennt wie ein geprügelter Hund. Nach dem Abendessen habe ich meinen Vater zu Smyth begleitet. Sir Ralph ist ebenfalls mitgekommen. Mein Vater hat ihm das Geld, das er verlangte, übrigens gezahlt. Schändlich, ich weiß, aber so ist es nun einmal.«

»Und Ihr seid bei Eurem Vater geblieben?«

John unterdrückte ein Gähnen. »Nein. Sir Ralph und ich wollten mit einer derart widerwärtigen Angelegenheit nichts zu tun haben. Wir entschlossen uns, meinen Vater dort allein zu lassen, und sind zur Schenke geritten – dem ›Fighting Cock‹.«

»Und welchen Heimweg habt Ihr später eingeschlagen?«

»Wir sind nicht an Bruthers Hütte vorbeigekommen, falls Ihr das meint, Vogt, sondern direkt nach Hause getrabt.« Lächelnd wartete er auf die nächste Frage.

Aus den Augenwinkeln sah Simon, dass Baldwin offenbar sein Gespräch mit Robert beendet hatte, und beschloss, das Verhör aufzugeben. Seine Fragen hatten John eindeutig nicht das Geringste ausgemacht, und falls ihm doch etwas unbehaglich zumute war, hatte er es verstanden, das gut zu verbergen.

»Keine Sorge, Vogt, ich bin sicher, Ihr werdet den Mörder finden«, sagte John spöttisch.

Simon nickte nur und ging zu Baldwin.

»Wie war es?«, fragte der Ritter.

»Ein unerträglicher Bursche. Er hat mir so deutlich seine Geringschätzung gezeigt, dass ich fast das Recht gehabt hätte, ihn zu schlagen. Ich gewann den Eindruck, dass er sich über unsere Versuche, Bruthers Mörder zu finden, nur lustig macht. Wie war es mit dem älteren Beauscyr?«

»Oh, er war zur Abwechslung einmal ruhig und vernünftig und hat nicht mal die Beherrschung verloren«, sagte Baldwin, der im Stillen über Simons Empörung schmunzelte. »Aber er hat kein Alibi für jenen Abend. Den Großteil des Tages war er allein unterwegs.« Er berichtete, was Robert ihm erzählt hatte, und Simon fasste sein Gespräch mit John zusammen.

»John hat also zumindest einen Zeugen. Sir Ralph war bei ihm, das behauptet er wenigstens. Und falls er bestätigen kann, was John mir erzählt hat, bedeutet das wohl, dass wir in erster Linie Robert verdächtigen müssen, nicht wahr?«

»Es scheint so«, sagte Baldwin nachdenklich. »Aber ich glaube, es wäre gut, auch Johns Angaben zu überprüfen. Vielleicht sollten wir mal zu dieser Schenke reiten und das Bier dort kosten.«

»Bruder?«

Sir Robert fuhr herum und griff nach seinem Schwert. Ein trockenes Lachen ertönte, dann löste sich ein Schatten aus der Dunkelheit, und im schwachen Licht eines Wandleuchters erkannte er seinen Bruder. »Was willst du?«

»Hat der Vogt oder dieser verdammte Ritter dich heute auch befragt?«

»Ja. Na und?«

»Ich denke nur, du solltest vorsichtig sein. Der Vogt glaubt offenbar, einer von uns sei der Mörder.«

Robert fühlte, wie ihn ein Schauder überlief. »Und?«

»Wir sind vielleicht über vieles nicht einer Meinung, Bruder, aber dies hier ist keine Kleinigkeit. Die Bergleute haben Bruther getötet, daran habe ich keinen Zweifel, doch mir scheint, sie haben entweder den Vogt bestochen – er ist schließlich verantwortlich für die Zinngräber –, oder dafür gesorgt, dass es so aussieht, als sei es einer von uns gewesen. Das dürfen wir nicht zulassen.«

»Was schlägst du vor?«

»Ich bin sicher, es waren dieselben drei Männer, die Smalhobbe verprügelt haben, doch Thomas Smyth ist ein tückischer alter Teufel und hat sie sicher gut versteckt. Wenn wir nur einen von ihnen zu fassen bekämen und ihn dazu bringen könnten, dass er zugibt, was sie mit Smalhobbe und Bruther gemacht haben, würde der Vogt schon sehen, dass wir unschuldig sind.«

»Aber wo könnte Smyth drei Männer verstecken?«, meinte Robert nachdenklich. »So viele Möglichkeiten gibt es im Moor nicht. Höchstens im Dorf der Bergleute ...«

Sir Ralph hatte das Gefühl, dass jeder seiner Schritte beobachtet wurde und ihm von allen Seiten Gefahr drohte. Dieser erzwungene Aufenthalt machte ihn noch rasend. Wenn er nur endlich seine Reise fortsetzen könnte!

Es hatte gerade angefangen, dunkel zu werden. Er stand auf dem Wehrgang in der Nähe des Tors und schaute über das Land, das nur noch schemenhaft zu sehen war. Lediglich einige Fackeln und Kohlepfannen erhellten die Mauern und Gänge. Seinen Mantel fester um sich schlingend, starrte er verdrossen nach Süden. Obwohl sein Herz noch immer im Norden weilte, wo er geboren worden war, wusste er, dass er weiter musste, und zwar so rasch wie möglich.

Unten aus dem Hof drang ein leises Geräusch. Er wandte sich um und sah John, der mit Robert zusammen bei den Ställen stand. Als die Tür des Wohnturms geöffnet wurde, zogen sie sich rasch zurück. Was hatten die beiden plötzlich für Heimlichkeiten?

In der offenen Tür sah er Baldwin stehen und verstand,

warum Robert und John sich versteckten. Schon allein der Anblick des Vogts und seines Freunds wurde allmählich lästig – und beunruhigend. Dass er so nahe an der Küste war und so leicht hätte entkommen können, stattdessen nun aber hier im Moor festsaß, war zum Verzweifeln, zumal er nach den Andeutungen von heute Nachmittag sicher war, dass Sir Baldwin mehr erraten hatte, als ihm lieb sein konnte.

Baldwin stieg die Treppe hinunter zu einem Wachposten im Hof. Ihre leisen Stimmen drangen gedämpft durch die stille Nacht, und plötzlich deutete der Wächter zu ihm hinauf. Sir Ralph fühlte, wie ihm das Blut in den Adern erstarrte, als Baldwin auf die Treppe zuging und nach oben auf den Wehrgang kam.

»Sir Ralph, es freut mich, dass ich Euch gefunden habe.«

»Ich wollte gerade wieder gehen. Es wird allmählich kühl«, sagte er und zog den Mantel fester um seine Schultern.

»Es dauert nicht lange. Kommt, plaudern wir ein wenig weiter.«

Sir Ralph brachte es nicht fertig, ihm zu widersprechen, obwohl ihm wirklich nichts an einer Fortsetzung des Gesprächs vom Nachmittag lag. Er wünschte sich nur etwas Ruhe und Frieden, um über seine Zukunft nachzudenken. Zu seiner Überraschung überfiel ihn Baldwin jedoch gar nicht mit Fragen.

»Ich habe in einem ehrenhaften Heer gedient«, begann er versonnen, »und im Jahre 1291 in der letzten Schlacht um Akkon gekämpft. Das ist natürlich schon lange her. Damals ging es mir als Einziges um eine Gelegenheit, Ansehen zu erringen, was verständlich ist bei einem jungen Ritter, nicht wahr? Aber danach fand ich mich in einer Lage wieder, in der ich zweifelte, ob es richtig sei, an meinem Treueid festzuhalten. Es ist bitter, wenn man aus den ehrenhaftesten Motiven heraus einen Eid geleistet hat und dann entdeckt, dass man betrogen worden ist. So ist es mir ergangen.«

Baldwin blieb über dem Haupttor stehen und seufzte. Er hatte gehofft, er könne Sir Ralph etwas von seinem Misstrauen nehmen, wenn er ihm ein wenig von seiner Vergangenheit erzählte, aber er spürte nach wie vor deutlich dessen Abwehr. »So etwas geschieht natürlich noch immer. Männer geloben Treue und finden irgendwann heraus, dass ihr Herr jede Ehre vergessen hat. Was soll man dann tun? Seiner Wege gehen und sich einen neuen Herrn suchen? Oder warten, bis man von seinem Eid entbunden worden ist? Eine sehr schwierige Entscheidung.«

Sir Ralph war hin und her gerissen. Gern hätte er Baldwin alles erzählt, da er sich einsam und bedroht fühlte. Aber er wagte es nicht, auch wenn dieser Fremde ein redlicher, verständnisvoller Mensch zu sein schien und es offenbar nicht übel mit ihm meinte.

Baldwin sah ihm seine Qualen an. Er stützte sich auf die Mauer und blickte hinaus in die Dunkelheit, als sei er ganz in Gedanken versunken und sich Sir Ralphs Gegenwart gar nicht bewusst.

»Was im Norden passiert, ist nicht unsere Sache. Dort oben herrscht ständig Aufruhr, und wenn die Schotten angreifen, muss man sich verteidigen.« Er wandte sich um und schaute Sir Ralph an. »Aber ich könnte nicht darüber hinwegsehen, wenn ein Mann zum Mörder geworden ist, sondern würde dafür sorgen müssen, dass er deswegen zur Rechenschaft gezogen wird. Und wenn ich wüsste, wer diesen Bruther getötet hat, würde ich ihn einsperren bis zu seiner Verhandlung, sei es nun der Sohn eines Leibeigenen oder eines Lords.«

»Beschuldigt Ihr mich, den Mann getötet zu haben? Was für einen Grund sollte es dafür geben?«

»Eine gute Frage – die ich mir ebenfalls stelle«, entgegnete Baldwin. »Aber ich beschuldige Euch nicht, Sir Ralph. Ich denke allerdings, dass Ihr etwas über die Sache wisst, und ich hätte gern, dass Ihr Euch mir anvertraut.«

Sir Ralph wandte seinen Blick ab. Nein, es schien ihm unmöglich, darüber zu reden. Es war zu gefährlich. Er stammte nicht aus dieser Gegend und hatte weder Familie noch Freunde, auf die er rechnen konnte. Plötzlich fühlte er sich sehr allein.

Baldwin wartete einige Zeit und seufzte. Es hatte keinen Sinn; Sir Ralph war anzusehen, dass er entschlossen war, Schweigen zu wahren. Baldwin wandte sich zum Gehen und erblickte dabei John und Ralph im Hof. Worüber unterhielten sie sich nur? Auch Sir Ralph hatte die beiden Brüder bemerkt, die in der Nähe einer Wandfackel standen.

Nachdem er allein war, schaute Sir Ralph nach Süden. Offenbar wusste Sir Baldwin über seine Vergangenheit Bescheid. Wie er es herausgefunden hatte, war unwichtig, doch bedeutete das vermutlich, dass es auch der Vogt wusste.

Dieser Gedanke ließ ihn erschaudern.

10. KAPITEL

Simon stöhnte, als er sich von der Bank erhob, die ihm für die Nacht als Lager gedient hatte. In jüngeren Jahren, als er noch nicht den Vorzug genießen durfte, im großen Saal zu schlafen, hatte er auf seinen Reisen oft die Nächte in Scheunen verbracht, was ihm auch jetzt noch wesentlich lieber gewesen wäre. In einer Scheune oder einem Stall gab es Heu und Stroh, woraus man sich ein bequemes Lager machen konnte, aber seit er Vogt war, schienen seine Gastgeber zu glauben, sie müssten ihm stets eine der besten Holzbänke der Familie im großen Saal als Nachtlager anbieten. Wahrscheinlich weil keiner die Vögte leiden kann, dachte er grimmig.

Er selbst bemühte sich, ein ehrlicher Mensch zu sein, doch viele Vögte galten als bestechlich, und auch unter den Vögten, die für das Moor verantwortlich waren, gab es einige, deren Handlungsweisen bestenfalls zweifelhaft zu nennen waren. Der Vertreter der Krone erhielt regelmäßig Beschwerden darüber, dass die Vögte Männer einfingen und gefangen hielten, bis Lösegeld bezahlt worden war, oder dass sie bei Streitigkeiten ungerecht urteilten, wenn sie nur genug Geld erhielten. Daher war es kein Wunder, dass die meisten den Vögten misstrauten.

Hugh schnarchte immer noch leise in einer Ecke. Ihn kümmerte wenig, wo er schlief, und erst das Hufgetrappel einer ganzen Streitmacht hätte ihn aufgeweckt. Von Edgar oder Baldwin war nichts zu sehen. Ihre Bänke waren leer.

Simon streckte sich gähnend und ging zum Feuer. Die großen Holzklötze, die man am Abend vorher aufgelegt hatte, waren fast verbrannt. Er schob einige glühende Brocken zusammen und blies kräftig, um die Flammen wieder zu entfachen, als die Tür aufgestoßen wurde. Erschrocken schaute er sich um und sah Baldwin und Edgar hereinstürmen.

»Rasch, Simon, mach dich fertig! Ich habe befohlen, dass dein Pferd gesattelt und Proviant vorbereitet wird. Hoffentlich dauert es nicht zu lange. Diese verfluchten Schwachköpfe!« Wütend versetzte er Hughs Bank einen Tritt.

»Was in Gottes Namen ist denn los?«, fragte Simon verblüfft und grinste, als Hugh erschrocken aufspringen wollte und vergessen hatte, wo er war. Mit rudernden Armen kippte er von der Bank und verschwand dahinter.

»Was los ist? Krieg, das ist los! Diese verrückten Narren sind mit einigen Männern hinauf zur Siedlung der Bergleute!«

»Was? Wer?«

»Wach auf, Simon! Hölle und Teufel, du würdest im Halbschlaf selbst einen Heiligen mit Engelsgeduld zur Verzweiflung bringen! Robert und John natürlich! Sie bilden sich ein, Peter Bruthers Mörder verstecken sich im Dorf der Bergleute, und sind hingeritten, um sie zu fangen.«

Hughs bestürztes Gesicht tauchte hinter der Bank auf, aber Simon vermochte nicht zu sagen, ob es sein unsanfter Sturz oder der Gedanke an einen Kampf war, was ihn so entsetzte. »Hugh! Hör auf zu glotzen und beeil dich!«

Wenige Minuten später ritten sie bereits durch das Tor und über das Moor zum Dorf der Bergleute.

Die Sonne stand inzwischen über dem Horizont, und Simon dachte mit knurrendem Magen an das Frühstück, das ihm nun wegen dieser Dummheit der beiden Brüder entging. Es hätte kalten Kalbsbraten von gestern Abend gegeben … wirklich ein Jammer. Als Baldwin an seine Seite geritten kam, warf er ihm einen verdrießlichen Blick zu.

Der Ritter beachtete ihn jedoch gar nicht, sondern lauschte aufmerksam. »Hörst du das?« Jetzt vernahm auch Simon das metallische Klirren, als schlage ein Heer von Schmieden auf ihre Ambosse. Baldwin fluchte. »Verdammt! Wir sind zu spät!«

Er griff nach seinem Schwert und trieb sein Pferd stärker an, obwohl er sich allmählich fragte, ob es wirklich eine gute Idee gewesen war, den Brüdern hinterherzujagen. Sie waren nur zu viert. Sollte es zu einem Kampf kommen, wären sie kaum in der Lage, ihn zu verhindern. Sie erreichten den Kamm eines Hügels, von dem aus sie hinab ins Dorf der Bergleute sehen konnten.

»Gott sei Dank!«, seufzte Simon.

An der Schmelzhütte drängten sich die Männer, aber es lagen noch keine Leichen auf dem Boden, und der Kampf hatte offenbar noch nicht begonnen.

Sie stürmten den Abhang hinunter und ritten durch den Bach, dass das Wasser aufspritzte.

»Halt!«, rief Baldwin aus voller Kehle. Jetzt sah er, was das helle metallische Klirren verursacht hatte. Es waren keine Schwerter gewesen, sondern Steine, die man auf die Schilde der Brüder geworfen hatte. Sie standen mit drei Bewaffneten vor dem Eingang zur Hütte, während die Zinngräber mit Steinen warfen, die es reichlich am Ufer des Bachs gab. George Harang leitete anscheinend den Angriff und trieb die Männer mit lautem Gebrüll an.

Wieder flogen Steine, und John riss fluchend seinen Schild hoch, aber schon drängte sich Baldwin zwischen die beiden Gruppen. »Halt!«, schrie er und hob sein Schwert. »Wer noch einen Stein wirft, ist um einen Kopf kürzer – *habt ihr verstanden!*« Die Männer waren sichtlich verdutzt, dass plötzlich ein Ritter vor ihnen aufgetaucht war, und keiner wagte es mehr, sich zu rühren. Baldwin riss sein Pferd herum und sah Simon, Edgar und Hugh bei den Beauscyrs stehen.

»Und? Was für eine Entschuldigung habt ihr für diesen

Rechtsbruch?«, fragte Simon mit eisiger Stimme. »Ihr seid auf königliches Land eingedrungen und habt einen bewaffneten Angriff auf Männer, die dem König unterstehen, geführt. Was habt Ihr zu eurer Verteidigung zu sagen? Sir Robert? Redet!«

»Wir wollten uns die Schurken holen, die Peter Bruther getötet haben.«

»Ach? Ihr wisst also, wer es war, ja?«

»Die Bergleute natürlich«, erklärte John, »das liegt doch auf der Hand, Vogt. Sie haben uns bedroht, wie Ihr wisst, und von Erpressung zu Mord ist es nur ein kleiner Schritt.«

»Unsinn!«

»Haben diese Schufte nicht auch Zinngräber, die weiter draußen im Moor arbeiten, zusammengeschlagen? Was ist mit Henry Smalhobbe? Verdient er keinen Schutz vor diesem Gesindel? Oder ist Euch das egal, Vogt?«

Bleich vor Wut wollte Simon sein Pferd auf ihn zutreiben, doch Baldwin packte seinen Arm. »John Beauscyr, Ihr seid ein Narr«, sagte er mit ruhiger Stimme. »Der Vogt beschützt alle Bergleute, nicht nur den einen oder den anderen, sondern *alle*. Ihr seid unrechtmäßig hier eingedrungen und habt auch noch die Waffen gegen diese Männer erhoben, die laut Gesetz das Recht haben, hier ihrer Arbeit nachzugehen. Wir werden uns später um euch kümmern. Jetzt kommt zunächst einmal mit.«

»Und was ist mit unseren Gefangenen?«

»Welche Gefangene?«, fragte Simon.

John verschwand im Schmelzhaus und trieb kurz darauf drei Männer heraus, deren Hände gebundenen waren. Blinzelnd schauten sie ins Sonnenlicht und blieben unsicher stehen. »Bitte sehr, Vogt!«, grinste John. »Es freut mich, Euch einige Männer vorzustellen, mit denen Ihr gern sprechen wolltet: Stephen Crocker, Harold Magge und Thomas Horsho. Wollt Ihr uns nicht dafür danken, dass wir sie für Euch aufgestöbert haben?«

»Sollt Ihr nicht die Rechte der Bergleute hier im Moor schützen, Vogt?«, brüllte Thomas Smyth. »Wie kommt Ihr dazu, diese Hunde zu unterstützten, die meine Arbeiter überfallen!«

Während Hugh und Edgar die Beauscyrs und ihre Männer zurück zur Burg begleitet hatten, waren Baldwin und Simon mit George Harang zu Smyth geritten. Die drei Männer hatte man im Dorf zurückgelassen. Es wäre unmöglich gewesen, sie mitzunehmen, ohne einen wütenden Aufstand der übrigen Bergleute herauszufordern, aber Simon hatte mit George Harang gesprochen, der nach einigem Widerstreben eingewilligt hatte, die drei vorläufig bewachen zu lassen. Simon hatte ihm angedroht, dass er persönlich dafür geradestehen müsse, wenn sie entfliehen würden.

Schweigend warteten sie, dass Thomas Smyth, der tobend wie ein gereizter Bär durch den Raum stapfte, sich beruhigte. Simon kochte innerlich. Es war eine Sache, die Beauscyrs zu erpressen, aber etwas ganz anderes war es, den Vogt anzulügen. Baldwin dagegen beobachtete ungerührt und sichtlich amüsiert den wutschnaubenden Thomas Smyth, dessen Gesicht so finster wie ein Gewitterhimmel war. Grimmig funkelte er die beiden Männer an.

»Wie können wir das Zinn des Königs abbauen, wenn wir derart behindert werden? Ach was, das ist gar kein Ausdruck! Einfach wie bewaffnete Wegelagerer in unser Dorf zu kommen! Wenn ich mich dort aufgehalten hätte, wären diese Hunde nicht mehr lebend hinausgekommen, das könnt Ihr mir glauben. Und Ihr habt sie laufen lassen! Sie hätten auf der Stelle verhaftet werden müssen – von *Euch*, Vogt, das ist Eure Aufgabe, und wenn Ihr sie nicht erfüllen wollt, muss es jemand anderes machen. So eine Ungeheuerlichkeit, mit Gewalt in meine Schmelzhütte einzudringen und zwei meiner Arbeiter niederzuschlagen! Aber Ihr lasst sie einfach laufen! Sie hätten verhaftet werden müssen – jawohl! Im Gefängnis von Lydford hätte sich ihr Übermut schon abgekühlt!«

Smyth blieb neben George Harang stehen. »Und du«, fuhr er seinen Diener an, »warum hast du nicht für ausreichende Wachen gesorgt? Wie konnten die Beauscyrs auf das Gelände kommen, sag! Man hätte sie schon entdecken müssen, als sie noch meilenweit entfernt waren. Es kommt noch so weit, dass jeder Halunke einfach hereinspaziert und unser Zinn stiehlt, weil die Bergleute die Schmelzhütte und die Lagerräume nicht bewachen!«

George senkte den Blick. Er kannte die scharfe Zunge seines Herrn, aber so hatte er Thomas noch nie erlebt. Oft war ein Großteil seines Zorns nur gespielt, wenn er einen Mann, der gegen seine Regeln verstoßen hatte, einschüchtern wollte, doch diesmal war es kein Theater, sondern die blanke, ungezügelte Wut eines Mannes, der am Ende seiner Geduld war. »Herr, ich habe getan, was ich …«

»Halt das Maul!« Thomas wandte sich wieder an Simon. »Also, Vogt, ich will, dass sie augenblicklich verhaftet werden.«

»Nein.«

»Was heißt das – nein? Wisst Ihr etwa nicht mehr, was Eure …«

Simon unterbrach ihn, ehe Smyth sich in einen neuen Wutausbruch hineinsteigern konnte. »Ich werde die Beauscyrs nicht verhaften und auch Eure drei Männer nicht. Sie werden alle befragt, doch solange ich nicht weiß, was hier tatsächlich vor sich geht, werde ich sonst nichts weiter unternehmen. Ihr und Eure Männer habt Euch ebenso wie die Beauscyrs viel zu viele Freiheiten herausgenommen, und dem werde ich nun ein Ende machen. Ihr unterlasst ab sofort Eure Versuche, andere durch Schikanen aus dem Moor zu vertreiben.«

»Ihr wagt es, mir – mir zu sagen, was ich zu tun habe?«, fauchte Smyth mit bleichem Gesicht. »Ihr wagt es, mir zu sagen, dass Ihr meine Männer befragen wollt? Merkt Euch, Vogt, noch nie hat irgendjemand die Frechheit besessen, mir in meinem eigenen Haus zu drohen, und wenn Ihr glaubt …«

»Thomas Smyth, ich bin der Vogt von Lydford, wie Ihr eben noch betont habt, und hier auf Anordnung des Vertreters der Krone. Wenn Ihr mich noch ein einziges Mal unterbrecht, lasse ich *Euch* ins Gefängnis werfen. Habe ich mich deutlich genug ausgedrückt?«

Obwohl Simon mit trügerisch ruhiger Stimme gesprochen hatte, begriff Thomas, wie ernst er es meinte. Er biss sich auf die Lippen, stapfte zu einem Stuhl und befahl seinem Diener, Wein zu holen.

Ungerührt erwiderte Simon seinen grimmigen Blick. »Ich habe Beweise dafür, dass Eure Männer andere, die rechtmäßig hier im Moor nach Zinn graben, zusammenschlagen, dass Ihr Geld von Grundbesitzern nehmt, damit Ihr deren Land verschont, und nun finde ich auch noch heraus, dass Ihr mich angelogen habt. Als ich Euch nach diesen drei Männern gefragt habe, sagtet Ihr mir, sie seien verschwunden. Dabei hatten die Beauscyrs ganz Recht mit der Annahme, dass das gelogen wäre. Ihr habt gegen die Gesetze des Königs *und* die der Bergleute verstoßen. Doch ehe ich mich um das Durcheinander kümmere, das Ihr angerichtet habt, gedenke ich herauszufinden, was mit Peter Bruther geschehen ist, und ich erwarte dabei Eure Unterstützung. Wenn ich das Gefühl habe, dass Ihr sie mir verweigert, lasse ich Euch verhaften. Ich denke, ich habe mich verständlich ausgedrückt, oder?«

»Ihr seid von den Beauscyrs gekauft«, fauchte der Bergmann. »Deshalb denkt Ihr nicht daran, Eure Pflicht zu tun.«

Wütend wollte Simon aufspringen, doch Baldwin hielt ihn zurück. »Langsam wird diese ganze Sache unerträglich! Mein Freund versucht, einen Mord aufzuklären, aber Ihr und die anderen, die hier leben, tut nichts weiter, als über uralte Rechte zu streiten.«

»Sie mögen uralt sein, Herr Ritter, aber sie sind gleichwohl wichtig«, entgegnete Thomas knapp. Er hatte bemerkt, wie zornig der Ritter war, und hielt es für besser, ihn nicht noch mehr zu reizen. George war mit dem Kellermeister zurückgekehrt, einem hageren alten Mann, der ihm einen Becher reichte und aus einem Krug einschenken wollte. »Was ist mit ihnen, du Schwachkopf! Sollen sie aus dem Krug saufen?«, fuhr Smyth ihn an. Rasch eilte der Alte aus dem Zimmer. »Es scheint, als gerate hier alles durcheinander«, seufzte Smyth mit einem grimmigen Lächeln. »Gut, Vogt, Ihr tut Eure Pflicht. Nehmt meine Entschuldigung an. Was wollt Ihr von mir?«

Simon war kurz davor gewesen, die Beherrschung zu verlieren, und war erleichtert, dass Baldwin ihn zurückgehalten hatte. Es war sicher besser, wenn er Smyth nicht unnötig gegen sich aufbrachte.

»Zunächst einmal möchte ich Eure Erlaubnis, mit jedem Eurer Bergleute ohne Einmischung zu sprechen, wann immer ich es wünsche«, sagte er mit einem Blick auf George Harang. Der Kellermeister war inzwischen mit zwei weiteren Bechern zurückgekehrt.

»Gut. Wenn es hilft, Peter Bruthers Mörder zu finden, bin ich einverstanden.«

»Und ich müsste vielleicht auch mit Eurer Tochter …«

»Mit Alicia? Aber warum das? Sie war …«

»Sie kennt Robert Beauscyr.«

»Gewiss, doch sie wird Euch wenig helfen können. Und ich werde auch nicht zulassen, dass sie diesen Halunken noch einmal trifft.«

»Und schließlich will ich wissen, um welche Zeit Ihr Euch an dem Abend, als Bruther starb, mit Sir William getroffen habt.«

»Er war schon hier, als wir zurückkamen«, sagte Smyth. »Du! Wann ist er gekommen?«, fragte er den Kellermeister.

Der hagere alte Mann fuhr zusammen. »Noch bei Tageslicht, Sir. Ich habe ihn hier hereingeführt, und er hat alle paar Minuten nach mehr Wein geschrien. Ich musste dauernd hin und her laufen.«

Smyth nickte verächtlich. »Ich hatte auch den Eindruck, dass er betrunken war, als wir heimkamen.«

»Wo wart Ihr vorher?«, fragte Simon.

»Wir hatten den größten Teil des Tages die Arbeiten in der Schmelzanlage überprüft. Sie ist noch sehr neu, und ich hatte mir Sorgen gemacht, dass vielleicht nicht alles so richtig funktioniert, deshalb sind wir die meiste Zeit dort gewesen. Als wir zurückkamen, setzte ich mich gleich zum Essen. Sir William hatte allerdings keinen Appetit. Ich glaube, der Gedanke, mit mir das Essen zu teilen, ging ihm allzu sehr gegen den Strich.«

»Ich weiß, was er hier gemacht hat.«

Smyth war überrascht. »Er hat es Euch erzählt?«

»Das hat er, wenn auch nur sehr ungern. Ich nehme an, er hat Euren Bedingungen zugestimmt?«

»Ja«, entgegnete Thomas knapp, »obwohl er weniger zahlen wollte, als ich verlangt hatte, und ich musste ihn noch einmal darauf hinweisen, wie viel Ärger es ihm ersparen würde, sich einverstanden zu erklären. Am Ende hat er eingewilligt.«

»Und in welcher Stimmung war er, als er gegangen ist?«

»Ich will nicht behaupten, er sei unbedingt glücklich gewesen, Vogt. Aber er schien einzusehen, dass er kaum eine andere Wahl hatte.«

»Ich verstehe.« Simon nippte an seinem Wein. »Was haltet Ihr von Robert Beauscyr?«

»Er vergräbt seinen Kopf viel zu sehr in Büchern und gebraucht ihn nicht zum Denken«, erklärte Thomas abfällig. »Das hat sich ja heute gezeigt. Jeder andere hätte solch einen Angriff genau geplant und wäre längst wieder verschwunden gewesen, ehe die Männer im Dorf aufgewacht waren, aber er musste schnurstracks hineinreiten und einen derartigen Aufruhr veranstalten, dass alle wach wurden. Dabei hätte er wissen müssen, dass es dann zu einem Kampf kommt, dieser Narr.«

»Hättet Ihr das auch gestern schon über ihn gesagt?«

»Wie meint Ihr das? Ach so …« Der alte Bergmann überlegte kurz. »Nein, wahrscheinlich nicht. Ich hätte gedacht, er sei wegen seiner Gelehrtheit einer der vernünftigeren Grundbesitzer in dieser Gegend. Nein, Ihr habt Recht. Er hat sich heute anders benommen, als es seine Art ist. Gewöhnlich haben die Bergleute keine Schwierigkeiten mit ihm. »

»Was ist mit John?«

»Vogt, da fragt Ihr mich nach jemanden, den ich nicht verstehen kann. John ist ein harter Mann, das ist sicher. Ich mag ihn nicht und traue ihm noch weniger. Wenn man mit ihm redet, scheint es immer, als denke er in Wirklichkeit an etwas ganz anderes. Er neidet seinem Bruder das Erbe. Nicht nur aus Eifersucht – ich glaube, er meint tatsächlich, er wäre der bessere Herr. Vielleicht stimmt das sogar. Wenn er will, kann er ungemein einnehmend sein, und er versteht es, mit dem ehrlichsten Gesicht der Welt sehr geschickt zu lügen.«

»Es könnte sein, dass Robert Beauscyr versucht hat, Bruther zurückzuholen, und dass er ihn getötet hat, weil er sich dagegen wehrte. Er hatte ein Motiv dazu, nämlich diese für seine Familie peinliche Angelegenheit aus der Welt zu schaffen und jemanden zu bestrafen, der für ihn lediglich ein davongelaufener Leibeigener war. Bei John wüsste ich allerdings nicht, was er für ein Motiv gehabt hätte. Ihr vielleicht?«

Thomas blickte nachdenklich ins Feuer. »Nein, ich auch nicht. Er ist zu lange weg gewesen, als dass ihm die Sache mit Bruther irgendwas ausgemacht hätte, und dass er seinem Bruder helfen wollte, kann ich mir nicht denken.«

»Wem sonst könnte an Peter Bruthers Tod gelegen gewesen sein, was meint Ihr?«

Der alte Mann schaute ihn hilflos an. »Ich habe keine Ahnung, Vogt. Niemandem, soweit ich weiß.«

Simon verzweifelte allmählich. »Was wisst Ihr denn von Bruther? Wo kam er her?«

»Er war der Sohn von Martha Bruther, einer Witwe aus Shallow Barton, einem kleinen Dorf in der Nähe von Widecombe. Ihr Mann war der alte Arthur Bruther, der schon vor Peters Geburt gestorben ist. Seine Mutter hat den Jungen allein großgezogen.« Er schwieg einen Moment. »Warum jemand ihn umgebracht hat, kann ich mir wirklich nicht denken.«

Simon entging nicht, wie bedrückt der alte Bergmann war, und es erschien ihm sonderbar, dass er – ein mächtiger Mann und sicher ein harter Herr – solches Mitleid mit diesem Toten empfand, besonders da Bruther sich auch noch ein Stück Land genommen hatte, an dem Smyth selbst gelegen gewesen war. Oder war das alles nur Verstellung? Zuzutrauen wäre das Thomas Smyth gewiss. Der Bergmann füllte schweigend seinen Becher, nahm einen tiefen Schluck und starrte brütend vor sich hin.

»Könnte es sein, dass er vielleicht etwas Ungesetzliches

getan hat?«, fragte Baldwin. »Vielleicht Vieh gestohlen? Könnte er wegen eines Diebstahls getötet worden sein?«

»Nein!«, erwiderte Smyth so heftig, dass Baldwin ihn verwundert anschaute. »Davon hätte ich gehört, da bin ich mir sicher. Ich beschäftige viele Männer und bemühe mich, dafür zu sorgen, dass sich alle an das Gesetz halten. Andernfalls hätte ich jede zweite Woche Besuch vom Vogt.«

Der Ritter nickte nur nachdenklich, aber er schwieg. »Gut«, seufzte Simon, »doch wenn Euch noch etwas einfällt, lasst es mich gleich wissen. Und jetzt möchte ich Eure Tochter sprechen. Ich muss auch sie über diesen Abend befragen.«

»Aber sie hat bestimmt nichts gesehen oder gehört – sie war die ganze Zeit hier.«

»Mag sein, das werden wir sehen. Außerdem möchte ich mehr über Robert Beauscyr erfahren. Auch dabei kann sie mir helfen.«

Mürrisch gab Thomas Smyth seinem Diener einen Wink, der den Raum verließ und so rasch mit dem Mädchen zurückkehrte, dass Baldwin schmunzelte. Ihrem roten Gesicht war anzusehen, dass sie an der Tür gelauscht hatte.

Er verstand sehr gut, dass sie Robert Beauscyr gefiel. Ihre aufrechte Haltung, ihr selbstbewusster Gang, die hohe Stirn, die wachen Augen – das alles zeugte von guter Herkunft und war zweifellos das Erbteil ihrer Mutter. Mit trotzig erhobenem Kinn blieb Alicia neben ihrem Vater stehen, als erwarte sie ein Urteil.

Simon lächelte ihr freundlich zu und dachte an seine eigene Tochter. Auch sie würde eines Tages wie dieses Mädchen noch halb Kind und halb schon erwachsen sein – und voller Ungeduld, endlich eine Frau zu werden. »Alicia, an dem Abend, als Peter Bruther starb, war Sir William Beauscyr bei Eurem Vater zu Besuch. Wo wart Ihr an diesem Tag?«

Alicia blickte rasch ihren Vater an. »Ich bin am Morgen mit Mutter nach Chagford gefahren, aber wir waren nachmittags wieder daheim. Als mein Vater sich mit Sir William im großen Saal zusammensetzte, ließen wir die Männer allein und zogen uns zurück.«

»Und Ihr wart den ganzen Abend zu Hause? Ihr habt niemanden gesehen?«

»Nein.«

»Gut. Dann kommen wir zu Robert Beauscyr. Er ist ein Freund von Euch?«

»Wir kennen uns schon von Kind an«, erwiderte sie ruhig.

»Sagt mir, wie würdet Ihr sein Wesen beschreiben?«

»Roberts Wesen? Oh, er ist ein sanfter Mensch und immer sehr höflich; bis er einmal die Stimme erhebt, muss ihn schon etwas sehr gereizt haben. Natürlich ist er auch sehr tapfer. Er hat vielleicht seine Kraft nicht in fremdländischen Kriegen bewiesen, die für uns hier wenig Bedeutung haben, aber er würde jedem, der Hilfe braucht, sofort beistehen.«

Baldwin unterdrückte einen Seufzer. So war es immer, wenn man junge Menschen befragte. Für sie war die Welt noch in Schwarz und Weiß eingeteilt; entweder war jemand durch und durch gut oder abgrundtief schlecht. Aus ihren Antworten auf Simons Fragen konnte man eigentlich nur eines schließen: dass sie den Jungen gern hatte.

»Sehr schön, Alicia. Ich danke Euch, Ihr habt uns sehr geholfen.« Simon stand auf. »Wir müssen nun weiter. Es gibt noch etliche andere, die wir zu befragen haben.«

Er dankte Thomas Smyth und seiner Tochter und verabschiedete sich. »Und nun, Baldwin«, meinte er grinsend, »sollten wir einmal einen kurzen Blick in den ›Fighting Cock‹ werfen, findest du nicht?«

11. KAPITEL

Die Schenke war eine angenehme Überraschung. Das Hauptgebäude stand etwas entfernt von den Lagerräumen, den Ställen und der Küche, war weiß getüncht und strahlte förmlich im Sonnenlicht. Nach den vielen Pferden im Hof zu urteilen war das Gasthaus zudem gut besucht.

Sie banden ihre Pferde ebenfalls an Ringe in der Wand

und traten ein. Die Decke des großen Schankraums wurde von mächtigen Säulen gestützt, in der Mitte gab es eine Feuerstelle, und der Boden war frisch mit Binsen bestreut, deren Duft fast den säuerlichen Geruch des vergossenen Biers überdeckte. Die großen Fenster sorgten für helles Licht.

Baldwin musterte die zahlreichen Gäste. In einer Ecke saßen Bergleute mit zerfurchten Gesichtern; neben dem Feuer hielt ein geckenhaft gekleideter Händler mit vier Dienern Hof; ein Ritter mit zwei bewaffneten Gefolgsleuten lehnte an der Wand und beobachtete die anderen mit einem spöttischen Lächeln; eine Gruppe fröhlicher Bauern hockte an einem Tisch; zwei ältere Männer mit rosigen Wangen saßen stillschweigend nebeneinander, als verachteten sie dieses ganze lärmende Treiben, und zwischen den Tischen eilten flink drei Schankmädchen mit Krügen und Bechern hin und her.

Baldwin und Simon setzten sich an einen leeren Tisch, und Baldwin winkte einem hübschen, etwas blassen Mädchen mit offenem, rötlich braunem Haar.

»Meine Herren?«

Er bestellte, und sie brachte gleich darauf zwei gefüllte Bierkrüge. Baldwin fragte, ob sie etwas Zeit habe.

»O nein, Sir. Es wollen so viele Gäste bedient werden. Ich muss weiterarbeiten, sonst verliere ich meine Stelle …«

»Es dauert nicht lange«, versicherte Baldwin. »Mein Freund und ich kennen die Familie Beauscyr, und John hat uns erzählt, dass er neulich mit seinem Ritter hier war.«

»Ja, Sir. Sie kamen ungefähr eine Stunde vor Anbruch der Dunkelheit. Wir kennen John gut«, lächelte sie, wobei ihre braunen Augen funkelten und in ihren Wagen Grübchen erschienen. »Aber ich hab jetzt keine Zeit. Außerdem war das sowieso Molly, falls er eine von uns empfohlen hat. Ich bin Alison. Aber ich will ihr sagen, sie soll nachher zu Euch kommen, wenn's recht ist.«

Baldwin starrte sie verdutzt an. »Ach … ach so! Ich …«

Simon schüttelte sich vor Lachen über die Verlegenheit seines Freundes, während das Mädchen verständnislos von einem zum anderen schaute. Schließlich gelang es Simon, sich zu beherrschen. »Alison, wir haben nur eine Frage: Wo war der Ritter, während John mit Molly zusammen war?«

»Der Ritter? O nein! Ihr habt mich falsch verstanden – Molly war mit *ihm* zusammen. John war an dem Abend nicht in der rechten Stimmung.«

»Ach so. Und sein Freund war wie lange hier?«

»Den Großteil der Nacht, Sir«, entgegnete sie etwas unsicher. Sie wusste, dass die Familie Beauscyr reich und mächtig war, und es behagte ihr nicht, über sie ausgefragt zu werden.

»Also waren John und sein Freund sehr lange hier?«, fragte Simon.

»Nein, John nicht.«

»Wie meinst du das?«

»Nachdem Molly mit dem Ritter nach oben gegangen war, ist er raus – aber wohin, weiß ich nicht. Er kam später wieder zurück.« Sie sah, dass ein Mann ihr ungeduldig winkte, und drängte sich durch die Menge zu seinem Tisch.

»Hölle und Teufel!«, fluchte Simon und leerte mit einem Zug seinen Krug.

»Ja, das ändert alles ein wenig, nicht wahr? Wenn es stimmt, was sie sagt, waren also beide Brüder an diesem Abend unterwegs.«

»Ja, und es wäre für beide ein Leichtes gewesen, Bruther zu töten.«

»Ich überlege gerade … die Brüder scheinen sich zwar zu hassen, doch möglicherweise waren sie gemeinsam unterwegs, um Bruther zu töten …«

»Du meinst, sie haben sich verbündet?«

»Nun ja, offensichtlich wünschte Sir Robert, dass der Leibeigene zurückkehrte oder wenigstens bestraft würde, und es ist nicht auszuschließen, dass er seinen Bruder überredet hat, ihm zu helfen – indem er ihn zum Beispiel darauf hinwies, wie viel ihrer Mutter daran gelegen wäre, dass das Gut keine Leute verliert und die Familie nicht ihr Gesicht.«

»Mag sein, aber nachdem ich gesehen habe, wie die zwei miteinander umgehen, halte ich das eher für unwahrscheinlich. Vielleicht hatte John ganz eigene Gründe, Bruther zu töten?«

»Ja, vielleicht …«, meinte Baldwin. »Allerdings kann ich mir nur schwer vorstellen, dass beiden am Tod dieses Mannes gelegen war und dass sie zufällig am gleichen Abend unterwegs waren, um ihn umzubringen. Es muss eine viel einfachere Erklärung geben; wir kennen nur noch nicht alle Hintergründe. Komm, gehen wir. Ich will hören, was diese drei Bergleute zu sagen haben.«

Im Dorf der Bergleute stand ein kräftiger Wächter vor dem Schmelzhaus, der sie misstrauisch musterte und nicht gewillt schien, sie vorbeizulassen. Wortlos legte Baldwin die Hand auf sein Schwert, und nach einem kurzen Zögern ging er mit einem mürrischen Schulterzucken zur Seite.

Die drei Bergleute saßen im Lagerraum, wo sie sich versteckt gehalten hatten, und schauten auf, als Simon und Baldwin eintraten, doch keiner sagte ein Wort.

Es hätte auch wenig Sinn gehabt, denn das Wasserrad rumpelte und klapperte, dazu ertönte das beständige Zischen und Saugen des großen Blasebalgs, und die Arbeiter, die mit eisenbeschlagenen Keulen auf die Erzbrocken einhämmerten, um sie vor der Schmelze zu zerkleinern, verstärkten den Lärm noch. Der Raum war stickig und von einem durchdringenden Gestank erfüllt, den Simon allmählich erkannte: der metallische Geruch von Zinn – der Geruch nach Geld. Er forderte die Männer auf, mit nach draußen zu kommen, wo die Luft frischer war und sie besser reden konnten.

Die drei blinzelten im hellen Licht und folgten ihnen zum Ufer des Bachs. Unsicher trottete der Wächter ihnen hinterher, da er nicht recht wusste, ob er es zulassen sollte, dass sich seine Gefangenen aus ihrem Gefängnis entfernten; andererseits hatte er wenig Lust, sich mit einem Ritter anzulegen.

Schließlich blieb Simon stehen und musterte die drei. »Wer von euch ist Magge?«, fragte er ruhig. Es hatte keinen Sinn, diese Männer noch weiter zu verängstigen, denn

Angst hatten sie schon genug, das war deutlich zu sehen. Sie wussten, dass ihr Leben in Gefahr war, und er sah auch, dass man sie geschlagen hatte. Darüber würde er noch ein Wörtchen mit den beiden Beauscyrs reden müssen. Seiner Ansicht nach gab es keine Entschuldigung dafür, einen Gefangenen unnötig zu quälen.

Harold Magge hob schwerfällig den Kopf und schaute ihn müde an. In besseren Zeiten, dachte Simon, und mit einem Becher Apfelwein in der Hand hätte man ihn mit seinem braun gebrannten Gesicht, dem kurz geschnittenen Haar und den grauen Stoppeln auf dem kräftigen Kinn sicher für einen frei geborenen Bauer halten können, der fröhlich und unbeschwert in den Tag hinein lebte. Nun war sein Gesicht voller dunkler Blutergüsse und Kratzer, und er wirkte wie ein Häufchen Elend.

»Ihr wisst, dass Ihr alle unter Mordverdacht steht?«

Magge nickte langsam. »Ja. Unser Herr hat uns verraten.«

»Ihr seid nicht aus dieser Gegend?«

»Nein, ich komme aus dem Osten, aus Kent. Ich arbeite seit fünfzehn Jahren hier und bin die ganze Zeit meinem Herrn treu gewesen.«

»Das bezweifeln wir nicht, aber wir müssen alles wissen, was an dem Abend passiert ist, als Peter Bruther ums Leben gekommen ist. Uns ist bereits klar, dass ihr einen anderen Bergmann überfallen habt. Warum?«

Seufzend hob Magge einen Kieselstein auf, und während er zu reden begann, warf er ihn immer wieder gedankenverloren in die Luft. »Vor ein paar Tagen kam Thomas Smyth und hat uns zu einem Treffen am Longaford Tor bestellt.«

»Kam er allein?«

»George Harang war bei ihm.«

»Ist er immer in seiner Begleitung unterwegs?«

»Ja. George arbeitet seit mehr als siebzehn Jahren für ihn, so heißt es jedenfalls. Er wollte, dass wir ihm helfen, die Zinngräber weiter oben im Moor zu vertreiben – alle, die nicht für ihn arbeiten«

»Wie Henry Smalhobbe und Peter Bruther?«

»Ja«, nickte er und schaute Simon zum ersten Mal an. »Aber Bruther sollten wir in Ruhe lassen.«

»Aha, Bruther solltet ihr in Ruhe lassen?«, wiederholte Simon sarkastisch. »Dann wollte er wohl damit sein Gewissen beruhigen, indem er einen Mann im Moor zufrieden ließ, während er alle anderen vertrieb?«

»Ich weiß nur, dass er uns befohlen hat, Bruther in Ruhe zu lassen. Die anderen sollten eingeschüchtert und verjagt werden, aber Bruther nicht.«

»Gut. Und dann?«

»Wir hatten sie bereits seit einiger Zeit immer mal wieder erschreckt, aber diese Fremden sind seltsame Leute«, erklärte Magge verächtlich. »Keiner von ihnen wollte verschwinden, also hat Thomas gesagt, wir sollten sie verprügeln, und das haben wir getan.«

»Zum Beispiel Henry Smalhobbe.« Magge nickte, ehe er den Stein wieder in die Luft warf, was ihn offensichtlich beruhigte. Simon fand das monotone Auf und Ab des Kiesels irritierend und hätte ihm am liebsten gesagt, er solle damit aufhören, aber er spürte, dass es besser war, ihn einfach weiterreden zu lassen.

»Ich hab am Wegrand auf ihn gewartet, als seine Frau aus der Hütte nach ihm rief.« Mit eintöniger Stimme beschrieb er, wie Smalhobbe seine Angreifer beinahe erwischt hätte, aber durch den Ruf seiner Frau irritiert worden war, wie sie ihn zu Boden gerungen und geschlagen hatten. »Er war ganz schön mutig, muss ich sagen«, meinte er schließlich. »Wenn wir nicht zu dritt gewesen wären, sondern bloß zu zweit, hätte er es vielleicht geschafft, mit uns fertig zu werden. Aber gegen drei kam er nicht an; wir sind von allen Seiten auf ihn los.«

Simon war fast amüsiert über den widerwilligen Respekt, mit dem Magge über den Mann sprach, den er so schwer verprügelt hatte. Er schaute Baldwin an, der etwas verwundert schien, und nickte. Ja, auch er fand es sonderbar, dass Henry Smalhobbe sich mit solchem Mut und so entschlossen gewehrt hatte. »Er hat also gut gekämpft?«

»Ja«, nickte Magee. »Wie einer, der was davon versteht.«

»Und dann seid ihr weiter zu Peter Bruther?«

»Nein!«, rief er zornig. »Das habe ich doch gesagt! Thomas wollte, dass wir ihn in Ruhe lassen, und das haben wir getan.«

Einer der anderen Gefangenen, ein schmächtiger Mann mit dünnem grauen Haar und schmalen Augen jammerte: »Warum glaubt Ihr uns nicht? Warum sollten wir ihn denn umbringen? Dazu hatten wir doch gar keinen Grund.«

»Halt die Klappe, Stephen«, befahl Magge knapp, und der andere verstummte. Baldwin musterte ihn stirnrunzelnd. Crocker schien ein schwacher, hilfloser Mensch zu sein, der jedem Befehl gehorchen würde, aber ihm war anzusehen, dass er sich tatsächlich zu Unrecht beschuldigt fühlte.

»Gut, ihr streitet also ab, irgendwas mit dem Mord an Peter Bruther zu tun zu haben«, sagte Simon. »Habt ihr sonst jemanden an diesem Tag im Moor gesehen – entweder vor oder nach dem Überfall auf Smalhobbe?«

Wieder warf Magge den Stein in die Luft, während er angestrengt überlegte. »Da waren zwei Männer, die zu den Beauscyrs gehören. Sie ritten hinauf zum Wistman's Wood.«

»Sonst habt Ihr niemanden gesehen?«

»Nein«, murmelte er und wandte den Blick ab. Baldwin und Simon war klar, dass er log.

»Warum sollten *wir* denn Bruther etwas tun?«, winselte Stephen Crocker. »Fragt mal lieber Smalhobbe – der könnte bestimmt jemanden umbringen! Wahrscheinlich wollte er Bruthers Land haben, und er war ja mal ein Verbrecher, also …«

»Halt dein Maul!«, befahl Harold Magge und funkelte ihn böse an, aber Simon bedeutete ihm zu schweigen. »Was sagst du da? Woher weißt du das?«

»Ich kenne ihn«, erklärte Crocker, sichtlich zufrieden mit der Wirkung seiner Worte. »Er hat bis vor einem Jahr zu einer Bande gehört, die oben im Norden Kaufleute ausgeraubt hat. Ich habe ihn dort gesehen, und bei diesen Mördern hat er auch das Kämpfen gelernt.«

Als sie zur Burg zurückgekehrt waren und im großen Saal saßen, erschien kurz darauf Sir Ralph.

»Wo sind denn alle anderen?«, fragte Simon.

»Lady Beauscyr ruht sich aus, und Sir William ist auf der Jagd. Er war nicht gerade besonders erfreut über seine Söhne, wie Ihr Euch denken könnt. Robert ist ausgeritten, und John war bei den Ställen, als ich ihn zuletzt gesehen hab«, sagte Sir Ralph und schaute Baldwin an. Es schien, als wolle er gern mit ihm allein sprechen, aber Baldwin bedeutete ihm mit einer Handbewegung, Platz zu nehmen.

»Erst vor ein paar Tagen, Sir Ralph, habe ich meinem Freund einige Neuigkeiten erzählt, die ich von einem Reisenden erfahren hatte. Er kam gerade aus dem Norden und wusste einige interessante Geschichten zu berichten.«

Sir Ralph schien plötzlich alle Kraft zu verlieren. Er sank auf die Bank und starrte Baldwin wie ein gehetztes Wild an, das seinen Jäger unerbittlich näherkommen sieht.

»Er hat mir von Männern erzählt, Rittern und Soldaten, die sich die wirren Zustände dort oben zunutze machen und raubend und plündernd durch die Lande ziehen, da der König mit anderen Angelegenheiten beschäftigt ist und nichts dagegen unternehmen kann. Ein schändlicher Zustand.«

»Ja«, flüsterte Sir Ralph beklommen, aber dann richtete er sich auf, als habe er wieder neuen Mut gefasst, und erwiderte entschlossen Baldwins Blick.

»Ich habe auch gehört, ihre Anführer seien Sir Gilbert of Middleton und Sir Walter of Selby. Sie haben zwei Kardinäle überfallen, Lukas von Fieschi und Johannes von Offa, die zum schottischen König gesandt worden waren, um mit ihm zu verhandeln. Man hat ihnen zwar nichts weiter getan, nur die Pferde und das Geld abgenommen, gleichwohl war das natürlich eine schwere Beleidigung des Papstes – und des Königs ebenfalls.«

Sir Ralphs Gesicht war aschfahl, Simon empfand jedoch kein Mitleid. Viel zu viele angeblich ehrenwerte Männer hatten in den letzten Jahren überall im Land zu Gewalt gegriffen, als dass er für sie irgendetwas anderes als Abscheu hätte empfinden können.

»Das war vergangenes Jahr – 1317. Seither haben alle Nachbarn von Sir Gilbert eingesehen, dass es so nicht weitergehen kann und dass man etwas gegen ihn unternehmen muss. Ich hörte, man wollte seine Burg in Mitford angreifen. Wisst Ihr von dieser Sache, Sir Ralph? Nein? Wie ich mich erinnere, hat zum Gefolge Sir Gilberts auch ein Ritter gehört.« Baldwin sprach mit trügerisch ruhiger Stimme, musterte ihn jedoch mit unverminderter Eindringlichkeit. »Sein Name war Sir Ralph, glaube ich. Sir Ralph of Oxham. Kennt Ihr ihn?« Ohne ihm Zeit zu einer Antwort zu lassen, fuhr er fort: »Natürlich ist das alles für uns hier unten ohne Bedeutung. Wenn ein Ritter einem mächtigeren Ritter den Treueid schwört, sollte man ihn dafür achten, dass er seinen Eid hält, und man kann ihn schwerlich dafür verurteilen, wenn sein Herr zum Beispiel beschließt, sich als Raubritter zu betätigen. Auf jeden Fall haben wir hier schon Mühe genug, den Frieden zu wahren, ohne dass wir uns noch mit Vorfällen beschäftigen müssten, die viele hundert Meilen entfernt geschehen. Nicht zuletzt haben wir diesen Mord aufzuklären, auch wenn der Ermordete nur ein Leibeigener war.«

»Ja«, sagte Sir Ralph leise. »Mord ist ein schlimmes Verbrechen.«

»Sagt mir, Sir Ralph, an dem Abend, als Peter Bruther starb, wart ihr mit John in einer Schenke, nicht? Wir sind heute dort gewesen und haben gehört, dass Ihr mit einem der Mädchen zusammen wart, John dagegen wieder weggeritten sei.«

»Weggeritten? Mir hat er gesagt, er sei die ganze Nacht dort gewesen. Er war jedenfalls im Schankraum, als ich zurückkam.«

»Hat er geschlafen?«

»Nein, er war wach und saß am Feuer.«

»War es da schon Tag?«

»Es war noch dunkel. Die Hähne hatten noch nicht gekräht.« Simon und Baldwin hatten keinen Zweifel an Sir

Ralphs Ehrlichkeit. »Ich habe geglaubt, er sei die ganze Nacht dort gewesen«, fuhr er fort. »Wenigstens hat er mir das gesagt, und wo sonst sollte er denn auch gewesen sein?« Er wurde bleich, als ihm plötzlich klar wurde, was Johns Verschwinden bedeuten könnte.

»Sir Ralph, wir wären sehr dankbar, wenn Ihr dieses Gespräch weder John noch einem anderen aus der Familie gegenüber erwähnen würdet«, sagte Baldwin ruhig. »Ihr seid kein Narr, deshalb muss ich nicht erklären, warum.« Der Ritter nickte nur wortlos. »Und nun würde ich gern wissen, wie John sich bei Euch im Norden geführt hat?«

»Sehr gut«, erwiderte Sir Ralph. »Er war tapfer und immer bereit, bei jedem Angriff die Spitze zu übernehmen, ohne der Gefahren zu achten. Und klug ist er auch – kein gedankenloser Dreinschläger wie manche andere. Er konnte einen Angriff durchdenken, verstand es, die natürlichen Gegebenheiten des Geländes zu nutzen und Bogenschützen und Fußtruppen geschickt aufzustellen. Ich muss sagen, dass es keinen besseren Knappen gab, während ich … dort oben im Norden war.«

»War er ehrlich? Würdet Ihr ihn einen Ehrenmann nennen?«

»O ja. Er hat immer dafür gesorgt, dass ein Gefangener gut behandelt wurde, bis das Lösegeld bezahlt war, und was kann ein Soldat mehr tun? Nie habe ich gehört, dass er einen Gefangenen misshandelt hätte.«

»Ihr habt die erste Frage nicht beantwortet: War er ehrlich?«

Sir Ralph dachte zurück an die Zeit, als sie unter Gilberts Führung Dörfer, Kirchen und Klöster überfallen hatten – an das Klirren der Waffen, die Streitereien über die Beute, an weinende Frauen beim Anblick ihrer toten Männer und das zynische Lächeln auf dem Gesicht seines Knappen, mit dem er ihren Anteil musterte; wie er mit anderen Soldaten würfelte und stets gewann, wie er heimlich etwas zu essen beschaffte, während die anderen Männer hungerten, und wie er dabei kaltblütig alle belog und behauptete, er sei genauso hungrig wie sie.

»Nein«, erwiderte Sir Ralph bedrückt und schien auf einmal seinen Knappen in einem neuen Licht zu sehen. »Nein, wenn ich so zurückdenke, glaube ich nicht, dass er sehr ehrlich war.«

Baldwin nickte. »Ich denke, wir sollten jetzt mit diesem Mann reden, der zusammen mit Samuel Hankyn die Leiche gefunden hat, damit wir hören, ob er seine Geschichte bestätigt.«

»Ja«, sagte Simon. »Wie hieß er noch?«

»Ronald Taverner.«

Der Schreck auf Sir Ralphs Gesicht war unverkennbar. Er hatte gerade nach einem Becher Wein greifen wollen und stieß ihn fast vom Tisch. Langsam stand er auf.

»Was ist, Sir Ralph?«, fragte Simon erstaunt.

Der Ritter schaute ihn nur wortlos an und verließ rasch den Raum, während Simon und Baldwin verblüffte Blicke wechselten.

Zögernd betrat George Harang das Haus. Er hatte es geschafft, seinem Herrn ein paar Stunden lang aus dem Weg zu gehen, indem er unter dem Vorwand, dort nach dem Rechten schauen zu müssen, ins Dorf der Bergarbeiter geritten war, doch dann war ein Bote gekommen und hatte ihm ausgerichtet: »Master Thomas will dich sprechen, George, und zwar sofort. Ich glaube nicht, dass es bei seiner Stimmung gut wäre, ihn warten zu lassen.«

Auf dem Rückweg hatte er von dem Jungen erfahren, dass Smyth sich kaum von seinem Platz am Feuer gerührt habe, seit der Vogt und sein Freund gegangen seien. Als der Kellermeister hereingekommen wäre, um ihn etwas zu fragen, habe er ihn wütend angebrüllt, und seither habe sich keiner mehr zu ihm gewagt. Nach einigen Stunden sei er plötzlich wieder zum Leben erwacht, habe nach Wein gerufen und verlangt, dass man George hole.

Noch immer saß Smyth an dem kleinen Feuer, hatte das Kinn in eine Hand gestützt und streichelte mit der anderen gedankenverloren einen der Hunde. George musterte ihn bestürzt. Das war nicht mehr sein Herr, wie er ihn kannte.

Thomas Smyth war stark und mutig, das wusste jeder im Moor, doch dieser zusammengesunkene Mann wirkte nur noch alt und müde.

»Herr? Ihr wollt mich sprechen«, sagte er zögernd.

»Wollte ich das?« Smyth schaute ihn aus seinen dunklen Augen an, als sei er in Gedanken ganz woanders, aber dann stand er auf, und George merkte, dass er nicht niedergedrückt war, sondern im Gegenteil außer sich vor Wut. »Natürlich wollte ich dich sprechen. Wen sonst? Dieser Vogt und sein Freund – was denkst du von ihnen?«

»Ich mag den Ritter nicht. Der Vogt scheint mir allerdings ein ziemlich redlicher Mann zu sein.«

»Meinst du? Ich bezweifle, ob wir ihm trauen können. Wie gut kennt er diese Gegend und die Verhältnisse hier? Nicht so gut wie wir, George. Und die ganze Zeit über wohnt er bei den Beauscyrs und hört das Gift, das sie ihm über die Bergleute und mich in die Ohren träufeln! Wahrscheinlich haben sie ihn längst eingeseift. Diese Familie will nur eins – dass wir aus dem Moor verschwinden, und sie werden ohne Zweifel versuchen, ihn auf ihre Seite zu ziehen. Viel würde es gewiss nicht kosten, ihn zu kaufen – die meisten Vögte sind ziemlich billig.«

»Ihr glaubt also, er nimmt für sie Partei?«

»Wir müssen dafür sorgen, dass das nicht geschieht. Du musst ein Auge auf die beiden haben, George. Hab ein Auge darauf, wohin sie gehen und wen sie treffen, dann sehen wir weiter.« Schweigend starrte er einen Moment ins Feuer. »Ich glaube, dieser Vogt könnte eine wirkliche Bedrohung für uns sein …«

12. KAPITEL

Samuel Hankyn kniete neben dem Strohsack und gab seinem Freund schluckweise heißes, gesüßtes Bier zu trinken. Sorgenvoll musterte er ihn und hatte Mühe, seine Wut zu unterdrücken. Das war nicht mehr der fröhliche Junge, den er kannte. Ronald war bleich und nervös und fuhr beim kleinsten Geräusch zusammen. Als Simon und Baldwin eintraten, stand er auf und warf ihnen einen misstrauischen Blick zu.

Simon schaute sich beklommen in dem kleinen Raum um. Durch den schmalen Fensterschlitz in der Wand und die offene Tür drang nur wenig Licht herein. Abgesehen von einer Bank, die schon fast von Holzwürmern und Ratten zerfressen war, gab es keine Sitzgelegenheit. Zögernd ließ er sich darauf nieder. Obgleich sie einigermaßen stabil zu sein schien, zog Baldwin es vor, lieber stehen zu bleiben. Bei zwei Personen könnte sie möglicherweise doch zusammenbrechen.

Taverner war sicher noch keine zwanzig Jahre alt, ein schmächtiger Junge mit einem dichten braunen Haarschopf. Beklommen schaute er den Vogt an und zupfte unruhig an dem ausgefransten Rand der zerschlissenen Decke, denn solch hohen Besuch war er nicht gewohnt.

»Was ist mit dir passiert?«, fragte Baldwin, und Simon hörte ihm an, dass sein Freund genauso betroffen war wie er.

»Ich bin beim Üben verletzt worden, Sir.«

»Wie kam das?« Baldwin konnte zwar keine Spuren einer Verletzung sehen, doch so regungslos, wie der Junge auf seinem Strohsack lag, musste es ihm ziemlich schlecht gehen.

»John und ich haben mit stumpfen Schwertern geübt, und er hat mich am Hals erwischt.«

»Also ein Unfall.«

Der rasche Blick zu Samuel entging Simon nicht. »War es ein Unfall?«, fragte er.

»O ja, gewiss, Sir!«, erklärte Taverner rasch, doch Samuel schnaubte nur höhnisch.

»Du bist anderer Meinung?«

»Allerdings, Sir«, sagte Samuel bitter. Dieser hinterhältige Angriff hatte ihn von Anfang an empört, und in all den Stunden, in denen er sich um seinen Kameraden gekümmert hatte, war seine Wut immer größer geworden. »Nein, es war kein Unfall. Es war eine Warnung.«

»Eine Warnung? Was meinst du damit? Eine Warnung wovor?«

»Na los, Ronald, erzähl's ihnen. Erzähl ihnen, wie dieser Irrsinnige dich fast umgebracht hat. Kannst es ruhig sagen, du bist ihm nichts schuldig.«

Während er immer wieder unsicher zu seinem Freund blickte, berichtete Ronald stockend von dem Kampf zwischen ihm und dem jüngeren der beiden Brüder – wie John scheinbar gestolpert war, dann jedoch mit voller Wucht zugeschlagen hatte. Noch immer spürte er diesen grellen, unerträglichen Schmerz in seinem Kopf und erschauderte. »Er habe mir bloß was beibringen wollen, hat er gesagt, Sir«, schloss er kläglich.

»Lass mich mal sehen.« Baldwin kniete sich neben das Bett und untersuchte kurz den geschwollenen und verfärbten Hals, bevor er dem Jungen behutsam half, sich wieder hinzulegen. Kalte Wut stand in seinen Augen, als er Simon anschaute. »Das ist lächerlich! Diese Verletzung ist viel zu schwer für einen Übungskampf – der verdammte Kerl muss versucht haben, ihm so viel Schmerz wie nur möglich zuzufügen. Er hätte ihn umbringen können.«

»Was hat er dir denn beibringen wollen, Ronald?«, fragte Simon.

»Ich …«

»Sag's ihnen ruhig, Ronald. Wenn sie uns davonjagen, sind wir wenigstens noch am Leben. Andernfalls probiert er es vielleicht ein zweites Mal und bringt dich am Ende noch wirklich um. Du willst doch nicht, dass es dir wie dem armen Peter ergeht, oder?«, drängte Samuel.

»Na ja, es sollte wohl eine Warnung sein, damit ich niemandem erzähle, dass Sir Ralph und ich bei einem Ausritt Peter Bruther begegnet sind … an dem Tag, als er getötet wurde.«

Stöhnend sank der Junge zurück auf sein Lager, nachdem er diese Worte hervorgebracht hatte. Verblüfft wechselten Simon und Baldwin einen Blick.

»Hast du irgendeine Ahnung, warum er nicht wollte, dass du uns davon erzählst?«, fragte Simon nach kurzem Nachdenken.

»Nein, Sir. Ich meine, es sei denn …«

»Weil John und sein Freund Bruther umgebracht haben«, erklärte Samuel nüchtern.

Simon schaute ihn an. »John und Sir Ralph?«

»Wir haben sie zusammen wegreiten sehen, und sie sind auch zusammen wieder zurückgekommen. Sie müssen es gewesen sein, die Bruther umgebracht haben, und John hat Ronald begreiflich machen wollen, dass er den Mund halten soll – vielleicht wollte er ihn sogar töten.«

»Ach, komm, das ist …«

»Warum sonst? Sie wollten, dass er nichts ausplaudert.«

»Nur scheint Sir Ralph die ganze Nacht bei einer Frau in der Schenke gewesen zu sein«, entgegnete Baldwin. »Er kann Bruther nicht getötet haben.«

»Eine Hure aus der Schenke? Für genügend Geld würde so eine wahrscheinlich beschwören, er sei das ganze Jahr in ihrem Bett gelegen«, schnaubte Samuel. »Diese Schlampen sind doch alle bloß auf Geld aus.«

»Aber was für einen Grund hätten sie haben sollen, Bruther zu töten?«, fragte Simon.

Samuel konnte es kaum glauben, dass der Vogt so naiv war. »Das liegt doch auf der Hand! Dieser Sir Ralph war nicht bereit, es hinzunehmen, von einem davongelaufenen Leibeigenen beleidigt worden zu sein, und hat Bruther mit seinem Knappen aufgesucht, um ihn wegen seiner Unverschämtheit zu bestrafen. Damit niemand erfährt, dass Sir Ralph von Bruther so gedemütigt wurde, wollten sie nicht, dass Ronald über diese Geschichte redet, weil sie dann jeder gleich verdächtigt hätte! Ein edler Ritter, der wie ein jämmerlicher Feigling den Schwanz einzieht! Was für einen Grund braucht Ihr noch?«

»Aber das kann nicht sein!«, protestierte Ronald. »Sir Ralph ist immer gut zu mir gewesen und großzügig, nicht so wie andere, und …«

»Das weiß ich alles«, unterbrach Samuel ihn hastig. »Aber wer sonst könnte es gewesen sein? Wenn Ihr Recht habt und diese Frau die Wahrheit sagt, ist der Ritter vielleicht wirklich die ganze Nacht in der Schenke geblieben –

aber John? Er würde eine Beleidigung seines Herrn auch als persönliche Beleidigung empfinden.«

Simon und Baldwin verabschiedeten sich kurz darauf, da mehr von den beiden nicht zu erfahren war. »Nun, was meinst du?«, fragte Baldwin, doch Simon war tief in Gedanken versunken, und er musste seine Frage noch einmal wiederholen.

»Es klingt logisch«, meinte Simon. »Wenn wir nicht wüssten, dass Sir Ralph sich in dieser Nacht in der Schenke aufgehalten hat, wären die beiden die Hauptverdächtigen – falls das, was Ronald sagt, wahr ist. Den einen wie den anderen Beauscyr halte ich so ziemlich zu allem fähig«, fügte er finster hinzu.

»Simon, Simon, Simon!« Baldwin lachte. »Du meinst, John hat Bruther getötet, weil der seinen Herrn beleidigt hat? Findest du nicht, das wäre selbst für einen getreuen Knappen ein wenig zu viel Edelmut? Nein, das passt wirklich ganz und gar nicht zu John.«

»Du hast Recht. Er ist viel zu egozentrisch, als dass es ihn kümmerte, wenn irgendwer seinen Herrn beleidigt. Und er schert sich weder um den Besitz noch um seinen Bruder.«

»Hast du bemerkt, wie Samuel seinen Freund unterbrochen hat? Gerade als Ronald erklären wollte, dass Sir Ralph besser sei als andere, hat er ihn rasch zum Schweigen gebracht.«

»Ja. Aber ich habe keine Ahnung, was der Junge sagen wollte. Vielleicht können wir Taverner noch mal allein befragen.«

Baldwin schüttelte den Kopf. »Dafür ist es jetzt zu spät. Was immer es war, Samuel wollte jedenfalls nicht, dass er es ausplaudert, und hat ihn inzwischen sicher längst überredet, lieber den Mund zu halten. Ronald wird ihm den Gefallen tun; schließlich kann er außer seinem Freund niemandem hier trauen.«

»Könnte es sein, dass sie möglicherweise John gesehen haben?«

Baldwin zuckte die Schultern. »Denkbar wäre es. Im Augenblick haben wir jedenfalls eine ganze Reihe Leute, die etwas gegen Bruther hatten, aber niemanden, der eindeutig als Täter infrage kommt. Weiß der Himmel, ob wir jemals mehr erfahren werden, es sei denn, dass Samuel sich uns doch noch anvertraut.« Er schwieg einige Zeit. »Lass uns einmal überlegen, wer an diesem Abend alles im Moor war und Grund hatte, Bruther umzubringen.«

»Wir wissen von dem Schankmädchen, dass John das Gasthaus verlassen hat. Er könnte sich mit seinem Bruder getroffen und dann den Mord begangen haben.«

»Das wäre möglich. Aber die beiden sind ja kaum in der Lage, ein Wort miteinander zu reden, ohne in Streit zu geraten.«

»Das könnte auch nur Verstellung sein, damit niemand auf den Gedanken kommt, sie zu verdächtigen. Ja, und genauso war der angebliche Versuch, Taverner einzuschüchtern, nur Theater!« Simon strahlte förmlich vor Stolz auf seine Scharfsinnigkeit.

Baldwin schaute seinen Freund verwundert an. »Das musst du mir genauer erklären.«

»John wollte damit den Verdacht auf Sir Ralph lenken! Ich glaube nämlich nicht, dass er versucht hat, Taverner einzuschüchtern, damit er niemandem von der Begegnung zwischen Bruther und dem Ritter erzählt – im Gegenteil! Dann hätte er ihm eher Geld gezahlt und ihn nicht bedroht und geschlagen. Seine Absicht war vielmehr, den Jungen und seinen Freund so in Wut zu bringen, dass sie aus lauter Rachsucht die Geschichte ausplaudern!«

»Ich weiß nicht«, seufzte Baldwin. »So raffiniert ist John nicht. Meiner Ansicht nach könnte er sehr wohl glauben, Angst und Einschüchterung seien der richtige Weg, um dafür zu sorgen, dass ein Mann den Mund hält. Nein, ich denke, er hat wirklich mit der einzigen Methode, die er kennt, versucht, die Sache geheim zu halten, und nicht geahnt, dass gerade dadurch alles herauskommen würde. Er ist ein Soldat, Simon, vergiss das nicht, und hat sich aller Wahrscheinlichkeit nach sogar mit Sir Ralph Raubrittern angeschlossen. Es würde ihm vermutlich gar nicht in den Sinn kommen, dass er sein Ziel auch auf geschickten Umwegen erreichen kann.«

Simons Hochgefühl wich allmählich der Ernüchterung. »Gut, aber ich denke, ich könnte doch Recht haben.«

»Das mag sein. Im Augenblick allerdings leben wir hier als Gäste des Vaters dieser beiden Jungen, und du solltest lieber vorsichtig sein. Wir haben keinerlei Beweise, nur Vermutungen, und wissen lediglich, dass an diesem Abend zwei seltsame Gestalten im Moor unterwegs waren, die niemand zu kennen scheint. Davon abgesehen sind alles nur Mutmaßungen.«

»In diesem Fall müssen wir eben Beweise herbeischaffen.« Simon blieb plötzlich stehen.

»Was ist?«

»Baldwin! Ronald Taverner hat doch erzählt, dass Bruther eine Gruppe von Bergleuten bei sich hatte! Warum …? Komm mit!«

Er eilte zur Treppe und stieg rasch hinauf zum Wehrgang. Dort oben stand Sir Ralph, der gedankenverloren in die Ferne schaute. Als er Schritte näherkommen hörte, drehte er sich langsam um und seufzte.

»Sir Ralph, wir haben gehört, dass Ihr Peter Bruther im Moor begegnet seid«, sagte Simon.

»Das dachte ich mir.« Er lächelte grimmig. »So eine Sache spricht sich natürlich herum – ein Ritter, der vor Pöbelpack davonläuft.«

»Wir müssen ganz genau wissen, was geschehen ist. Es könnte etwas mit dem Mord zu tun haben.«

»Ihr glaubt, ich hätte den Burschen getötet, nicht wahr?« Er musterte ihre Gesichter und nickte. An ihrer Stelle wäre ihm dieser Gedanke auch gekommen. »Es ist wahr, dass ich gedemütigt wurde«, gab er zu, »aber das ist kein Grund, jemanden umzubringen!«

»Ihr hättet uns früher davon erzählen sollen, Sir Ralph«, sagte Simon. »Das hätte uns nicht nur Zeit erspart, sondern auch verhindert, dass wir Euch verdächtigen. Jetzt könnt Ihr Euren Fehler wieder gutmachen. Ihr seid also Bruther begegnet und habt versucht, ihn daran zu erinnern, dass er eigentlich ein Leibeigener ist?«

»Ja. Er grub in einem alten Flussbett nach Erz und beleidigte mich, wofür ich ihn bestrafen wollte. Außerdem dachte ich mir, ich könnte damit meinem Gastgeber einen Gefallen tun. Aber es war unmöglich.«

»Natürlich. Die Männer, die bei ihm waren, haben Eure Pläne vereitelt.«

»Ja.« Sir Ralph verzog ärgerlich das Gesicht. »Ich hätte gar nicht auf sie achten sollen, aber …«

»Wie viele waren es?«

»Ich weiß nicht. Sieben, vielleicht acht.«

»Und wie haben sie sich *ihm* gegenüber verhalten?«, fragte Simon.

»Was meint Ihr damit?«

»Hatte er Angst vor ihnen, oder könnten sie seine Freunde gewesen sein? Waren es Wächter, die ihn gefangen hielten – oder haben sie ihn beschützt?«

Der Ritter schaute ihn verwundert an. »Ich habe keine Ahnung. Aber … soweit ich das beurteilen kann, kamen sie mir nicht wie seine Feinde vor.«

»Ihr würdet also nicht sagen, dass er von ihnen gegen seinen Willen festgehalten wurde?«

»In diesem Fall wäre er mir gegenüber kaum so grob gewesen, oder? Er hätte eher die Gelegenheit genutzt, mit mir wegzukommen. Warum um alles in der Welt sollte er denn überhaupt von seinesgleichen festgehalten werden?«

»Ihr hattet das Gefühl, dass es seinesgleichen waren?«

»Gott im Himmel!« Sir Ralph verlor allmählich die Geduld. »Natürlich! Es waren schließlich Bergleute wie er!«

»Denkt nach, Sir Ralph«, drängte Baldwin. »Seid Ihr da ganz sicher? Seid Ihr sicher, dass sie seine Freunde waren? Wie haben sie sich benommen?«

Sir Ralph überlegte. »Nun ja …wenn ich jetzt so darüber nachdenke, verhielten sie sich wirklich fast wie seine Wächter. Sie standen herum, aber keiner von ihnen sagte ein Wort … als sei er ihr Anführer. Wenn sie seine Kameraden gewesen wären, hätten sie sich bestimmt eingemischt. Aber nur er hat geredet.«

»Ihr habt gesagt, Ihr hättet nicht gewusst, dass John die

Schenke verlassen hatte, während Ihr mit dieser Frau zusammen wart.«

»Das stimmt.«

»Also wisst Ihr nicht, wie lange er weg gewesen ist? Oder ob er in dieser Zeit bis zu Bruther und zurück hätte reiten können?«

Sir Ralph schnaubte ungeduldig. »Wie denn, in Gottes Namen! Bis Ihr mir davon erzählt habt, hatte ich doch gar keine Ahnung, dass er weg war!«

Baldwin lehnte sich gegen die Zinnen und verschränkte die Arme. »Es war noch hell, als Ihr zur Schenke kamt, oder? Und es war immer noch hell, als Ihr mit der Frau nach oben gegangen seid?«

»Das kann ich nicht genau sagen, die Fensterläden waren geschlossen, aber ich denke schon.«

»Es sieht also folgendermaßen aus: John wusste, dass Bruther Euch, seinen Herrn, beleidigt hatte. Er wusste, dass Bruther seinem Vater davongelaufen war und die Familie lächerlich gemacht hatte. Und er hätte durchaus die Gelegenheit gehabt, ihn zu töten, weil er offenbar für eine ganze Weile verschwunden war.«

»Aber andere hatten doch sicher mehr Grund, ihn umzubringen?«

»Möglich, doch wir können die Tatsache nicht außer Acht lassen, dass John nicht nur die Gelegenheit, sondern auch genügend Gründe hatte. Hat er jemanden getötet, während er mit Euch im Norden war?«

Sir Ralph biss sich auf die Lippen. »Möglich«, räumte er widerwillig ein.

»Also wäre er zu einem Mord fähig«, meinte Baldwin, und Sir Ralph nickte langsam. Da sie keine weiteren Fragen mehr an ihn hatten, verabschiedete er sich und ging nachdenklich zur Treppe. Simon und Baldwin schauten ihm hinterher, als er langsam den Hof überquerte.

»Sir Ralph ist offenbar sicher, dass es sein Knappe war«, sagte Baldwin.

»Ja, aber er könnte sich irren. Denk mal an das, was die drei Bergleute erzählt haben – dass Thomas Smyth ihnen befohlen habe, Bruther nicht anzurühren«, erinnerte Simon. »Nach Sir Ralphs Bericht scheint es so, als sei Bruther sogar von anderen Bergleuten *beschützt* worden. Demnach haben sie wohl die Wahrheit gesagt, und es ist unwahrscheinlich, dass Smyths Männer ihn umgebracht haben. Aber warum wollte Thomas diesen *einen* Mann in Frieden lassen, während er so darauf aus war, Henry Smalhobbe und andere aus dem Moor zu jagen? Was für einen Grund kann es dafür nur geben?«

»Nach allem, was wir bislang gehört haben, war dieser Peter Bruther kein Feigling. Er ist seinem Herrn davongelaufen, hat sich Sir Ralph entgegengestellt – und vielleicht auch Thomas Smyth getrotzt. Immerhin wissen wir nicht, wer diese anderen Bergleute waren, die ihn gegen den edlen Ritter verteidigt haben. Vielleicht waren es Männer wie er und Smalhobbe – eine kleine Gruppe von Schwachen, die sich verbündet hatten, um einander beizustehen.«

»Möglich. Danach müssen wir Henry Smalhobbe fragen.«

»Wir könnten natürlich auch die Bergleute befragen«, überlegte Baldwin, »aber ich bezweifle, ob wir viel mehr herausfinden, als wir bereits wissen.«

»Nein. Wir müssen mit Smalhobbe sprechen, das ist am besten.«

Henry Smalhobbe ließ an der Tür seiner Hütte mit einem zufriedenen Seufzer seine Werkzeuge fallen. Sarah hörte das Klappern, riss den Vorhang zur Seite und atmete erleichtert auf, als sie sah, dass es ihr Mann war. Sie lebte seit dem nächtlichen Überfall und nachdem sie von dem schrecklichen Tod des armen Peter gehört hatte, in ständiger Angst.

Den ganzen Tag über hatte sie sich richtig benommen gefühlt. Es war drückend heiß; selbst den Vögeln war das Singen anscheinend vergangen, nur hin und wieder einmal hatte man eine Lerche gehört. Die im Südosten liegenden Berge waren in einen Dunstschleier gehüllt, und auf dem übrigen Land lastete eine Decke flirrender Hitze.

Während sie ihrer Arbeit nachgegangen war, den festgetretenen Erdboden der Hütte gefegt, ein Wams gewaschen und Teig geknetet hatte, war Sarah Smalhobbe das ständige Gefühl nicht losgeworden, ringsum lauere irgendeine Gefahr; es kam ihr vor, als brüte das Moor Tod und Verderben aus. Dieses Moor war nicht sanft und freundlich wie die Moore im Norden, wo sie früher zu Hause gewesen waren; es war hart und schroff, und sie konnte regelrecht spüren, wie es sie beobachtete.

Immer wieder kamen ihr die Geschichten über Crockern, den alten Dämon des Moors, in den Sinn – dass dieser Geist die Menschen hasse und es den Zinngräbern verüble, dass sie ihm tiefe Löcher in den Leib gruben, um seine Reichtümer herauszuholen, dass sie die grauen Felsen zerschlugen, die seine Knochen bildeten. Sie glaubte förmlich, seinen Hass zu spüren, und obwohl sie Christin war, hütete sie sich davor, über diese Geschichten zu spotten, um ihn nicht noch mehr zu reizen.

Wenigstens war Henry wieder zu Hause! Sie umarmte ihn ungestüm, obwohl er leise aufstöhnte, da ihn seine Verletzungen noch immer schmerzten, aber Sarah war unendlich froh, nach der Einsamkeit des Tages nicht mehr allein zu sein.

Henry streichelte sie zärtlich und küsste ihre Stirn. Es ging ihm allmählich wieder besser, auch wenn er einen Arm noch nicht recht gebrauchen konnte. Er war nur zu seiner Arbeitsstelle gegangen, um sicherzugehen, dass niemand ihm sein Zinn stahl, aber er hatte den ganzen Tag lang keinen Menschen gesehen und den Großteil der Zeit nur dagesessen und sich Gedanken um ihre Zukunft gemacht. Die Bergleute, die für Smyth arbeiteten, wurden immer gewalttätiger, und er würde sich und seine Frau nicht auf Dauer vor ihren Angriffen schützen können. Vielleicht sollten sie besser gehen, solange sie noch konnten? Doch das wäre das endgültige Eingeständnis ihrer Niederlage gewesen.

Als seine Frau ihn fest an sich drückte, lächelte er trotz der Schmerzen. Er konnte es nicht ertragen, sie leiden zu sehen. Wie nur sollten sie sich den Lebensunterhalt verdienen, wenn sie von hier weggingen? Seine Arbeit hatte ihm bisher noch nichts eingebracht, und sie hatten ihr ganzes Hab und Gut verloren, bevor sie hergekommen waren. Sanft legte er einen Arm um ihre Schulter und ging mit ihr in die Hütte, wo sie schweigend ihr Brot aßen. Worte waren unnötig, denn sie kannten beide die Gefahren, die ihnen drohten. Hier im Moor waren sie zumindest durch die besonderen Rechte der Bergleute geschützt, doch wenn sie wieder durchs Land zogen, könnte sie beispielsweise leicht einer ihrer alten Feinde entdecken, und selbst wenn sie es schafften, nach Cornwall zu kommen, in das dortige Bergbaugebiet, war es ganz unsicher, ob es ihnen dort besser ginge.

Nachdem er satt war und einen Krug des von Sarah gebrauten Biers getrunken hatte, stand Henry auf und streckte sich stöhnend. Es tat gut, die müden, schmerzenden Muskeln zu lockern.

Draußen tauchte der silbrige Vollmond das Moor in ein sanftes Licht, als sei es von einem dünnen Frosthauch bedeckt. Er spürte in dieser stillen Abendstunde ganz deutlich, wie uralt dieses Land war und wie anders als die Wälder und Felder rings um Bristol, wo sie früher zu Hause gewesen waren. Sarah kam zu ihm, und so saßen sie schweigend vor ihrer Hütte, freuten sich, beieinander zu sein und in der Kühle des Abends auszuruhen.

Sie waren so in ihre Gedanken verloren, dass sie die Reiter erst bemerkten, als ein Stein gegen einen Huf prallte. Erschrocken packte Sarah den Arm ihres Mannes.

13. KAPITEL

Eine drückende Stimmung herrschte an diesem Abend im großen Saal. Die Dienerschaft saß etwas abseits, die Gäste hatten bei der Familie ihre Plätze eingenommen, doch allein John Beauscyr hatte sein Vergnügen. Er beobachtete, wie Sir Ralph mürrisch in seinem Essen stocherte, ohne kaum einmal aufzuschauen, als sei er bereits als Feigling oder Mörder gebrandmarkt. Wenn sich zufällig einmal ihre Blicke trafen, wandte er sich hastig und fast schuldbewusst ab. Matillida war gereizt und fuhr immer wieder die Dienstboten an, einem warf sie sogar unter wütendem Geschimpfe einen Becher an den Kopf, als er Wein über ihr Kleid vergoss, während Sir William sich grimmig entschlossen seiner Mahlzeit widmete und weder seine Gäste noch seine Familie beachtete.

John hätte am liebsten laut gelacht. Nur sein Bruder Robert ärgerte ihn, der bedachtsam sein Fleisch zerschnitt und beinahe selbstzufrieden jeden Bissen genoss. Wenn ich der Vogt wäre, dachte John, würde ich wissen wollen, warum er heute auf einmal so stillvergnügt zu sein scheint. Aus den Augenwinkeln behielt er seinen älteren Bruder verstohlen im Blick und überlegte immer wieder, was der Grund dafür sein mochte, aber er konnte sich beim besten Willen keinen Reim darauf machen.

Baldwin beobachtete die beiden Brüder und wunderte sich ebenfalls über Robert, der offensichtlich kaum seine Freude verbergen konnte. Irgendetwas muss an diesem Nachmittag geschehen sein, dachte er. Nachdem die Mahlzeit beendet war und Sir William sich mit seiner Frau zurückgezogen hatte, während die Diener und die Soldaten in ihre Unterkünfte gingen, stand er auf und folgte Robert nach draußen. Wie er es nach so vielen Jahren gewohnt war, schloss Edgar sich ihm sofort an.

Baldwin entdeckte Robert im Stall und bedeutete Edgar, draußen zu warten.

»Verfolgt Ihr mich, Sir Baldwin?« Robert Beauscyr hob amüsiert eine Augenbraue.

»Nein. Aber als ich sah, wie Ihr nach draußen gegangen seid, schien mir, es sei ein guter Gedanke, auch ein wenig die kühle Abendluft zu genießen.«

Die untergehende Sonne hatte den Himmel rosig gefärbt und ließ die Burg und das umliegende Land wie ein gefirnisstes Bild aussehen. Es erinnerte Baldwin an die feine Seide, mit der er in Zypern gehandelt hatte. Fast überkam ihn das Gefühl, er könne die sanften, warmen Farben berühren.

Selbst die ansonsten eher nichts sagenden Züge Sir Roberts wirkten in diesem Licht anziehend.

Doch es war nicht nur das Licht. Robert wirkte heute völlig verändert, viel lebhafter und direkt fröhlich. »Wollt Ihr mir noch mehr Fragen stellen? Oder seid Ihr nur ein gelangweilter Gast, der etwas Unterhaltung sucht?«

Baldwin hatte es schon erlebt, dass eine Gewalttat oftmals Menschen, die lustlos und gleichgültig gewesen waren, mit neuer Energie erfüllte, und fragte sich, ob das auch bei Robert der Fall sein könnte. »Ihr hattet einen angenehmen Nachmittag?«

»Ja, danke, Sir Baldwin«, erwiderte Robert spöttisch. »Ich hatte einen wunderbaren Ausritt und wurde weder von den Sticheleien meines Bruders noch Euren Fragen behelligt. Habt Ihr ebenfalls einen angenehmen Tag erlebt?«

Baldwin überhörte seinen sarkastischen Ton und streichelte die Hinterhand eines Pferdes. »Ihr hättet es sicher sehr langweilig gefunden. Wir haben mit vielen Leuten gesprochen, mehr nicht. Allerdings ist es immer interessant, Menschen zu treffen, denen man normalerweise nie begegnen würde, nicht wahr?«

»Habt Ihr die drei Männer befragt, die wir gefangen hatten?«

»Ja. Harold Magge und die anderen.« Baldwin sah etwas überrascht, dass der junge Mann nachdenklich geworden war. »Wer hat sie geschlagen?«

»Geschlagen? Was meint Ihr damit?«

»Genau das. Sie sind ziemlich böse verprügelt worden. Habt Ihr und Euer Bruder sie misshandelt?«

Sir Robert schaute ihn verblüfft an. »Warum um alles in der Welt hätten wir das tun sollen? Dazu hatten wir gar keine Zeit – kaum hatten wir sie erwischt, wurden wir auch schon von den anderen angegriffen.«

Baldwin musterte ihn zweifelnd, und der junge Ritter wandte sich seufzend ab. Er schien plötzlich traurig und niedergedrückt, und Baldwin tat es Leid zu sehen, wie seine fröhliche Stimmung sich verflüchtigt hatte. »Die drei waren sehr hilfreich.«

»Was hatten sie denn zu sagen?« Robert ging um das Pferd herum, sodass sein Gesicht im Dämmerlicht des Stalls nicht mehr zu erkennen war.

»Sie haben bestätigt, dass Smalhobbe von ihnen überfallen wurde. Allerdings streiten sie standfest ab, irgendetwas mit Bruthers Tod zu tun zu haben.«

»Konnten … konnten sie die beiden Reiter beschreiben, von denen Samuel erzählt hat?«

Baldwin horchte auf. »Warum dieses Interesse an den Reitern? Meint Ihr, sie waren es, die den Mord begangen haben? Heute Morgen wart Ihr noch überzeugt, es müssten die Bergleute gewesen sein.«

»Ich … nun ja, sie würden es wohl kaum zugeben, oder? Sie werden sicher versucht haben, die Schuld auf jemand anderen zu schieben. Ich fragte mich nur, ob sie vielleicht diese beiden Reiter beschuldigt haben. Taten sie das?«

Baldwin lächelte. Jetzt war er sicher, dass er zumindest einen der Reiter kannte.

Es war zwar trocken, aber am Himmel hingen dichte Wolken, als die vier Männer am nächsten Morgen aufbrachen. Baldwin fand es beinahe bestürzend, wie sich das Wetter von einem Tag auf den anderen verändert hatte. In dem grauen Licht wirkte die Landschaft richtig bedrohlich, zumal sich zu beiden Seiten Berge erhoben, deren Flanken mit dunklem Heidekraut bedeckt waren und deren schroffe Felsgipfel feindselig die Reiter zu belauern schienen. Manche sahen wie irgendwelche Fabelwesen aus, die sich zum Sprung bereit machten, andere wie Riesen, die nach kleineren Wesen Ausschau hielten, um sie zu zerschmettern. Obwohl er für gewöhnlich nicht zu absurden Ängsten oder Aberglauben neigte, machte ihm dieser Anblick bewusst, wie einsam und abgelegen diese Gegend war.

Es ärgerte ihn ein wenig, dass Simon offenbar gar kein Gespür für diese unheimliche Atmosphäre zu haben schien. Leise pfeifend ritt er neben ihm her, aber andererseits war gerade seine Unbekümmertheit irgendwie beruhigend. Sie schien die Dämonen, die er spüren konnte, im Zaum zu halten, als ob sie erst zum Leben erweckt würden, wenn jemand an sie glaubte. Gleichwohl kränkte es ihn in seinem Stolz, dass ausnahmsweise einmal er derjenige war, der mit abergläubischen Vorstellung zu kämpfen hatte.

Sie ritten zunächst nach Westen und anschließend in nordwestliche Richtung, bis sie zu einer kleinen Baumgruppe kamen, die aus ganz gewöhnlich gewachsenen hohen Eichen und Kastanien bestand – nicht aus solch verkrüppelten Zwerggewächsen wie in Wistman's Wood. Nachdem sie ein weites Sumpfgebiet umrundet hatten, erreichten sie wieder einen sicheren Pfad. Einem Bach entlang ging es weiter nach Norden. Hier und da wuchsen vereinzelte Bäume; endlich riss auch die Wolkendecke auf, und die Sonne kam hervor.

An einer Stelle, wo einige massive Steinblöcke als Brücke dienten, überquerte Simon als Erster den Bach und bog auf einen Weg ein, der nach Osten führte. Bald darauf erklommen sie eine kleine Anhöhe. Simon zügelte sein Pferd, und Baldwin sah vor sich den Hof von Adam Coyt liegen.

Es war ein ordentliches Anwesen, eine knappe halbe Meile von der Straße entfernt, im Schutz eines bewaldeten Hangs gelegen, der die schlimmsten Winterstürme abhielt. Das lang gestreckte Haus war aus soliden Steinen erbaut, die Wände waren weiß gekalkt, etwas abseits standen ein Kuhstall, einige Schuppen und eine Scheune, und aus dem Schornstein des Hauses stieg eine dünne Rauchsäule empor, die sofort von dem böigen Wind davongeweht wurde.

Adam Coyt hatte in der Scheune mit der Axt einige Baumstämme vom Geäst befreit, um sie in handlichere Stücke zu sägen, und schaute aus misstrauisch zusammengekniffenen Augen den Männern entgegen. Es verirrten sich nur selten einmal Fremde hierher. Er ließ die Axt fallen und ging hinaus in den Hof.

Hugh war erleichtert, endlich aus dem Sattel zu kommen. Er wusste, dass sein Herr heute noch mit etlichen Leuten sprechen wollte, was nichts anderes hieß, als dass sie noch endlose Meilen reiten mussten, deshalb wollte er jede Gelegenheit nutzen, sich auszuruhen. Freundlich nickte er

Adam Coyt zu. Aus seiner Jugendzeit in Drewsteignton kannte er solche Männer, die wie die Bäume auf ihrem Land Wind und Wetter trotzten und es geschafft hatten, unter diesen harten Bedingungen zu überleben.

Simon stieg vom Pferd und lächelte. »Guten Morgen. Ich ...« Er verstummte, als plötzlich zwei Schäferhunde aus der Scheune gerannt kamen und ihn drohend anknurrten.

Adam stieß einen Pfiff aus, und zu Simons Erleichterung gehorchten die Tiere sofort. Sie setzten sich, einer der Hunde begann sich zu kratzen, und von einem Augenblick zum anderen waren aus den wilden Bestien mit geifernden Kiefern freundliche Gesellen mit breit lächelnden Mäulern geworden. Baldwin ging langsam zu ihnen, ließ sie kurz an seiner Hand riechen und begann sie zu streicheln. Bald schon sprangen die Tiere begeistert um ihn herum, ließen sich kraulen und warfen ihn vor Freude fast um.

»Er mag Hunde«, sagte Simon beinahe entschuldigend, und Adam nickte, sichtlich verblüfft darüber, dass irgendein Mann auf den absonderlichen Einfall kommen konnte, ein Tier zu streicheln. Seiner Ansicht nach war das ein sicheres Zeichen von Irrsinn.

Simon nannte seinen Namen und sein Amt, worauf der Bauer erneut wortlos nickte und zu seinem Holzstapel zurückging. Diese Fremden mochten sich ihre Zeit vertreiben, wie sie es wünschten, aber er musste seine Arbeit erledigen.

Baldwin verließ mit Bedauern die Hunde und hockte sich auf einen dicken Stamm, während Simon zu reden begann.

»Adam, wie ich höre, hast du dein ganzes Leben hier verbracht. Hat es sich im Lauf der Jahre sehr verändert?«

Ohne aufzuschauen, überlegte der Bauer einen Moment. »Nein. Das Moor ist das Moor. Es verändert sich mit den Jahreszeiten, aber das ist alles.«

»Und die Bergleute haben auch nichts verändert?«

»Sie sind habgieriger geworden. Früher gab es nur ganz wenige. Jetzt sind es viele, und einigen gehören die besten Plätze, an denen man Erzgestein findet. Früher waren alle wie dieser Bruther oder Smalhobbe, einfach Männer mit einem kleinen Stückchen Land, aber jetzt arbeiten die meisten für solche Leute wie Thomas Smyth.«

»Ich nehme an, du hast hier oben jedenfalls wenig Ärger mit ihnen. Bis hierher kommen bestimmt nicht viele.«

»Mir reicht es, weil ich ja auch die Weiderechte habe. Überall graben sie ihre Löcher, die für die Tiere gefährlich sind. Ich hatte letztes Jahr eine Färse, die sich ein Bein gebrochen hat, aber von den Bergleuten habe ich keine Entschädigung dafür gekriegt, obwohl es ihre Schuld war. Sie pochen eben auf ihre besonderen Rechte.«

»Und ist es heute schlimmer als früher?«

»O ja. Früher kamen sie nicht näher als fünf Meilen an meinen Hof heran. Jetzt sind sie nur noch eine Meile weit weg und genau dort, wohin ich mein Vieh zum Weiden bringe.«

»Und du meinst, sie sind habgierig?«

»Wir Moorbauern haben unsere uralten Rechte, Vogt. Wir leben hier seit undenklichen Zeiten, meine Familie und ein paar andere, aber nun wird uns das Leben von einigen Fremden immer schwerer gemacht, und sogar vor Überfällen schrecken sie nicht zurück; erst an dem Abend, als Bruther aufgehängt wurde, gab es wieder einen. Sie verlangen Geld und drohen, unser Land wegzunehmen, wenn man sie nicht bezahlen kann. Gibt man ihnen nichts, dann graben sie einfach und leiten die Bäche um. Und wir können nichts tun. Wer soll uns hier draußen schon schutzen?«

»Du sagst, es gab einen Überfall? Auf wen?«

»Den alten Wat Meavy aus Henway hat man niedergeschlagen und ihm seine Geldbörse abgenommen.«

»Davon habe ich gar nichts gehört«, sagte Simon stirnrunzelnd.

»Wenn so was passiert, können wir nicht jedes Mal nach Lydford rennen. Er war jedenfalls unterwegs nach Chagford, und ehe er sich versah, saß er mitten auf der Straße und war um einige Pennys leichter. Solche Sachen geschehen hier bei uns andauernd, Vogt. Deshalb lohnt es gar nicht, sich darüber aufzuregen.«

»Und es wird schlimmer, sagst du?«

»Ja.« Er schaute auf und lächelte grimmig. »Aber ist es nicht im ganzen Land so? Die Vertreter der Krone wissen doch, wie die Dinge stehen, nicht wahr?«

»Aber wenn die Menschen so sehr darunter zu leiden haben, sollte man es doch wenigstens den Vögten melden. Wir könnten …«

»Darunter leiden?«, schnaubte der Bauer. »Was glaubt Ihr, was hier geschehen ist? Ganze Dörfer sind verödet, weil es durch das verheerende Wetter nur noch Missernten gab, und die Letzten gehen, ehe das Land sie genauso auffrisst wie ihre Väter, ihre Mütter, ihre Frauen und Kinder. Müssen wir da erst noch zu Euch kommen und Euch melden, dass Orte wie Hound Tor ausgestorben sind? Die Männer haben weitergearbeitet, während ihre Frauen krank wurden und ihre Kinder starben, wie es das Los von uns Bauern ist. Wir müssen uns um unsere Höfe kümmern, aber wozu, wenn wir keine Nachkommen haben? Warum sich weiter schinden, wenn es niemanden gibt, dem wir unsere Felder hinterlassen können? Oben in Hound Tor leben nur noch drei Bauern, vor vier Jahren waren es noch elf; alle anderen sind tot oder weggezogen! Habt Ihr davon nichts gehört, Vogt?«

Seine Verzweiflung traf Simon ins Herz. Die Hungersnot war grausam gewesen, das wusste er, aber irgendwie hatte er nie an die Menschen hier im Moor gedacht, denn während der schlimmsten Zeit hatte er noch in Sandford gelebt, weit im Nordosten, wo die Bauern nicht so sehr in Mitleidenschaft gezogen waren.

Adam senkte den Blick und starrte auf seine Axt. »Ich hatte eine Frau und einen Sohn«, murmelte er. »Nur den einen, die anderen Kinder sind alle jung gestorben; hier draußen überlebt nur, wer zäh ist. Es gibt keine Hebamme und auch sonst niemand, der helfen könnte, und oft genug war ich draußen bei der Arbeit, wenn meine Frau niederkam. Ich glaube, die letzte Geburt war einfach so schwer, dass sie sich danach nie mehr richtig erholt hat. Das ganze darauf folgende Jahr war sie bleich und schwach, und als sie eines Nachmittags draußen bei der Arbeit war, ist sie auf dem Heimweg in einem Schneesturm gestorben. Und dann wurde auch mein Junge krank.« Er blinzelte heftig. »Aber es geht mir nicht allein so«, sagte er schroff. »Viele in dieser Gegend haben ihre Frauen und Kinder verloren und mussten sie nach Widecombe oder Lydford bringen, nachdem der Schnee geschmolzen war, um sie dort begraben zu lassen. Wir haben alle genug gelitten. Wenn wir es also bisher vergessen haben, es Euch zu erzählen, Vogt, dann wisst ihr es wenigstens jetzt.«

Baldwin hatte geschwiegen. Er wusste, dass der Bauer es als gönnerhafte Herablassung empfunden hätte, wenn er ihm mit seinem Mitleid gekommen wäre, deshalb fragte er ruhig: »Adam, kannst du uns sagen, wo du an dem Tag warst, als Bruther gestorben ist?«

Coyt schlug einen weiteren Ast ab und warf ihn auf den Stapel an der Tür, ehe er wortlos hinüber zum Haus ging. Mit einem großen irdenen Krug kehrte er zurück, nahm einen langen Schluck, wischte sich mit dem Handrücken den Mund ab und reichte ihn dem Ritter. Baldwin dankte ihm lächelnd. Der Krug war mit Apfelwein gefüllt, der so stark war, dass er ihn kaum trinken konnte, und er musste an sich halten, um bei dem scharfen Geruch nicht zu husten. Rasch gab er ihn an Simon weiter.

»An diesem Nachmittag habe ich nördlich von hier Torf gestochen, in der Nähe von Longaford Tor. Ich gehe oft dorthin, es ist guter Torf zum Feuermachen«, sagte Coyt und betrachtete den Baumstamm. »Holz gibt es hier nicht gerade reichlich, und es ist zu wertvoll, um es zu verbrennen. Es hat länger gedauert, als ich gedacht hatte, und mein altes Pony ist nicht mehr so schnell wie früher, wenn es Lasten tragen muss, deshalb kam ich erst spät heim. Als es anfing dunkel zu werden, war ich gerade in der Nähe der Smalhobbes. Dieser Henry war ganz schön mutig, das muss ich sagen. Er hätte beinahe einen der Männer, die ihm aufgelauert hatten, überwältigt, aber es waren noch zwei andere dabei, und gegen drei kam er doch nicht an.«

»Hast du nicht versucht, Hilfe zu holen?«

»Hilfe? Hier oben? Wo hätte ich da Hilfe holen sollen? Der Nächste war dieser Bruther, er hat ungefähr eine Meile weiter nördlich gelebt, und woher sollte ich wissen, ob ein Bergmann einem anderen helfen würde? Es waren nämlich Bergleute, die Henry überfallen haben, warum sollte es da also gut sein, einen anderen zu Hilfe zu holen? Außerdem hätte es sowieso nichts genutzt. Die drei wären bis dahin längst über alle Berge gewesen.«

»Wie ging es seiner Frau?«

»Sie hat geschrien wie verrückt. Aber die Männer haben sie gar nicht beachtet und nur weiter auf Henry eingeschlagen.«

»Hast du sonst noch jemanden gesehen?«

»Zwei Reiter, als ich noch beim Torfstechen war.«

»Hast du sie erkannt?«, fragte Baldwin gespannt.

»Ich glaube, es waren dieser Smyth und sein Diener. Sie ritten nördlich an Smalhobbes Hütte vorbei.«

»Das heißt, sie hatten die Richtung zu Bruthers Hütte eingeschlagen?«

»Ich denke schon«, sagte Coyt gleichgültig.

»Bist du sicher, dass sie es waren?«

»Sie sind später auf der Straße an mir vorbeigekommen, gerade als es anfing dunkel zu werden.«

»Aha.« Simon und Baldwin wechselten einen Blick. Demnach mussten die Männer aus der Richtung von Wistman's Wood gekommen sein. »Und du bist weiter nach Südosten?«

»Ja, von der Straße biegt dann ein Pfad ab, der bis hierher führt. Ich hab einige Zeit gebraucht mit meinem alten Pony.«

»Und du hast niemand anderen auf der Straße gesehen? Niemand sonst ist an dir vorbeigekommen?«

»Nein. Wenigstens …«

»Es könnte wichtig sein«, drängte Baldwin.

»Ich weiß nicht, aber da ist wirklich jemand rasch an mir vorbeigeritten. Es war inzwischen dunkel, und ich kann nicht sagen, wer es war.«

»Wie viel Zeit war vergangen, seit du die beiden Reiter gesehen hattest, was meinst du?«

»Nicht sehr viel. Ich hatte den Bach überquert, und das Pony ist langsam, aber es war höchstens ein paar Minuten später.«

»War der Reiter weit weg von dir?«

»Ich hab nicht hingeschaut«, murmelte der Bauer mürrisch und griff wieder nach der Axt.

»Warum? Es war doch sicher merkwürdig, dass zu dieser nächtlichen Zeit noch ein Reiter unterwegs war, vor allem auch noch abseits der Straße?«

Mit rotem Gesicht hieb der Bauer auf einen Stamm ein und gab keine Antwort.

»Adam? Ich habe gefragt, warum du nicht hingeschaut hast!«

Coyt fuhr herum und stieß halb trotzig, halb verlegen hervor: »Weil ich dachte, es könnte Old Nick sein. Deshalb!«

»Old ...«

»Der Teufel, Baldwin«, erklärte Simon rasch, während Adam Coyt sich umwandte und davonging.

Sobald er außer Hörweite war, warf Baldwin verzweifelt seine Arme in die Luft. »Der Teufel! Ich fasse es nicht! Warum sind die Leute nur so entsetzlich abergläubisch? Wenn er sich bloß mal umgeschaut hätte, wüssten wir jetzt, wer es war. Es könnte Robert gewesen sein, John – oder keiner von beiden! Aber wegen dieses dummen ...«

»Er hatte doch keine Ahnung, dass jemand umgebracht worden war«, wandte Simon ein. »Erst recht wusste er nicht, dass dieser Reiter damit etwas zu tun haben könnte. Und ist sein Verhalten nicht verständlich? Du hast doch selbst diese bedrückende Einsamkeit hier im Moor gespürt. Die Gehöfte sind so abgelegen, weit und breit gibt es keine Menschenseele – da ist es kein Wunder, dass man anfängt, sich mit solchen Dingen zu beschäftigen. Und es gibt viele Geschichten über den Teufel.«

»Wirklich, Simon, das ist keine Entschuldigung. Wenn dieser Mann nur einen kurzen Blick gewagt hätte, dann hätte er vielleicht ...«

»Dann hätte ich vielleicht was?« Adam Coyt war unbemerkt zurückgekehrt. »Ihr kennt das Moor nicht, Ihr lebt nicht wie ich das ganze Jahr über hier und habt nicht gesehen, was das Moor einem Mann antun kann. Ihr könnt es einfach nicht verstehen. Nehmt diesen Bruther. Ja, das Pferd, das an mir vorbeigekommen ist, trug vielleicht seinen Mörder – na und?«

»Was soll das heißen?«, fragte Baldwin gereizt.

»Bruther hat selbst Schuld an seinem Tod. Er war viel zu weit draußen im Moor, und das Moor wehrt sich schon, mehr sage ich nicht. Ihr meint vielleicht, ich sei ein Narr, an Old Nick oder Crockern zu glauben. Aber Ihr habt leicht reden. Ihr kehrt wieder in Euer Dorf zurück. Ich dagegen, ich muss hier leben. Und das kann ich nicht, wenn das Land es nicht zulässt. Bruther hat auch nicht daran geglaubt, er hielt das alles für dumme Märchen. Ich habe mal gehört, wie er darüber gelacht hat, dass Crockern sich an den Bergleuten rächen könnte, die zu weit draußen in seinem Moor leben. Er hat gesagt, Crockern sei ihm egal, er würde schon mit ihm handelseinig werden. Aber über Geister darf man sich auf ihrem eigenen Land nicht lustig machen.«

»Du glaubst also, es war dieser Crockern, der Bruther getötet hat? Nicht der Teufel?«, fragte Baldwin abfällig.

»Weiß ich nicht, und es kümmert mich auch nicht. Wer immer ihn getötet hat, war Crockern damit zu Diensten. Nun ist er wieder zufrieden.«

14. KAPITEL

»Legenden und Aberglaube!«, murmelte Baldwin erbittert, als sie Coyts Hof verließen und der Straße ins Moor folgten. Wenn dieser Narr sich nur einmal kurz umgeschaut hätte, wüssten sie jetzt vielleicht, wer Bruthers Mörder gewesen war. Zumindest aber hätten sie einen neuen Zeugen oder wenigstens jemanden, der möglicherweise wusste, um wen es sich bei den beiden Reiter gehandelt hatte.

»Wenn solche Männer nicht auf Altweibermärchen hören würden«, schimpfte er, »hätten sie nicht nur weniger Angst, sie kämen wahrscheinlich auch besser mit ihrem Leben zurecht und wären glücklicher. Crockern und Old Nick!«

Simon lächelte verstohlen über seine Verärgerung. »Lass es gut sein, Baldwin. Für die Menschen hier sind diese Geschichten schon seit ewigen Zeiten ein Teil ihres Lebens. Uns braucht allein die Frage zu kümmern, wer auf diesem Pferd gesessen ist.«

»Nach Ansicht dieses Bauern der Teufel höchstpersönlich!«

Simon wusste, wie wenig sein Freund von solchen alten Überlieferungen hielt – er hatte sich oft genug darüber lustig gemacht. Baldwin war ein weit gereister Mann, der viel von der Welt gesehen hatte, und Simon mochte sich deswegen nicht mit ihm streiten, obwohl er seine Verachtung für diesen tief verwurzelten Glauben schon kränkend fand.

»Simon?« Baldwin grinste verlegen. »Es tut mir Leid – aber so etwas bringt mich immer auf, weil ich viel zu oft erlebt habe, wie Menschen durch Gerüchte und dumme Geschichten zu Schaden gekommen sind. Du hast Recht, alter Freund. Wir müssen herausfinden, wer dieser Reiter war. Es könnte womöglich einer der Beauscyrs gewesen sein. Robert kann wenig darüber sagen, wohin er an diesem Abend geritten ist, und John war nicht ständig in der Schenke, obwohl er das uns gegenüber noch nicht zugegeben hat.«

Simon war durch seine ruhigen Worten wieder besänftigt. »Es geht also jetzt um drei Männer, über die wir etwas in Erfahrung bringen müssen – die beiden Reiter, die Samuel und Ronald gesehen haben, und den einen, dem Coyt begegnet ist.«

»Ja«, seufzte Baldwin. »Nach meinem Gespräch mit Sir Robert hätte ich allerdings schwören können, dass er einer der beiden Reiter gewesen ist – er sah so schuldbewusst aus. Vielleicht war er der einsame Reiter, der später an Coyt vorbeigekommen ist?«

»Aber hat er dann auch Bruther getötet? Oder waren es Smyth und sein Diener? Und falls es Smyth war, was hat dann Sir Robert dort draußen gemacht?«

»Auf jeden Fall ist der Mörder entweder unter den Bergleuten oder den Männern der Beauscyrs zu finden.«

»Das denke ich auch. Es sei denn …« Simon schwieg einen Moment. »Es gibt noch eine weitere Gruppe, Baldwin – Bauern wie Coyt. Die Zinngräber zerstören ihr Land, leiten das Wasser ihrer Bäche ab, durchlöchern ihre Weiden …«

»Ist das Grund genug, jemanden zu töten?«

Sie hatten wieder den Übergang über den Bach erreicht, und Simon ließ sein Pferd trinken. »Ich weiß nicht. Es hängt davon ab, was die Leute von Bruther gehalten haben, nicht wahr? Was für ein Mensch war er? Nach allem, was Sir Ralph erzählt hat, scheint er ein ziemlich dreister Bursche gewesen zu sein, zumindest wenn er andere bei sich hatte. Auch zu Robert war er ja reichlich unverschämt, kurz bevor wir zum ersten Mal herkamen.«

»Ja. Die meisten sagen, dass er ein hitzköpfiger junger Mann war, der sich dauernd Feinde gemacht hat«, räumte Baldwin ein. »Obwohl Smyth eine ziemlich gute Meinung von ihm zu haben schien.«

»Es ist zwar nicht mehr wie in alten Zeiten, wo Leibeigene stets unterwürfig waren, doch dieser Bruther war anscheinend ein besonderer Fall. Ich meine, wie viele Davongelaufene würden es wagen, einen Mann wie Sir Robert zu beleidigen, der bis vor kurzem noch sein Herr war, oder jemanden wie Sir Ralph, der erfahren im Kampf und zweifellos bereit ist, seine Ehre zu verteidigen?«

»Was er aber nicht getan hat.«

»Nein, jedoch nur, weil andere Bergleute dabei waren und es dumm gewesen wäre.«

»Das Gleiche gilt für Sir Robert. Der Bursche muss regelrecht tollkühn gewesen sein, um sich derart unverschämt aufzuführen.«

Simon schaute ihn nachdenklich an. »Baldwin, wie oft hast du erlebt, dass sich Menschen so benommen haben?«

»Ein Leibeigener, meinst du? Nie.«

»Und andere?«

»Jemand, der so dreist einem Ritter gegenüber auftritt«, meinte Baldwin schulterzuckend, »ist verrückt, und …«

»Du verstehst mich nicht. Ich denke, wer absichtlich einen Ritter oder einen Krieger beleidigt, weiß einfach, dass er ihm überlegen ist!«

»Du willst doch wohl nicht sagen, dass ein einfacher Leibeigener sich beispielsweise Sir Robert überlegen gefühlt haben könnte? Man brauchte sie doch nur anzuschauen, um zu sehen, welch himmelweiter Unterschied zwischen ihnen bestand. Der eine war arm und lebte in einer jämmerlichen Hütte, während der andere wohlhabend ist, der Erbe eines großen Guts und dazu Rang und Namen hat. Wie um alles in der Welt könnte ein erbärmlicher Kerl wie Bruther glauben, er sei solch einem Mann gleich oder gar überlegen?«

»Aber er hat es getan, nicht wahr?« Simons Pferd hatte seinen Durst gestillt, und er trieb es über den Bach. »Er hat wirklich geglaubt, er sei ihm zumindest ebenbürtig. Nur deshalb hat er es gewagt, sich so frech aufzuführen – obwohl er bloß ein davongelaufener Leibeigener war.«

»Schließlich hatte er noch andere Männer bei sich«, wandte Baldwin ein.

»Und warum hat er sich mit ihnen sicher gefühlt?«

»Nun, weil sie Bergleute wie er waren, denke ich. Du selbst hast mir gesagt, dass die Bergleute hier ihre eigenen Regeln und Gesetze haben. Zweifellos wusste er, dass er unter seinesgleichen sicher war.«

»Nein, Baldwin. Wir wissen, dass Thomas Smyth ein harter Mann ist, der den Bergleuten in dieser Gegend seinen Willen aufzwingt und sie notfalls sogar zusammenschlagen lässt wie Smalhobbe, nicht wahr?«

»Nun ja, aber vielleicht hat sich Bruther eben deswegen mit anderen kleinen Zinngräbern zusammengetan?«

»Nehmen wir einmal an, es wäre so. Dann würde doch jemand, der gerade seine Feinde beleidigt hat, die anderen nicht verlassen und allein heimgehen! Zu seinem eigenen Schutz würde er dann doch erst recht mit ihnen zusammenbleiben.«

»Das ist wohl wahr«, sagte Baldwin nachdenklich.

»Warum war Bruther also allein und wehrlos in der Nacht, als er umgebracht wurde? Wohin waren die anderen verschwunden, und warum hatten sie ihn allein gelassen?«

»Vielleicht hatten sie Streit mit ihm? Vielleicht wollten sie etwas tun, das er nicht billigte und …«

»Nein, nein, nein – erinnerst du dich, was Sir Ralph über seine Begegnung mit Bruther gesagt hat? Ihm kam es so vor, als sei er der Anführer gewesen. Er war der Einzige, der gesprochen hat – keiner der anderen sagte etwas. Genauso war es, als er Sir Robert beleidigt hat. Bruther hat geredet, die anderen haben nur dabeigestanden und gezeigt, dass sie bereit waren, die Waffen zu ergreifen. Nein, ich denke, er war ihr Anführer – aber warum hat man ihn allein gelassen? Wenn es in einer Bande zu einem Streit kommt, gehen manche gewiss ihrer Wege, aber doch nicht alle auf einmal.«

»Vielleicht waren ja noch einige bei ihm, als er getötet wurde, aber sie sind geflüchtet, ehe es auch ihnen an den Kragen ging.«

»Das glaube ich nicht. Sieh mal, wir gehen von der Annahme aus, dass es in dieser Nacht drei Leute im Moor gab. Falls Bruther auch nur noch einen Begleiter bei sich gehabt hätte, wäre es selbst für drei schwer gewesen, ihn zu überwältigen, ohne dass einer dabei verletzt oder getötet worden wäre.«

»Nun gut. Aber vielleicht haben sie den anderen getötet und seine Leiche in ein Sumpfloch geworfen. Oder sie waren einfach froh, den Mann erwischt zu haben, den sie hassten, und haben sich um den anderen nicht weiter gekümmert. Das sind alles reine Spekulationen, alter Freund.«

Simon schüttelte den Kopf. »Ich glaube nicht. Lass uns Smalhobbe einen Besuch abstatten. Vielleicht kann er etwas Licht in die Sache bringen.«

Sie folgten dem Weg, den auch Adam Coyt in der Mordnacht genommen hatte, und Baldwin schaute sich neugierig um. Die Straße verlief ziemlich gerade und war gesäumt von Sträuchern und Heidekraut. Nach kurzer Zeit kamen sie zu einem kleinen Wäldchen, das auf beiden Seiten von

Hügeln umgeben war. Bis zur Hauptstraße nach Ostwesten war es nur noch eine Meile, und bald erreichten sie das Gebiet, in dem einzelne Bergleute für sich allein lebten und arbeiteten.

Die aus grauen Steinen erbaute Hütte der Smalhobbes wirkte im hellen Tageslicht viel freundlicher. Rauch stieg kräuselnd aus dem Dach, und vor der Tür saß Sarah Smalhobbe, die gerade ein Huhn rupfte. In der Nähe scharrte und pickte eine kleine Hühnerschar eifrig in der Erde. Es war ein so friedliches Bild, dass niemand vermutet hätte, unter welcher Bedrohung diese Menschen hier lebten.

Sie lächelte ihnen zu und holte ihren Mann.

»Vogt, Sir Baldwin«, grüßte er respektvoll.

»Henry, wir möchten mit dir reden.« Simon stieg von seinem Pferd und reichte Hugh die Zügel. Smalhobbe sah müde aus, aber ansonsten schien es ihm ganz gut zu gehen. Zumindest konnte er wieder laufen. Er trug eine dicke Lederjacke über einem dünnen Wollhemd und einer kurzen Hose. Ein langes Messer steckte in seinem Gürtel. Sein linker Arm war vom Handgelenk bis zum Ellbogen in ein Tuch gewickelt, auf einer Wange hatte er einen Blutergruß und einen Schnitt über einem dunkel verfärbten Auge.

Stöhnend setzte er sich auf die Bank vor der Hütte. »Es tut immer noch weh, mehr als ein paar Meter zu gehen. Mein Rücken ist wie zerschlagen, so haben diese Hurensöhne auf mich eingeprügelt.«

»Sie werden nicht mehr wiederkommen«, sagte Simon. »Die drei sind gefunden worden und werden im Dorf der Bergleute festgehalten.«

»Was, von Thomas Smyths Männern? Aber es waren doch seine Leute! Die werden sie schön bewachen! Er wird vielmehr dafür sorgen, dass sie so weitermachen wie bisher.« Er schaute kurz zu seiner Frau, die etwas abseits stand und besorgt zuhörte.

»Das werden sie nicht«, versicherte Baldwin. »Sie haben andere Sorgen. Thomas Smyth wird zumindest in nächster Zeit nicht mehr hier auftauchen, falls überhaupt je wieder.«

Henry Smalhobbe schien eher vom Gegenteil überzeugt.

Sein Blick ging zum Horizont, als erwarte er, jeden Moment eine Bande von Schlägern näherkommen zu sehen.

»Henry«, sagte Simon, »wir versuchen herauszufinden, wer Bruther getötet hat, aber es ist recht schwierig. Was meinst du, wer es gewesen sein könnte? Glaubst du, es waren dieselben Männer, die dich überfallen haben?«

»Harold Magge und seine Kumpane? Nein, das bezweifle ich. Jemanden zusammenschlagen – so was können sie, aber jemanden umbringen ...? Das glaube ich nicht.«

»Du hast niemand anderen an diesem Abend gesehen, bis man dich überfiel?«

»Nein. Ich war den ganzen Tag über bei meiner Arbeit und hab keinen Menschen gesehen.«

»Und du warst nie in der Nähe von Wistman's Wood?«

»Nein.«

»Du bist spät nach Hause gekommen«, mischte sich Baldwin ein. »Warum?«

»Ich habe Zinn geschmolzen«, erwiderte er schlicht. »Das dauert manchmal.«

»Weißt du, wer Bruthers Freunde waren?«

»Freunde?«

Baldwin schaute ihn fest an. »Wir wissen, dass er in den Tagen vor seinem Tod mehrere Männer bei sich hatte. Sir Robert Beauscyr hat sie mit ihm zusammen gesehen, ebenso Sir Ralph of Warton – etwa sieben oder acht Männer, die aussahen, als ob sie ebenfalls Bergleute wären. Hast du eine Ahnung, wer sie gewesen sind?«

»Nein«, sagte er mit einem hastigen Blick zu seiner Frau, was Baldwin nicht entging. Offensichtlich log er.

»Gut, aber vielleicht kannst du uns dann wenigstens sagen, was Peter Bruther für ein Mensch war?«

»Ein Bergmann«, entgegnete Smalhobbe schlicht. »Er war noch nicht lange hier und lernte gerade erst, wie man Zinn abbaut – genau wie ich.«

»Ja, aber wie verhielt er sich? Wenn wir wüssten, was für ein Mensch er war, könnten wir vielleicht eher erraten, warum ihn jemand ermordet hat.«

»Er war aufgeweckt und selbstsicher, denke ich. Es fiel

ihm schwer, sich mit jemandem anzufreunden und anderen zu vertrauen, aber er schien ganz zufrieden.«

»War er ein Hitzkopf?«

»Kann ich nicht behaupten. Sicher, es kam schon vor, dass er sich geprügelt hat, wenn er betrunken war, aber sonst nicht.«

»Hat er oft getrunken?«

»Ein- oder zweimal die Woche ging er in den ›Fighting Cock‹.«

»Wie konnte er sich das leisten?«, fragte Simon verwundert. »Ein Mann wie er – ein davongelaufener Leibeigener, der nach Zinn gegraben hat? Woher hatte er das Geld dafür?«

Smalhobbe zuckte nur die Schultern. Baldwin, der ihn genau beobachtete, war klar, dass er ihnen etwas verschwieg. Er war von Bergleuten überfallen worden, man hatte seinen Nachbar ermordet ... und er zuckte lediglich verdrossen die Schultern. Auch Sarah Smalhobbe, die ihren Mann mit großen braunen Augen unverwandt anschaute, hatte Angst, das war deutlich zu sehen, aber warum – oder vor wem?

»Also«, fuhr Simon fort, »du sagst, er ging ein paar Mal die Woche in diese Schenke. Mit wem war er dort zusammen?«

»Ich bin nie mit ihm gegangen, deshalb kann ich das nicht sagen.«

»Aber du hast gehört, dass er in Streitigkeiten geraten ist?«

»Ja. Er hat sich einmal mit einem Kaufmann geschlagen, von dem er sich beleidigt gefühlt hatte, und auch mal mit einem Bauern, der etwas einfältig war, wie er gesagt hat.«

»War das Adam Coyt?«

»Weiß ich nicht.«

Baldwin verlor allmählich die Geduld. »Es scheint recht vieles zu geben, das du heute nicht weißt, Smalhobbe. Dein nächster Nachbar war ein verschlossenes Buch für dich, du hast keine Ahnung, wer seine Freunde waren, du weißt nicht, woher er sein Geld hatte, warum er in Streitereien geriet, wer seine Feinde waren … Willst du etwa seinen Mörder schützen?«

Henry Smalhobbe gab keine Antwort, und Baldwin erkannte, dass er sich nicht geirrt hatte – der Mann hatte wirklich etwas zu verheimlichen, das verriet schon sein trotzig-verschlagener Blick. Nachdenklich betrachtete Baldwin die Hühner, und Smalhobbe wurde sichtlich unruhig.

»Also, Henry. Wen hast du diese Woche getroffen? Oder wann ist jemand hier gewesen, um mit dir zu reden?«

»Wer … wer denn, Sir?«, stammelte Smalhobbe entgeistert. »Ich weiß nicht, was Ihr meint. Ich …«

Baldwin stand auf, stemmte die Hände in die Hüften und schaute ihn drohend an. »Genug mit diesen Lügen, Henry Smalhobbe! Du bist dafür bezahlt worden zu schweigen, nicht wahr? Als wir zum ersten Mal bei dir waren, hattest du noch keine Hühner. Woher jetzt auf einmal? Jemand meint es gut mit dir, daran habe ich keine Zweifel, denn es ist eine ansehnliche Schar. Von wem hast du sie?«

»Nein, Sir, ehrlich, sie waren …«

»Henry, wir müssen ihnen die Wahrheit sagen!« Seine Frau sank vor ihm auf die Knie und hob bittend die Hände. »Sag es ihnen, Henry! Sie versuchen, Leuten wie uns hier draußen im Moor zu helfen. Bitte, sag es ihnen!«

Smalhobbe seufzte. »Gut, ich sage, was ich weiß.«

»Also – wer waren diese Männer um ihn?«

»Bergleute, die für Thomas Smyth arbeiten. Sie waren immer in Bruthers Nähe und haben ihm beim Zinngraben geholfen.«

Baldwin runzelte die Stirn. »Willst du etwa behaupten, Thomas Smyth ließ seine Männer einem Zinngräber draußen im Moor helfen?«

»Ich weiß nicht, warum, Sir, aber so war es, mehr kann ich nicht sagen. Diese Männer gehörten zu Smyths Leuten, und trotzdem haben sie Bruther geholfen.«

»Bist du sicher, dass es nicht Bergleute waren, die von weiterher kamen?«, fragte Simon. »Könnte sich nicht Bruther mit anderen kleinen Zinngräbern zusammengeschlossen haben, um eine Schutzgemeinschaft zu bilden?«

»Nein. Ich kannte ja einige von ihnen. Damals, als wir hierher ins Moor gekommen sind, haben wir sie getroffen. Sie arbeiten für Smyth.«

»Was haben sie dann bei Bruther gemacht?«, fragte Simon verwirrt.

»Ihn beschützt. Es war bekannt, dass er davongelaufen war. Natürlich gibt es viele Leibeigene hier im Moor, es ist der beste Platz der Welt, um sich zu verstecken, aber Bruther kam von einem Gut ganz in der Nähe, deshalb hätte man ihn jederzeit fangen und wieder zurückschleppen können. Er brauchte Männer, die ihn schützten.«

»Warum um alles in der Welt sollte Thomas Smyth ihn schützen? Er wollte doch, dass Leute wie du und Bruther aus dem Moor verschwinden, habe ich gedacht.«

»Er wollte, dass ich verschwinde«, gab Smalhobbe zu. »Aber Bruther? Ich weiß nicht. Er arbeitete ziemlich weit draußen, in einer ganz abgelegenen Gegend, und vielleicht war Smyth dieses Land egal. Mein Land wollte er nur deshalb, weil er meinte, es gehöre ihm sowieso, und es liegt ja auch viel näher an seiner Siedlung. Vielleicht war Bruthers Land einfach zu weit weg, als dass es ihm die Mühe wert war, einen Mann von dort zu vertreiben.«

»Trotzdem, warum sollte er ihm dann auch noch Männer zu seinem Schutz schicken?«

»Smyth will wohl, dass alle Bergleute vor Angriffen sicher sind«, erklärte Smalhobbe. »Deshalb konnte er nicht zulassen, dass die Beauscyrs Bruther wieder einfingen. Schließlich haben die Bergleute ihre besonderen Rechte. Smyth ist ein starker, stolzer Mann. Er will nicht, dass andere ihn für schwach halten, schon gar nicht seine Arbeiter. Viele sind nur hierher gekommen, um ihre Vergangenheit hinter sich zu lassen – Diebe, Wegelagerer, Räuber. Wie viele würde Smyth verlieren, falls jedermann einfach ins Moor kommen und sich seine davongelaufenen Leibeigenen zurückholen könnte? Ich glaube, er hat gemeint, er müsse Bruther schützen, damit jeder sieht, dass er bei ihm sicher ist.«

Simon dachte ein paar Minuten darüber nach und sah,

dass Baldwin zustimmend nickte. Ja, das klang einleuchtend. Genauso würde sich auch ein Baron verhalten und Männer zu einer benachbarten kleinen Burg schicken, um einem möglichen Angreifer von vornherein die eigene Stärke zu demonstrieren. »Gut«, sagte er schließlich, »aber warum war in dieser Nacht, als er umgebracht wurde, niemand bei ihm?«

»Das weiß ich nicht, Sir.«

»Hast du irgendeine Ahnung, warum er im Wistman's Wood gewesen sein könnte?«

»Nein«, erwiderte Henry Smalhobbe kopfschüttelnd.

»Du hast gesagt, dass er regelmäßig zur Schenke ging. Könnte er auf dem Weg dorthin gewesen sein?«

Smalhobbe schüttelte erneut den Kopf. »Nein, wenn er dorthin gewollt hätte, wäre er in östliche Richtung gegangen, und der Wald liegt ja südwestlich von seiner Hütte.«

»Und wenn er betrunken war, hat er oft mit anderen Streit angefangen?«

Smalhobbe seufzte. »Ja. Oft. Er wusste nie, wann er aufhören sollte. Bei den Beauscyrs hatte er wahrscheinlich nur selten Gelegenheit, einen über den Durst zu trinken, aber nachdem er hier im Moor lebte, fing er an, regelmäßig in den ›Figthing Cock‹ zu gehen und wäre jedes Mal in Schlägereien verwickelt worden, wenn die anderen seine Prahlereien und Beleidigungen nicht geschluckt hätten, weil seine Wächter ihn schützten.«

»Und das hat Smyth zugelassen? Es kann ihm doch nichts daran gelegen haben, dass jemand wie Bruther ständig Ärger machte – ein Großmaul, dessen einziger Verdienst es war, dass man an seinem Beispiel sah, wie Smyth für die Sicherheit der Davongelaufenen sorgte? Das kann ich nicht glauben!«

»Ich weiß nicht, aber es war eben so.«

»Gut. Dann wäre nur noch eine Frage zu klären: Wer hat dich bestochen, damit du schweigst?«

»Sir, ich …«

»Sein Name, Smalhobbe! *Wer war es?*«

»Ich kann es nicht sagen. Er würde mich umbringen!«

»Also Thomas Smyth.«

Der entsetzte Ausdruck auf seinem Gesicht wirkte beinahe schon komisch. »Aber … woher wisst Ihr das?«, keuchte er.

»Das liegt wohl auf der Hand. Du hast die letzten Minuten ja ständig erzählt, dass er der mächtigste Mann hier im Moor sei, und wir wissen, dass er dich verprügeln ließ, um seine Macht zu zeigen. Eins möchte ich allerdings noch wissen – warum hat er dich für dein Schweigen bezahlt?«

Henry zuckte nur verdrossen die Schultern und gab keine Antwort.

»Nun gut«, meinte Baldwin schließlich. »Aber wenigstens das kannst du uns sagen: Ist es wahr, dass du früher ein Räuber warst?«

Sarah stockte der Atem. Sie wechselte einen entsetzten Blick mit ihrem Mann. Wie sehr hatten sie sich gewünscht, hier ein ganz neues Leben anzufangen, und nun war es doch fehlgeschlagen! »Sir, das ist nicht wahr«, beteuerte sie mit bebender Stimme und sank schluchzend auf die Knie.

Baldwin lächelte beruhigend. »Dann sag uns die Wahrheit. Ein Mörder ist uns wichtiger als irgendwelche Missetaten, die dein Mann früher begangen hat.«

»Sarah!«, rief ihr Ehemann verzweifelt, aber sie achtete nicht auf ihn.

»Sir, ich vertraue Euch. Schwört Ihr, dass man uns in Ruhe lässt, wenn wir nichts mit Peter Bruthers Tod zu tun haben?«

Baldwin warf Simon einen raschen Blick zu, der nickte. »Ja, sofern dein Mann früher keine Morde begangen hat.«

»Das ist gerecht. Nun dann, Sir … mein Mann hat für einen guten, anständigen Herrn gearbeitet, einen Bürger von Bristol. Henry war sein Kellermeister, und wir hatten ein glückliches Leben – bis vor zwei Jahren.«

»Die Rebellion?«

»Ja«, erwiderte sie. »Unser Herr war Robert Martyn. Der König legte Briston 1316 ungeheure Steuern auf und kümmerte sich nicht um die Bitten der Stadt, sie zu verringern. Man hat sogar Abgesandte zu ihm nach London geschickt, um ihm zu erklären, dass sie viel zu hoch seien, aber er wollte ihnen nicht einmal zuhören. Am Ende schickte er den Sheriff von Gloucester mit einer Streitmacht und hat die Stadt belagern lassen. Man hat Briston das Wasser abgegraben, die Mühle zerstört und mit Wurfmaschinen Felsbrocken gegen die Mauern geschleudert, bis sie die Stadt einnehmen konnten.«

»Robert Martyn wurde für vogelfrei erklärt, nicht wahr?«, fragte Simon.

»Ja, Sir. Und er hat das Königreich verlassen. Aber was sollten wir tun? Wir hatten kein Zuhause, kein Geld, keinen Herrn. Mitten in der größten Hungersnot wurden wir aus der Stadt geworfen, und wenn wir nicht einige Leute getroffen hätten, die …«

Nun meldete sich auch Henry zu Wort. »Sie waren Gesetzlose«, erklärte er mit matter Stimme, »aber sie haben sich unser erbarmt und uns zu essen gegeben. Einer war darunter, der von hier aus dem Moor stammte, und wir beschlossen zu sehen, ob seine Geschichten über den Zinnabbau stimmten. Er hat mir beigebracht zu jagen und zu kämpfen, aber, mein Wort, ich habe nie geraubt oder etwas gestohlen, und ich habe nie jemanden getötet.«

Trotzig blickte er Simon an, und der Vogt glaubte ihm.

15. KAPITEL

Auf ihrem Weg in den ›Fighting Cock‹ kamen sie bei Thomas Smyth vorbei, und Hugh reckte neugierig den Hals, doch es war niemand zu sehen bis auf einige Knechte und einen Kuhhirt, die im Hof dabei waren, Stroh und Mist auf den Haufen in der Ecke neben dem Eingang zu schaufeln. Wenn alles genügend verrottet war, würde man damit die Felder hinter dem Dorf düngen.

Vor dem Besuch bei den Smalhobbes war Hugh sicher gewesen, dass der Tod eines Zinngräbers ein einfacher Mord war, den wahrscheinlich jemand aus Hass oder Rache begangen hatte. Er hätte sogar darauf gewettet, dass einer aus der Familie Beauscyr dahinter steckte. Doch nun war er fast sicher, dass dieser alte Bergmann etwas damit zu tun haben musste. Warum sonst hätte er die Smalhobbes für ihr Schweigen bezahlt?

Widerstrebend riss er schließlich seinen Blick los, um die anderen einzuholen, und vergaß bald alle Grübeleien, denn unnütze Gedanken zu wälzen war nicht seine Art, zumal sie auf dem Weg in eine Schenke waren, wo es etwas zu essen und gutes, starkes Bier gab, auf das er sich jetzt schon freute.

In der Schenke herrschte diesmal weniger Betrieb als bei ihrem letzten Besuch. Sie setzten sich etwas abseits ans Fenster, wo sie ungestört reden konnten, und gaben ihre Bestellung auf. Zwei Mädchen bedienten die Gäste, doch man sah ihnen an, dass sie zu dieser Tageszeit noch nicht besonders munter waren. Sie gähnten häufig, und eine schlief sogar auf einer Bank in der Ecke; richtig zum Leben erwachten sie wohl erst am Abend.

Das Mädchen, mit dem sie neulich gesprochen hatten, war nirgends zu sehen, und Simon beschloss, bis nach dem Essen zu warten, ehe er nach ihr fragte. Es gab Eintopf mit so klein geschnittenem Fleisch, dass sich unmöglich sagen ließ, um was es sich handelte. Baldwin stocherte misstrauisch mit seinem Holzlöffel darin herum. »Was meinst du, was das ist?«

Simon lächelte. »Ich glaube, danach fragst du besser nicht.«

»Warum nicht?«

»Weil es alles Mögliche sein könnte. Hier draußen im Moor gibt es nicht allzu viel – außer Hirschen, Rehen, Wildschweinen und so weiter, doch sie sind Eigentum des Königs, und natürlich würde es niemand wagen, die Jagdgesetze zu brechen. Allerdings muss der Mensch überleben, so gut er eben kann. Doch ich gehe davon aus, dieses Fleisch stammt aus Chagford.«

»Aha!«, lächelte Baldwin und brockte Brot in die Schüssel. Wie erwartet schmeckte es stark nach Wild, und der Wein, den er bestellt hatte, war gar nicht übel. Als er fertig war, lehnte er sich wohlig zurück und musterte die Gäste, während die anderen schweigend ihre Mahlzeit beendeten.

Die Mädchen hatten viel zu tun, um alle zu bedienen. Eine fiel ihm besonders auf. Sie war schlank, dunkelhaarig, hatte eine fast knabenhafte Figur und eilte selbstbewusst zwischen den Bänken und Tischen hin und her, wobei sie oft mehrere Krüge und Becher gleichzeitig trug.

Baldwin winkte sie zu sich und fragte, ob es hier ein Mädchen namens Molly gäbe.

»Das bin ich«, nickte sie misstrauisch.

Er stellte sich und die anderen vor, doch sie erwiderte rasch, sie dürfe nicht herumstehen und schwatzen, statt zu arbeiten, das würde nur ihren Herrn verärgern, worauf Baldwin den Schankwirt an ihren Tisch rief. Als er hörte, wer seine Gäste waren, blickte er schuldbewusst auf ihre leeren Schüsseln, lächelte gequält und versicherte hastig, sie könnten gern in aller Ruhe mit Molly reden. Baldwin bedankte sich und lud das Mädchen ein, bei ihnen Platz zu nehmen.

Sie konnte nur wenig älter als Thomas Smyths Tochter sein, doch ihr Leben war sicher viel härter gewesen und würde es vermutlich auch immer bleiben. Ihre grauen Augen musterten ihn gleichgültig. Sie war nicht dumm und hatte offensichtlich kein Interesse an diesen fremden Männern.

»Wir versuchen herauszufinden, was in der Nacht geschah, als Peter Bruther starb«, sagte Simon. »John Beauscyr hat uns berichtet, er sei an diesem Abend mit einem Freund hier gewesen. Erinnerst du dich daran?«

»Ja, sie kamen ungefähr zwei Stunden vor Einbruch der Dunkelheit.«

»Du warst einige Zeit mit Sir Ralph zusammen?«

»Er wollte mich haben, und ich blieb bis zum frühen Morgen bei ihm. Dann ist er mit John zurück.«

»Wir wissen, dass John nicht die ganze Zeit über hier war, aber soviel ich gehört habe, war er am Morgen wieder da?«

Sie nickte. »Als wir in den Schankraum kamen, saß er hier.«

»War er irgendwie anders als am Abend vorher?«

»Ich weiß nicht, was Ihr meint – ich glaube, er war ein bisschen aufgeregt … jedenfalls hatte er ein rotes Gesicht. Aber aufgeregt war er auch schon, als sie kamen.« Sie überlegte einen Augenblick. »Nein, er war doch anders. Wütend war er, hat die meiste Zeit leise vor sich hingeflucht und weder mich noch sonst eines der Mädchen beachtet. So ist er gewöhnlich nicht; normalerweise lacht und scherzt er immer mit uns allen, aber an diesem Abend benahm er sich nicht wie sonst. Er kam mit seinem Freund herein, hat sich auf eine Bank gesetzt und etwas getrunken.«

»Hat er mit irgendjemandem geredet?«

»Weiß ich nicht«, erwiderte sie gähnend. »Sir Ralph hat mich ganz in Anspruch genommen. Ich kann nur sagen, dass John ziemlich schlechte Laune hatte, deshalb bin ich ihm lieber aus dem Weg gegangen.«

»Ich verstehe. Und als ihr wieder nach unten kamt, war er anders?«

Sie nickte. »Ja, viel fröhlicher. Er spendierte mir etwas zu trinken und scherzte mit Sir Ralph. Ich dachte, er habe bei einem der anderen Mädchen gelegen, aber sie haben erzählt, er sei für eine Weile weg gewesen und in besserer Stimmung zurückgekehrt.«

»Hat er gesagt, wo er gewesen ist?«, fragte Simon.

»Nein, wenigstens habe ich nur gehört, dass er ungefähr eine Stunde lang weg war und wie ausgewechselt gewesen sei, als er zurückgekommen ist.«

»Aha.« Simon seufzte. Das Mädchen konnte ihnen offenbar auch nicht weiterhelfen.

Doch Baldwin hatte noch eine Frage. »Molly, wie gut hast du Peter Bruther gekannt?«

»Ziemlich gut«, erwiderte sie mit einem misstrauischen Blick. »Warum?«

»Wir möchten gern so viel wie möglich über ihn erfahren.«

»Nun, mich kümmert nicht, was die anderen sagen«, entgegnete sie heftig und schaute zur Theke, wo der Schankwirt stand und gelegentlich zu ihnen hinüber schaute.

»Was sagen sie denn, Molly?«

»Dass er schlecht, dass er grausam war. Aber das stimmt nicht!«

Überrascht sah er, dass sie plötzlich Tränen in den Augen hatte. »Molly, es tut mir Leid, ich wusste nicht, dass du …«

»Schon gut«, entgegnete sie bitter. »Niemand denkt je daran, dass wir Schankmädchen auch Gefühle haben, was? Wir zählen ja nicht.«

»So ist es nicht, Molly. Ich wusste nur nicht, dass er dein Freund war. Das war er doch, oder?«

»Er war nicht wie die anderen Männer, die immer alles Mögliche versprechen. John und die anderen sagen oft, sie würden uns hier wegholen, uns ein eigenes Häuschen schenken und sich um uns kümmern, dabei interessieren sie sich in Wirklichkeit überhaupt nicht für unsere Zukunft. Doch Peter meinte es ernst. Sobald er das Geld habe, hat er gesagt, würde er mich holen, und wir würden irgendwo anders leben, weit weg von hier. Er wollte mich mit in eine Stadt nehmen, nach Exeter oder sonst wohin. Die anderen wollen mit ihrem Gerede bloß erreichen, dass ich netter zu ihnen bin, aber Peter meinte es wirklich gut mit mir, das weiß ich. Und jetzt … »

»Wie lange hast du ihn gekannt?«

»Peter? Fast ein Jahr. Er fing an hierher zu kommen, sobald er den Beauscyrs davongelaufen war.«

»Wir haben gehört, dass er oft in Streitereien geriet.«

»Manchmal. Er hasste es, dass ich hier arbeitete, und es machte ihn verrückt, wenn ich mit anderen Männern nach oben ging. Er ist ein paar Mal rausgeworfen worden, weil er Streit angefangen hatte.«

»Und John Beauscyr hat dich auch aufgesucht?«

»Ja. Aber ich mochte ihn nicht. Er ist grausam und tut den Mädchen weh. Peter war ganz anders. Er wusste selbst, wie es ist, wenn man kein freier Mensch ist, und er hat gesagt, es sei herrlich, niemandem mehr zu gehören – deshalb hat er verstanden, dass ich hier weg und in Freiheit leben wollte. Wie hätte John Beauscyr das begreifen können? Er versteht sich nur darauf, sich zu nehmen, was er haben will, es zu gebrauchen und dann wegzuwerfen.«

»War Peter Bruther an dem Abend hier, als er starb?«, fragte Baldwin.

»Ja, aber er ging kurz bevor John und Sir Ralph kamen.«

»Bist du sicher?«

»O ja«, nickte sie. »Er hatte Johns Ritter beleidigt. Der Narr hatte gedroht, Peter zu binden und zu den Beauscyrs zurückzuschleppen, und bemerkte nicht, dass Peters Freunde hinter ihm standen. Er musste mit eingekniffenem Schwanz abziehen, und Peter hat ihm auch noch das Seil abgenommen.«

»Das Seil?«

»Ja. Peter und seine Freunde haben es an diesem Abend noch hergebracht, um es mir zu zeigen. Er war richtig stolz darauf, versteht Ihr? Es war wie ein Sieg, dass er dem Mann, der gemeint hatte, er könne ihn wieder zum Leibeigenen machen, das Seil abgenommen hatte.«

»Und Peter hatte es bei sich, als er gegangen ist?«, fragte Simon.

»O ja, Sir. Er hätte es doch nicht hier gelassen.«

»Und er war schon auf dem Heimweg, bevor John und sein Freund kamen?«

»Ja, Sir.«

»Weißt du, welchen Weg er gewöhnlich nahm?«

»Die Straße runter bis zu Smyths Haus und dann übers Moor. Er hat immer den gleichen Weg genommen.«

»Demnach wären also John und Sir Ralph, die von dort aus auf dem Weg hierher waren, an ihm vorbeigekommen, nicht wahr?«

»Ja, Sir, sie … Was wollt Ihr damit sagen? Dass *John* ihn umgebracht haben könnte?«

»Ich weiß nicht. Wann genau ist John von hier weg?«

»Das kann ich nicht sagen. Ich war mit Sir Ralph schon nach oben gegangen, als jemand bemerkt hat, dass John verschwunden war, aber wann er weggeritten ist, hat niemand gesehen. Später half Alison draußen einem Bauer aufs Pferd, der nicht mehr allein aufsteigen konnte, und sah, dass Johns Pferd nicht mehr da war.«

Simon wechselte mit Baldwin einen Blick und überlegte kurz.

»Molly«, sagte er dann, »du hast uns erzählt, Peter Bruther habe dir versprochen, er würde dich mitnehmen, sobald er über Geld verfüge. Er hatte aber doch sein eigenes Stück Land, auf dem er nach Zinn grub. Warum bist du nicht schon jetzt zu ihm?«

»Er hat immer gesagt, das wäre zu gefährlich, solange die Beauscyrs noch drauf aus seien, ihn zurückzuholen.«

»Du wusstest, dass er Wächter bei sich hatte? Wir wundern uns darüber, zumal wir gehört haben, dass die Bergleute die anderen kleinen Zinngräber, die nicht für Smyth arbeiten, aus dem Moor verjagen wollten. Warum haben sie ihm dann geholfen? Warum wurde sein Nachbar Henry Smalhobbe geschlagen und bedroht, während man Bruther in Frieden ließ – und auch noch Männer zu seinem Schutz abstellte?«

»Ich weiß nicht, aber an diesem Abend, als er umgebracht wurde, hat er gesagt, er bräuchte nun keine Wächter mehr und könne ein neues freies Leben anfangen.«

»Was hat er damit gemeint?«

»Er hatte am Tag vorher Thomas Smyth getroffen, hat mir aber nicht erzählt, worüber sie geredet haben, nur dass er bald nichts mehr zu befürchten habe, und dann könne ich diese Schenke verlassen und bei ihm leben. Wir wären beide sicher, hat er gesagt.« In ihren Augen standen Tränen. »Und am nächsten Tag war er tot. Fragt diesen Bastard Smyth, was er getan hat!«, zischte sie plötzlich mit grimmigem Gesicht. »Fragt ihn! Er muss meinen Peter umgebracht haben!«

Sie sprang auf und lief davon. Als ein anderer Gast nach ihr rief, schaute sie sich noch einmal um und sah, dass die Männer verschwunden waren.

»Hallo, Molly.« George Harang lehnte sich in seinem Stuhl zurück und grinste. »Ich denke, ich trinke erst einen Krug Bier. Dann hätte ich gern mal mit dir gesprochen – allein.«

Schweigend ritten sie zurück zu Thomas Smyth, wo sie ihre Pferde einem Knecht übergaben und ins Haus gingen. Sie erfuhren, dass der Herr daheim sei, man brachte ihnen

Wein, und etwas später kam Thomas Smyth zur Tür herein, ganz der viel beschäftigte Mann, der nur wenig Zeit hatte.

»Vogt, Sir Baldwin, nochmals Willkommen. Wie kann ich Euch dienlich sein?«, fragte er.

Simon ärgerte sich darüber, dass sie so lange gebraucht hatten, um mehr über Peter Bruther zu erfahren, und war überzeugt, dass Thomas Smyth ihnen einiges verschwieg. Wahrscheinlich war es seine Gewohnheit, erst einmal alles für sich zu behalten, bis er sicher war, dass niemand anderer es zum eigenen Vorteil oder gar gegen ihn verwenden konnte. Vermutlich hatte er deshalb auch nichts von den Männern erzählt, die Bruther beschützt hatten, da er sonst mit einigen neugierigen Fragen des Vogts hätte rechnen müssen. Simon trank nachdenklich einen Schluck Wein. »Seit wann haben Eure Männer Bruther beschützt?«

»Was spielt das für eine Rolle?«, lächelte Thomas Smyth, wenn auch nicht mehr ganz so freundlich.

Baldwin fiel auf, dass er ziemlich erschöpft wirkte und weniger selbstsicher als bei ihrer ersten Begegnung. »Es spielt eine Rolle, weil der Vogt Euch danach gefragt hat«, erwiderte er. Smyth warf ihm nur einen kalten Blick zu.

»Warum habt Ihr überhaupt Männer zu ihm geschickt?«, erkundigte sich Simon.

»Weil ich nicht wollte, dass ein Bergmann von den Beauscyrs weggeschleppt wird. Das wäre für uns alle eine peinliche Geschichte gewesen.«

»Und deshalb habt Ihr nur zu seinem Schutz acht Männer abgestellt – während Ihr gleichzeitig versucht habt, andere aus dieser Gegend zu vertreiben? Wirklich sehr großzügig. Es wäre einfacher gewesen, Bruther hier bei Euch aufzunehmen, oder?«

»Auf den Gedanken bin ich gar nicht gekommen, und überhaupt – dann hätte er ja sein Land verloren. Außerdem durfte ich nicht zulassen, dass die Beauycrs sich einbilden, ein Bergmann kneife vor ihnen.«

Simon fand seine Antworten wenig überzeugend und musterte ihn stirnrunzelnd. Auch er sah die Anspannung auf Smyth Gesicht und bemerkte, dass er nervös mit einem losen Faden an seinem Hemd spielte. »Aber Ihr wolltet doch, dass die Männer aus diesem Teil des Moors verschwinden. Das habt Ihr selbst gesagt. Warum wart Ihr dann um diesen einen so überaus besorgt?«

»In Gottes Namen!«, rief Smyth. »Warum denn nicht? Er … er brauchte Hilfe, und ich konnte ihm helfen, das ist alles! Was kümmert es Euch? Sorgt lieber dafür, dass Ihr den Mörder der armen Seele entdeckt, das allein zählt!«

»Das haben wir auch vor, Thomas. Aber dazu müssen wir wissen, was für ein Mensch Bruther war; nur so können wir herausfinden, wer einen Grund hatte, ihn zu töten. Nehmt Euch, zum Beispiel …«

»Mich?«

»Ja. Ihr wolltet, dass Männer wie er und Smalhobbe aus dem Moor verschwinden, und habt drei Leute beauftragt, dafür zu sorgen, wie wir wohl wissen …« Simon bemerkte, dass Christine Smyth ins Zimmer kam. Thomas schaute flüchtig zu seiner Frau hoch, als sie an seine Seite trat und ihm eine Hand auf die Schulter legte. »Warum habt Ihr Peter Bruther nicht ebenfalls zusammenschlagen lassen wie seinen Nachbarn?«

»Ich hatte keinen Grund, ihm etwas zu tun, und sehr viel Grund, ihn zu schützen. Warum, habe ich Euch erklärt – weil die Beauscyrs ihn zurückhaben wollten.« Er ergriff die Hand seiner Frau, die aufrecht wie eine getreue Dienerin neben ihrem Mann stand, auf dessen Gesicht Schmerz und Müdigkeit tiefe Furchen gegraben hatten.

Simon seufzte. Wenn Smyth nicht reden wollte, konnte man ihn nicht zwingen. »Gut. Dann etwas anderes: Man hat Euch an diesem Abend, als Bruther starb, in die Richtung seiner Hütte reiten sehen. Warum wart Ihr dort?«

»Wollt Ihr mich beschuldigen, sein Mörder zu sein?«

Christine Smyth drückte beruhigend die Schulter ihres Mannes. Sie spürte seine angespannten Muskeln und hätte ihn am liebsten gestreichelt wie ein Kind. Seit er von Bruthers Tod erfahren hatte, war er niedergedrückt, ja fast verzweifelt, aber er wollte ihr nicht sagen, aus welchem Grund.

»Nein, ich möchte nur wissen, warum Ihr dort wart.«
»Ich wollte mit ihm reden.«
»Das hattet Ihr doch bereits am Tag vorher. Worüber wolltet Ihr mit ihm reden?«
»Das hat nichts mit seiner Ermordung zu tun.«
»Eure Weigerung zu antworten erscheint mir unter den gegebenen Umständen recht merkwürdig.« Simon wartete, aber Smyth erwiderte nur wortlos seinen Blick. »Nun gut. Warum waren seine Wächter nicht mehr bei ihm?«
»Das hat ebenfalls nichts mit Peters Tod zu tun, und ich denke nicht daran, meine Zeit noch länger mit diesem Unsinn zu verschwenden!«
»Nun, dann sagt uns wenigstens, was für ein Mensch er war.«
»Er war ein starker, kräftiger junger Mann. Was soll ich sonst schon sagen? Er schien mir jemand zu sein, der hier draußen gut zurechtgekommen wäre und hart gearbeitet hätte.«
»Wusstet Ihr, dass er in der Schenke oft in Schlägereien verwickelt war?«
»Peter? Das kann ich kaum glauben.«
»Er hatte auch eine Frau dort kennen gelernt, eines der Schankmädchen, das er zu sich nehmen wollte.«
»Das überrascht mich nicht. So war er nun einmal ... hat sich immer um andere gekümmert.«
Verwundert sah Simon die Traurigkeit auf dem Gesicht des Bergmanns. »Madam«, wandte er sich an dessen Frau, »Ihr wart nicht hier an dem Tag, als dieser Mann getötet wurde, nicht wahr?«
»So ist es, ich war mit meiner Tochter in Chagford. George Harang hat uns begleitet.«
»War er die ganze Zeit über bei Euch?«
»Ja. Bis wir nach Hause kamen.« Christine spürte eine wachsende Beklommenheit, die sich wie ein Eisenband um ihre Brust legte. »Dann musste er mit meinem Mann zu den Bergleuten.«
»Wann war das?«
»Am frühen Nachmittag – als wir zurückkehrten.«

Simon schaute Thomas an. »Und als Ihr heimkamt, war Bruther hier?«

»Nein, nein. Peter war an diesem Tag nicht bei uns.«

»Er war am Nachmittag in der Schenke und hat, als er aufbrach, wie immer diesen Weg genommen. Demnach muss er hier vorbeigekommen sein.«

»Ich habe ihn aber nicht gesehen, das sage ich doch«, entgegnete Thomas Smyth schroff.

»Er hat die Schenke verlassen, kurz bevor John Beauscyr dorthin kam. Er und Sir Ralph hatten seinen Vater bis zu Euch begleitet und sind dann weitergeritten.«

»Nein, er war nicht hier!« Er umklammerte so fest die Hand seiner Frau, dass Christine sanft seinen Griff löste, zu einer Bank ging und sich setzte.

Sorgenvoll betrachtete sie während des weiteren Gesprächs ihren Mann. Sie wusste, dass er etwas verheimlichte, sie sah sogar, dass er Angst hatte, und sie fürchtete, die Männer würden es ebenfalls bemerken.

Es war das erste Mal, dass es zwischen ihnen ein Geheimnis gab. Normalerweise besprach er alles mit ihr, selbst wenn es um Schwierigkeiten mit den Bergleuten ging, aber diesmal hatte sie keine Ahnung, was für eine Verbindung es zwischen ihm und diesem Bruther gegeben hatte. Thomas war immer ein starker Mann gewesen, entschlossen und selbstsicher, doch jetzt war ihr, als sehe sie, wie eine solide Mauer Risse bekam, wie sie bröckelte und immer mehr Steine herausfielen, bis sie ganz zusammenstürzte. Aus irgendeinem Grund hatte dieser Mord ihn derart erschüttert, dass ihm alle Kraft und Entschlossenheit verloren gegangen waren.

Letzte Nacht war sie aufgewacht und hatte gespürt, dass er nicht mehr neben ihr lag. Sie hatte ihn im großen Saal gefunden, wo er in seinem Sessel vor dem Feuer saß und einen Becher Wein umklammerte. Er hatte nichts gesagt, aber sie hatte die Angst und Trauer in seinen Augen gesehen. Selbst die Hunde hatten gespürt, dass etwas nicht stimmte. Sie hatten wie Wächter an seiner Seite gesessen und ihn unverwandt angeschaut. Aber er hatte nicht sagen wollen, was ihn so quälte.

»Es sieht also folgendermaßen aus – als Sir William zu Euch kam, habt Ihr weder seinen Sohn und Sir Ralph noch Bruther getroffen – ist das richtig? Seid Ihr unterwegs vielleicht Sir Robert im Moor begegnet?«

Christine biss sich auf die Lippen und warf ihrem Ehemann einen ängstlichen Blick zu, als er antwortete: »Nein.«

»Ich denke, das war im Augenblick alles, was wir fragen wollten, Thomas.« Simon stand langsam auf und musterte den Bergmann verärgert. »Aber denkt bitte daran: Wenn Ihr wollt, dass das Gesetz die Menschen hier schützt und nicht nur Eure Männer, sondern auch Euch und Eure Familie, dann müsst Ihr uns alles sagen. Ich weiß, dass Ihr etwas verheimlicht.« Mit einem kurzen Nicken verließ er den Raum, gefolgt von den beiden Dienern, während Baldwin sich lächelnd von Christine verabschiedete.

Sobald sie gegangen waren, lief Christine zu ihrem Mann. »Thomas …«

»Schick einen Boten zu George«, unterbrach er sie. «Er soll sofort herkommen – ich muss mit ihm reden. Und hol mir einen Krug Wein. Ich bin durstig.«

Eilig befolgte sie seine Anweisungen. Die Stimme ihres Ehemanns hatte wieder so fest und energisch geklungen wie früher, und sie war sicher, dass er einen Ausweg aus seinen Schwierigkeiten gefunden hatte.

Christine Smyth Vermutung stimmte … doch wenn sie seine Gedanken geahnt hätte, wäre sie verzweifelt gewesen.

16. KAPITEL

Simon hatte bereits die Zügel in der Hand, doch dann zögerte er und deutete nach Osten. Baldwin folgte seinem Blick und sah einen Reiter herankommen. Bis Hugh es geschafft hatte, auf sein Pferd zu klettern, erkannte er, dass es Alicia war.

»Guten Tag«, grüßte Baldwin freundlich. »Hattet Ihr einen schönen Ausritt?«

Ihr Gesicht war vom Wind gerötet, und sie lachte glücklich. »Fast bis nach Chagford!«

Der Ritter betrachtete ihre kleine Fuchsstute, die kaum größer als ein Pony war, aber stark und kräftig. »Wie alt ist sie?«

»Meg ist grade drei.«

»Gebt mir Bescheid, falls Ihr jemals ein Fohlen von ihr habt. Sie scheint mir ein gutes, robustes Tier zu sein, gewiss ideal für dieses Land, denke ich mir.«

Sie nickte und warf Simon einen koketten Blick zu. »Seid Ihr gekommen, um mich zu verhören, Vogt? Ich weiß nicht, ob ich Euch irgendwie behilflich sein kann, aber vielleicht solltet Ihr mich zwingen, alles zu sagen, was ich weiß.«

»Ich glaube nicht, dass ich Euch allzu streng befragen müsste«, entgegnete er, ohne ihr Lächeln zu erwidern. »Wir haben alles Nötige bereits mit Eurem Vater besprochen.« Und nichts erreicht, fügte er im Stillen hinzu.

Baldwin erriet den Grund für die verdrießliche Stimmung seines Freundes. »Sagt mir, Alicia, Ihr wart doch an dem Tag, als Peter Bruther ermordet wurde, mit Eurer Mutter in Chagford. Demnach habt Ihr ihn nicht gesehen, oder?«

Ihr Lächeln verschwand. »Ich? Nein, ich habe ihn nicht gesehen.«

Baldwin erkannte ihre Anspannung und lächelte, aber sie wirkte sichtlich beunruhigt und schien sich zu fragen, was als Nächstes kommen würde. »Reitet Ihr oft so weit?«

»Nach Chagford? Manchmal, nicht sehr oft.«

»Das könnte aber leicht gefährlich werden, oder? Ich kann mir denken, dass viele Männer hier im Moor die Tochter von Thomas Smyth ganz gern näher kennen lernen möchten.«

»Wie meint Ihr das, Sir Baldwin?«, fragte sie verständnislos, und Simon wandte sich ab, um sein Grinsen zu verbergen.

Baldwin fühlte sich plötzlich verlegen und entgegnete schroff: »Ich glaube, das wisst Ihr sehr gut, Alicia. Auf die gleiche Weise kennen lernen wie Euer Freund Sir Robert Beauscyr, meine ich.« Er sah, dass sie errötete – nicht aus

Scham, sondern eher aus jugendlichem Stolz – und fügte hinzu: »Ihr solltet vorsichtig sein. Es gibt im Moor Wölfe der unterschiedlichsten Art.«

»Aber das ist doch lächerlich!«, rief Alicia, die ihn missverstand. »Robert ist nicht so! Mich kümmert nicht, was Vater Euch erzählt hat, zu mir ist er immer freundlich und nett. Ich glaube einfach nicht …« Sie verstummte, und ihr war anzusehen, dass sie am liebsten ihre Worte zurückgenommen hätte.

»Was glaubt Ihr nicht, Alicia?«, fragte Baldwin, aber sie schüttelte nur entschlossen den Kopf.

»Bitte vergesst, was ich gesagt habe. Es ist unwichtig.«

»Ich fürchte, das ist es nicht. Wenn wir ausschließen wollen, dass Sir Robert der Täter war, gibt es einiges, was wir wissen müssen. Zum Beispiel ist uns im Moment nicht einmal klar, wo er sich aufhielt, als Bruther ermordet wurde. Er gibt zwar zu, er sei im Moor gewesen, mehr jedoch nicht, und somit haben wir keinerlei Möglichkeit, es nachzuprüfen. Es scheint fast, als fürchte er, jemanden in Schwierigkeiten zu bringen, wenn er sagt, wo er war.«

Sie wich seinem Blick aus. »Ihr könnt doch nicht wirklich denken, dass er etwas mit dem Mord zu tun hat, oder? Er ist so ein ruhiger, ausgeglichener Mann.«

»Wer immer Bruther ermordet hat, war vermutlich ein sehr ruhiger Mann«, entgegnete Baldwin. »Das muss man schon sein, um jemandem am Hals zu packen und festzuhalten, bis sein Todeskampf vorbei ist und er aufhört, um sich zu schlagen.«

Sie wurde bleich. »So ist er gestorben? Das wusste ich nicht.« Nach einem kurzen Zögern hob sie den Kopf und schaute ihn entschlossen an. »Gut, ich will Eure Frage beantworten.«

»Ihr habt Sir Robert an diesem Tag getroffen?«

»Ja. Er war in Chagford. Mutter hat ihn nicht gesehen, und sie hat auch nicht bemerkt, dass ich mich mit ihm traf. Er hatte etwas getrunken und war sehr unglücklich darüber, dass mein Vater Geld von seiner Familie verlangte. Ich habe ihm gesagt, ich würde versuchen, mit Vater darüber zu sprechen, aber dann rief Mutter nach mir, und ich musste gehen, deshalb haben wir ausgemacht, uns später draußen beim Longaford Tor zu treffen. Dort ... dort haben wir uns schon öfter getroffen.«

»Ich verstehe. Ihr seid also am Nachmittag dorthin?«

»Ja, aber es war mittlerweile fast schon dunkel. Robert war wieder nüchtern und freute sich sehr, obwohl es mir leider nicht gelungen war, mit Vater zu reden. Gleich nachdem Mutter und ich aus Chagford zurückkamen, ritt er weg – er hatte nur auf George gewartet. Es gab anscheinend irgendwelche Schwierigkeiten bei den Bergleuten. Ich wollte später mit ihm sprechen. Den Nachmittag habe ich mit Mutter verbracht, bis sie nach oben ging, um sich auszuruhen; dann bin ich losgeritten, um Robert zu treffen. Als ich heimkam, war Vater schon da und verhandelte bereits mit Sir William, ich kam also zu spät. Sir William hatte bereits das Geld bezahlt.«

»Was sagt Euer Vater dazu, dass Ihr Sir Robert trefft?«

»Ich liebe Sir Robert ... und ich werde ihn heiraten«, erklärte Alicia entschlossen. »Dass Vater mit seiner Familie im Streit liegt, ist nicht meine Sache.«

»Ihr wollt heiraten?«

»Ja. Wir sind uns gestern einig geworden.«

Das war also der Grund für Roberts heitere Stimmung am gestrigen Abend gewesen! Baldwin lächelte. »Ihr habt ihn sehr glücklich gemacht. Aber sagt mir: Habt Ihr an diesem Abend Euren Vater heimkehren sehen?«

»Nein.«

»Oder Bruther in der Nähe Eures Hauses?«

»Bruther? Warum – war er hier?«

Baldwin sah, dass ihr Erstaunen wirklich echt war und nicht etwa gespielt. »Wohin seid Ihr mit Sir Robert geritten?«

»In westliche Richtung, dann nach Süden. Als es spät wurde, ritten wir wieder zur Straße und dann hierher zurück.«

»Ihr seid also hinunter zu den beiden Brücken?«, warf Simon ein.

»Ja«, sagte sie. »Ja, dort waren wir.«

»Seid Ihr dorthin gekommen, als es gerade dunkel wurde? Habt Ihr zwei Männer auf Pferden gesehen?«

Alicia nickte. »Ja, aber sie verließen die Straße, bevor wir sie erreichten, und ritten hinauf in Richtung Wistman's Wood.«

Simon und Baldwin wechselten einen Blick: Die beiden Reiter waren zweifellos Samuel Hankyn und Ronald Taverner gewesen. »Das beantwortet jedenfalls eine Frage«, sagte Baldwin. Er hatte also richtig vermutet, dass es sich bei einem der Reiter, die Samuel gesehen hatte, um Sir Robert gehandelt hatte – und Alicia war demnach der zweite gewesen.

»Aber eine andere Frage bleibt«, entgegnete Simon. »Alicia, wo wart ihr kurz davor? Seid ihr die Straße entlang geritten?«

»Ja, das sagte ich doch schon. Es gab keinen Grund, von der Straße abzuweichen, und das hätten wir nach Einbruch der Dunkelheit auch nicht gemacht, das ist im Moor wegen der Sumpflöcher viel zu gefährlich. Warum?«

»Hat ihr noch einen weiteren Reiter gesehen?«

»Nein, nur die beiden.«

Auf dem Rückweg war Simon schweigsam und in Gedanken versunken. Sie waren keinen Schritt weiter gekommen; das Einzige, was sie hatten, waren widersprüchliche Aussagen. Wer die beiden Reiter gewesen waren, die Samuel gesehen hatte, wussten sie zwar nun … doch das Rätsel um Bruthers Tod blieb weiterhin ungelöst. Thomas Smyth hatte am Tag vorher Bruther aufgesucht, weigerte sich aber zu sagen warum; John Beausycyr war unterwegs gewesen und wollte nicht sagen, wo er sich aufgehalten hatte; Sir Robert könnte Bruther getötet haben, ehe er sich mit Alicia getroffen hatte …

»Zurück nach Beauscyr, Simon?«

Die ruhige Stimme seines Freundes unterbrach seine Gedanken, und er nickte. Sie hatten fast die Straße erreicht, die an Adam Coyts Hof vorbei nach Beauscyr-Manor führte. Mittlerweile begann die Sonne unterzugehen, und der Wind wurde empfindlich kalt. Baldwin zog seinen Mantel fester um die Schultern.

»Ich dachte, wir hätten Sommer.«

»Das Wetter hier im Moor kann einen jederzeit überraschen«, erwiderte Simon mürrisch. »Dieser Wind ist so kalt, dass es sicher bald regnen wird.«

»Dann wollen wir uns beeilen.«

Sie gaben ihren Pferden die Sporen. Dicke graue Wolken zogen mit bestürzender Geschwindigkeit über den Himmel. Das Land, das so ruhig und friedlich ausgesehen hatte mit seiner Decke aus grünem Gras und purpurnen Flecken aus Heidekraut, wirkte nun fast düster und die Berggipfel wie bedrohliche Unwesen, die sich sprungbereit duckten.

Selbst Baldwin erschauderte. Obwohl er keineswegs an Geister oder Gespenster glaubte, die auf der Jagd nach Seelen waren, wie Adam Coyt und andere in dieser Gegend, war es verständlich, dass die Menschen zu solchen Ängsten neigten. In der unendlichen Weite des Moors, die so gut wie kein Baum unterbrach, erkannte jeder, wie klein er war verglichen mit der gewaltigen Natur.

»Es ist ganz merkwürdig hier im Moor, wenn das Wetter umschlägt«, meinte er.

»O ja«, murmelte Simon. »Ich bin froh, dass du das bemerkt hast. Besonders nach deiner Schimpftirade auf Coyt.«

»Deshalb muss man nicht gleich abergläubisch werden. Ich meinte nur, man spürt … ja, so eine gewisse … eine Feindseligkeit …« Er verstummte beinahe verlegen und wich Simons Blick aus.

»Aha, du ›spürst‹ also etwas – und auch noch eine ›Feindseligkeit‹? Und willst trotzdem abstreiten, dass du abergläubisch bist?«

»Simon, man kann eine Atmosphäre spüren, ohne deshalb an Gespenster zu glauben!«

»Gleichwohl kannst du erröten, wenn ein junges Mädchen mit dir kokettiert, und eine Feindseligkeit spüren, weil das Wetter umschlägt.«

»Es hängt nicht nur damit zusammen, dass das Wetter umgeschlagen hat!«, erklärte Baldwin schroff, ohne auf seine Bemerkung über Alicia einzugehen.

»So, so!« Spöttisch hob Simon eine Augenbraue. »Bis die Wolken aufgezogen sind, hat das Moor dich nicht sonderlich beeindruckt.«

»Das hat wenig damit zu tun. Es ist die Art, wie …«

»Ja?«

»Wirklich, Simon, manchmal machst du mich rasend.«

»Aber meine Frau braut gutes Bier, und mein Wein mundet dir ebenfalls«, grinste der Vogt.

»Hin und wieder frage ich mich, ob das genügt, um unsere Freundschaft zu rechtfertigen.«

Sie erreichten die Straße und ritten schweigend weiter. Es begann zu nieseln, aber gleichzeitig wurde es wärmer, und Baldwin schob seinen Umhang zurück. Der Regen war eine Wohltat nach der Hitze der letzten Tage, und er hatte schon immer gern die Tropfen auf seinem Gesicht gespürt. Simon dagegen kauerte mit verdrießlicher Miene auf seinem Pferd.

»Also, Simon, was machen wir jetzt?«

»Wir sind einer Antwort kein Stück näher gekommen«, erwiderte Simon bedrückt.

»Wenigstens haben wir inzwischen ein wenig mehr über diesen Bruther erfahren.«

»Ach ja? Smyth sagt, er war ein durch und durch anständiger Mensch; Coyt sagt, er war ein verwegener Teufelskerl, der selbst Crockern in den Schwanz gekniffen hätte; die Beauscyrs halten ihn für einen Schurken, der vor nichts zurückschreckte, nicht einmal davor, einen Ritter zu bedrohen und zu verspotten, und Smalhobbe scheint Angst vor ihm empfunden zu haben oder war wenigstens auf der Hut vor ihm. Molly und Smyth behaupten, er sei freundlich, fleißig und ganz wunderbar gewesen, während die anderen ihn für böse und unehrlich hielten.«

»Nun ja, es ist doch verständlich, dass die Beauscyrs und Sir Ralph für einen Mann wie Bruther nur Abscheu empfinden. Er hat es nicht nur gewagt davonzulaufen, sondern darüber hinaus weder Reue noch Schuldgefühle gezeigt.

Damit verstieß er ihrer Ansicht nach gegen die naturgegebene Ordnung, ja er stellte eine regelrechte Gefahr dar für das Leben, das ihnen lieb und wert ist – und das Schlimmste war, dass sie absolut nichts dagegen tun konnten. Für Coyt war es fast unmöglich, ihn zu verstehen: ein Mann, der keine Angst vor dem Moor zeigte, keinerlei Furcht vor Crockern – das ist für einen Bauern, der sein ganzes Leben hier draußen verbracht hat, sicherlich unbegreiflich.«

»Aber was ist mit den anderen?«, fragte Simon. »Smalhobbe scheint ihn auch nicht gemocht zu haben.«

»Sicher, doch das könnte an seiner eigenen Situation liegen. Er hat zum einen Angst davor, dass seine Vergangenheit als Räuber bekannt wird, zum anderen ist er eindeutig verbittert darüber, dass er sich und seine Frau nicht schützen konnte, während Bruther offenbar nichts zu befürchten hatte.«

»Und Molly und Smyth schwärmten fast von ihm, wie du schon gesagt hast.«

»Wenigstens bei Molly ist das verständlich. Immerhin wollte er sie aus der Schenke holen und zu seiner Frau machen.«

»Und was ist mit Smyth? Noch etwas ist übrigens sehr seltsam.« Simon schwieg gedankenversunken.

»Was denn?«, fragte Baldwin.

»Es mag vielleicht nichts zu bedeuten haben … aber jeder, mit dem wir bislang sprachen, hat ihn ›Bruther‹ genannt – bis auf Molly und Smyth. Beide haben ›Peter‹ gesagt. Ich hatte den Eindruck, sie schienen ihn gut zu kennen … zumindest besser als die anderen. Ist dir das nicht aufgefallen?«

»Nein«, erwiderte Baldwin nachdenklich. »Aber du hast Recht. Das ist wirklich interessant.«

George Harang sprang vom Pferd, warf dem Knecht die Zügel zu und rannte, durchnässt und schmutzig wie er war, ins Haus. Thomas Smyth saß auf seinem Stuhl am Feuer und schaute müde auf.

»Herr, ich habe Eure Nachricht erhalten und bin gleich

gekommen. Der Junge hat gesagt, dass der Vogt und sein Freund hier waren und Fragen gestellt haben – ist etwas nicht in Ordnung?«

Thomas Smyth lächelte wehmütig. »Nein, alter Freund. Jedenfalls nicht so, wie du denkst. Aber ich weiß jetzt, wer Peter getötet hat. An dem Abend, als Sir William hierher kam, hat ihn John, dieser Bastard, begleitet, der dann aber weiter zur Schenke ritt. Und dort hielt sich auch Peter auf, der arme Junge. Molly hat erzählt, er habe sich auf den Heimweg gemacht, kurz bevor John kam.«

George runzelte die Stirn. »Dann müssen sie sich auf der Straße begegnet sein.«

»Ja. Und danach war Peter tot. Also kann ihn nur einer getötet haben – dieser elende Hund John Beauscyr!«

»Was wollt Ihr? Soll ich …?«

»Ich will seinen Kopf,« fauchte Smyth, »hier auf meinen Knien! Dieser erbärmliche kleine Wurm hat meinen Peter getötet und denkt wahrscheinlich, er kommt damit davon. Der Vogt ist unfähig – oder er ist von Sir William bestochen worden, ich weiß es nicht, und es schert mich auch nicht; aber ich weiß, dass Peter von John ermordet wurde, und dafür muss er büßen.«

»Ihr wollt also, dass ich es dem Vogt erzähle?«

»Hast du mich nicht verstanden? Der Vogt nutzt uns nichts! Wir müssen ihn selbst fangen und ihm den Prozess machen. Peter war ein Bergmann, ein Zinngräber, und deshalb können wir als Bergleute seinen Mörder nach unserem eigenen Recht aburteilen. Auf die Beamten den Königs können wir nicht zählen, sie halten nur bei den Beauscyrs die Hände auf und denken gar nicht daran, uns Gerechtigkeit widerfahren zu lassen. Nein, wir müssen den jungen Beauscyr selbst festnehmen. Dafür brauche ich eine Truppe bewaffneter Männer. John Beauscyr ist ein Mörder – und dafür soll er bezahlen.«

George eilte bestürzt aus dem Raum. Er war gar nicht dazu gekommen, seinem Herrn von dem Gespräch mit Molly in der Schenke zu erzählen, und zögerte einen Moment unentschlossen, ob er umkehren sollte. Aber dann schüttelte er den Kopf. Sein Herr hatte neue Beweise, und deshalb war alles, was er von diesem Mädchen gehört hatte, jetzt unwichtig. Er rannte hinaus zu seinem Pferd.

Thomas Smyth war gedankenverloren am Feuer sitzen geblieben. Trotz der Wärme fröstelte er. Seit Peters Ermordung hatte er keine Ruhe, keinen Seelenfrieden mehr finden können, und die Müdigkeit machte ihn mutlos und niedergeschlagen. Er lächelte bitter. Das war also das Alter, diese Erschöpfung, die jede Tatkraft ebenso verzehrte wie den Hunger nach Geld und Macht. Früher war jeder Tag eine neue Gelegenheit für ihn gewesen, seinen Besitz zu vergrößern und seinen Wohlstand zu mehren. Jetzt erschien ihm alles bedeutungslos.

Seine Frau öffnete die Tür. Christine spürte seine Trauer und eilte zu ihm, umarmte ihn voller Mitleid und drückte ihn an sich, genauso wie sie es damals bei ihren Kindern gemacht hatte. Ihrem Mann diesen kleinen Dienst zu erweisen, ihm Trost und Geborgenheit zu geben, trieb ihr die Tränen in die Augen. Von ihren insgesamt sechs Kindern hatte nur Alicia überlebt. Alle anderen waren der Kälte erlegen, unter der die Kinder von Arm und Reich gleichermaßen zu leiden hatten.

Thomas schaute fast mit Verwunderung in ihr tränenüberströmtes Gesicht. Sanft streichelte er ihr über die nassen Wangen, zog sie auf seinen Schoß und hielt sie in seinen Armen, während sie schluchzend ihr Gesicht an seiner Schulter vergrub. Er spürte, wie seine dumpfe Verzweiflung wich und er neue Kraft gewann. Ja, er würde Peter Bruther rächen, komme was wolle.

Christine Smyth beruhigte sich langsam und löste sich aus seiner Umarmung. Sie sah die Entschlossenheit in seinen dunklen Augen und fragte mit bebender Stimme: »Du willst also seinen Mörder fangen?«

»Du hast uns gehört?«

»Ich habe nicht gelauscht; du hast laut genug gesprochen, dass es draußen im Moor zu hören gewesen wäre.«

»Morgen«, nickte er mit ernstem Gesicht. Es tat ihm in der Seele Leid, ihre Qual zu sehen, aber er konnte nicht anders. Das musste sie verstehen; er hatte Peter Bruther gegenüber eine Pflicht zu erfüllen.

»Und du willst John Beauscyr hängen – wie einen gemeinen Mörder?«

»Hat er Peter anders behandelt? Er hat ihn erdrosselt, als sei er ein Strauchdieb gewesen.«

»Zumindest sollte er sich verteidigen dürfen.«

»Wozu? Um sich geschickt herauszureden? Wir wissen, dass er es getan hat und niemand sonst.«

»Aber Thomas, was ist, wenn er es nicht war?«

»Er war es«, sagte er schroff, schob sie von seinem Schoß und verließ den Raum.

Bedrückt schaute Christine ihm nach. Obwohl sie es nicht wagte, es nochmals laut auszusprechen, dachte sie erneut: *Aber was ist, wenn er es nicht war*?

17. KAPITEL

Simon, Baldwin und ihre Diener kehrten zur gleichen Zeit wie Sir William nach Beauscyr zurück, der auf der Jagd gewesen war und einen ganzen Tag im Sattel verbracht hatte, ohne etwas zu erlegen. Es war wie verhext gewesen. Die Kaninchen schienen einem Raubtier zum Opfer gefallen zu sein; die Ringeltauben hatten sich offenbar andere Plätze gesucht; am Teich war kein einziger Reiher herumstolziert. Verärgert hatte er schließlich beschlossen, nach Hause zurückzukehren und einige Tauben aus dem Schlag für seine Gäste zu töten.

Der Anblick der vier Männer verbesserte nicht gerade seine Stimmung. Irgendwie hatte er das Gefühl, dass sie Unglück mit sich brachten. Hätten sie ihm damals geholfen, als Peter Bruther weggelaufen war, wäre dieser Mord vielleicht nie geschehen, aber der Vogt war überhaupt nicht bereit gewesen, etwas zu tun, und hatte anscheinend nicht einmal begriffen, um was es ging. Und seinen Freund hatte ihre Zwangslage offenbar sogar noch amüsiert. Mit verkniffener

Miene nickte er Baldwin und Simon nur kurz zu, und seine Laune besserte sich nicht, als der Vogt ihn um ein Gespräch bat.

»Jetzt?«, fauchte er. Der Vogt musste doch wohl verstehen, dass er sich waschen und umziehen wollte und auch gern etwas geruht hätte, statt weitere Fragen zu beantworten, aber er ließ nicht locker, bis Sir William schließlich verdrossen zustimmte.

Im Saal hockten einige Wächter beim Würfelspiel am Feuer und hatten wenig Lust, sich in ihre zugigen Unterkünfte zu begeben. Das wütende Gebrüll ihres Herrn belehrte sie allerdings, dass es besser wäre, schleunigst zu verschwinden. Mürrisch sammelten sie ihre Sachen ein und verschwanden.

»Also, was ist?«

Simon setzte sich, und Sir William, der erkannte, dass dieses Gespräch wohl etwas länger dauern könnte, ließ sich ebenfalls in einen Stuhl sinken. Baldwin beobachtete den Ritter aufmerksam. Sein Zorn war ihm deutlich anzusehen, und Baldwin konnte sich vorstellen, wie er über diese ganze Angelegenheit dachte.

Sir Williams Auffassung nach ging ihn der Tod Bruthers nichts an: Der Mörder hatte ihm vielmehr einen Gefallen erwiesen, während ihm das Gesetz, das durch den Vogt vertreten wurde, an den er sich damals gewandt hatte, wenig geholfen hatte, obwohl die Sache aus seiner Sicht ganz einfach war – ein Leibeigener, der ihm gehörte, war davongelaufen und hätte zurückgeholt werden müssen, doch wegen des verzwickten Gewirrs von Rechten, Pflichten und politischen Interessen, die zwischen ihm als Grundbesitzer und den Bergleuten abgewogen werden mussten, hatte sich der Vogt in seinen Augen auf die Seite der Bergleute geschlagen und sich um seine Ansprüche nicht gekümmert. Und nun versuchte er, den Mann zu finden, der ihm ein leidiges Problem vom Hals geschafft hatte. Wenn es nach Sir William ging, so mochte dieser Vogt bis in alle Ewigkeit suchen. Trotzdem musste er Folge leisten, wenn Simon mit ihm sprechen wollte, denn Sir William mochte ein alter Mann sein, aber er war kein Narr. Zwar hatte er selbst ein Alibi, nicht jedoch seine Söhne, und jede Weigerung seinerseits könnte als verdächtig gelten.

Baldwin sah ihm an, dass er nur mühsam seinen Zorn unterdrückte, während Simon ihn mit einem langen, abschätzenden Blick betrachtete.

»Sir William«, sagte Simon schließlich, »wir haben heute ebenfalls viele Stunden auf dem Pferderücken verbringen müssen, mit mehreren Leuten gesprochen und …«

»Kommt zur Sache, Vogt«, knurrte Sir William.

»Gut. An dem Tag, als Peter Bruther ermordet wurde, seid Ihr mit Eurem Sohn John, Eurem Gast Sir Ralph und zwei Bewaffneten zu Thomas Smyth geritten. Ist das richtig?«

»Das wisst Ihr doch längst.«

»Habt Ihr auf dem Weg jemanden gesehen?«

In Simons Stimme lag ein Unterton, der ihm verriet, dass die Frage wichtig war, und Sir William überlegte für einen Augenblick. »Wir sind an Coyts Hof vorbeigeritten, aber niemandem begegnet, daran erinnere ich mich.«

»Und auf dem restlichen Weg?«

»Nein, das weiß ich sicher.«

»Gut. Und was geschah, als Ihr zu Smyth kamt?«

»Ich ging ins Haus, während John und Sir Ralph beschlossen, lieber zur Schenke zu reiten, als mit mir zu warten.«

»Was war mit den beiden Bewaffneten?«

»Kurz nachdem wir bei Coyt vorbeigekommen waren, hatte ich ihnen gesagt, sie sollten wieder umkehren. Ich wollte nicht, dass sie hörten, was ich mit Smyth zu besprechen hatte, nur John musste ich es erzählen. Die Sache war wahrhaftig unangenehm genug, nicht wahr? Mir lag wenig daran, meine Männer als Augenzeugen dabei zu haben. Aber das habe ich Euch doch alles schon berichtet; warum wollt Ihr es noch einmal hören?«

»Es ist wichtig, Sir William. Habt Ihr irgendjemanden auf der Straße gesehen, nachdem Euer Sohn weitergeritten war? Kam jemand von Osten her auf das Haus des Bergmanns zu?«

»Nein, natürlich nicht!«

»Von dort aus kann man weit hinaus ins Moor schauen, da das Land völlig eben ist. Habt Ihr irgendjemanden im Moor entdeckt?«

»Nein!«, rief er verärgert. «Warum? Was wollt Ihr damit andeuten, Vogt? Wen sollte ich gesehen haben?«

»Wir wissen, dass Peter Bruther an diesem Abend in der Schenke war«, antwortete Baldwin an Simons Stelle. »Er ist aufgebrochen, kurz bevor Euer Sohn dorthin kam. Demnach müssten sie sich auf der Straße begegnet sein, und wenn es so war, stellt sich die Frage, warum Euer Sohn es uns nicht berichtet hat.«

»Wer sagt, dass John dem Mann begegnet ist? Bruther muss sich versteckt haben, als er meinen Sohn kommen sah.«

»Wo denn, Sir William? Ihr kennt die Gegend genauso gut wie wir. Dort gibt es nirgends einen Platz, wo man sich verstecken könnte, zumindest nicht in der Nähe der Straße. Und wir wissen, dass Bruther erst bei Smyths Haus ins Moor abbog, nicht vorher, deshalb müsste Euer Sohn ihn getroffen haben.«

»Und selbst wenn? Wollt Ihr behaupten, er hat ihn getötet, die Leiche den ganzen Weg bis zum Wistman's Wood geschleppt und ist dann zurück zur Schenke? Ich nehme an, er war in dieser Nacht in der Schenke?«

Simon seufzte. »Nun ja, aber …«

»Und er ist zusammen mit Sir Ralph dorthin gekommen? Oder kam er später?«

Der Vogt blickte ins Feuer. »Sie kamen zusammen«, gab er zu.

»Und trotzdem wagt Ihr es, meinen Sohn in meinem eigenen Haus mit solchen Verdächtigungen zu beleidigen!«, fauchte Sir William. »Ihr unterstellt, dass mein Sohn ein Mörder sei, der einen anderen erwürgt und dann an einen Baum gehängt hat, obgleich Ihr keinerlei Beweise dafür habt?«

»Sir William, bitte!«, erwiderte Simon ruhig. »Ich habe nicht die Absicht, Euch oder Euren Sohn zu beleidigen, das wisst Ihr. Aber es scheint, dass sich John zur gleichen Zeit wie Bruther dort in dieser Gegend aufhielt und ihn gesehen haben muss. Ich sage nicht, dass Euer Sohn allein war. Offensichtlich war auch Sir Ralph dabei, und es ist möglich, dass Sir Ralph sich für seine Demütigung an Bruther rächen wollte. Es wäre nicht das erste Mal, dass ein Ritter jemanden tötet, der ihn beleidigt hat. Soweit ich sehe, gab es keinen Grund für John, den jungen Mann zu ermorden, Sir Ralph dagegen hatte einen, nicht wahr? Jedenfalls habt Ihr bestätigt, dass Ihr Bruther auf der Straße nicht gesehen habt. In der Schenke hat man uns gesagt, er sei kurz vor der Ankunft von John und Sir Ralph gegangen, also nehme ich an, dass sie ihm auf dem Weg zur Schenke begegnet sein müssen.«

Der alte Ritter starrte ihn ungläubig und sichtlich betroffen an. »Aber … aber … er ist vielleicht schon längst abgebogen gewesen, ehe wir zu Smyths Haus kamen«, stammelte er.

»Dann hättet Ihr ihn, wie ich schon sagte, sicherlich draußen im Moor gesehen. Von der Straße aus kann man meilenweit schauen.«

»Wir haben uns aber doch nicht die Gegend betrachtet!«, rief Sir William verzweifelt. »Vielleicht hatte er sich hinter einem Felsen versteckt oder einem Strauch geduckt. Ja, so muss es gewesen sein! Er hat uns gesehen, uns erkannt und sich rasch versteckt – er musste ja schließlich befürchten, dass Sir Ralph sich für die Beleidigung, die er ihm zugefügt hat, rächen würde.«

»Nein. Das ist keine Erklärung, Sir William«, entgegnete Baldwin. »Wir sind in den letzten Tagen mehrmals diesen Weg geritten. Wenn Bruther dort irgendwo war, müsst Ihr ihn gesehen haben. Ihr hattet auch die beiden Soldaten bei Euch, die selbstverständlich Ausschau gehalten haben nach jedem, der eine Bedrohung hätte sein können, genauso Euer Sohn und Sir Ralph. Sie sind erfahrene Krieger. Selbst wenn Ihr in Gedanken schon bei Eurem Treffen mit Smyth wart, kann ich nur schwer glauben, dass alle anderen so sorglos gewesen sein sollten, dass sie vergaßen, die Augen offen zu halten. Natürlich kann Bruther bereits vorbei gewesen sein, aber dann hätten Samuel und Ronald ihn sicher gesehen, nachdem Ihr sie weggeschickt hattet.«

»Warum? Sie mussten ja in die entgegengesetzte Richtung, um hierher zurückzukommen.«

»Sie sind aber in ein Gasthaus am Dart geritten. So haben sie ja auch die Leiche gefunden – sie haben auf dem Heimweg die Straße verlassen, als sie zwei Männer sahen und meinten, es seien Bergleute. Das heißt also, dass Bruther noch nicht vorbei war. Und das wiederum bedeutet, Euer Sohn und Sir Ralph müssen ihm begegnet sein.«

Sir Williams Gesicht war plötzlich wachsbleich, und in seinen Augen standen Angst und Zweifel. »Aber nichts spricht dafür oder deutet gar darauf hin, dass John ihn umgebracht haben könnte. Es muss Sir Ralph gewesen sein. Warum hätte John den Mann töten sollen? Sie hatten ja gar nichts miteinander zu schaffen.«

Simon empfand Mitleid mit dem alten Ritter und schaute verlegen Baldwin an, der an seiner Stelle fortfuhr. »Leider gibt es da noch etwas, Sir William. Beide kamen gemeinsam in die Schenke, doch kurz darauf ist Euer Sohn wieder weg und erst viel später zurückgekehrt. Er könnte also durchaus die Leiche übers Moor in den Wald geschleppt und sie dort aufgehängt haben.«

Sir William machte eine Handbewegung, als wolle er eine lästige Fliege verscheuchen. »Der Gedanke, dass mein Sohn etwas mit diesem Mord zu tun haben könnte, ist einfach absurd«, entgegnete er. In diesem Moment öffnete sich die Tür, und seine Frau trat ein.

Matillida schien überrascht, Baldwin und Simon zu sehen, und zögerte, als sie die angespannte Stimmung im Raum spürte, doch dann kam sie entschlossen näher und funkelte den Vogt ärgerlich an. »Ich habe gehört, dass mein Mann zurückgekehrt ist, Vogt, aber nicht gewusst, dass Ihr ihn in Beschlag genommen habt. Gewöhnlich wartet ein Gast, bis die Frau des Hauses ihren Mann willkommen geheißen hat, wenn dieser einen ganzen Tag lang unterwegs war.«

Simon seufzte. Matillida Beauscyr bebte fast vor Wut,

und er hatte wahrhaftig nicht den Wunsch, sie noch mehr zu erzürnen, was sich jedoch kaum vermeiden lassen würde, wenn sie erfuhr, dass er ihren jüngsten Sohn verdächtigte, ein Mörder zu sein.

»Ich bitte um Vergebung«, sagte er. »Ich wollte Euren Mann nicht länger als nötig aufhalten; schon gar nicht wollte ich Euch verärgern, aber es gibt noch einiges, das wir besprechen müssen.«

»Lasst Euch nicht daran hindern«, sagte sie mit eisiger Höflichkeit. »Ich warte, bis Ihr fertig seid und bis ich meinen Mann begrüßen kann – in Ruhe.«

Die Anwesenheit seiner Frau schien Sir William neuen Mut zu geben, und es war offenkundig, dass sie nicht die Absicht hatte, sich wieder zurückzuziehen.

Baldwin unterdrückte ein Seufzen. »Wenn Ihr bleiben wollt, Lady Matillida, setzt Euch, bitte. Sir William, würdet Ihr einen Diener nach Eurem Sohn schicken?«

Matillida warf ihm einen wütenden Blick zu, weil er so unhöflich war und ihr den Wunsch, mit ihrem Mann allein zu sein, einfach abschlug, aber sie schwieg, als Sir William ihr wortlos zunickte. Da er keine Anstalten machte, einen Diener zu rufen, brüllte Simon selbst nach dem Mundschenk. Der grauhaarige Mann starrte ihn ängstlich wie ein verschreckter Hase an, während Simon ihm den Auftrag erteilte, John zu holen, und eilte hastig davon.

Gefolgt von Sir Ralph, der so schwermütig dreinschaute, als befürchte er, unangenehme Fragen beantworten zu müssen, erschien John kurz darauf, setzte sich mit gespreizten Beinen und verschränkten Armen auf eine Bank und grinste Simon fast herausfordernd an. »Was kann ich denn für Euch tun, Vogt?«

»An dem Tag, als Peter Bruther ermordet wurde, habt Ihr Euren Vater zu Thomas Smyth begleitet und seid von dort aus zur Schenke geritten, oder?«

»Ja, wie Ihr bereits wisst.«

»Ist Euch irgendjemand unterwegs begegnet?«, fragte Simon, und Baldwin sah, dass er es vermied, den Knappen anzuschauen; es schien, als ob er nur der Antwort lauschen wolle, ohne durch den Gesichtsausdruck des Jungen abgelenkt zu werden.

John schien erschrocken, das war ihm deutlich anzusehen, doch dann warf er seinem Vater einen raschen Blick zu und hatte sich gleich wieder in der Gewalt. »Mag sein, ich kann mich nicht erinnern.«

»Ihr könnt Euch nicht erinnern«, nickte Simon mit grimmiger Miene. »Vergeudet nicht unsere Zeit, Beauscyr!«, fuhr er ihn ärgerlich an. »Ihr seid Peter Bruther begegnet, der aus der Schenke zurückkehrte, nicht wahr? Wir wissen, wann Ihr dorthin gekommen seid und wann Bruther aufgebrochen ist. Also, was ist geschehen?«

Sein schneidender Ton ließ John zusammenzucken, und er hob abwehrend eine Hand. »Ich habe ihn nicht getötet, das könnt Ihr nicht behaupten!«

»*Was ist an diesem Tag dort geschehen?*« Simon war aus seinem Stuhl aufgestanden, und Sir William erhob sich ebenfalls, als wolle er seinen Sohn schützen. John seufzte resigniert. »Wir haben Bruther getroffen«, gab er zu.

Es herrschte plötzlich Stille im Raum. Baldwin fand, dass Simon wie ein Jäger aussah, der angespannt seine Beute beobachtete. Sir Ralph stand die Angst im Gesicht geschrieben; Sir William starrte seinen Sohn betroffen an; Lady Matillida schien sprachlos.

»Er kam aus der Schenke zurück, selbstsicher wie ein junger Gockel und genauso dreist. Wir hatten ihn zuerst gar nicht bemerkt, aber als wir näher kamen, lachte er. Da schaute ich auf und sah, wer es war.«

»Er war allein?«, fragte Simon.

»O nein, Vogt. Er hatte einige seiner Freunde dabei, andernfalls hätten wir ihn vielleicht wirklich umgebracht. Es wäre ganz einfach gewesen – aber leider war er nicht allein.«

»Habt Ihr die Männer gekannt, die bei ihm waren? Könnt Ihr uns Namen nennen?«

»Nein. Mit solchem Gesindel habe ich normalerweise nichts zu schaffen.«

»Sir Ralph? Könnt Ihr dies bestätigen?«

Sir Ralph nickte. »Ja. Es war peinlich, erneut seinen Spott hinnehmen zu müssen, aber wir hatten keine andere Wahl, da wir zu Pferd waren und meine kleine Stute sofort gescheut hätte, wenn wir auf sie los wären. Sie hätten mich mühelos vom Pferd zerren können, bevor ich sie wieder im Griff gehabt hätte. Wäre ich auf meinem Schlachtross gesessen, hätte ich gewiss nicht gezögert.«

»Warum? Was haben sie denn gesagt?«

»Sie machten etliche unverschämte Bemerkungen und sagten, wir sollten aus dem Moor verschwinden, ehe die Bergleute uns verjagen würden ... und noch einiges mehr.«

»Und er hat Euch Euer Seil gezeigt?«

Der Ritter nickte. »Die Gelegenheit, mich an diese Demütigung zu erinnern, hat er sich nicht entgehen lassen.«

»Und dann seid Ihr weiter zur Schenke?«

»Herrgott, ja! Oder meint Ihr, wir wären so dumm gewesen, ihnen bis zu ihrem Dorf zu folgen?«, erwiderte John spöttisch, der sich wieder obenauf fühlte.

»Und Ihr seid dort geblieben?«

Baldwin sah, dass Johns Lächeln ein wenig gezwungen wirkte. Offenkundig hatte er mit dieser Frage nicht gerechnet.

»Natürlich. Es ist dort ganz angenehm, warum hätten wir also nicht bleiben sollen?«

»Das weiß ich nicht, John, deshalb habe ich ja gefragt. Wohin seid Ihr geritten, als Ihr die Schenke verlassen habt? Ihr seid erst nach einiger Zeit wieder zurückgekehrt – wo seid Ihr gewesen?«

John stieg die Zornesröte ins Gesicht. »Ihr habt also Nachforschungen über mich angestellt? Habt dieses Pack in der Schenke über mich ausgefragt, als sei ich ein gemeiner Wegelagerer? Wie konntet Ihr es wagen ...«

»Genug! Ich will wissen, warum Ihr weg seid, wohin Ihr geritten seid, ob Euch jemand gesehen hat und es bestätigten kann, was Ihr getan habt und wann Ihr zurückgekehrt seid!«

»Ich denke nicht daran, Euch zu antworten!«, schnaubte John wütend und ging zur Tür.

»Einen Moment!«, rief Simon. John blieb stehen. »Ihr mögt jetzt aus diesem Saal gehen, aber Ihr dürft nicht die Burg verlassen. Falls Ihr es dennoch tut, werde ich Euch für vogelfrei erklären und Männer anfordern, um Euch festzunehmen. Ich weiß nicht, was in jener Nacht geschehen ist, aber Euer ganzes Verhalten erweckt mein Misstrauen. Ihr seid der Einzige, der offenbar nicht zu sagen vermag, was er in diesen Stunden getan hat, und deshalb seid Ihr der Hauptverdächtige. Es wird eine Verhandlung geben, um den Tod dieses Bergmanns aufzuklären, und sie wird vor einem Gerichtshof der Zinnbergleute stattfinden. Ihr wisst, was das heißt? Nach altem Recht werden die Zinngräber ein Urteil darüber fällen, ob Ihr diesen Jungen getötet habt. Denkt darüber nach! Denkt gut darüber nach, denn wenn Ihr Euch nicht entschließt, meine Fragen zu beantworten, werdet Ihr Euch in Ketten in Lydford wiederfinden. Nun geht! Ich rede morgen früh mit Euch weiter.«

Ohne zu antworten, verließ John den Raum, und Simon wandte sich zu den Eltern um, die starr vor Entsetzen waren. »Sir William, Lady Matillida, ich bedaure, dass es so weit kommen musste. Bitte, vergebt mir, aber ich muss meine Pflicht tun. Wenn Ihr könnt, sprecht mit Eurem Sohn und redet ihm zu, mir die Wahrheit zu sagen.« Er stand auf und ging zur Tür. Da Baldwin nicht mit den Eltern allein bleiben wollte, folgte er ihm eilig.

Matillida schaute ihnen ungläubig hinterher. Sie konnte einfach nicht fassen, in welcher Lage sich die Familie plötzlich befand. Es war unfassbar, dass man ihren Sohn verdächtigen konnte, ein Mörder zu sein. Nein, das war unmöglich. John war ein Ehrenmann …, aber vielleicht ist er gerade deshalb zum Mörder geworden, dachte sie bestürzt. John hatte gewusst, dass Bruther davongelaufen war und damit das Ansehen der Familie befleckt hatte, und natürlich hatte er auch von der Demütigung Sir Ralphs gehört. Falls Bruther ihn ebenfalls beleidigt hatte, wäre es durchaus möglich, dass ihm der Gedanke gekommen war, sich zu rächen, auch für die Schande, die Bruther der Familie Beauscyr zugefügt hatte. Er war schon von jeher ein wilder

Hitzkopf gewesen und sicher fähig, einen Mord zu begehen.

Nur ein Mensch konnte auf all diese Fragen eine Antwort geben. Sie schaute Sir Ralph an, der noch immer regungslos auf die Tür starrte. »Was haben die Bergleute an diesem Abend zu Euch gesagt?«

Sir Ralph, der durch ihre Frage aus seinen Gedanken gerissen wurde, kratzte sich verlegen am Kopf. »Es war widerwärtig, Lady Matillida. Sie haben nicht nur uns und unsere Herkunft mit zotigen Bemerkungen bedacht, sondern auch einiges über Euch gesagt, was Euren Sohn natürlich noch wütender machte.«

»Hat er Bruther getötet?«, fragte sie trotz des Aufruhrs, den sie innerlich empfand, mit so ruhiger Stimme, als erkundige sie sich nach dem Wetter. Obwohl er keine Antwort gab, verriet ihr sein gehetzter Blick, was er dachte. Beklommen stand sie auf und verließ den Raum.

18. KAPITEL

Hugh und Edgar hatten an ihrem Lieblingsplätzchen neben der Küche gewartet und sich Krüge mit dem besten Bier füllen lassen. Simon und Baldwin setzten sich zu ihnen auf die Bank, und der Kellermeister eilte davon, um auch für sie frisches Bier zu holen. Simon stützte den Kopf in die Hände und rieb sich die Schläfen. Als er aufschaute, stand schon ein Krug neben ihm, und er nahm einen langen Schluck.

»Ach, jetzt geht es mir wieder etwas besser«, seufzte er. »Also, Baldwin, was meinst du?«

»Ich? Wenn der Junge nicht redet, wird es ihm übel ergehen«, erwiderte Baldwin und erklärte auf die neugierigen Fragen ihrer Diener, was soeben geschehen war. »John verheimlicht etwas«, schloss er.

»Seinem Benehmen nach zu urteilen, scheint ziemlich klar zu sein, dass er zumindest etwas mit dem Mord zu tun hatte«, sagte Simon. »Ich begreife nur nicht, warum er auf unsere Frage, wo er in dieser Zeit war, nicht wenigstens irgendeine Geschichte erfindet.«

»Was, er hat nicht mal eine Ausrede gehabt?«, fragte Edgar überrascht.

»Nein. Gar nichts. Er weigert sich zu antworten.« Simon schüttelte verwirrt den Kopf. »Dabei ist er doch kein Narr und weiß sicher, was wir unter diesen Umständen denken müssen. Wenn er sich nicht die Mühe macht, seine Unschuld zu beweisen, kann es nur eine Schlussfolgerung geben.«

»Es ist schon sehr merkwürdig«, meinte Baldwin nachdenklich, »dass John und Sir Ralph vor allem Mollys wegen zur Schenke sind. Könnte es nicht sein ...?«

»Was denn?«, drängte Simon.

»Hm? Oh, ich habe nur grade gedacht, ob John ihm nicht womöglich gesagt hat, dass er sich jetzt Bruthers Freundin nehmen würde, um sich für dessen Beleidigungen zu rächen und ihn zu ärgern. Das wäre doch der beste Weg gewesen. Bruther hätte schließlich nichts dagegen machen können. Außer vielleicht ... ihn herauszufordern!«

Simon schaute ihn verblüfft an. »Ja, das ist wahr!«

»Es wäre zumindest eine Erklärung. Sir Ralph und John begegnen Bruther, es kommt zu einem Wortwechsel, John verkündet, er gehe jetzt zu Molly, der Bergmann droht ihm Prügel an, John und Sir Ralph reiten zur Schenke, Bruther folgt ihnen, sieht sein Mädchen mit dem Ritter nach oben gehen und wartet draußen. Ein wenig später kommt John heraus, sie einigen sich auf einen Zweikampf, treffen sich draußen im Moor, kämpfen auf Leben und Tod und ...«

»Und der Junge stirbt dabei. John bringt die Leiche in den Wald, hängt sie auf und dann ...«

»Ja, das ist das Problem, nicht wahr?«, sagte Baldwin, als Simon verstummte.

Hugh schaute von einem zum anderen. »Das erklärt doch die ganze Sache, oder?«

»Nein, Hugh«, seufzte Baldwin. »Leider nicht. Erstens hätte John keine Angst davor, es zuzugeben. Wenn Bruther ihm Prügel angedroht hätte in Gegenwart der anderen Bergleute, hätte er unfreiwillige Zeugen, dass es sich nicht um einen Mord gehandelt hat, sondern um einen Kampf mit tödlichem Ausgang, was zweitens auch die ganze Schenke mitbekommen hätte. Und drittens …«

»Und drittens«, warf Simon ein, »seit wann kämpfen Männer mit dünnen Kordeln auf Leben und Tod und versuchen sich gegenseitig zu erdrosseln?«

Hugh zuckte die Schultern. »Vielleicht haben sie mit Messern oder Schwertern gekämpft, und Ihr habt die Wunden nur nicht gesehen?«

»Nein, Hugh«, versicherte Baldwin. »Es gab keine Stiche – das hätte ich bemerkt. Bruther starb, weil ihm jemand mit einer Kordel den Hals zugeschnürt hat, was Abdrücke hinterlässt – und zwar nur an einem lebenden Körper. Die Strieme war dünn, und die Kordel, mit der er getötet wurde, kann nicht viel dicker gewesen sein. Normalerweise verblassen und verschwinden solche Male mit der Zeit. Je deutlicher sie zu sehen sind, desto frischer die Wunde; doch wenn jemand kurz nach einem Schlag oder in diesem Fall nach dem Erdrosseln stirbt, dann verändern sich solche Striemen nicht mehr. Es ist, als seien sie eingefroren. Man hat mir gesagt, Gott wolle uns auf diese Weise einen Fingerzeig geben, wie der betreffende Mensch starb.«

»Seid Ihr sicher?«, meinte Hugh verwundert.

»Ich habe viele Tote gesehen, Hugh«, erwiderte Baldwin. »Zu viele vielleicht. Daher weiß ich, dass es wahr ist.«

Alle schwiegen für einen Moment. Simon sah, dass sein Freund in düsteres Nachdenken versunken war, aber ihm fiel nichts ein, womit er ihn hätte ablenken können. Zu seiner Erleichterung kam Edgar ihm zur Hilfe. Der Diener musterte seinen Herrn kurz und sagte rasch: »Aber wohin sind denn nun diese Bergleute verschwunden?«

Baldwin schaute geistesabwesend auf. »Wie?«

»Ich habe nur grade gedacht – es waren doch Bergleute bei Bruther, als er aus der Schenke zurückkam, aber sie können nicht bei ihm gewesen sein, als er umgebracht wurde. Wo sind sie also hin?«

Baldwin überlegte. »Wir haben nur die Aussagen von

John und Sir Ralph, dass noch einige Männer bei ihm waren.«

»Demnach könnte er auch allein gewesen sein«, meinte Hugh. »Oder sie haben vereinbart, sich allein zu treffen.«

»Was redest du denn da?«, fragte Simon unwirsch.

»Na ja, Ihr habt doch gesagt, bei einem Zweikampf hätten die Bergleute ja bezeugen können, dass es kein Mord war. Vielleicht hat dieser Zinngräber John aber auch aufgefordert, sich später allein mit ihm zu treffen, um die Sache untereinander auszufechten, nur ist John früher aus der Schenke weg, als Bruther es erwartet hatte, und hat ihn überrumpelt. Das wäre doch denkbar, oder?«

»Schon«, nickte Baldwin. »Es würde auch erklären, warum Sir Ralph schweigt, denn er könnte das Gefühl haben, eine Mitschuld zu tragen, da Bruther zunächst ihn beleidigt hatte. Außerdem würde das Verhalten seines Knappen auch auf ihn ein schlechtes Licht werfen. Aber«, seufzte er, »es fällt mir schwer zu glauben, dass Bruther und John sich tatsächlich geeinigt haben könnten, sich irgendwo allein zu treffen. Einer hat dem anderen doch nicht über den Weg getraut.«

Edgar füllte alle Krüge noch einmal mit Bier. »Es gibt also keine Zeugen, die bestätigen können, dass noch weitere Bergleute dabei gewesen sind, nur Sir Ralph und John? Was ist, wenn dieses ganze Zusammentreffen bloß eine Erfindung ist? Könnte es nicht sein, dass die beiden Bruther auf der Straße begegnet sind, ihn erwürgt und die Leiche versteckt haben und dann zur Schenke ritten, um sich ein Alibi zu verschaffen? Später ist John dann heimlich weg, hat die Leiche hinüber in den Wald gebracht und sie dort aufgehängt.«

»Aber Bruther hatte seine Wächter dabei – das sagt auch Molly«, entgegnete Baldwin.

»Trotzdem müssen sie verschwunden gewesen sein, ehe er getötet wurde.«

»Ja«, seufzte Simon. »Nur – wohin sind sie gegangen? Und warum?«

»Und wann?«, murmelte Baldwin.

Eine Tür fiel ins Schloss, und Simon schaute auf. John und sein Vater standen oben auf der Treppe. Sir William hob langsam eine Hand, als wolle er den Vogt heranwinken, zog dann aber eine Grimasse und ließ die Hand wieder sinken.

»Baldwin«, sagte Simon leise, »falls ich mich nicht sehr täusche, hat man unseren jungen Freund überredet, uns weitere Auskünfte zu geben.« Er stand auf, trank sein Bier aus und ging mit Baldwin über den Hof.

John hielt den Blick gesenkt, und sein flammendrotes Gesicht verriet, wie gedemütigt er sich fühlte, während sein Vater bleich vor Wut war.

»Kommt bitte mit, Vogt, und auch Ihr, Sir Baldwin. Mein Sohn hat euch viel zu erzählen. Sehr viel! Vorwärts, du Narr!« Er versetzte John einen Stoß in den Rücken, der aufschaute und trotzig Simons Blick begegnete. Mit schleppenden Schritten ging er wie ein Gefangener auf dem Weg zum Galgen die Treppe hinunter, an den Ställen vorbei und auf die Stufen zu, die hinauf zum Wehrgang führten.

Simon folgte dem Jungen verwirrt.

Sir William befahl dem Wächter, sie allein zu lassen, und musterte seinen Sohn mit einem bitteren Blick. »Hier oben ist der beste Platz, um ungestört zu reden. Überall sonst könnten wir belauscht werden, und dieser Nichtsnutz hat bereits genug angerichtet, um Schande auf unser Haus zu bringen. Erzähl es ihnen!«

John stützte sich mit den Händen auf die Mauer und schaute in die Ferne, als habe er das Land noch nie zuvor gesehen. »Wir haben Bruther getroffen. Er war mit seinen Freunden zusammen, wie ich schon sagte. Sie haben uns verhöhnt und verspottet, uns beleidigt und Sir Ralphs Seil geschwenkt, aber wir konnten nichts tun, es waren zu viele, und wir waren zu Pferd. Wir mussten unsere Wut hinunterschlucken und weiterreiten.«

»Erzähl ihnen den Rest! Erzähl ihnen, was für einen Sohn ich großgezogen habe – sag ihnen, wie du meinen Namen entehrt hast! Los!«, schrie Sir William so laut, dass der Junge zusammenzuckte.

»Ich bin nun schon seit Jahren oben im Norden Soldat,

und nie haben wir eine solche Demütigung hinnehmen müssen. Wenn uns ein Mann beleidigte, starb er, das war die Regel – so ist es nun einmal in Kriegen, nicht wahr?« Herausfordernd schaute er Baldwin an. »Wir haben für Sir Gilbert gekämpft und uns nichts beim Töten gedacht, es war ja unsere Pflicht. Dann erfuhr Sir Ralph von dem Überfall auf die Kardinäle und beschloss, Sir Gilberts Dienst zu verlassen – gerade als er unsere Hilfe gebraucht hätte. Wie Ratten aus einem brennenden Haus mussten wir schändlich hierher flüchten. Genauso schlimm erschien es mir, diese Beleidigungen durch Bruther einfach hinzunehmen. Die Leibeigenen hier sind pflichtvergessen und haben keine Achtung mehr vor den Höherstehenden. Ich schämte mich, als wir an diesem Abend zur Schenke kamen. Sir Gilbert hätte solches Pack nie ungestraft mit derartigen Frechheiten davonkommen lassen. Aber Sir Ralph sagte, wir sollten die Sache vergessen und lieber zusehen, endlich unsere Reise ins Ausland fortzusetzen. Dann werden sie glauben, dass sie einen Ritter beleidigen können, ohne etwas befürchten zu müssen, entgegnete ich ihm. Er lachte nur trocken und meinte, wir seien zumindest am Leben. Das Wort ›Ehre‹ hat keine Bedeutung für ihn!«

»Und was habt Ihr getan?«, fragte Simon.

»Ich trank einen oder zwei Becher Wein, aber es gefiel mir nicht in der Schenke. Die Luft war stickig, und alle schienen ihren Spaß zu haben, aber niemand nahm von mir Notiz. Nachdem Sir Ralph mit einem Mädchen verschwunden war, beschloss ich, nach draußen zu gehen, um wieder einen klaren Kopf zu bekommen. Es war ein ruhiger Abend, und ich wollte auf Sir Ralph hören und Schwierigkeiten vermeiden, deshalb schlug ich die entgegengesetzte Richtung nach Chagford ein. Ich weiß nicht mehr genau, welchen Weg ich nahm, aber nach einiger Zeit begegnete mir ein Fuhrwerk. Ich befahl dem Kutscher, mir zu sagen, wo ich sei, doch statt zu antworten spottete er über Narren, die einfach ausritten und sich verirrten. Da habe … da habe ich ihn geschlagen. Und dann sah ich seine Geldbörse. Es schien mir dumm, sie nicht zu nehmen, außerdem war er so unverschämt gewesen, dass ich dachte, es würde ihm eine Lehre sein ...«

»Also Ihr wart es, der Wat Meavy beraubt hat!«, rief Simon entgeistert.

»Hieß er so? Ja, das war ich. Und dann bin ich zurück zur Schenke geritten. Ich war ein wenig durcheinander, aber ich wollte nicht, dass irgendjemand etwas von dieser Sache erfährt.«

Sein Vater wandte sich angewidert ab. John streckte die Hand aus und wollte seine Schulter berühren, wagte es dann aber doch nicht. Er wirkte wie ein geprügelter Hund. »Ihr habt Bruther also nach der Begegnung auf der Straße nicht wieder gesehen?«, fragte Baldwin. John schüttelte nur wortlos den Kopf.

Simon seufzte. »Nun gut. Ihr könnt jetzt gehen.«

»Aber ich ...« Unsicher schaute er zu seinem Vater.

»Du hast den Vogt gehört. Geh!«, schrie Sir William. Niedergeschlagen wandte sich John um und ging zur Treppe.

»Ihr seht also, Vogt«, sagte Sir William, nachdem sein Sohn außer Hörweite war, »er hatte nichts mit dem Mord zu tun. Er ist nur ein erbärmlicher Dieb!«

Baldwin überlegte einen Moment. »Ich sage dies nicht, um Euch unbegründete Hoffnung zu machen, Sir William, aber viele Männer haben in ihrer Jugend Dummheiten begangen und sind den Verlockungen der Gewalt erlegen, aber gleichwohl später zu Ehrenmännern geworden. Wenn Euer Sohn sich in Italien ehrenwerten Rittern anschließt, kann immer noch etwas aus ihm werden. Seid nicht zu hart mit ihm.«

Der alte Ritter nickte gedankenvoll. »Das hängt von Euch ab, Vogt«, sagte er mit aufkeimender Hoffnung zu Simon. »Werdet Ihr meinen Sohn als Räuber gefangen nehmen lassen? Oder lasst Ihr ihn nach Italien weiter reisen?«

Simon antwortete nicht gleich. Er dachte an die Geschichte des Jungen. Sie passte zwar zu den Tatsachen, soweit sie ihnen bekannt waren ..., aber nach wie vor blieb eine Frage ungelöst: Wer war der Reiter, dem Coyt im Moor begegnet war?

»Wenn Ihr den Schaden wieder gutmacht, sehe ich keinen Grund, warum ich mich in diese Sache einmischen sollte. Wat Meavy hat den Überfall noch nicht bei mir gemeldet, und wenn Ihr ihm rasch das gestohlene Geld ersetzt, höre ich vielleicht nie davon. Dann brauche ich mich auch nicht darum zu kümmern, nicht wahr?« Sir William nickte erleichtert. »Aber ich möchte Euch darum bitten, es John noch nicht zu sagen. Lasst ihn ruhig für eine Weile schmoren, dann erkennt er vielleicht, wie schwerwiegend seine Tat gewesen ist.«

Sir William nickte und ging mit einem tiefen Seufzer davon.

»Es ist kaum zu glauben, dass er einmal ein großer und gefürchteter Mann war, nicht wahr?« Nachdenklich schaute Baldwin der gebeugten Gestalt des alten Ritters hinterher.

Simon war überrascht von dem Mitgefühl in seiner Stimme. »Ja, man vergisst leicht, dass jemand wie er einmal jung und voller Feuer war.«

»Oh, er zeigte auch vorhin noch genügend Feuer, als er erfuhr, was sein Sohn angestellt hat.«

»Aber sieh ihn dir jetzt an.« Ihre Blicke folgten dem Ritter, der über den Hof ging. Einmal stolperte er und wäre fast gefallen. Ein Wachposten eilte rasch herbei, um ihm zu helfen. Simon sah, dass es Samuel Hankyn war. Sir William blieb abrupt stehen, als sei er bestürzt über seine Schwäche und die Erkenntnis, dass er ein alter Mann geworden war. Ja, dachte er, Sir William Beauscyr ist wirklich alt und zermürbt von zu vielen Kämpfen – ein Mann, der das Ende seines Lebens herannahen spürt und nun auch noch erleben muss, wie sein ehrvergessener Sohn Schande über seinen Namen bringt.

»Armer alter Mann.«

»Vielleicht«, meinte Baldwin. »Ich frage mich aber, ob Bruther ebenfalls Mitleid mit seinem Herrn empfunden hätte.«

19. KAPITEL

Lautes Glockengeläut riss Simon aus dem Schlaf. Er sprang auf und schaute sich verwirrt um. Es war noch fast dunkel, da die frühe Morgensonne noch nicht hoch genug stand, um durch die Fenster des Saals hereinzudringen. Simon hasste es, so abrupt geweckt zu werden, und war danach meist für den Rest des Tages verdrießlich gelaunt. Hugh setzte sich auf seiner Bank auf und rieb sich die Augen; Baldwin hatte sich ebenfalls verwundert erhoben, und zwei Diener rekelten sich gähnend in der Nähe. Erst jetzt hörten sie draußen den Lärm.

Simon griff nach seinem Schwert und legte den Gürtel um, während er zur Tür rannte, gefolgt von Edgar und Baldwin, der bereits seine Klinge aus der Scheide gerissen hatte. Wenig später kam auch Hugh herangestolpert, der seinen langen Dolch umklammerte. Simon riss die Tür auf.

Zuerst war er sicher, dass die Burg angegriffen wurde. Es herrschte wildes Durcheinander; Männer eilten ziellos durch den Hof, einige hatten Helme oder Schilde in der Hand, andere schlangen ihre Gürtel um; alle waren durch das Geläut der Glocken geweckt worden. Dann roch er den beißenden Geruch und sah, dass dicke Rauchwolken aus den Ställen drangen. Es schien ein Wunder, dass das Gebäude nicht bereits lichterloh brannte, aber er wusste, dass Gras und Stroh selbst bei einem kleinen Feuer beträchtlichen Rauch entwickelten.

Er blinzelte heftig, da der Qualm ihm in die Augen biss. In panischer Hast eilten die Männer hin und her, niemand schien zu wissen, was zu tun war, die Wächter brüllten von den Mauern herab, einige riefen irgendwelche Befehle, doch dann erschien plötzlich Sir William im Hof.

Er hatte rasch die Lage überblickt und begann Anweisungen zu erteilen. Endlich beruhigten sich die Männer und taten, was ihnen aufgetragen wurde. Einige zerrten die Pferde aus den Ställen, andere bildeten eine Kette und reichten vom Brunnen aus Eimer weiter, um die Flammen zu löschen. Auf Befehl des Ritters rannten etliche Diener zu den

Schuppen neben der Küche und holten die langen Stangen und Leitern, die dort verwahrt wurden. Anschließend kletterten sie auf die Stalldächer, die bereits schwelten, und rissen das Stroh mit den Stangen hinunter zu Boden, wo andere die Flammen austraten. Schon bald war das Feuer gelöscht, und die Männer standen im trüben Licht des frühen Morgens zusammen, schwatzten aufgeregt wie Kinder auf einer Kirmes und lachten erleichtert.

Sir William winkte den Anführer der Wachen heran. »Du! Wie zur Hölle ist das geschehen?«

»Sir, ich weiß es nicht.« Der Mann zuckte verlegen die Schultern. »Die Wache hat nur entdeckt, dass das Heu auf einmal in Flammen stand, mehr kann ich nicht sagen.«

Simon blickte zur Küche, die so früh am Morgen noch ruhig und verlassen war. Es kam häufiger vor, dass Küchen in Flammen aufgingen; aus diesem Grund waren sie gewöhnlich von den übrigen Gebäuden getrennt, was jedoch nicht verhinderte, dass hin und wieder ein fliegender Funke aus dem Herdfeuer das Strohdach eines anderen Gebäudes entzündete, wie es wohl auch hier geschehen war. Er grinste Baldwin müde zu und nahm sich vor, nach dem Frühstück noch ein kleines Nickerchen machen, als ein Mann auf Sir William zugerannt kam.

»Herr!«, rief er, »Ihr müsst schnell kommen!«

»Was ist denn nun schon wieder?«

»Sir, Samuel Hankyn und Ronald Taverner – sie sind tot!«

Simon und Baldwin erstarrten vor Entsetzen. Baldwin erholte sich als Erster und eilte die Treppe hinunter. Simon folgte ihm zu dem kleinen Raum, wo sie mit den beiden Männern gesprochen hatten.

In dem trüben Licht im Innern hätte man ohne weiteres glauben können, dass Ronald Taverner lediglich schlief. Er lag mit geschlossenen Augen auf seinem Strohsack, sein Kopf ruhte auf einem Kleiderbündel, und Simon war fast in Versuchung, ihn mit einem Ruf aufzuwecken. Aber die Decke war zur Seite gezogen worden, und auf seiner Brust sah man deutlich eine tiefe Stichwunde. Simon wandte sich ab, während Baldwin näher trat und die Leiche betrachtete. Neben dem Bett kniete ein Mann. Baldwin ließ sich von ihm Auskunft geben, wie die Toten entdeckt worden waren.

»Also, was gibt es hier?«, fragte Sir Robert, der mit seinem Vater hereinkam. »Ist Taverner wirklich tot?«

»Ja, Sir Robert. Noch ein Mord«, entgegnete Baldwin kurz.

»Ein Mord? Und diesmal hier in der Burg? Seid Ihr sicher?«

Baldwin gab keine Antwort. Wenn der junge Mann nicht selbst die Wunde sah, war das seine Sache; er hatte Wichtigeres zu tun.

Sir Robert wandte sich zu Simon um, der neben der Tür stand. »Nun, Vogt, es scheint, dass Ihr ebenso unfähig seid, Morde zu verhindern, wie sie aufzuklären.«

Simon warf ihm nur einen verächtlichen Blick zu und ging zu Baldwin, wobei er auf einen scharfkantigen Gegenstand trat. Er bückte sich, sah, dass es ein Würfel war, und reichte ihn Baldwin, der gedankenverloren damit zu spielen begann. »Nun?«, fragte Simon. Wie schrecklich, dass es zwei weitere unnötige Morde gegeben hatte! Er konnte seinen Blick nicht von der starren Gestalt abwenden.

Baldwin zuckte hilflos die Schultern. »Er ist erstochen worden, das siehst du ja selbst. Es muss erst vor ganz kurzer Zeit geschehen sein. Die Leiche ist noch ziemlich warm, und es gibt fast kein Blut. Das ist selten, ich habe es erst ein- oder zweimal gesehen. Normalerweise hätte ich mit mehr …« Er verstummte.

»Sir? Wollt Ihr jetzt Samuel sehen?«

Baldwin schaute auf. »Wo ist er?«

»Hier.« Der Wächter ging voraus zu einer niedrigen Tür in der entgegengesetzten Ecke, hinter der sich ein winziger Raum befand, der als Lager benutzt wurde. Zwischen etlichen umgestürzten Fässern entdeckten sie Samuel. Sein Körper hatte sich im Todeskampf verkrümmt, sodass ein Arm auf dem Rücken lag, als wolle er nach einer Mücke schlagen, der andere verdeckte sein Gesicht.

Simon brachte es kaum fertig, ihn anzuschauen; ihn ergriff eine unendliche Traurigkeit.

Baldwin nahm einem Jungen, der neugierig gaffend dastand, eine Laterne ab und befahl Edgar: »Schaff die Leute hier raus. Hugh wird dir helfen. Du kannst bleiben«, sagte er zu dem Mann, der die beiden Leichen entdeckt hatte.

Edgar begann die Männer aus dem kleinen Raum zu drängen, was einige Zeit dauerte, da die anderen im Hof versuchten, wenigstens einen Blick durch die kleine Tür zu erhaschen und zurückgetrieben werden mussten. Nachdem er die Tür versperrt hatte, bemerkte Edgar Sir William und seinen Sohn und wollte auch sie auffordern zu gehen, als Baldwin nach ihm rief und ihn bat, die Laterne zu halten, damit er sich besser die Leiche anschauen konnte.

Anschließend musterte er die umgestürzten Fässer und die anderen Vorräte, die hier verwahrt wurden. Offenbar war Samuel gegen die aufgestapelten Fässer gefallen, doch ansonsten gab es keinerlei Anzeichen für einen Kampf. Er kauerte sich hin und untersuchte den Boden. Direkt neben einem Fass entdeckte er einen kreisrunden Abdruck. »Schau, Simon, dieses Fass hat hier gestanden und ist umgekippt.« Er rüttelte versuchsweise daran. »Es ist nicht sehr schwer. Die anderen müssen auf ihm gestapelt gewesen sein.«

Er trat näher zu der Leiche und sah einige Zentimeter über Samuels Hand, die auf dem Rücken lag, einen Riss im Mantel. Baldwin berührte ihn vorsichtig, spürte etwas Klebriges und verzog angewidert die Lippen. »Ja, auch er ist durch einen Stich in den Rücken umgebracht worden.«

»Was kann hier nur geschehen sein?«

»Ich bin nicht sicher.« Baldwin nahm Edgar die Laterne ab und ging zurück zum Strohsack. »Ah!«

»Was ist?« Simon folgte ihm. »Was hast du gefunden?«

»Schau.« Baldwin wandte sich um. In der Hand hielt er ein Messer mit kurzer Klinge, an der trockenes Blut klebte. »Das muss die Mordwaffe sein.«

»Sir Baldwin«, rief Sir William aus dem Lagerraum, »hier ist auch ein Messer!«

»Was?«, rief Baldwin verblüfft und eilte zu dem alten Ritter, der stirnrunzelnd ein Messer mit schmaler Klinge in der Hand hin und her drehte.

Baldwin nahm es ihm ab. »Merkwürdig …«, murmelte er.

»Überhaupt nicht«, erwiderte Robert. »Ich kann mir denken, was geschehen ist. Die Männer haben hier regelmäßig miteinander gespielt, was die Wachen gern tun, wenn sie sich langweilen, und das geschieht nur allzu häufig. Diese beiden waren offenbar bei einem Spiel, begannen sich zu streiten, wahrscheinlich zu prügeln und haben sich schließlich gegenseitig erstochen.«

»Wirklich eine scharfsinnige Theorie«, nickte Baldwin, und der junge Ritter lächelte erfreut über sein Lob, doch Simon entging nicht der sarkastische Unterton seines Freundes, und er musste trotz der bedrückenden Umstände unwillkürlich verstohlen grinsen.

»Das erklärt die Sache, nicht wahr?«, sagte Sir Robert selbstzufrieden.

»O ja!«, entgegnete Baldwin.

Lächelnd verließ Robert den Lagerraum, musterte kurz die Leiche auf dem Bett und verschwand nach draußen. Hugh schloss hinter ihm die Tür.

»Ihr scheint mir nicht davon überzeugt, Sir Baldwin?«, fragte Sir William.

»Nein. Ganz und gar nicht.«

»Warum?«

»Es ist einerseits zu einfach und andererseits zu schwierig. Der arme Bursche dort drüben auf seiner Matratze hat nicht geblutet, und das bedeutet, er war sofort tot. Kein Blut weist immer auf einen raschen Tod hin. Samuel dagegen hat es geschafft, bis hierher in den Lagerraum zu torkeln, bevor er starb. Überzeugt Euch selbst, Sir William, wenn Ihr mir nicht glaubt. Er liegt in einer regelrechten Pfütze aus Blut, aber weder auf dem Boden neben Ronalds Strohsack gibt es Blut noch irgendwelche Tropfen bis hierher. Demnach wurde er nicht dort erstochen; er starb hier, wo er gestürzt ist.«

»Aber … aber könnte er nicht trotzdem von Taverner getötet worden sein? Ronald muss ihn hier erstochen haben, ist zurück zu seinem Bett und dann selbst gestorben.«

»Nein, denn Ronald war sofort tot, wie ich schon sagte. Was wird in diesen Kisten und Fässern aufbewahrt?«

»Nahrung und Getränke, glaube ich«, erwiderte Sir William verwundert. »Und Kleidung. Nichts Besonderes. Warum?«

»Ich habe mich nur gefragt, warum dieser Mann ausgerechnet hierher gekommen ist.« Baldwin ließ seinen Blick durch den Raum schweifen. Es gab kein Fenster, nur eine kleine Tür, die in den Hof führte. Als er sie zu öffnen versuchte, merkte er, dass sie versperrt war.

Simon schaute ihn fragend an, und Baldwin zuckte die Schultern. »Das besagt nichts. Sie ist zwar jetzt verriegelt, aber sicher ist der Mörder dort letzte Nacht hereingekommen und hat sie später, nachdem er Samuel getötet hatte, versperrt.«

»Was sagt Ihr da – dass jemand aus dieser Burg die beiden ermordet hat?«, fragte Sir William entgeistert.

»Ohne Zweifel. Jemand ist vermutlich durch diese Tür hereingeschlichen und hat etwas gerufen oder den Stapel Fässer umgetreten, um Samuel herzulocken. Als der eintrat, wurde er gepackt und bekam einen Messerstoß in den Rücken. Es wird bei einem so gezielten Stich nicht lange gedauert haben, bis er tot war. Dann ging der Mörder hinein zu Ronald und erstach ihn wahrscheinlich im Schlaf, doch das ist nur eine Vermutung. Ob der Würfel bereits auf dem Boden lag oder nicht, ist unwichtig, aber es ist möglich, dass der Mörder ihn mitgebracht hat, damit man glauben soll, es habe einen Streit beim Spiel gegeben. Danach brauchte er lediglich noch die beiden Messer hinzuwerfen, nachdem er sie in Blut getaucht hatte, um uns glauben zu lassen, dass sie sich gegenseitig abgestochen haben. Wir sollten vermutlich denken, die beiden hätten sich bei einem Spiel um Geld zerstritten, aber das fällt mir schwer – nein, ich finde es sogar unmöglich, nachdem ich sie zusammen gesehen habe. Sie waren so gute Freunde.«

Sir William schien bei Baldwins Worten in sich zusammenzusinken. Simon rechnete fast damit, dass der alte Mann zu Boden fallen würde, so schwach und gebrechlich wirkte er plötzlich. »Und gibt es sonst noch etwas? Irgendwas, das darauf hindeutet, wer es gewesen sein könnte?«, fragte er leise, aber Baldwin suchte bereits nach weiteren Spuren und gab keine Antwort.

Plötzlich klopfte ein Diener an die Tür und rief eindringlich nach Sir William.

Sir Robert betrachtete seinen Bruder mit einem grimmigen Lächeln. Er hatte von dem Wutanfall seines Vaters am gestrigen Abend gehört, und es amüsierte ihn zu sehen, wie sich John auf einmal verändert hatte. Er stand abseits wie ein schmollendes Kind, während Robert und einige Männer ihre Pferde bestiegen, um zur Jagd zu reiten.

Noch immer lag in der Luft der beißende Geruch nach verbranntem Holz und Stroh, und da er wenig Lust hatte, die Männer beim Aufräumen zu überwachen, hatte er beschlossen, auf die Jagd zu gehen. John hätte sicher ebenfalls gern die Burg verlassen, und es bereitete ihm ein gewisses boshaftes Vergnügen, dass er es nicht durfte. Aus einer Laune heraus lenkte er sein Pferd zu ihm hinüber.

»Warum kommst du nicht mit uns, Bruder?« John schaute auf, und als Robert die Verzweiflung in seinen Augen sah, bereute er seine spöttische Frage. John stand nackte Angst ins Gesicht geschrieben. »John? Geht es dir gut?«, fragte er besorgt. »Soll ich lieber bei dir bleiben? Die Männer können auch allein reiten, wenn du mit mir reden willst.«

»Mit dir?« Robert sah, wie überrascht er war, und lächelte unsicher. Es klang tatsächlich seltsam. Die letzten Wochen über hatten sie unaufhörlich gestritten, und jeder war dem anderen möglichst aus dem Weg gegangen. Ihre Ansichten waren zu unterschiedlich, ihre Einstellungen, ihre Interessen, ja sogar ihre Seelen waren Welten voneinander entfernt – und dennoch bekümmerte es Robert, dass bei jedem Zusammentreffen die Funken flogen. Er wünschte sich einen Bruder, der auch sein Freund war, einen Mann, mit dem er reden konnte, mit dem er seine Sorgen und Hoffnungen besprechen, dem er von seiner Liebe zu Alicia erzählen konnte und der ihn verstehen und ermutigen würde. Ja, mehr noch:

Er brauchte jemanden, dem er von ganzem Herzen vertrauen, auf den er sich verlassen konnte, besonders jetzt, da er bald der Herr von Beauscyr sein würde. Und erst recht seit dem Mord an Bruther. Er beugte sich im Sattel vor, sodass niemand seine Worte hören konnte.

»Schau, John, wenn du willst, bleibe ich hier, und wir reden einmal in Ruhe miteinander. Du wirst bald weiterreisen, und ich will nicht, dass du im Groll gehst.« Beinahe ungläubig und etwas misstrauisch schaute sein Bruder ihn an. »Wenn Vater tot ist und ich hier der Herr bin, bist du stets willkommen und ...«

Dieser eine Satz genügte, um wieder einmal Johns Wut aufflammen zu lassen. »Du meinst, da kannst du mir gegenüber ruhig großzügig sein, was?«, zischte er höhnisch. »Kannst mir gnädig ein paar Brocken von deinem Tisch zuwerfen wie einem alten Krüppel, der an deiner Tür um Almosen bettelt?« Robert hätte am liebsten geschrien, er solle aufhören mit dieser gehässigen Eifersucht, aber die Worte blieben ihm in der Kehle stecken. »Wie freundlich, Bruder, wie edel! Ich darf also ab und an heimkommen, um zu sehen, wie gut es dir geht, wie einträglich dein Besitz ist, wie gesegnet du mit Kindern bist, ja? Glaub mir, Bruder, ich ziehe es lieber vor, in Italien zu bleiben. Ein Kerker dort würde mir mehr Freude bereiten als zu beobachten, wie glücklich du hier lebst. Ich habe nicht den Wunsch, dich oder das Gut je wiederzusehen, wenn unser Vater tot ist. Danke für dein Angebot, Bruder. Ich hoffe, du hast eine gute Jagd.« *Und brichst dir deinen verdammten Hals!*, fügte er im Stillen hinzu.

Robert starrte ihn mit bleichem Gesicht an. Regungslos, wie aus Marmor gemeißelt, saß er auf seinem Pferd, und erst jetzt erkannte John, dass sein Bruder dieses Angebot nicht aus stolzer Überheblichkeit gemacht hatte, sondern ihm die Hand zur Versöhnung hatte reichen wollen. Er sah, wie sehr ihn seine Zurückweisung getroffen hatte und hätte ihn am liebsten gebeten, seine Worte zu vergessen ... doch nun war es zu spät.

Robert riss sein Pferd herum und galoppierte durch das Tor hinaus ins Moor, ohne sich darum zu kümmern, ob die anderen sich anschlossen. Niemand sollte merken, wie sehr ihn sein Bruder verletzt hatte. Hinter sich hörte er Hufschlag, doch er schaute sich nicht um. Seine Brust war vor Verzweiflung wie zugeschnürt, und er nahm kaum wahr, wohin er ritt, denn seine Gedanken kreisten nur um John und die abgrundtiefe Verachtung in den Augen seines Bruders.

Und so kam es, dass er den Hinterhalt nicht bemerkte.

20. KAPITEL

George Harang sah die Reiter herankommen und empfand fast so etwas wie Panik. Wenn es nicht dieses verfluchte Feuer gegeben hätte, dachte er, wäre niemand so früh aufgewacht, sie wären gerade erst beim Frühstück – und ich hätte noch genügend Zeit gehabt für die Vorbereitungen.

Die Reiter schienen die Gruppe von Bergleuten noch nicht bemerkt zu haben. Einer galoppierte voraus, steif wie ein Brett und offenbar ohne sich darum zu kümmern, ob seine Männer mithalten konnten oder nicht.

George überlegte rasch und gab einem seiner Leute Anweisungen.

Wenn John nur nicht immer so schnell beleidigt wäre, dachte Robert bedrückt. Warum brachte es ihn derart in Wut, dass der Ältere den Besitz erbte? Das war nun einmal der normale Lauf der Welt und nicht irgendeine absonderliche neumodische Ungerechtigkeit.

Er biss entschlossen die Zähne zusammen. John hätte wirklich seinen Versöhnungsversuch nicht so schroff zurückzuweisen brauchen. Er hatte es ganz ehrlich gemeint, aber die höhnischen Worte seines Bruders hatten ihm wieder einmal verdeutlicht, dass es keine Freundschaft zwischen ihnen geben konnte. Doch trotz aller Verbitterung vermochte Robert die Tränen kaum zurückhalten.

Plötzlich sah er einen Mann vor sich, der heftig winkte, und gab seinem Pferd noch mehr die Sporen. Wenigstens einer will mal meine Hilfe, dachte er mit einem wehmütigen Grinsen.

Als er näher kam, sah er, dass er den stämmigen kleinen Mann kannte. Es war George Harang.

»*Jetzt!*«, brüllte George.

Plötzlich wimmelte es überall von Bergleuten, und ehe Robert es richtig begriffen hatte, war er schon umzingelt. Manche musterten ihn mit einem verächtlichen Grinsen über seine Dummheit, während andere nach ihren Bögen griffen und auf seine Begleiter anlegten. Robert spürte, wie das Blut in seinen Schläfen dröhnte, und ein eisiger Schauder überlief ihn.

»Bindet ihn!«, befahl George und lachte erleichtert.

»Sir William, Sir William!« Das Hämmern an der Tür klang, als wolle sie jemand einschlagen, und der alte Ritter seufzte. Konnte man denn nicht einmal einen Augenblick Ruhe haben! Gereizt ging er zur Tür und riss sie auf.

»Was zum Teufel ist ...«

»Sir William, die Bergleute ... sie haben Euren Sohn gefangen – wir haben es vom Wehrgang aus gesehen, Sir. Sie ...«

Baldwin und Simon kamen herbeigeeilt. Stockend und stammelnd berichtete der Bote, was geschehen war. Sein angstverzerrtes Gesicht erinnerte Baldwin an seinen alten Mastiff, der jetzt zweifellos faul in Furnshill vor dem Feuer lag. »... sie haben ihn gepackt, vom Pferd gerissen und ...«

Baldwin legte ihm eine Hand auf die Schulter. Der alte grauhaarige Mann starrte ihn aus schreckgeweiteten Augen an. »Nun beruhig dich und erzähl noch einmal von vorn. Du sagst, der Sohn deines Herrn ist gefangen worden. Welcher?«

»Sir Robert!«

»Und er wurde von Bergleuten gefangen?«

»Ja, Sir. Die Wachen am Tor haben es gesehen. George Harang und etliche andere haben ihn umzingelt, drüben auf der Anhöhe, als er zur Jagd ritt. Sie haben ihm die Hände gebunden und ihn weggebracht.«

»Wohin? In welche Richtung sind sie?«

»Ins Dorf der Bergleute, denke ich. Einer der Wachposten ist ihnen gefolgt. Die anderen satteln gerade ihre Pferde, Sir.«

»Gut.« Baldwin wandte sich an Sir William. »Wir müssen uns beeilen; so etwas darf nicht geschehen. Es ist eine Sache, Zinngräber im Moor zu verprügeln, aber es ist etwas ganz anderes, einen Ritter gefangen zu nehmen.«

»Wisst Ihr irgendeinen Grund, warum sie das getan haben könnten, Sir William?«, fragte Simon.

»Nein, ich habe keine Ahnung. Wir haben immer Seite an Seite mit den Bergleuten gelebt. Wir haben gezahlt, wenn sie Geld verlangten, wir haben sie nie bedroht, ich habe ihre Rechte anerkannt, denn alles andere wäre dumm gewesen und hätte nur zu noch mehr Schwierigkeiten geführt … Nein, ich habe keine Ahnung, warum sie das getan haben.«

Simon nickte. »Dann wollen wir uns fertig machen.«

Hugh und Edgar folgten ihnen. Baldwins Diener grinste fröhlich und gab Hugh einen Klaps auf den Rücken. »Keine Sorge, das wird ein toller Spaß.«

»Spaß!«, schnaubte Hugh. Er hatte den unangenehmen Verdacht, dass es Blutvergießen geben würde, und wahrhaftig nicht den Wunsch zu sehen, welche Farbe seines hatte.

Im Hof fanden sie eine Schar verwirrter und besorgter Männer. Manche trugen Helme, nur einige wenige eine Rüstung und ein Schwert, die meisten hatten Hacken, Spaten oder Schaufeln in den Händen; einer hielt sogar etwas verlegen eine alte Hippe umfasst. Allen war die Besorgnis deutlich anzusehen. Durch ihren Treueid waren sie dazu verpflichtet, für ihren Herrn zu kämpfen, und sie wussten sehr gut, wie wenig Sir William ihr Leben bedeutete im Vergleich mit dem Leben seines ältesten Sohns. In ihren Augen stand die uralte Frage, ob ihr Anführer fähig sein würde, den Kampf zu gewinnen, ohne seine Männer rücksichtslos zu opfern.

Baldwin wollte Sir William gerade darauf hinweisen, als dieser sich an ihm vorbeidrängte, zur Treppe ging und einige Stufen hinaufstieg. Er wirkte plötzlich vollkommen verändert. Eben noch war er ein alter Mann gewesen, gebeugt von Sorgen und niedergedrückt durch die vergangenen Ereignisse, doch jetzt war er der Anführer seiner Soldaten.

Aus der Menge ertönte kein Ruf, um ihn zu begrüßen. Selbst ein Verurteilter, der zum Galgen geführt wurde, erhielt fröhlichen Applaus, nicht jedoch Sir William. Die Männer schauten angespannt zu ihm empor, und eine seltsame Stille senkte sich herab, was Baldwin jedoch nicht überraschte. Immerhin hatten diese Männer den allmählichen Verfall des Oberhaupts der Familie Beauscyr miterlebt, und alle wussten, dass er nur noch wenige Jahre zu leben hatte. Sein Gang war müder geworden, er war schnell erschöpft, und seine Kräfte begannen sichtlich zu schwinden.

Mehrere Minuten lang war außer dem Flattern der Wäsche, die auf den Leinen neben der Küche trocknete, nichts zu hören. Die Sonne schob sich zwischen einigen dunklen Wolken hervor, und Sir William schwieg noch immer. Manche wurden langsam unruhig und scharrten mit den Füßen in den kleinen Pfützen, die beim Löschen des Brands entstanden waren.

»Ihr wisst alle, was mit meinem Sohn geschehen ist«, sagte er schließlich mit nachdenklicher, fast trauriger Stimme. »Er ist von Bergleuten gefangen genommen und verschleppt worden. Ich weiß nicht, warum. Es könnte sein, dass sie Lösegeld für ihn haben wollen, so etwas ist schon vorgekommen, obwohl sie es bislang nie gewagt haben, sich an mir und meiner Familie zu vergreifen. Vielleicht liegt es daran, weil ich zugestimmt habe, sie zu bezahlen, damit sie nicht mein Land beschädigen. Jetzt fühlen sie sich so mächtig, dass sie denken, sie könnten sogar mich bedrohen, und das ist mein Fehler. Ich hätte an die Folgen denken sollen. Aber ich konnte nichts tun, weil sie mir drohten, falls ich versuchen würde, sie mit Gewalt fern zu halten. Ich musste zahlen. Es tut mir Leid, denn das bedeutet, dass Ihr mir jetzt alle helfen müsst, meinen Sohn zu befreien.«

Sir William musterte seine Männer, und seine aufrechte Haltung ließ kein Zeichen von Alter und Schwäche erkennen. »Aber versteht mich recht – es geht nicht nur um mich und meine Familie. Es geht um euch alle! Wenn die Bergleute ungestraft davonkommen, wissen sie, dass sie es mit jedem aufnehmen können, und kein Mann wird mehr frei sein. Ritter, Bauern und Händler, Leibeigene und freie Pächter – alle werden sich ihnen unterwerfen müssen. Wenn wir jetzt nicht eingreifen, werden sie sich eure Felder nehmen und eure Ernten ruinieren, weil sie meinen, sie hätten die vollkommene Macht und niemand könne sie daran hindern. Wollt ihr das?«

Seine kräftige Stimme hallte durch den Hof, und die Männer lauschten ihm aufmerksam. Grimmige Entschlossenheit zeigte sich auf ihren Gesichtern, etliche nickten zustimmend. »Ihr habt eure Pflichten dem Gut und seinem Erben gegenüber, und ich weiß, nur wenige von euch haben das Bedürfnis, für ihn ihr Leben zu wagen. Doch heute geht es nicht um mich oder meinen Sohn, sondern um euch und alle anderen im Moor. Nur so könnt ihr freie Menschen bleiben und das Land für euch behalten. Wir müssen diesen Bergleuten zeigen, dass sie uns nicht ungestraft bedrohen und erpressen, bestehlen und schikanieren dürfen, wir müssen ihnen zeigen, dass wir uns wehren! Und das zeigen wir ihnen, indem wir meinen Sohn befreien. Ich will nicht kämpfen, ich bin alt, und meine Zeit ist vorüber, aber ich will nicht zusehen, wie Räuber und Gesetzlose sich mein Land nehmen, ohne das Schwert gegen sie zu erheben und zu sagen: Nun ist es genug! Nein, ich will nicht kämpfen – aber ich werde es tun, wenn es sein muss, und heute muss es vielleicht sein. Und ihr müsst ebenfalls kämpfen – nicht für mich, nicht für meinen Sohn, *sondern für euch!*«

Er riss sein Schwert in die Höhe. »Ist irgendein Mann unter euch, der nicht bereit ist, für sein Land zu kämpfen?«

Der ganze Hof hallte wider von dem Geschrei der Männer. Die Pferde schnaubten erschrocken. Ein Hund bellte tief und trauervoll.

»Dann steigt auf eure Pferde und folgt mir!«

Baldwin musterte die Männer, die Sir William nun begeistert zujubelten, und musste zugeben, dass dies ein geschickter Schachzug von ihm gewesen war. Männer, die noch vor wenigen Minuten darüber gemurrt hatten, dass sie für den Sohn eines Ritters den Hals riskieren sollten, der selbst schuld an seiner Lage war; die bedrückt an den bevorstehenden Kampf gedacht hatten, denen Angst und Bange geworden war beim Gedanken an eine Verletzung, denn in der Sommerhitze konnte eine Wunde leicht eitern, was einen langsamen und qualvollen Tod verhieß … Alle reckten nun ihre Schwerte, Dolche oder sonstige Waffen in die Höhe und jubelten. Das ist eben die erste Lektion, die ein Anführer zu lernen hat, dachte er grimmig – seinen Männern einzureden, sie kämpften für sich selbst. Sir William war viele Jahre lang Soldat gewesen und hatte diese Lektion nicht vergessen. Baldwin sah einen Mann, der sich vor lauter Eifer den Arm mit einem Messer aufgeschlitzt hatte; er starrte einen Moment lang verwundert auf das Blut, ehe er wieder sein Messer schwenkte und weiterjubelte. Baldwin seufzte. Es war schon merkwürdig, wie leicht eine schwungvolle Ansprache Männer dazu bringen konnte, mit Freude ihr Leben zu riskieren.

»Eindrucksvoll.« Sir Ralph war zu ihm getreten. Nachdenklich und beinahe resigniert betrachtete er die Männer im Hof. »So war ich auch einmal, voller Feuer und Ehrgeiz, nur darauf bedacht, meine Rechte und Privilegien zu verteidigen, komme was da wolle. Jetzt kämpfe ich nur noch des Geldes wegen, und Geld hält nicht so lange vor wie eine Überzeugung. Und es entflammt auch nicht im gleichen Maß die Kampflust.«

»Aber es sorgt dafür, dass Ihr gut essen und trinken könnt, was ja bekanntlich Leib und Leben zusammenhält«, sagte Simon unbekümmert.

»Nur für eine Weile«, entgegnete Sir Ralph, »nur für eine Weile. Und wenn das Geld weg ist, ist nichts mehr da. Keine Überzeugungen, keine Grundsätze, keine Ehre oder keine Ideale – nur das erneute Bedürfnis nach Geld. Wenigstens glauben diese Männer, einen echten Grund zu haben, zumindest im Augenblick.«

Baldwin dachte über seine Worte nach, als sie ihre Pferde

holen gingen. Auf Sir Ralphs Gesicht hatte eine unendliche Traurigkeit gelegen, als vermisse er bitter die vergangenen Zeiten, in denen er als angesehener Ritter in einer Gesellschaft Gleichgesinnter ehrenvolle Kämpfe ausgetragen hatte, und er konnte ihn nur zu gut verstehen. Auch er hatte dieses Gefühl des Verlusts erlebt, als sein Orden zerstört worden war, hatte sich ratlos und verloren gefühlt und nicht mehr gewusst, was er mit seinem Leben anfangen sollte, bis er sich auf die Suche nach dem Mann gemacht hatte, den er für den Verantwortlichen hielt. Ja, er verstand, was Sir Ralph jetzt empfand.

Simon saß schon auf seinem Pferd und wartete, während Hugh und Edgar ihre Tiere sattelten, was mühsam genug war, da der ganze Wirbel im Hof sie unruhig machte. Am Fuß der Treppe sah er neben dem alten Ritter John Beauscyr stehen, der verdrossen die aufgeregten Männer musterte. Sir William hatte Simon erblickt und kam zu ihm herüber.

»Vogt, ich möchte, dass John mit uns reitet.«

»Ich glaube nicht, dass wir ihn brauchen. Wir haben sicher genügend Leute.«

»Darum geht es nicht, und das wisst Ihr. Robert ist sein Bruder. Er hat das Recht, bei seiner Befreiung zu helfen.«

»Vielleicht. Wäre es aber nicht besser, er bliebe hier und kümmerte sich um die Verteidigung der Burg?«

»Das können wir getrost meiner Frau überlassen. Nein, sein Platz ist bei uns.«

Simon schwieg einen Moment. Beiden war bewusst, dass Sir William es gar nicht nötig hätte, ihn zu fragen – wenn er es wünschte, könnte er den Vogt binden und festhalten lassen, während er mit seinen Männern davonritt. »Wenn Ihr mir sagt, warum, bin ich einverstanden.«

Sir William nickte knapp. »Gut. Die beiden haben sich heute Morgen gestritten. John denkt, dass dieser Streit der Grund dafür war, dass Robert so blindlings in diesen Hinterhalt geraten ist, denn sonst wäre er vorsichtiger gewesen oder zumindest nicht der Jagdgesellschaft soweit vorausgeritten. Dieser Gedanke macht ihm sehr zu schaffen, Vogt, und deshalb will er gern helfen, Robert zu befreien.«

Simon zuckte die Schultern. »Das ist ein einleuchtender Grund. Holt ihn her.«

Inzwischen waren alle bereit. Im Hof wurde es ruhig, als Sir William und sein Sohn ihre Pferde bestiegen und an der Spitze ihrer Männer durch das Tor ritten. Die anderen würden ihnen zu Fuß folgen.

Auf der Anhöhe erwartete sie einer der Wächter, der mit rotem Gesicht nach Atem rang, nachdem er in wildem Lauf über das Moor gehetzt war.

»Gott sei Dank, dass Ihr kommt, Sir William! Die Bergleute, die Euren Sohn gefangen halten, sind in ihrem Dorf draußen im Moor.«

»Gut. Hol dir ein frisches Pferd und folg uns.«

Sir William ritt mit starrer Miene und ohne die anderen zu beachten weiter. Niemand sollte ihm seine Zweifel und Ängste ansehen.

Er konnte einfach nicht verstehen, was Thomas Smyth durch diese Gefangennahme zu erreichen hoffte.

Schon vor vielen Jahren hatte er sich mit der ärgerlichen Tatsache abgefunden, dass die Bergleute besondere Rechte besaßen, und sie in Frieden gelassen – im Gegensatz zu vielen anderen Grundbesitzern, von denen manche auf sämtliches Zinn, das auf ihrem Besitz abgebaut wurde, Steuern erhoben, aber er war immer der Meinung gewesen, dass es besser sei, sie ihre Arbeit tun zu lassen. Es gab andere Wege, zu Geld zu kommen, bei denen man nicht Gefahr lief, den König zu verärgern und womöglich die ganze Familie ins Verderben zu stürzen. Im Großen und Ganzen hatten er und die Bergleute ohne Schwierigkeiten, ohne Groll oder gar fortwährende Streitigkeiten nebeneinander gelebt; gerade deshalb war diese Geiselnahme so unverständlich.

Er warf einen verstohlenen Blick auf seinen zweiten Sohn. John ritt mit gesenktem Kopf neben ihm, als drücke ihn ein geheimer Kummer. Es hätte Sir William nicht überrascht, wenn er irgendwie für diese Katastrophe verantwortlich wäre. Voller Groll dachte er an all die Probleme, die er ihnen bislang bereitet hatte – die ständigen Auseinandersetzungen mit Robert, seine Arroganz und Unhöflichkeit, seine Dummheit, diesen Bauern zu berauben … Irgendwie hatte er wirklich das Gefühl, dass dieses jüngste Unglück tatsächlich Johns Schuld war.

Dieser Gedanke brachte ihn zu der Frage, was der Vogt wohl von seinem Sohn dachte. Simon hatte mehr als deutlich erkennen lassen, dass er wenig von ihm hielt, und es hätte Sir William nicht überrascht, wenn der Vogt tatsächlich geglaubt hätte, dass er der Mörder Bruthers war – und wahrscheinlich auch Schuld am Tod der beiden Soldaten trug. John hatte zwar für keinen der drei Morde ein Motiv, aber er schien einfach Spaß an Dummheiten zu haben und keinerlei Skrupel zu kennen. Das beste Beispiel dafür war dieser Überfall. Er hatte nicht den geringsten Grund gehabt, jemanden auszurauben. Wenn er in Geldnöten gewesen wäre, hätte er doch nur zu ihm zu kommen brauchen. Das Einzige, was man ihm zugute halten konnte, war seine Jugend. Andererseits hatten sich viele Männer aus Leichtsinn oder Habgier Räuberbanden angeschlossen, die plündernd durch die Lande zogen, wo immer das Gesetz seine Kraft verloren hatte. Und wenn man sah, welche Verbrechen heutzutage überall begangen wurden, war alles, was John während seiner Zeit im Norden getan hatte, sicher längst nicht so schändlich.

Im Augenblick war jedoch nur eines wichtig, nämlich Robert zu befreien – um jeden Preis.

Baldwin dachte während des Ritts über die beiden toten Männer nach. Es war an diesem Morgen bereits so viel geschehen, dass er sich so erschöpft fühlte, als habe er die ganze Nacht wach gelegen. Zuerst das Feuer, dann die Morde, jetzt die Gefangennahme von Sir Robert … Eigentlich sollten sie sich in erster Linie um die Aufklärung dieser Morde kümmern, doch solange Robert noch lebte, war es die Pflicht jedes Mannes, der dazu fähig war, bei seiner Befreiung zu helfen. Und wenn es möglich war, musste der Vogt versuchen, einen Kampf zu verhindern, was nach Sir Williams Ansprache vermutlich schwierig werden dürfte. Alle Männer brannten förmlich vor Kampfeslust und würden für ihre vermeintlichen Rechte Leib und Leben riskieren.

Baldwin musste erneut an die beiden Ermordeten denken und suchte nach irgendeiner Erklärung für diese schreckliche Tat. Wem konnte etwas an ihrem Tod gelegen haben? Es war wirklich ein Rätsel, denn beide schienen umgängliche und freundliche Burschen gewesen zu sein. Gewiss, es kam oft zu Streitereien unter Soldaten, die weitab der nächsten Stadt leben mussten und sich langweilten. Eben aus diesem Grund gab es in modernen Burgen getrennte Unterkünfte für die Getreuen und die übrigen Männer, die man in Dienst genommen hatte, denn auf diese Weise konnte der Lord sich notfalls mit den Seinen in Sicherheit bringen und die Aufrührer aussperren. Auch dass es zu Streitereien beim Spiel kam, war nicht ungewöhnlich, und vielleicht lag hier das Motiv für diese Morde. Irgendjemand könnte mit Samuel gewürfelt haben, es war ein Streit entstanden, der andere war in den Lagerraum gegangen, hatte die Fässer umgestoßen, um Lärm zu machen, und als Samuel nachschauen ging, was los war, hatte er ihn mit einem Stich in den Rücken ermordet. Ronald könnte durch den Lärm aufgewacht sein und wurde deshalb ebenfalls getötet …

Baldwin seufzte. Nein, dachte er, so kann es nicht gewesen sein. Es gab zu vieles, was nicht passte – beispielsweise die umgestoßenen Fässer. Warum hatte niemand den Lärm gehört? Jeder Mörder würde als Erstes seinem Opfer eine Hand auf den Mund pressen, damit er nicht durch seine Schreie verraten wurde, und das Gepolter der umstürzenden Fässer war mindestens ebenso laut gewesen wie ein Schrei. Warum hatte man nichts in dem darüber liegenden Saal gehört? Baldwin und Edgar hatten beide nur einen leichten Schlaf und wären durch solch ein plötzliches Gerumpel in der Nacht ganz gewiss wach geworden.

Nein, die Tat musste viel später geschehen sein, vermutlich erst am Morgen, als sie sich alle bereits im Hof aufgehalten hatten. Dazu passte auch, dass beide Leichen noch warm gewesen waren. Durch das Glockengeläut und das lärmende Durcheinander bei der Bekämpfung des Feuers hatte sicher niemand das dumpfe Dröhnen der fallenden

Fässer gehört. Und damit schied auch die Möglichkeit aus, dass es während eines Spiels zum Streit gekommen war. Soldaten spielten zwar zu jeder Tageszeit Würfel, aber so früh am Morgen?

»Da ist es!«

Der Ruf eines Reiters riss ihn aus seinen Gedanken. Er würde sich später weiter damit beschäftigen; jetzt galt es, den jungen Beauscyr zu retten und wenn möglich einen Kampf zu verhindern. Seufzend lockerte er sein Schwert in der Scheide. Er hoffte nur, dass es an diesem Tag nicht noch mehr Tote gab.

Im hellen Sonnenschein wirkte das Dorf mit seinen kleinen Häusern ruhig und friedlich. Es war weder von Zäunen noch Wällen umgeben, als wollten die Bewohner jedermann zeigen, dass sie sich vor niemandem fürchteten – und tatsächlich würden nur wenige es wagen, eine Siedlung von Bergleuten zu überfallen. Jeder, der auf einen so närrischen Gedanken kam, bekäme es rasch zu spüren, wie entschieden ein Zinngräber den Lohn seiner Arbeit verteidigte. Baldwin hatte von einem Abt in Cornwall gehört, der beschlossen hatte, Steuern auf das Metall zu erheben, das auf seinem Land abgebaut wurde, und der versucht hatte, sie von einer Streitmacht eintreiben zu lassen. Er hatte seinen Plan jedoch sehr schnell wieder aufgeben müssen, da die verärgerten Bergleute sich gewehrt hatten wie ein gereizter Bienenschwarm.

Sir Ralph schaute unterdessen zu Sir William und rechnete fast damit, dass er wie ein Krieger aus alter Zeit das Lager stürmen lassen würde, um die ganze Ansiedlung in einer wilden Orgie der Zerstörung dem Erdboden gleichzumachen, so wie es einst die Art der alten Ritter gewesen war.

Aber Sir William hatte das Kriegshandwerk unter Männern wie diesen Bergleuten gelernt und hielt nichts von einem kopflosen Angriff. Er wusste, dass seine Gegner sich zu wehren verstanden, genauso wie die Waliser, gegen die er mit dem alten König Edward gekämpft hatte. Damals waren alle beeindruckt gewesen, wie geschickt ihre Feinde die Besonderheiten des Geländes ausgenutzt hatten, um die

Reiter dorthin abzudrängen, wo sie die Pferde zügeln mussten und leicht heruntergezerrt werden konnten. So etwas wollte er hier nicht ebenfalls erleben und erst recht nicht unnötig das Leben seiner Männer oder das seines Sohns aufs Spiel setzen.

Das Dorf lag in einer Talsenke, und mitten hindurch floss der Bach, an dem die Hütten standen. Irgendwelche Barrikaden oder Mauern, hinter denen sich Bogenschützen verstecken könnten, waren keine zu sehen, höchstens die Hütten am Rand der Siedlung könnten ihnen Schutz bieten, und zwischen den Häusern waren möglicherweise einige Seile gespannt, um die Pferde ins Straucheln zu bringen und die Reiter aus dem Sattel zu holen. Dahinter lagen vielleicht bewaffnete Männer auf der Lauer, denn sicher wussten die Bergleute längst, dass er mit seinen Männern angerückt war. Vermutlich hatten sie irgendwo einen Späher postiert, der ihr Herankommen gemeldet hatte. Er schaute sich um. Zu seiner Linken waren einige kleine Felsen – der ideale Platz für einen Wächter, da man von dort aus einen guten Blick weit nach Osten hatte und mit einem Pony rasch wieder im Dorf sein konnte.

»Wo könnten sie ihn festhalten?«, fragte Sir Ralph.

»In jeder dieser Hütten; ich habe keine Ahnung.« Sir William fühlte sich plötzlich erschöpft. »Was meint Ihr, Sir Baldwin?«

Baldwin betrachtete einen Moment lang schweigend die Ansiedlung. »Dort im Schmelzhaus. Das ist der sicherste Ort. Deshalb hatte man darin auch die drei Bergleute versteckt. Der Lagerraum hat nur eine Tür und kein Fenster. Die anderen Gebäude ringsum machen das Herankommen allerdings schwierig.«

»Ich denke, Ihr habt Recht«, nickte der alte Ritter.

»Reiten wir hin und finden es heraus«, drängte Sir Ralph. »Weshalb zögert Ihr noch?«

»Weil ich diesen elenden Smyth, diesen elenden Zinngräber, kenne«, seufzte Sir William. »Er war vor vielen Jahren mit mir als Soldat in Wales. Er ist vielleicht kein Ritter, aber er war trotzdem ein guter Kämpfer.«

»Wenn es eine Falle ist, hat er sie jedenfalls gut angelegt«, meinte Simon. »Darf ich vorschlagen, dass wir sie entschärfen statt blindlings hineinzutappen?«

»Sprecht deutlich, Mann! Was meint Ihr?«, fragte Sir William gereizt.

»Ich reite hinunter und versuche, mit Smyth zu sprechen. Wenn er tatsächlich Erfahrung in der Kriegsführung hat, wie Ihr sagt, wird er seine Männer so aufgestellt haben, dass sie uns ungefährdet mit Pfeilen eindecken können. Ein Sturmangriff hat demnach keinen Sinn. Aber es ist unwahrscheinlich, dass er mir etwas tut. Ich habe nichts mit dieser Sache zu schaffen, und er wird wohl kaum den König verärgern wollen, indem er sich an mir vergreift.«

»Ich komme mit dir, Simon«, sagte Baldwin.

»Nun gut, meinetwegen«, nickte Sir William. »Aber seid Ihr auch wirklich sicher, dass Euch nichts geschieht?«

»Wie ich schon sagte, es wird ihm nichts daran gelegen sein, den König zu verärgern – und das ist des Königs Land. Er mag sich vielleicht für mächtig genug halten, Euch herauszufordern, aber wenn der König hören sollte, dass seinem Vogt etwas geschehen ist, würde er seine Truppen herschicken, und das könnte für die Bergleute höchst unangenehm werden. Nein, wir haben wohl nichts zu befürchten.«

Sir William zuckte die Schultern, und sie ritten, gefolgt von ihren Dienern, langsam den Abhang hinab.

»Ich hatte es eigentlich für eine gute Idee gehalten«, sagte Baldwin nachdenklich.

»Und jetzt?«

»Es ist sehr still, oder?«

Er hatte Recht. Simon hörte das gleichmäßige Gurgeln und Plätschern des Wassers am Schöpfrad. Alle Häuser schienen wie ausgestorben, dennoch überkam ihn das unangenehme Gefühl, beobachtet zu werden. Es war, als ritte man in ein altes Gehöft, das schon lange verlassen war … nur hätte es hier eigentlich von Menschen wimmeln sollen, die kochten und schwatzten, hämmerten und bei der Arbeit einander Scherze oder Anweisungen zuriefen. Stattdessen herrschte bedrückende Stille.

»Verdammt! Lass uns wie Männer hineinreiten, ziehen wir es nicht unnötig qualvoll in die Länge ziehen«, murmelte er und wollte seinem Pferd die Sporen geben, als Baldwin auf den Boden deutete.

»Nicht, wenn dir an deinem Pferd liegt, alter Freund.«

Simon folgte seinem Blick und sah, was er meinte. Überall auf dem Weg, der zum Schmelzhaus führte, waren Löcher gegraben, die man mit Grassoden verdeckt hatte – eine altbewährte Methode, um Pferde ins Straucheln zu bringen und einen Angriff aufzuhalten.

Zwischen den Häusern entdeckte Baldwin einige Männer. Im Grunde sahen sie fast genauso aus wie die Männer, die Sir William befehligte – derbe Gesellen, die zwar an harte Arbeit, aber nicht unbedingt ans Kämpfen gewöhnt waren. In den Händen hielten sie Hacken, Spaten und Hämmer und schauten halb grimmig, halb besorgt den vier Männern entgegen, die langsam heranritten, um mit ihrem Herrn zu reden. Der Ritter seufzte. Ganz egal, um was es bei einer Auseinandersetzung ging, es war in jedem Krieg stets so, dass die Reichen sich stritten – und die Armen kämpften und letzten Endes starben.

Am Schmelzhaus zügelten sie ihre Pferde. Simon sah, dass Baldwin ruhig und entspannt wirkte, und zog eine Grimasse. Er selbst verspürte einen regelrechten Knoten im Magen. Ein plötzliches Geräusch ließ sein Pferd scheuen, und er konnte nur mit Mühe verhindern, dass es durchging. Als er wieder aufschaute, sah er Thomas Smyth, der ein schweres altes Schwert in der Hand hielt, das in der Vergangenheit wohl in einigen Kämpfen zum Einsatz gekommen war, wie die zahlreichen Kerben auf der Klinge bewiesen. Er schien überrascht, den Vogt und seinen Freund zu sehen.

Simon spürte, wie seine Angst verschwand. Vor einem Mann, der so normal und vernünftig aussah, brauchte man keine Angst zu haben, und selbst wenn ihre Begegnungen mit Smyth nicht immer angenehm gewesen waren, wusste er doch, dass er sich meist wie ein nüchterner Geschäftsmann verhielt. »Thomas«, seufzte er und fühlte sich plötzlich müde und erschöpft, »was zur Hölle soll das hier eigentlich?«

21. KAPITEL

Simon und Baldwin saßen mit Thomas Smyth auf der Bank vor einer Hütte und tranken Bier, während der Bergmann sich rechtfertigte. Baldwin hatte den Eindruck, dass er fast am Ende seiner Kraft war. Seine Augen waren rot geländert und eingesunken, in sein Gesicht hatten sich tiefe Falten gegraben, und wie Sir William schien auch er in den letzten Tagen sichtlich gealtert.

»... und als ich hörte, dass John Beauscyr an diesem Abend in der Schenke gewesen ist, war mir alles klar. Er muss Peter auf dem Weg dorthin begegnet sein, nachdem er sich bei meinem Haus von seinem Vater getrennt hatte, danach ist er ihm gefolgt und hat ihn getötet!«

»Aber Bruther hatte Männer bei sich – das wisst Ihr doch«, wandte Simon ein.

»Ja, aber ich weiß auch, dass sie ihn wenig später verlassen haben und hierher zurückgekommen sind. Er hatte ihnen gesagt, er würde sie nicht mehr brauchen.«

»Er war also allein, als er zu seiner Hütte weiterging?«

»Ja. Den ganzen Weg übers Moor war er allein. Es war eine Leichtigkeit, ihn zu überfallen und umzubringen.«

»Ihr wisst, wie er starb?«

Smyth nickte finster. »Er wurde erdrosselt. Dann aufgehängt. Und das traue ich John Beauscyr ohne weiteres zu.«

»Vielleicht. Aber aus welchem Grund hätte er das tun sollen?«

»Er ist ein Beauscyr, oder? Peter war ihnen davongelaufen, und dadurch standen sie wie Narren da. John wollte den Mann beseitigen, der seine Familie lächerlich gemacht hatte.«

»Nein, Thomas, so denkt John Beauscyr nicht, und schon gar nicht würde er deshalb einen Mord begehen. Vielmehr scheint er seinen Spaß daran gehabt zu haben, dass dieser Bruther davongelaufen war und die Familie – besonders seinen Bruder – dadurch lächerlich gemacht hatte. Zumindest, bis er selbst von ihm beleidigt wurde.«

»Wann war das?«

»An dem Abend, als man Bruther ermordet hat. John und Sir Ralph sind tatsächlich auf der Straße mit Bruther zusammengetroffen, der sie bei dieser Begegnung zutiefst beleidigte.«

»Ach ja? Bestimmt haben sie Peter herausgefordert.«

»Obwohl er seine Wächter dabei hatte und sie nur zu zweit waren?«, entgegnete Baldwin. »Das kann ich mir nur schwer vorstellen, Thomas.«

»Vielleicht war es unbeabsichtigt. Ritter sind oft recht überhebliche Narren.«

»Manche Leibeigene auch«, meinte Baldwin grimmig, und Thomas warf ihm einen unruhigen Blick zu.

»Wie überhaupt jedermann«, sagte Simon begütigend. »Erklärt uns jetzt lieber endlich, was das hier soll«, verlangte er zu wissen und deutete auf die bewaffneten Männer, die in der Nähe standen.

»Was das soll? Ist denn das nicht offensichtlich? John Beauscyr soll dafür zahlen, dass er Peter umgebracht hat. Ihn konnten meine Männer nicht erwischen, dafür jedoch seinen Bruder.«

»Und was habt Ihr jetzt vor? Wollt Ihr ihn töten – oder ihn einfach zu Eurem Vergnügen festhalten? Vor Eurem Dorf steht Sir William mit einer ganzen Truppe und will seinen Sohn befreien. Sollen denn noch mehr Bergleute sterben, weil Ihr Bruther rächen wollt?«

»Wie auch immer! Ich werde Robert gegen John austauschen, und dann sollen die Bergleute das Urteil über ihn fällen.«

Simon und Baldwin wechselten besorgte Blicke, denn in diesem Fall wäre ein unbarmherziger Kampf unausweichlich. Die Bergleute waren den vierzig berittenen Männern Sir Williams zwar zahlenmäßig überlegen, aber es waren noch etliche Fußsoldaten im Anmarsch, und falls der alte Ritter meinte, er habe die Oberhand, könnte es gut sein, dass er sich zu einem Angriff entschloss.

Baldwin schaute Thomas Smyth fest an. »Ihr habt einen Mann verloren, aber das ist doch kein Grund, das Leben all dieser anderen aufs Spiel zu setzen, zumal wir nicht einmal wissen, ob es wirklich John war, der Bruther getötet hat. Ja, er mag vielleicht Gelegenheit dazu gehabt haben, doch wir glauben, dass er zu jener Zeit gar nicht in dieser Gegend war, sondern drüben in der Nähe von Chagford. Und Robert war ebenfalls ganz woanders. Das haben uns drei Leute bestätigt, die ihn gesehen haben.« Er sah keinen Grund zu erwähnen, dass einer der Zeugen Smyths eigene Tochter war. »Er hatte nichts mit dem Mord zu tun.«

»Und wer hat dann Peter getötet?«

»Wir haben uns schon gefragt, ob Ihr es nicht wart«, entgegnete Simon unverblümt. »Adam Coyt hat Euch an diesem Tag in der Nähe seiner Hütte gesehen. Was habt Ihr dort oben gemacht?«

»Ich?« Der alte Bergmann wandte sich um und winkte Harang, der einige Meter entfernt stand und einen langen Dolch schärfte. »George, komm mal her. Sag den beiden, was wir an diesem Abend getan haben, an dem Peter starb.«

Der stämmige Mann musterte Baldwin und Simon misstrauisch, doch als Thomas Smyth nickte, erklärte er mürrisch: »Wir waren fast den ganzen Nachmittag über hier und haben im Schmelzhaus gearbeitet. Gegen Abend wollten wir Peter besuchen. Am Tag vorher hatte mein Herr ihm eine Stellung angeboten; er sollte das Schmelzen überwachen, weil es gut wäre, jemanden hier zu haben, den wir kannten und dem wir vertrauten. Wir wollten hören, was er dazu meinte, aber seine Hütte war leer, deshalb sind wir weiter zu Sir William geritten, um mit ihm zu reden.«

»Ihr müsst Bruther sehr vertraut haben, um ihm ein solches Angebot zu machen.« Simon schenkte sich noch etwas Bier ein, doch bei den nächsten Worten des Bergmanns hätte er fast alles verschüttet.

»Er war mein Sohn, Vogt.«

Also das ist der Grund, warum er den jungen Mann immer beim Vornamen genannt hat, dachte Baldwin. Warum bin ich nicht gleich darauf gekommen!

»Aber … aber …«, stammelte Simon fassungslos. »Warum zur Hölle habt Ihr uns das nicht gesagt?«

»Warum hätte ich das tun sollen? Hätte es etwa für Eure Untersuchung eine Rolle gespielt? Aber vielleicht begreift Ihr mich jetzt, Vogt! Denn wenn er Euer Sohn gewesen wäre, hättet Ihr gewiss das Gleiche wie ich getan, oder? Ich wollte herausfinden, wer der Täter war, damit er zur Rechenschaft gezogen wird für den Mord an meinem Sohn …meinem einzigen Sohn«, flüsterte er verzweifelt.

»Ich verstehe nicht, Thomas. Ihr sagt, er war Euer Sohn, aber …«

Smyth lächelte etwas wehmütig. »Christine ist eine gute Frau und hat mir viele Kinder geboren. Doch nur Alicia hat überlebt; alle anderen starben schon bei der Geburt oder wenige Tage später. Dann konnte sie keine weiteren mehr bekommen, und ich fand mich allmählich damit ab, weil ich ja Peter hatte.« Gedankenverloren schaute er vor sich hin. »Seine Mutter war Martha Bruther, ein junges hübsches Mädchen, das gerade Witwe geworden war, als ich sie kennen lernte und um sie warb. Christine war ich damals noch gar nicht begegnet. Ich begehrte Martha so sehr, aber sie wollte mich nicht heiraten. Ihr Mann hatte sie regelmäßig geschlagen, deshalb schreckte sie davor zurück, es noch mal mit einer Ehe zu versuchen. Aber sie war stolz auf Peter, unseren Sohn.« Er verstummte, in seine Erinnerungen versunken.

»Uns wäre viel Mühe erspart geblieben, wenn Ihr eher geredet hättet«, seufzte Simon. »Dann hätten wir uns gleich auf andere Verdächtige konzentrieren können.« Im nächsten Augenblick verfluchte er sich wegen seiner Taktlosigkeit.

»Ich konnte es Euch nicht sagen«, erklärte Smyth, »es hätte meine Frau zu sehr verletzt. Und ich habe nicht gedacht, dass es wichtig wäre.«

»Das ist es jetzt auch nicht mehr«, sagte Baldwin mitleidig. »Aber kommen wir zur Hauptsache zurück: Was wollt Ihr mit Robert Beauscyr machen? Er ist unschuldig, da bin ich mir sicher, und zudem wollt Ihr Euch doch gewiss nicht an Eurem künftigen Schwiegersohn vergreifen, oder?«

Thomas Smyth blieb der Mund offen stehen, doch ehe er

antworten konnte, schrie jemand: »Sie kommen! Sie kommen!«

Smyth stand auf und lächelte grimmig. »Ich glaube, Sir William hat uns die Entscheidung abgenommen. Wir verteidigen uns.«

Sir William hatte sich zum Angriff entschlossen, nachdem die Fußtruppen aus Beauscyr endlich eingetroffen waren. Man hatte sämtliche Männer des Guts zusammengetrommelt, die sich mit allem, was immer gerade zur Hand gewesen war, bewaffnet hatten – mit Hacken, Spaten, Äxten und Hämmern. Alle hatten den gleichen starren, beunruhigten Blick, doch keiner wagte es davonzulaufen, obwohl sich jeder voller Angst fragte, wie dieser Tag enden würde. Wenn es darum gegangen wäre, ihre Frauen und Kinder zu beschützen, hätten sie entschlossen bis zum Tod gekämpft wie ihre Vorväter gegen die Franzosen, die Dänen, die Normannen, aber hier ging es nur um einen Streit zwischen den Bergleuten und ihrem Herrn, und niemand wollte, dass die eigene Familie vaterlos und fremder Willkür ausgeliefert zurückblieb.

Sir William hatte die Anweisung gegeben, dass die Männer sich ausruhen sollten, bis der Kampf begann, und er hatte eine Zeit lang stirnrunzelnd das Dorf beobachtet.

Der Vogt und sein Freund waren schon viel zu lange dort. Die Sonne warf bereits lange Schatten. John saß mürrisch schweigend auf seinem Pferd, während Sir Ralph beinahe gelangweilt hinunter auf die Siedlung blickte. Als er ein Pferd schnauben hörte, schaute Sir William über die Schulter und sah, dass auch die anderen Männer regungslos auf das Dorf starrten.

Er hätte nie gedacht, dass er in seinem Alter noch einmal in eine Schlacht ziehen müsste. Beim Anblick seiner Männer überkam ihn ein sonderbares Gefühl. Nicht er sollte sie anführen, sondern einer seiner Söhne. Seine Zeit war vorbei, wie die des alten Königs, mit dem er vor über dreißig Jahren in wilden, gnadenlosen Schlachten in Wales gekämpft hatte. Damals war er jung gewesen und ehrgeizig, ein tüchtiger

Anführer, ein Mann von Ehre und stolz darauf, dass andere bekannte Ritter an seiner Seite standen.

Die Gefahren waren groß gewesen, die Beute noch größer, und alle, die überlebt hatten, waren sich voller Stolz ihrer Stärke bewusst. Ja, das waren gute Zeiten gewesen.

Ein Schatten flog über sein Gesicht, als er an den kleinen dunkelhaarigen Mann mit den schwarzen Augen dachte, der damals ebenfalls dabei gewesen war, der abseits und allein gekämpft hatte, als gehöre er nicht so recht dazu, sondern biete ihnen lediglich seine Hilfe an, falls es nötig sei. Und nun, dreißig Jahre später, hatte dieser Mann ohne triftigen Grund seinen Sohn gefangen genommen.

Er riss sein Pferd herum und erteilte rasch einige Befehle. Während die Männer sich aufstellten, wandte er sich zu seinem Sohn um. »Komm, John. Wir wollen deinen Bruder befreien.«

Simon und Baldwin sahen, wie die Männer den Abhang hinunter auf das Dorf zukamen, das weder von Mauern noch Wällen geschützt wurde. Gleichwohl hatte man sich vorbereitet. Überall waren große Felsbrocken verstreut worden, um das Vorankommen zu erschweren, und die zahlreichen Löcher, die man gegraben hatte, sollten jeden Ansturm ins Stocken bringen. Die Bergleute hatten sich in kleinen Gruppen aufgestellt, außen diejenigen, die mit Pfeil und Bogen bewaffnet waren, dahinter die anderen, die Schwerter, Hacken und Eisenstangen in den Fäusten hielten. Alle wirkten unruhig und angespannt.

Thomas Smyth ging umher, sprach hier und da Mut zu, lachte über eine Bemerkung, schlug einem anderen auf die Schulter und begutachtete mit grimmiger Miene die teilweise rostigen Waffen. Baldwin sah, dass er seine Sache verstand. Wenn ein Mann schon für seinen Herrn kämpfen und vielleicht sogar sterben musste, war es das Mindeste, dass dieser Achtung für ihn zeigte, und Smyth nannte jeden, den er ansprach, bei seinem Namen und flößte wie alle guten Anführer durch seine Gelassenheit Vertrauen ein.

Baldwin versuchte zweimal, zu ihm zu gelangen, aber

George Harang und fünf andere Bergleute bewachten sie mit gezückten Schwertern und ließen sie nicht einmal aus den Augen, als das Geschrei der Angreifer lauter wurde. Davon abgesehen war es seltsam friedlich. Eine Lerche sang am Himmel, der Bach murmelte leise, und Baldwin hatte fast das Gefühl, alles nur zu träumen. Es schien unmöglich, dass er wirklich miterlebte, wie ein jahrelanger Streit zwischen den Bergleuten und dem Grundbesitzer seinen Höhepunkt erreichte, dass er wieder in eine Schlacht verwickelt war, die ihn überhaupt nichts anging; er hatte lediglich seinem Freund helfen wollen, einen Mann zu retten, der unrechtmäßig gefangen genommen worden war.

Die anstürmenden Männer hatten inzwischen jede Schlachtordnung aufgegeben, und er zog unwillkürlich eine verächtliche Grimasse, doch dann überkam ihn Mitleid. Diese Männer waren genau wie die Truppen, die er in Akkon gesehen hatte – arme Bauern ohne Ausbildung, die auf den Feind gehetzt wurden, um Verwirrung zu stiften, während die Ritter nach dem besten Punkt für einen Durchbruch suchten, und wie in Akkon würden sie schwere Verluste erleiden. Als die ersten Pfeile flogen, musste er sich abwenden, sah aber noch zwei Männer fallen. Einem ragte ein gefiederter Pfeil aus der Brust, den anderen hatte einer in den Hals getroffen. Erneut schwirrte ein Pfeilhagel durch die Luft; es klang wie eine Schar auffliegender Wildgänse, und der dumpfe Laut, mit dem sie ihre Ziele trafen, war schrecklich.

Baldwin merkte, wie gut aber auch Sir William sein Handwerk gelernt hatte. Als die Mehrzahl der Männer das Dorf erreicht hatte, ertönte fast gleichzeitig von der anderen Seite her lautes Kampfgeschrei. Ein Reitertrupp war um die Siedlung herumgeritten und griff von dort aus an. Sie stürzten sich auf ihre Gegner, Schwerter trafen auf Äxte, Hacken auf Hämmer, Dolche auf Dolche; es klang, als schlüge eine Armee von Schmieden gleichzeitig auf ihre Ambosse ein.

Und nun führte Sir William seine berittenen Männer im

Galopp heran. Die Sonne blitzte auf ihren Rüstungen, auf den Schilden und Schwertern, auf den scharfen Lanzen, während der Boden unter dem Donnern der Hufe erbebte. Etliche kamen durch die tückischen Löcher zu Sturz, aber die meisten erreichten den Rand des kleinen Dorfs.

Simon war ratlos. Er wusste nicht, was er tun sollte. Es war unmöglich, den Kampf zu verhindern, andererseits konnte er nicht einfach dabeistehen und zusehen, wie so viele Männer ohne Grund getötet oder verwundet wurden; doch ihre Bewacher ließen ihn und Baldwin nicht aus den Augen. Man hatte ihnen die Waffen nicht abgenommen, aber keiner von ihnen wagte es, das Schwert oder den Dolch zu ziehen. Bislang hatten die Bergleute keinen Grund gehabt, sie als Feinde zu behandeln, und beiden war es lieber, wenn das auch so blieb.

Er beobachtete die Kämpfenden und zuckte zusammen, als einem Mann mit einer Axt der Arm an der Schulter abgetrennt wurde. Ein Aufschrei, der rasch verstummte, ließ ihn herumwirbeln, und er sah einen anderen in die Knie sinken. Sein Hals war nur noch eine blutige Masse. Langsam fiel er mit weit aufgerissenen Augen zur Seite.

Ihn überkam Übelkeit, doch dann flammte Zorn in ihm auf. Wütend stieß er einen der Wächter zur Seite und fuhr George Harang an: »Bring mich zu Smyth!«

»Ich hab den Befehl, Euch hier zu bewachen.«

»Das schert mich nicht! Wie viele sollen noch wegen dieser beiden alten Narren sterben? Bring mich sofort zu ihm! Das Ganze ist doch ein einziger Irrsinn!«

George zögerte unentschlossen. Thomas hatte ihm befohlen, bei den beiden zu bleiben, aber auch er war entsetzt über die Brutalität des Kampfes, in dem Männer aufeinander gehetzt wurden, die nicht den geringsten Grund hatten, sich zu erschlagen. Trotzdem schüttelte er den Kopf. Er hatte seinen Herrn noch nie enttäuscht.

Baldwin trat an Simons Seite; der Vogt war vor Wut rot im Gesicht. »Simon hat Recht, George. Wir müssen sie aufhalten. Schau dich doch um.«

Harang beobachtete die Männer, die miteinander rangen, die sich gegenseitig an der Kehle gefasst hielten, benommen oder blutend auf dem Boden lagen … überall, wo er hinschaute, sah er Verwundete. Ein junger Mann, der einen Schlag mit einer Keule erhalten hatte, sackte mit zerschmettertem Schädel zusammen. »Kommt«, sagte er entschlossen.

Die übrigen Wächter zögerten unsicher und wussten nicht recht, ob sie sich ebenfalls in die Schlacht stürzen oder an ihrem Platz bleiben sollten. Simon entdeckte Thomas Smyth, der gegen John Beauscyr kämpfte und sein schweres Schwert handhabte, als sei es leicht wie ein Bogen; er sah Sir William und Sir Ralph, die beide nicht mehr zu Pferd saßen und erbittert auf ihre Gegner einschlugen – und er sah einen weinenden Jungen mit einer Lanze, der eine blutende Wunde am Arm hatte und an ihm vorbeistolperte. Er konnte höchstens zwanzig sein und floh einfach, um nicht weiter kämpfen zu müssen. Der Anblick versetzte Simon in heillose Wut. Ehe Baldwin ihn aufhalten konnte, zog er sein Schwert und drängte sich durch die kämpfenden Männer, bis er John und Thomas erreichte.

Zwei Bergleute, die offenbar glaubten, er wolle ihren Herrn angreifen, stürzten sich auf den Vogt, und Baldwin sprang mit einem gemurmelten Gebet an seine Seite. Er hob sein Schwert, stellte sich vor seinen Freund und schaute sie wortlos an. Zögernd wechselten sie einen Blick, ehe sie ihn langsam umkreisten, aber er ließ sich nicht abdrängen.

»Hört mit diesem Irrsinn auf!«, brüllte Simon.

Bleich vor Zorn hielt Thomas das Schwert fest mit beiden Händen gepackt, und für einen Moment glaubte Baldwin, er wolle auf Simon einschlagen. Aber dann erlosch das Feuer in seinen Augen, und er schien in sich zusammenzusinken. Entsetzt schaute er sich um.

Das alles hatte er nicht beabsichtigt. Er hatte nur John in seine Gewalt bringen wollen, den Mann, den er für den Mörder seines Sohns hielt, aber als George stattdessen mit Robert zurückgekommen war, hatte er beschlossen, ihn als Geisel zu nehmen, um ihn gegen den wahren Schuldigen auszutauschen. Doch dieses Morden hatte er wirklich nicht gewollt, und die unverhüllte Verachtung in den Augen des Vogts traf ihn tief.

Längst war in dem Kampfgetümmel ringsum nicht mehr zu unterscheiden, wer zu welcher Gruppe gehörte. Blindlings hieben und schlugen Männer mit den unterschiedlichsten Waffen aufeinander ein, manche rangen verbissen, um den Dolchstich ihres Gegners abzuwehren, manche wälzten sich im Wasser des Bachs, andere kämpften mit Lanzen, Äxten und Spaten, hier und da standen einige, die keuchend Atem schöpften und sich nur noch grimmig anschauten, doch auf allen Gesichtern war der finstere Entschluss zu lesen, den anderen zu töten, ehe man selbst einen tödlichen Streich erhielt. Und überall lagen Verletzte. Einige rollten schreiend vor Schmerzen im Schmutz, viele waren blutüberströmt, hatten Stichwunden oder Kopfverletzungen, manche rührten sich nicht mehr und schienen mit blicklosen Augen ins Leere zu starren.

Simon sah, wie das Gesicht des alten Bergmanns sich veränderte, als er begriff, was er angerichtet hatte. Betroffen ließ er das Schwert sinken.

»HÖRT SOFORT AUF!«, brüllte er aus voller Kehle. »AUFHÖREN!«

Einige der Nächststehenden wandten sich zu ihm um. Baldwin sah, wie ein Mann versuchte, die Unaufmerksamkeit seines Gegners zu nutzen und ihn zu erstechen. Hastig schlug er ihm den Dolch aus der Hand, doch sofort hob der andere seine Axt. Baldwin stieß ihn weg. »Hört auf damit! Wenn einer von euch noch eine Bewegung macht, schlage ich ihm den Arm ab!«

Simon drängte sich durch die Menge zu Sir William, dem ein Mann ein schmutziges Tuch um den Kopf band; seine Wange blutete nach einem Dolchstich. Dumpf und mit bleichem Gesicht starrte er den Vogt an. »Sagt Euren Männern, sie sollen den Kampf einstellen. Sofort!«, befahl Simon. »Die Bergleute hören dann ebenfalls auf. Befehlt ihnen, die Waffen niederzulegen, Sir William.«

»Was ist mit Robert?«

»Wenn Ihr Euren Männern sagt, sie sollen mit dem

Kämpfen aufhören, können wir uns nach ihm erkundigen, nicht wahr? Oder meint Ihr, es nutzt etwas, wenn alle Eure Männer getötet werden? Sagt ihnen, sie sollen aufhören!« Zu seiner Erleichterung nickte der alte Ritter endlich seufzend.

22. KAPITEL

Es dauerte eine Weile, bis alle der Befehl erreichte, den Kampf einzustellen. Nur zögernd trennte man sich und behielt wachsam seinen Gegner im Blick. Drei Bergleute versuchten einen jungen Mann zu beruhigen, der schluchzend sein zerschmettertes Handgelenk umklammerte, während ihnen gegenüber einige Männer der Beauscyrs standen und nach Atem rangen, voller Anspannung und in der Erwartung, dass der Kampf plötzlich neu aufflammen würde. Alle fürchteten sich davor, überrumpelt zu werden, und keiner traute dem anderen.

Baldwin nahm Smyth beim Arm und zog ihn zu Sir William und Simon. »Thomas, Ihr müsst Euren Männern befehlen, sich ein wenig zurückzuziehen, und Ihr ebenfalls, Sir William, damit alle sehen können, dass es keine Falle ist. Sagt ihnen, sie sollen einen Kreis um uns bilden.«

Langsam wichen die beiden Parteien auf Befehl ihrer Anführer zurück. Unruhe entstand noch einmal, als ein Mann einen Freund tot auf dem Boden liegen sah, doch seine Kameraden zogen ihn mit sich. Allmählich vergrößerte sich der freie Raum. Hin und wieder stolperte jemand über eine Leiche, doch glücklicherweise waren nur wenige ums Leben gekommen. Die Verletzten wurden weggebracht, um sie zu versorgen, einige Männer führten ihre Kameraden, die nicht allein gehen konnten, zum Ufer des Bachs, wo man ihnen die verletzten Gliedmaßen wusch und verband. An Feuern wurden Eisen erhitzt, um die Wunden auszubrennen.

John war zu seinem Vater getreten und schaute sich mit

spöttischer Überheblichkeit um. Edgar und Hugh standen neben Baldwin, und obwohl Hughs Gewand mit Blut bespritzt war, schien ihm weiter nichts geschehen zu sein.

»Also, dieser Unsinn muss auf der Stelle ein Ende haben«, sagte Simon energisch. »Thomas, Ihr gebt jetzt als Erstes die Anweisung, dass Robert Beauscyr freigelassen wird.«

»Warum sollte ich? Ich glaube, dass sein Bruder, dieser jämmerliche Hund, Peter getötet hat, und deshalb halte ich ihn fest, bis klar ist, was mit John Beauscyr geschieht.«

Simon sprach so laut, dass alle es hören konnten. »John Beauscyr hat mir erzählt, was er an diesem Abend getan hat, an dem Peter Bruther getötet wurde, und ich bin vorläufig zufrieden mit seiner Erklärung. Er war nicht der Mörder Eures Sohns.«

Betroffenes Schweigen herrschte nach seinen Worten, bis der alte Ritter entsetzt fragte: »Euer Sohn?«

»Ja, Peter Bruther war mein Sohn. Ich kannte seine Mutter, bevor ich heiratete, und nur meiner Frau zuliebe habe ich mich nie zu ihm bekannt, aber er wusste, dass er mein Fleisch und Blut war. Das war der Grund, warum er ins Moor kam. Ich hatte es ihm geraten. Er sollte lernen, wie man Zinn abbaut, und später wohlhabend werden. Deshalb habe ich dafür gesorgt, dass ihn immer eine Gruppe Männer vor Euch und Euren Leuten beschützte.«

Auch John stand der Mund offen. »Peter war Euer Sohn?« Er schüttelte ungläubig den Kopf. »Das wusste wirklich keiner von uns!«

»Und Ihr habt gedacht, so einen wie ihn, der ohne Schutz ist, kann man töten, was?«, schrie der alte Bergmann und machte einen Schritt auf ihn zu. Baldwin trat zwischen sie.

»Halt, Thomas«, befahl er. »Schaut Euch um! Es ist bereits genug Leid geschehen. Lasst uns reden, ehe Ihr noch mehr Unheil anrichtet.«

»Meine Schuld ist es nicht, es waren die Beauscyrs, die das Dorf angegriffen haben«, entgegnete er mit tonloser Stimme.

»Sir William, ich will kein weiteres Blutvergießen«, sagte

Simon. »Ich bin sicher, Ihr und Eure Männer wollt das ebenfalls nicht. Wir haben hier weder einen Richter, der die Verhandlung leiten könnte, noch einen Gerichtsschreiber, der alles aufzeichnet, aber wir können diesen Fall trotzdem hier und jetzt untersuchen und all diese Männer zu Augenzeugen aufrufen. Ich kann es dann später dem Vertreter der Krone in Lydford melden. Seid Ihr einverstanden?«

Sir William nickte nur und starrte noch immer Thomas Smyth an. Bestürzung und Mitleid zeichneten sich auf seinem Gesicht ab. Offenbar fragte er sich, wie er sich an Smyths Stelle fühlen würde, wenn er seinen Sohn durch einen feigen Mord verloren hätte, einen jungen Mann, den er nicht öffentlich anerkennen konnte, dem er aber versucht hatte zu helfen, indem er ihn aus der Leibeigenschaft befreite, um ihm ein neues Leben zu ermöglichen. Simon war erleichtert. Der alte Ritter würde sicher keine Schwierigkeiten mehr machen.

Thomas Smyth nickte langsam. »Gut. In diesem Fall sollten wir Stühle herbringen lassen. Es ist nicht nötig, dass wir alle stehen.«

Simon saß in der Mitte, neben ihm Baldwin, während Sir William und sein Sohn zu seiner Linken und Thomas zu seiner Rechten Platz genommen hatten. Die Bergleute und die Männer der Beauscyrs hatten sich ringsum niedergelassen, und Simon fühlte sich an die Gerichtsversammlungen der Bergleute erinnert, die er besucht hatte. Ihm war etwas sonderbar zumute, eine solche Versammlung zu leiten, aber er hatte keine Zeit, sich wegen seiner mangelnden Erfahrung Gedanken zu machen. Diese Angelegenheit war zu schwerwiegend, als dass man sie auf sich beruhen lassen konnte, und er war entschlossen, den Streit zwischen den Bergleuten und den Beauscyrs zu schlichten.

»Wir sind hier versammelt, um herauszufinden, was an dem Tag geschehen ist, als Peter Bruther ermordet wurde«, begann er. »Ihr kennt mich. Ich bin der Vogt von Lydford, und meine Pflicht ist es, den Mörder zu finden. Ich rufe Euch alle zu Zeugen auf für die Worte der Männer, die hier sprechen werden. Ihr müsst gut zuhören und darauf achten, dass wir allen gegenüber gerecht sind. Zuerst will ich die drei Bergleute sehen, die man zu Henry Smalhobbe geschickt hat, um ihn einzuschüchtern.«

Es dauerte nur kurze Zeit, bis man sie geholt hatte. Harold Magge wirkte trotzig entschlossen, die anderen eher verunsichert und ängstlich angesichts der vielen Zuschauer. Nachdem Thomas sie angewiesen hatte, die Wahrheit zu sagen, fragte Simon: »Ihr seid an dem Tag, als Bruther starb, zu Henry Smalhobbe und habt ihn überfallen, nicht wahr?«

Magge nickte, und Simon ließ ihn noch einmal wiederholen, was er ihm bereits berichtet hatte – wie er Smalhobbe aufgelauert hatte, wie er beinahe von ihm überrumpelt worden wäre, wie sie ihn dann doch überwältigt hatten und ins Dorf der Bergleute zurückgekehrt waren. »Ihr wart verletzt, als ich euch gesehen habe. Wer hat euch geschlagen?«

»Thomas Smyth. Er glaubte, wir hätten Bruther getötet, und er hatte uns doch befohlen, ihm nichts zu tun. Als er hörte, dass Bruther im Wistman's Wood gefunden worden war, kam er her und ließ uns verprügeln, weil wir nicht zugeben wollten, ihn umgebracht zu haben.«

»Hattet ihr Bruther getötet?«

»Nein!«

»Habt ihr ihn an diesem Abend gesehen?«

»Nein.«

»Wen habt ihr gesehen?«

Magge blickte zögernd zu Thomas, und Baldwin sah, dass der alte Bergmann kurz nickte. »George Harang und Thomas Smyth. Sie kamen aus der Richtung von Bruthers Hütte und ritten nach Süden.«

»Thomas, stimmt das?«

»Ja, es ist wahr.« Er schaute ihn niedergeschlagen an. »Wir sind zu ihm, aber er war nicht da. Ich habe einige Zeit gewartet, doch als es anfing dunkel zu werden, schien es mir besser heimzukehren, weil ich diese Besprechung mit Sir William hatte. Von Peter war nirgends eine Spur zu sehen.«

»Ich verstehe. Also, Harold Magge, wo kam Henry Smalhobbe her, als ihr ihm aufgelauert habt?«

»Von Süden.«

»Könnte er vom Wistman's Wood gekommen sein?«

»Smalhobbe?« Sein Ton klang beinahe etwas verächtlich. »Er ist bloß ein kleiner Zinngräber und würde kaum einen anderen Bergmann umbringen.«

»Euch hätte er fast überrumpelt, wenn seine Frau ihn nicht plötzlich abgelenkt hätte, nicht wahr? Das habt ihr mir selbst gesagt. Also, antworte auf meine Frage: Könnte er vom Wistman's Wood gekommen sein?«

»Er kam aus dem Süden. Wistman's Wood liegt im Südwesten, aber er könnte einen Umweg gemacht haben; er war spät dran an diesem Abend, später als gewöhnlich. Ich nehme an, er könnte im Wistman's Wood gewesen sein.«

»Davon hast du mir nie etwas gesagt«, flüsterte Thomas Smyth. Er wirkte müde und bleich, und in seinen Augen stand tiefe Trauer.

»Ihr habt uns nicht nach Smalhobbe gefragt, Sir«, entgegnete Magge. »Ihr habt uns nur gefragt, was wir getan hatten. Ich wusste nicht, dass Bruther Euer Sohn war. Ich dachte einfach, wir hätten irgendetwas falsch gemacht …« Er verstummte, als Simon eine Hand hob.

»Harold, würdest du sagen, es wäre möglich, dass Smalhobbe Peter ermordet hat?« Simon vertraute instinktiv der Meinung dieses Mannes, der ihn schon bei der ersten Begegnung an einen schlichten Bauer aus dem Moor erinnert hatte. Und wie ein Bauer schwieg Magge jetzt auch und überlegte einige Zeit.

»Ich denke, es wäre möglich, aber ich glaube nicht, dass er es war. Smalhobbe ist kein Mörder, ganz egal, was andere sagen.«

»Gut. In diesem Fall möchte ich als Nächstes Robert Beauscyr hören.«

Zu Simons Erleichterung schien der junge Ritter nicht misshandelt worden zu sein, was womöglich zu neuem Streit geführt hätte.

Simon bat ihn zu erzählen, was er an dem Abend des

Mordes getan habe. Etwas unsicher berichtete Robert, wie er aus der Burg gestürmt und nach Chagford geritten sei, wo er Alicia getroffen und mit ihr vereinbart habe, sich später wiederzusehen – sehr zu Thomas Smyths Verwunderung. Er hatte nicht geahnt, wie nahe seine Tochter und dieser junge Mann sich standen. Gedankenvoll schaute er ihn an und fragte sich, was Robert Beauscyr wohl für einen Schwiegersohn abgäbe. Überraschenderweise war ihm die Vorstellung weniger zuwider, als er erwartet hatte.

»Aber Ihr habt zwei Männer auf der Straße gesehen, nicht wahr, die aus der Richtung von Wistman's Wood kamen?«, meinte Simon.

»Ja.«

»Sonst niemanden?«

»Nein, Vogt.«

Simon blickte zu Symth. »Die beiden Reiter waren Männer aus der Burg, die kurz darauf Bruthers Leiche gefunden haben.«

»Sind sie hier?«, fragte Thomas.

»Sie sind tot«, erwiderte Baldwin, und gefährliche Unruhe entstand unter den Bergleuten.

»Wie das? Was ist mit ihnen geschehen?«

Sir William antwortete an seiner Stelle. Er klang genauso müde wie der alte Bergmann. »Sie scheinen bei einem Würfelspiel in Streit geraten zu sein. Beide wurden erstochen.«

»Wann war das?«

»Heute früh«, erwiderte Simon. »Als wir sie gefunden haben, waren ihre Leichen noch warm.«

Thomas Smyth schaute John an. »Das warst *du*, nicht wahr?« Seine Stimme bebte vor unterdrückter Wut. »Die Männer haben irgendwie gewusst, dass du der Mörder bist, und du hast sie beide getötet, damit sie dich nicht mehr verraten können.«

»Schweigt, Thomas!«, befahl Simon hastig.

John war bleich vor Wut aufgesprungen und griff nach seinem Schwert, aber ehe er es ziehen konnte, schlug Edgar ihm die Hand zur Seite. Unter den Männern der Beauscyrs erhob sich zorniges Gemurmel, ebenso unter den Bergleuten, und Simon stand rasch auf. »Schweigt!«, rief er. Auch Thomas und Sir William hatten sich erhoben und beruhigten ihre Männer. John funkelte Edgar wütend an, der gelassen seinen Blick erwiderte.

Simon warf dem jüngsten Beauscyr einen grimmigen Blick zu. »Lasst Eure Hand vom Schwert. Ich will nicht, dass heute hier noch mehr Blut vergossen wird.«

»Soll ich, der Sohn eines Ritters, es mir etwa gefallen lassen, dass ein Bergmann mich einen gemeinen Mörder nennt? Bei Gott, Ihr habt kein Recht …«

»Schweigt! Ich habe sehr wohl das Recht und vor allem die Pflicht, einen Mord aufzuklären. Und wenn Ihr noch einmal nach Eurem Schwert greift, lasse ich Euch verhaften und nach Lydford ins Gefängnis bringen!«

Einen Moment lang glaubte Baldwin, John würde sich widersetzen. Er funkelte den Vogt wütend an, doch Simon war anzusehen, dass er nicht bereit war, mit sich spaßen zu lassen. Endlich trat John mit einem zornigen Schulterzucken neben seinen Bruder.

»John Beauscyr, Ihr wart an diesem Tag draußen im Moor. Habt Ihr irgendjemanden gesehen? Jemanden, der etwas mit dem Mord an Peter Bruther zu tun haben könnte?« Noch während er sprach, wurde Simon klar, dass er das Geständnis des Jungen, einen Bauern ausgeraubt zu haben, verschweigen musste. In dieser angespannten Situation war nicht abzusehen, was die Bergleute machen würden, wenn sie erfuhren, dass John nach eigenem Geständnis ein Räuber war. John berichtete kurz, wie sie an diesem Abend zu Thomas Smyth und anschließend weiter in die Schenke geritten waren. Als er von der Begegnung mit Bruther auf der Straße sprach, wurde es totenstill. Alle hörten aufmerksam zu.

Baldwin fand, dass er seine Sache gut machte. Seine Haltung war aufrecht, und er sprach ruhig und selbstsicher, wie es sich für einen angehenden Ritter ziemte.

Simon ließ John berichten, wie Bruther und seine Männer ihn und Sir Ralph verspottet hatten, ehe sie schließlich zur Schenke weitergeritten waren. »Und Ihr habt niemanden sonst auf der Straße gesehen?«

»Nein, niemanden.« Wieder ließ seine schlichte Antwort keinen Raum für irgendwelche Zweifel.

»Dann sieht es also folgendermaßen aus«, sagte Simon mit lauter Stimme, damit alle seine Worte hören konnten. »Nachdem Bruther die Schenke verlassen hatte, trennte er sich am Haus seines Vaters von seinen Männern und ging allein weiter übers Moor. Einige Zeit später kam Adam Coyt auf seinem Heimweg die Straße entlang und hörte einen Reiter. Er schaute aber nicht hin ... weil er fürchtete, zu dieser nächtlichen Zeit könne es vielleicht der Teufel oder Crockern sein.« Die Spannung unter den Männern lockerte sich bei seinen Worten ein wenig, einige lachten sogar. Simon stand auf. »Hört mir jetzt zu! Es ist sicher, dass Thomas nicht den Befehl gab, seinen eigenen Sohn ermorden zu lassen. John Beauscyr war mit seinem Freund in der Schenke. Sein Bruder war mit Alicia Smyth zusammen. Keiner von ihnen hat den Mord begangen. Ich weiß noch nicht, wer für Peter Bruthers Tod verantwortlich ist, aber ich werde es herausfinden, damit der Schuldige verhaftet wird und vor Gericht gestellt werden kann.«

Aus der Menge ertönte eine höhnische Stimme: »Warum solltet Ihr Euch um einen Bergmann scheren? Bruther ist Euch doch völlig egal. Ihr wollt ja nur Euren Freunden, den Beauscyrs, helfen.«

»Glaubt Ihr etwa, ich sei von den Beauscyrs bestochen worden?«, brüllte Simon mit zornrotem Gesicht. »Glaubt ihr das? Ebenso gut könntet Ihr behaupten, ich sei von den Bergleuten bezahlt worden. Immerhin war ich es, der Sir William davon abgehalten hat, Bruther gewaltsam zurückzuholen; ich war es, der seinem Sohn gesagt hat, er solle die Bergleute in Frieden lassen; ich war es, der versucht hat, diesem Wahnsinn Einhalt zu gebieten. Ich lasse mir nicht sagen, ich sei ehrlos und käuflich!« Mit grimmigem Blick streifte er die Männer, und Baldwin unterdrückte rasch ein Grinsen, als er sah, dass alle hastig wegschauten. Niemand wollte gern den Zorn des Vogts auf sich ziehen.

Simon beruhigte sich mit einiger Mühe. »Diese Angelegenheit ist traurig und unerfreulich, aber die Auseinandersetzungen zwischen den Bergleuten und den Beauscyrs müssen ein Ende haben, ehe noch mehr ihr Leben verlieren. Ich werde Bruthers Mörder finden, genauso den Mörder von Samuel Hankyn und Ronald Taverner. Drei Männer sind gestorben, und nur Gott allein weiß, wie viele heute getötet wurden – oder wie viele noch sterben, wenn ihr, Sir William und Thomas Smyth, nicht ein für alle Mal eure Zwistigkeiten bereinigt. Ich kann euch nicht davon abhalten, euch gegenseitig umzubringen, wenn ihr dazu entschlossen seid, aber, bei Gott, sollte ich hören, dass es hier noch einmal eine Schlacht gibt, schicke ich euch die Truppen des Königs auf den Hals, damit sie für Frieden sorgen! Jetzt führt Eure Männer zurück zur Burg, Sir William, wir treffen uns später dort. Thomas, ich erwarte, dass Ihr Sir Robert sofort freilasst.«

Der Bergmann und der Ritter stimmten zu, und Sir Williams Männer begannen ihre Waffen einzusammeln, holten ihre Pferde und saßen auf, während die Bergleute ihnen mit mürrischen Mienen hinterher schauten, bevor sie schließlich zu ihren Hütten gingen.

Baldwin sah, dass Simon mit Robert sprach. Der junge Mann wirkte bleich und angespannt, was aber wohl hauptsächlich auf die Furcht vor seinem künftigen Schwiegervater zurückzuführen war. Die Bergleute hatten ihm zum Glück nichts getan.

John stieg auf sein Pferd, und Baldwin schaute ihm nachdenklich hinterher. Der Junge war unerträglich, gewiss, aber das bedeutete noch lange nicht, dass er auch ein Mörder war. Allerdings war er in dieser Nacht unterwegs gewesen, und obwohl es so etwas wie einen Zeugen gab in Person des Mannes, den er auf der Straße nach Chagford beraubt hatte, wäre es möglich, dass er Bruther vorher getötet hatte und dann eilig nach Osten geritten war, um sich ein Alibi zu verschaffen. So überzeugt wie Simon war Baldwin von Johns Unschuld nicht.

Er dachte an die anderen Männer, die zu dieser Zeit im Moor unterwegs gewesen waren, zum Beispiel Adam Coyt. Er könnte die Geschichte erfunden haben, dass jemand bei

Einbruch der Dunkelheit an ihm vorbeigeritten sei. Baldwin glaubte ihm zwar, aber eigentlich nur, weil er Männer wie diesen alten Bauern mochte: starke, unabhängige Einzelgänger, die allen Härten des Lebens trotzten, schwer arbeiteten und dennoch zufrieden waren.

Sir William war bei Thomas Smyth gewesen, und Robert hatte sich mit Alicia getroffen – allerdings waren sie nicht die ganze Zeit über zusammen gewesen. Alicia war nach Hause zurückgekehrt und hatte sich später erneut mit Robert getroffen. Was hatte Robert während dieser Stunden gemacht? Wie von selbst kehrten Baldwins Gedanken zurück zu John: immer dieser John, der nur zum Spaß bösartige Gerüchte und Lügen ausstreute und der seinem Bruder aus tiefstem Herzen das Erbe neidete.

In Gedanken versunken ging Baldwin zu seinem Pferd. Warum man Samuel Hankyn und Ronald Taverner ermordet hatte, war wirklich ein Rätsel. Die beiden schienen völlig harmlose Burschen gewesen zu sein, und wenn er sich daran erinnerte, wie rührend Samuel sich um seinen verletzten Freund gekümmert hatte, war die Annahme, dass sie bei einem Würfelspiel in einen tödlichen Streit geraten sein könnten, einfach lächerlich. Falls es tatsächlich einen Streit gegeben hatte, dann mit einem Dritten, der vermutlich zuerst Samuel ermordet hatte, da er gesund war und sich wehren konnte, und dann über den armen Ronald hergefallen war, der hilflos auf seinem Strohsack lag.

Er schaute hinüber zu Simon, der gerade mit Hugh redete. Es war ihm anzusehen, dass sein Zorn noch immer nicht ganz verraucht war, und da Hugh seinen Herrn kannte, wagte er nicht, ihn zu unterbrechen oder etwas einzuwenden, wie er es sonst ständig tat. Unwillkürlich musste Baldwin grinsen, doch gleich darauf kehrten seine Gedanken zurück zu den beiden ermordeten Männern.

Wer könnte bei ihnen gewesen sein? Vielleicht sollte man die Wachen befragen; möglicherweise hatten sie etwas bemerkt. Aber im Grunde bezweifelte er es. Irgendetwas stimmte an dieser ganzen Geschichte nicht.

Er schaute den davonreitenden Männern hinterher, die

sorgfältig darauf achteten, dass ihre Pferde nicht in eines der Löcher im Boden traten, die jetzt deutlich sichtbar waren. Ja, der alte Bergmann verstand etwas von Verteidigung; Baldwin erinnerte sich an Sir Williams Worte, dass Thomas Smyth vor langer Zeit Soldat in Wales gewesen war. Sir William konnte von Glück sagen, dass er nicht noch mehr Männer verloren hatte, was vor allem daran lag, dass es ihm gelungen war, die Bergleute zu überraschen. Er hatte dafür gesorgt, dass sich alle Aufmerksamkeit auf die heranstürmenden Männer gerichtet hatte, sodass niemand die Reiter bemerkte, die ihnen von der anderen Seite in den Rücken fallen sollten.

Plötzlich runzelte Baldwin die Stirn. Ja, genauso ein Ablenkungsmanöver war auch das Feuer gewesen! Deshalb hatte niemand das Umstürzen der Fässer gehört! Das Läuten der Feuerglocke hatte alle anderen Geräusche übertönt.

Simon hatte Hugh seine letzten Anweisungen gegeben und blickte sich im Lager um. Die Bergleute kehrten zu ihrer Arbeit zurück, und die Männer von Beauscyr waren mit ihren Toten und Verwundeten abgezogen. In der Nähe lagen fünf tote Zinngräber. Bedrückt schaute Simon auf die Leichen. Es war schlimm genug, wenn es einem Vogt nicht gelang, einen einzigen Mord zu verhindern, aber eine regelrechte Schlacht auf dem Land des Königs … das war noch sehr viel schlimmer! Simon seufzte. Was war an diesem Vormittag nicht bereits alles geschehen! Jetzt sehnte er sich nur noch nach etwas Ruhe und einem erfrischenden Schluck Bier. Er reckte sich müde, sah Baldwin in der Nähe stehen und ging zu ihm.

»Wenigstens das wäre vorläufig vorbei«, seufzte er, und Baldwin fuhr aus seinen Gedanken auf. »Baldwin? Was ist denn?«

Der Ritter erklärte, was ihm plötzlich eingefallen war, doch obwohl Simon ihm zuhörte, musste er immer wieder auf die toten Bergleute schauen. Baldwin folgte seinem Blick. »So ist es nun einmal in einer Schlacht. Irgendwie ist das Schicksal von Samuel und Ronald noch schlimmer. Sie wurden kaltblütig ermordet und hatten nicht einmal die Gelegenheit, sich zu wehren – genau wie Peter Bruther. Man hat ihn von hinten gepackt und erdrosselt; Samuel wurde in den Rücken gestochen, und Ronald wurde umgebracht, während er hilflos im Bett lag.«

»Wenn das, was du sagst, stimmt«, überlegte Simon, »muss der Mörder zuerst den Brand gelegt haben und dann in die Stube gehuscht sein, um Hankyn und Taverner zu ermorden.«

»Ja, aber ich begreife immer noch nicht, warum er Samuel in den Lagerraum gelockt hat. Zu dieser Tageszeit schliefen die beiden doch sicher noch, er hätte sie also auf ihren Strohsäcken erstechen können.«

»Nun, ich denke, wer immer der Mörder war hat das Feuer gelegt und ist dann vom Hof aus in den Lagerraum geschlichen, wo er gewartet hat, bis Alarm geschlagen wurde. Dann hat er die Fässer umgetreten, was den guten Samuel geweckt hat, der nachschauen ging, was dort los sei. Der Täter hat ihn gepackt, ihm den Mund zugehalten, damit er nicht schreien konnte, und ihn erstochen. Danach brauchte er nur noch in den angrenzenden Raum zu gehen und den armen Ronald umzubringen.«

»Ja, aber warum, Simon? Das ist es, was ich nicht verstehe. Warum hat er sie umgebracht?«

»Das werden wir nur erfahren, wenn wir den Mörder selbst fragen, aber ich vermute, wer immer es war hat geglaubt, die beiden hätten ihn an dem Tag, als Bruther starb, im Moor gesehen, also hat er dafür gesorgt, dass sie es niemandem erzählen können.«

»Das heißt, es muss jemand aus der Burg gewesen sein«, sagte Baldwin leise. »Das Feuer brach aus, ehe die Tore geöffnet wurden. Adam Coyt, Thomas Smyth und die anderen Bergleute scheiden demnach aus. Wer immer Bruther und die beiden anderen ermordet hat, muss gestern Nacht im Innern der Burg gewesen sein.«

»O ja, daran habe ich keine Zweifel«, sagte Simon grimmig und ging zu Hugh und Edgar, die ihre Pferde bereithielten.

Er saß auf und blickte sich im Dorf um. Fast alle Spuren des Kampfes waren inzwischen beseitigt worden. Die Leichen hatte man zugedeckt und würde sie später zur kleinen Kirche von Widecombe bringen. Zwei Männer waren dabei, die Löcher mit Erde zu füllen und den Boden festzustampfen, während andere die verstreuten Pfeile einsammelten, die man wieder verwenden konnte. Davon abgesehen wirkte alles fast wieder so ruhig und friedlich wie vorher.

»Es ist, als sei hier gar nichts geschehen«, sagte Simon und gab seinem Pferd die Sporen.

Baldwin folgte ihm. »Ja, man kann sich kaum vorstellen, was hier noch vor ein paar Stunden los war. Das Gras ist zertrampelt, aber das ist auch alles. Das Moor scheint es zu verstehen, seine Geheimnisse zu verbergen.«

»Das ist wohl wahr. Und so manches Rätsel wird nie gelöst.«

»Ja, ein Rätsel ist auch, wo Bruther nun eigentlich gestorben ist«, sagte Hugh nachdenklich.

»Was meinst du damit?«, fragte Baldwin.

»Na ja, wo er starb, wissen wir doch gar nicht, oder? Er kann an der Stelle ermordet worden sein, wo man ihn gefunden hat, bloß scheint es ein wenig komisch, dass er dort oben im Wistman's Wood war, so weit ab von seinem üblichen Weg. Genauso gut könnte er irgendwo zwischen Thomas Smyths Haus und seiner Hütte umgebracht worden sein.«

»Sehr schön, Hugh. Da brauchen wir ja nur noch das ganze Moor zwischen diesen beiden Punkten abzusuchen, um herauszufinden, wo er getötet wurde, ganz einfach«, entgegnete Simon sarkastisch.

»Es sollte wirklich nicht allzu schwer sein«, meinte Baldwin. »Immerhin wissen wir, dass Bruther ein vorsichtiger Mensch war. Wenn ihm auf dem Heimweg durch das Moor aufgefallen wäre, dass ihm jemand folgt, hätte er sich gewiss umgeschaut, um zu sehen, wer es ist. Und wenn ihm jemand aufgelauert hat, muss Bruther ihn gesehen haben. Diese Gegend hier ist so flach, dass sogar ein Käfer meilenweit auszumachen ist.«

Sie hatten inzwischen den Kamm der Anhöhe erreicht, und Baldwin blickte gedankenverloren über die Ebene. »Falls jemand die Absicht hat, einem anderen aufzulauern, dann doch sicher tief im Moor, nicht wahr? Selbst wenn er Männer bei sich hätte, würde er sich lieber einen ruhigen Platz aussuchen, wo er nicht mit plötzlichen Augenzeugen rechnen muss, oder? Wo wäre dazu die geeignetste Stelle?«

»Bei einem Felsen, denke ich.«

»Genau! Und hier gibt es Felsen, hinter denen ein Mann sich verstecken kann, aber hätte John es schaffen können, dorthin zu kommen, ohne dass Bruther ihn sieht?«

Simon überlegte einen Moment. »Das hängt davon ab, welchen Weg er von Smyths Haus aus eingeschlagen hat. Der Mörder muss schon an Ort und Stelle gewesen sein, als Bruther vorbeikam, ist dann mit der Leiche zum Wistman's Wood, hat sie aufgehängt und ist rasch wieder zurück. Wie lange er dafür wohl gebraucht hätte?«

»Eine gute Weile«, meinte Baldwin. »Und eben das entlastet John. Abgesehen von ihm und seinem Bruder scheint jeder angeben zu können, wo er war. Wenn die Geschichte mit dem Überfall auf diesen Bauern in der Nähe von Chagford stimmt, kann John es von der Zeit her nicht gewesen sein.«

»Das würde bedeuten, es war Sir Robert.«

»Ja«, erwiderte Baldwin, doch war ihm anzusehen, dass das keineswegs seiner Überzeugung entsprach.

Simon seufzte. »Wir wissen immer noch nicht, wo oder wann Bruther getötet wurde. Es muss vor Einbruch der Dunkelheit gewesen sein.« Er hielt inne und überlegte kurz. »Ja, daran habe ich noch gar nicht gedacht ... Er war schon einige Zeit tot, als Samuel und Ronald ihn fanden, also muss der Mord wohl bei Tageslicht geschehen sein.«

»Das ist anzunehmen«, sagte Baldwin. »Danach hat der Mörder die Leiche in den Wald gebracht, denn Bruther wäre normalerweise nicht einmal in die Nähe von Wistman's Wood gekommen, der Wald liegt über eine Meile von seinem üblichen Heimweg entfernt. Da er zu schwer war, um ihn zu tragen, ist der Täter wahrscheinlich mit der Leiche dorthin geritten.«

»Ja«, nickte Simon nachdenklich.

»Wenn John zu wenig Zeit hatte, könnte es sein Bruder gewesen sein«, überlegte Baldwin.

»Hat Alicia nicht gesagt, sie habe sich mit Sir Robert getroffen, als es anfing dunkel zu werden? Er hätte also ohne weiteres zwischen ihrer ersten Begegnung in der Stadt und diesem zweiten Treffen Bruther töten können.«

»Gewiss, aber mir fällt es schwer zu glauben, dass er es war.«

Edgar wandte sich im Sattel um. »Könnte es dann nicht Adam Coyt gewesen sein? Er hatte doch ein Pferd dabei.«

»Sei nicht albern!«, fuhr Baldwin seinen Diener ungewohnt scharf an. »Coyt hat freimütig zugegeben, dass er an diesem Abend im Moor war, andernfalls hätten wir davon gar nichts gewusst. Warum sollte er das tun, wenn er der Mörder wäre? Und noch etwas: Coyt mag zwar die Bergleute im Allgemeinen nicht, das ist wahr, aber gegen Bruther hatte er im Grunde nichts, abgesehen davon, dass er sich seiner Meinung nach zu tief ins Moor gewagt hatte und deswegen damit rechnen musste ... na ja, dass Crockern ihn bestrafen würde. Und auf jeden Fall war Coyt gestern Nacht nicht in der Burg, kann also die beiden anderen nicht getötet haben.«

»Es könnte doch auch sein, dass diese Morde gar nichts miteinander zu tun haben«, wandte Simon ein.

»Das ist zu unwahrscheinlich, Simon. Überleg einmal: Ein Mann wird getötet, und die beiden, die seine Leiche entdeckt und möglicherweise etwas gesehen haben, werden kurz darauf ebenfalls ermordet. Dass sie aus einem anderen Grund sterben mussten, wäre ein viel zu großer Zufall. Nein, die Tat muss auf irgendeine Weise etwas mit dem Mord an Bruther zu tun haben«

»Du meinst also, es war einer der beiden Beauscyrs?«

»Ja.«

»Was ist mit Sir Ralph?«, meinte Hugh. »Wir wissen ja nicht, wann Bruther getötet wurde, also könnte es auch Sir Ralph gewesen sein.«

»Nein, Hugh. Er war mit Sir William und John auf dem

Weg zum Haus des alten Bergmanns. Alle sagen, sie seien zusammengeblieben, und ich glaube ihnen.«

»Dann muss es der andere gewesen sein«, erwiderte Hugh. »Ich habe diesem Sir Robert sowieso nie getraut. Er ist so grässlich hochnäsig.«

»Robert? Ja, das wäre möglich«, sagte Simon. »Allerdings glaube ich nicht, dass er ein Mörder ist. Das würde ich eher seinem Bruder zutrauen.«

»John könnte dem Mann, der ihn beleidigt hatte, nachgejagt sein«, stimmte Baldwin zu. »Es wäre durchaus möglich, dass er Bruther überholt und irgendwo gewartet hat, bis er vorbeikam; dann ist er aus seinem Versteck hervorgesprungen und hat ihn erdrosselt.«

»Falls er es wirklich war«, sagte Simon, »stellt sich immer noch die Frage, ob er genug Zeit hatte, den Mord zu begehen und Bruther aufzuhängen.«

»Er hatte so viel Zeit, wie er brauchte, um bis kurz vor Anbruch der Dämmerung hinüber zur Straße nach Chagford zu kommen«, erwiderte Baldwin. »Was hast du eigentlich vorhin zu Hugh gesagt, ehe wir losgeritten sind? Ich hab gesehen, wie du mit ihm gesprochen hast.«

»Er sollte sich einmal umhören, ob es in dieser Gegend Raubüberfälle gegeben hat, die nicht gemeldet worden sind. Diese Geschichte mit Wat Meavy interessiert mich. Ich wollte sehen, ob Coyt die Wahrheit gesagt hat und ob es mehr als einen Überfall gegeben hat.«

»Und?«

»Sag du's, Hugh.«

»Man hat mir erzählt, dass bis vor ein paar Wochen nur hin und wieder mal jemand überfallen wurde – aber seitdem ist es schlimmer geworden.«

Baldwin warf seinem Freund einen raschen Blick zu. »Du meinst, John hat Leute ausgeraubt, seit er nach Hause gekommen ist?«

»Es wäre nicht das erste Mal, dass ein Knappe sich als Wegelagerer betätigt. Wie es scheint, hat er dieses Handwerk ja oben im Norden gelernt, und er macht hier einfach damit weiter.«

»Möglich, aber selbst wenn John hier etliche Überfälle begangen hätte, macht ihn das nicht zum Mörder; man könnte ihn höchstens für den Bruch des Königlichen Friedens bestrafen.«

»Gewiss, aber ich habe mich gefragt, ob dieser Überfall nicht ebenfalls nur ein Täuschungsmanöver war«, entgegnete Simon. »Wie lange hätte John gebraucht, um die Straße nach Chagford zu erreichen? Wann war das? Hat Weavy ihn erkannt?«

»Ich verstehe immer noch nicht, worauf du hinaus willst«, sagte Baldwin.

»Ganz einfach – John hatte womöglich genügend Zeit, die Schenke zu verlassen, Bruther zu töten, die Leiche aufzuhängen und dann in östliche Richtung zu reiten, bis er auf jemanden traf, den er ausrauben konnte. Wenn ich Recht habe, ging es ihm gar nicht darum, jemanden auszurauben, um sich Geld zu verschaffen, er wollte einzig und allein einen Zeugen haben, der bestätigen konnte, dass er nicht einmal in Bruthers Nähe war, falls wir in der Schenke erfahren sollten, dass er sich nicht die ganze Nacht über dort aufhielt. Deshalb habe ich Hugh fragen lassen, wo dieser Wat Meavy lebt.«

»Ist es weit?«

Simon schaute nach Nordosten und zuckte lächelnd die Schultern.

Seufzend nickte Baldwin. »Aha, ich verstehe. Nun gut, dann reiten wir eben gleich hin und finden heraus, was wirklich geschehen ist.«

23. KAPITEL

Das kleine Dorf Henway lag ungefähr vier Meilen von der Siedlung der Bergleute entfernt. Sie folgten zunächst der Straße, überquerten dann in nördlicher Richtung das Moor und kamen schließlich in ein Tal, durch das ein kleiner Bach floss. Die Luft war kühl und frisch, am Ufer wuchsen Sträucher und Bäume, deren Stämme mit dickem Moos bedeckt waren, und das Plätschern des Wassers im Sonnenschein klang wie fröhliche Musik.

Sie folgten dem Bach und kamen bald zu Wat Meavys Hof, einem trutzigen Gebäude, eingerahmt von Ställen und Scheunen und umgeben von einem niedrigen Flechtzaun. Rauch stieg aus dem Schornstein, und in der Luft lag der köstliche Duft von frisch gebackenem Brot.

Meavy schien kein armer Mann zu sein. Die Wände des Hauses waren frisch mit weißer Farbe gekalkt, Ställe und Scheune waren sauber, und alles wirkte sehr ordentlich. Eine Frau kam aus dem Haus und wischte sich die Hände an ihrer Schürze ab.

Von weitem hätte man sie für Mitte zwanzig halten können, aber als sie näher kam, konnten sie sehen, dass sie vermutlich schon Ende dreißig war. Aus der Tür spähten neugierig einige Kinder. Baldwin zwinkerte ihnen zu, während er mit halbem Ohr zuhörte, wie Simon sich und seine Begleiter vorstellte. Die Frau war mittelgroß, kräftig und hatte nicht die gebeugten Schultern, die man so oft bei Bauersfrauen sah, sondern eine aufrechte Haltung. Ihr Gesicht war runzelig und gebräunt von der Feldarbeit, aber die braunen Augen waren klar und scharf.

Sie bat die Männer, ihr ins Haus zu folgen, ließ die Kinder Schüsseln, Teller und Bänke holen und lud sie ein, an der Mahlzeit der Familie teilzunehmen. Kurze Zeit später hörte man schwere Stiefelschritte, und ihr Mann kam herein. Er nickte den Besuchern zu, als habe er sie erwartet, ging zu einer Bank am Feuer und setzte sich. Bier wurde gebracht, Käse und frisches Brot, das noch warm war, und der Bauer wartete höflich, bis seine Gäste versorgt waren, ehe er zu essen begann, während seine Frau den Kindern half, die Krüge neu zu füllen. Baldwin wehrte immer wieder lächelnd ab, doch eines der Kinder war überaus beharrlich und schenkte ihm stets aufs Neue den Krug randvoll. Schließlich nahm er Zuflucht zu der einfachen Methode, nichts mehr zu trinken, bis er den vorwurfsvollen Blicken des kleinen flachshaarigen Mädchens, das sicher nicht älter als neun Jahre war und ihn unverwandt mit dem Krug in den Händen anschaute, doch nicht widerstehen konnte und einen Schluck trank. Ihr strahlendes Lächeln freute ihn mehr als das ganze Essen.

Verstohlen schaute er sich um. Das Haus war kleiner, als er erwartet hatte, aber vermutlich war ein Teil im Lauf der Zeit eingestürzt, wie es bei diesen lang gestreckten Gebäuden immer wieder vorkam. Früher hatten Mensch und Tier das Haus gemeinsam bewohnt; an einem Ende war das Vieh untergebracht, am anderen Ende hatte die Familie gelebt, aber seit dem Verlust des halben Hauses schien man die Tiere ausquartiert zu haben. Vermutlich befand sich hinter der neuen Steinmauer in seinem Rücken jetzt ein Stall oder Schuppen, den man aus den Steinen des eingestürzten Teils erbaut hatte. Anders als in den meisten Bauernhäusern, wo es nach Vieh und Mist, Schweiß und Urin roch, lag hier nur der Geruch nach frischen Binsen in der Luft, darunter mischte sich der würzige Duft der Schinken, die zum Trocknen im Rauch des Feuers hingen.

Als sein Blick schließlich auf Wat Meavy fiel, sah er, dass der Bauer ihn ebenfalls musterte. Er hatte blassblaue Augen und ein rundliches Gesicht, eine Haut wie altes Leder und trug sein rotbraunes altes Wams mit genauso viel Stolz wie ein Lord seine Rüstung. Ein wilder grauer Haarschopf bedeckte seinen Kopf, graue Stoppeln umrahmten sein Kinn und die Oberlippe, und um die Stirn hatte er ein Tuch gebunden, das offenbar eine Wunde bedeckte. Ein Bauer isst, wie er arbeitet, dachte Baldwin, als er sah, wie Wat Meavy beherzt zugriff und dicke Scheiben Brot mit Käse in den Mund schob, während er von Simon zu Baldwin und wieder zurück blickte.

Hugh strahlte übers ganze Gesicht. Er war auf einem kleinen Gehöft im Nordosten in der Nähe von Drewsteignton aufgewachsen, und in der Gesellschaft von Bauern und ihren Kindern fühlte er sich stets am wohlsten. Hier war es fast genauso wie daheim bei seinen Eltern, obwohl er schon viele Jahre nicht mehr dort gewesen war. Die Leute waren freundlich, das Essen gut und das Bier köstlich. Er nahm einen tiefen Schluck und seufzte genießerisch.

Nachdem die Mahlzeit beendet war, lehnte Hugh sich zufrieden zurück. Als Wat Meavy sah, dass seine Gäste fertig waren, schickte er seine Frau und die Kinder hinaus. Er schien etwas unsicher, und Simon lächelte ihm beruhigend zu. Kurz erklärte er, was er und Baldwin vorhatten.

»Wir sind hier, weil uns der Überfall auf dich interessiert, Wat Meavy. Ich weiß, du wolltest es nicht melden, aber wir müssen alles darüber wissen. Es könnte womöglich wichtig für uns sein, um einen Mord aufzuklären.«

»An Peter Bruther, meint Ihr?«

Simon nickte. Der Bauer schwieg einige Zeit nachdenklich. »Gut. Was wollt Ihr wissen?«

»Du warst auf dem Weg nach Chagford?«

»Nein. Ich war den ganzen Tag dort und wollte heim. Ich hatte eine Sau und einige Ferkel verkauft.«

»Um welche Zeit bist du denn aufgebrochen?«

Wat Meavy grinste. »Spät, Vogt. Es macht durstig, den lieben langen Tag auf dem Markt in der Sonne zu stehen, deshalb ging ich noch in eine Schenke. Ich denke, ich muss dort einige Stunden lang gewesen sein, ehe ich mich auf den Weg gemacht habe.«

»War es schon dunkel?«

»Nein. Ich glaube, es fing grade erst an, dunkel zu werden.«

»Wie ich höre, bist du außerhalb der Stadt überfallen worden, stimmt das?«

»Ja. Ich war gerade an Coombe vorbei und wollte in Richtung Süden. Da gibt es eine alte Mauer, an der früher mal eine Eiche stand, nur ist sie vor ein paar Jahren eingestürzt und nie wieder aufgerichtet worden. Die ganzen Steine liegen immer noch überall verstreut. Kurz dahinter biegt der Weg scharf nach links ab und wird auch schmaler, und aus der anderen Richtung mündet ein weiterer Weg. Ich denke, von dort ist dieser Mann gekommen. Er tauchte jedenfalls wie aus dem Nichts auf, so erschien es mir, hatte ein großes Schwert in der Hand und brüllte, ich solle anhalten. Ich habe im ersten Augenblick gedacht, es sei der Teufel! Nun, mein Pferd war sowieso schon von allein stehen geblieben, es ist nicht daran gewöhnt, dass einfach irgendwelche Männer vor seiner Nase erscheinen. Ehe ich wusste, was geschah, hatte ich einen Schlag an den Kopf bekommen, und der Hund hatte mir die Börse vom Gürtel abgeschnitten ... dieser elende Dieb! Meine Sau und zwei Ferkel. Für fünf Shilling hatte ich sie verkauft, und das meiste Geld steckte in dieser Börse. Fünf Shilling!«

»Und was passierte dann?«, fragte Baldwin. »Bist du gleich nach Hause?«

»Ja, Sir.«

»Hast du den Mann erkannt?«

»O ja, Sir.« Er musterte den Ritter plötzlich etwas unsicher, als frage er sich, ob er weiterreden solle.

»Hab keine Angst«, versicherte Simon. »Nenne uns nur den Namen, und dir geschieht nichts. Wir glauben, ihn bereits zu kennen, aber wir brauchen deine Bestätigung.«

»Was ist, wenn er oder andere aus seiner Familie herkommen? Sie könnten unser Haus niederbrennen, ja, und meine Frau und die Kinder töten. Was dann?«

»Sie werden dir nichts tun, Wat. Dafür sorge ich.«

»Ich weiß nicht ...«

»Wat, der Vater des Schuldigen hat mir bereits versprochen, dass er dir den Verlust ersetzt. Er hatte keine Ahnung, was sein Sohn angestellt hat. Aber ich muss von dir selbst hören, wer es war.«

»John Beauscyr.«

Simon nickte langsam. Eigentlich hatte er gehofft, Wat Meavy würde ihm möglicherweise etwas sagen, was er noch nicht wusste, aber nun gab es nur noch eine Frage, die wichtig war. »Wat, hast du eine Ahnung, wann dieser Überfall geschah? War es schon dunkel oder noch hell?«

»Ich weiß nicht.« Er überlegte angestrengt. »Mal sehen ... ich bin bei Tageslicht aus Chagford weg, und ich war gerade erst an Coombe vorbei ...«

»Wie hast du ihn denn erkannt?«, warf Baldwin ein.

»Na, an seinem Gesicht natürlich.«

»Hattest du eine Laterne dabei?«
»Nein.«
»Dann war es also noch hell genug, um ihn zu sehen?«
Der Bauer lächelte erleichtert. »Ja, natürlich! Als ich an Meldon Common vorbeikam, ging die Sonne vor mir unter, daran erinnere ich mich noch. Ja, es fing gerade an zu dämmern.«
»Und es war ebenfalls schon spät, als John die Schenke verließ, nicht wahr, Simon? Das heißt, er kann nicht diesen Überfall begangen und vorher noch Bruther ermordet haben.«
Simon nickte niedergeschlagen. »Nein. Es scheint, als sei er unschuldig. Aber wer war es dann?«
»Ich habe nicht die geringste Ahnung«, seufzte Baldwin. »Wat, wir danken dir für deine Hilfe.«
»War mir ein Vergnügen, Sir.« Der Bauer begleitete die Männer zur Tür. Simon kam plötzlich noch ein Gedanke.
»Wat, du hast gesagt, er sei aus dem Nichts aufgetaucht. Wie hat er ausgesehen? War er ängstlich oder aufgeregt? Schien er müde von einem schnellen Ritt?«
»Müde? Nein, überhaupt nicht, eher war er ziemlich eifrig.«
»Wie meinst du das?«
»Er war ... wie soll ich das beschreiben? Er war so zappelig wie ein Hund, der eine Spur gewittert hat und endlich zeigen will, was er kann. Er hat auch dauernd irgendwelches Zeug vor sich hingemurmelt.«
»Was denn?«, fragte Baldwin.
»Na ja, so genau erinnere ich mich nicht mehr ...«
Baldwin nickte. »Schon gut. Komm, Simon, ich glaube, wir haben dem Bauer bereits genug Zeit gestohlen. Ich denke mir, John war immer noch außer sich über die Beleidigung durch Bruther und hat wahrscheinlich in seiner Wut auf ihn geschimpft.«
»Nein, Sir«, sagte Meavy nachdenklich. »Er hat gesagt, sein Vater sei schließlich auch nicht besser als er, da könne er es ihm genauso gut nachmachen, und je eher er weg sei, desto besser. Ich weiß es nicht mehr so genau, mein Kopf

tat zu weh, aber ich glaube, das war es, was er gesagt hat.«

»Dass er es genauso gut seinem Vater nachmachen könne?«, fragte Simon verwirrt.

»Ja, Sir. Dass er es genauso gut seinem Vater nachmachen könne.«

Die Sonne zog langsam nach Westen, als sie den kleinen Bauernhof verließen und sich auf den Rückweg nach Beauscyr machten. Simon ritt voraus und blickte vor sich hin, ohne etwas wahrzunehmen, während er über die Worte des Bauern nachdachte. Wat Meavy war vermutlich ziemlich betrunken gewesen nach einem Abend in der Schenke, dennoch konnte er sich recht gut an alles erinnern, obwohl er auch noch einen Schlag an den Schädel bekommen hatte. Er musste wohl seinen Worten glauben.

»Simon?«

Er wandte sich zu Baldwin um, der neben ihm ritt und verwirrt die Stirn runzelte. »Was ist?«

»Nehmen wir mal für einen Moment an, dass der Bauer sich richtig erinnert und dass John Beauscyr tatsächlich diese Bemerkungen über seinen Vater gemacht hat. Was kann er damit gemeint haben?«

»Wahrscheinlich war er wütend, dass sein Vater ihm die Leviten gelesen hatte wegen seiner Räubereien, denke ich.«

»Aber zu dieser Zeit wusste Sir William doch noch gar nichts davon. Erst als wir glaubten, er habe etwas mit dem Mord an Bruther zu tun, hat John zugegeben, dass er Meavy ausgeraubt hat – um uns und seinem Vater zu beweisen, dass er zu dieser Zeit, als Bruther starb, ganz woanders war.«

»Und?«

»Stellst du dich absichtlich dumm?«, seufzte Baldwin. »Warum dachte er ausgerechnet bei diesem Überfall an seinen Vater? Mir scheint, er muss an diesem Tag etwas über ihn gehört haben, das ihn zu dem Entschluss trieb, jemanden zu berauben.«

»Etwas, das er gehört hatte, soll ihn zu dem Entschluss

getrieben haben, Meavy auszurauben?«, wiederholte Simon verwirrt.

»Möglich. Aber warum er gesagt haben soll, sein Vater sei schließlich nicht besser ...« Baldwin schwieg einen Moment. »Simon, ich frage mich gerade ...«

»Was?«

»Nimm einmal an, Sir William hatte ihm schon einmal die Leviten gelesen wegen seiner Räubereien, und John hätte danach erfahren, dass sein Vater früher ebenfalls ein Wegelagerer gewesen war – das könnte vielleicht der Auslöser gewesen sein, dass er doch wieder jemanden überfallen hat.«

Simon war sprachlos. »Eine ziemlich gewagte Vermutung«, meinte er schließlich.

»Falls Sir William seinem Sohn bereits ins Gewissen geredet hatte, wäre er sicherlich außer sich vor Wut über die Geschichte mit Wat Meavy gewesen.«

»Ja, wahrscheinlich. Aber die Annahme, dass Sir William selbst ...«

»Wir wissen, dass Sir William in mehreren Kriegen gekämpft hat; es wäre gar nicht so verwunderlich, wenn er in dieser Zeit auch auf nicht so ganz rechtmäßige Art und Weise Beute gemacht hätte.«

»Aber wie könnte John etwas über seinen Vater erfahren haben?«

»Von Bruther.«

»Von *Bruther!*«, rief Simon. »Wie in Gottes Namen kommst du auf diesen Gedanken? Es gibt doch wahrhaftig nicht den geringsten Hinweis darauf, dass Bruther irgendetwas über Sir William wusste, geschweige denn irgendetwas gesagt haben könnte, das John zu einer solchen Dummheit getrieben hat!«

»Ich halte es für denkbar, dass Bruther von seinem Vater etwas aus Sir Williams Vergangenheit erfahren hat. Wir wissen ja, dass Sir William Soldat war und Thomas Smyth ebenfalls, was der heutige Kampf bewiesen hat. Er hat es sehr geschickt verstanden, seine Leute aufzustellen, und wenn Sir William nicht entsprechend reagiert hätte, wäre es Smyth vermutlich gelungen, die Männer der Beauscyrs abzuschlachten. Mir scheint wirklich, dass Thomas irgendetwas über Sir William weiß – das würde nämlich vieles erklären. Denk nur mal daran, wie schnell Sir William seinen Forderungen nachgegeben hat. Er behauptet, der Grund dafür sei, dass Smyth das Recht auf seiner Seite habe – nun, das mag ja sein, aber so ganz kann ich das nicht glauben.«

Sie hatten den Hauptweg durch das Moor erreicht und wandten sich in südwestliche Richtung.

»Ich denke eher, dass Sir William Angst vor dem Bergmann hatte, Angst davor, dass Thomas Smyth irgendetwas über seine Vergangenheit ausplaudert. Und vielleicht ... »Er brach plötzlich ab und starrte vor sich hin. »Simon – ich bin ein Idiot! Natürlich, es gibt nur eine Erklärung! Überleg mal: Bruther hatte die ganze Zeit über Männer bei sich, die ihn beschützten. Aber ausgerechnet an diesem Abend, als Sir William sich mit Thomas Smyth traf, brauchte er sie plötzlich nicht mehr. Merkwürdig, oder? Und noch etwas geschah an diesem Abend: John und Bruther begegneten sich, und es kam sicherlich zu einem Wortwechsel. Kurz danach ist er davongeeilt und hat den Ersten, den er traf, überfallen. Kaum das Verhalten eines vernünftigen Knappen, würde ich sagen.«

»Was du daherredest. Ich glaube, du hast zu viel von Meavys gutem Bier getrunken«, erwiderte Simon und musterte seinen Freund argwöhnisch. Nach einigen Minuten verlor er die Geduld. »Also gut, Baldwin. Worauf willst du hinaus?«

»Später, alter Freund, später. Ich schlage aber vor, wir reiten nicht nach Beauscyr, sondern zuerst einmal zu Thomas Smyth. Es ist kein großer Umweg.«

24. KAPITEL

Hugh war am Rand der Verzweiflung. Er wagte es nicht, sein Pferd anzuhalten, denn er wusste, wie sehr sich Baldwin ohnehin schon über seine Langsamkeit ärgerte, und wenn er eine Pause machte, um den Straßenrand zu bewässern, würden Baldwin und die anderen einfach weiterreiten. Außerdem brauchte er nur an die ganzen Geschichten über Crockern zu denken, dann verging ihm die Lust, allein zurückzubleiben, deshalb unterdrückte er mit aller Kraft sein immer qualvolleres Bedürfnis.

Endlich erreichten sie Thomas Smyths Gut. Im Hof waren einige Knechte damit beschäftigt, die Pferde zu bewegen, einige misteten die Ställe aus, und andere entluden einen Wagen mit Vorräten für die Küche. Hastig rutschte Hugh vom Pferd und warf Edgar die Zügel zu, der ihm amüsiert hinterher schaute, als er zur Stallwand rannte.

Was für eine Erleichterung! Hugh seufzte genüsslich. Mit einem Blick über die Schulter sah er, dass die anderen George Harang ins Haus folgten. Eigentlich müsste er sich ihnen anschließen, aber er konnte beim besten Willen nicht schneller, und überhaupt wollten Simon und Baldwin ja nur wieder Fragen stellen, wobei sie bislang seine Hilfe auch nicht gebraucht hatten.

Simon und Baldwin schauten sich unterdessen betroffen im großen Saal um.

Fast zwanzig Männer, die bei dem Kampf am Morgen verletzt worden waren, hatte man hierher gebracht. Smyths Diener eilten mit Verbandstüchern und Schüsseln voll Wasser hin und her, um sie notdürftig zu versorgen; Thomas Smyths Frau stand neben einem Verwundeten, dem sie tröstend die Hand hielt, und ein Arzt, der offensichtlich viel zu tun hatte, beendete gerade die Untersuchung einer Kopfwunde.

Simon konnte seinen Blick nicht abwenden, als der Medikus ein Rasiermesser nahm und dem bleichen Bergmann den Schädel schor. Während sein Helfer ihn an den Schultern festhielt, kauerte sich der Arzt neben den Patienten, führte rasch eine große Zange in die Wunde ein und zog sie mit einem weißen Knochenstück wieder zurück. Der Verwundete hatte einmal laut aufgeschrien und rang keuchend nach Atem, aber als der Arzt die Wunde mit Eiweiß säuberte und sorgsam die Haut vernähte, lächelte er bereits wieder. Zuletzt strich der Arzt eine zähe, nach Pech riechende Salbe darüber und ging mit einem Seufzer zum nächsten Verletzten, einem schmächtigen Jungen von höchstens einundzwanzig, dem der abgebrochene Schaft eines Pfeils aus der Schulter ragte und der vor Angst weinte.

Thomas Smyth wandte sich traurig ab und begegnete dem Blick seiner Frau. Sie lächelte ihm flüchtig zu, bevor sie sich wieder um den Verwundeten kümmerte. Dieses kurze Lächeln schnürte ihm die Kehle zu vor Freude und Stolz. Ihm war klar gewesen, dass er ihr nach dem Kampf draußen in der Siedlung von Martha Bruther und seinem toten Sohn hatte erzählen müssen, ehe Christine es von anderen erfuhr, auch wenn es ihm in der Seele wehtat, ihr einen solchen Schmerz zuzufügen.

Noch während die Männer hereingetragen wurden, hatte er sie zur Seite gezogen und stockend sein Geständnis abgelegt.

Sie hatte ihm wortlos zugehört. »Es war vor langer Zeit, Thomas«, hatte sie schließlich gesagt. »Damals kannte ich dich nicht einmal. Und du hast deine Traurigkeit über seinen Tod für dich behalten, um meine Gefühle zu schonen?« Er brachte kein Wort heraus und konnte sie kaum anschauen. Sanft hatte sie seine Schulter gestreichelt. »Komm, Mann, wir müssen dafür sorgen, dass keine weiteren Männer mehr das gleiche Schicksal erleiden wie dein armer Sohn.«

Smyth rieb sich müde über die Augen. Er fühlte sich elend nach diesen ganzen schrecklichen Geschehnissen – und nun wollten der Vogt und sein Freund ihm schon wieder neue Fragen stellen.

»Gehen wir woanders hin«, murmelte er und führte sie zur Tür. Simon war froh, als er dabei beobachtete, dass Thomas Smyth oft stehen blieb, einem Verwundeten auf die Schulter klopfte und für jeden ein paar Worte hatte. Seine Männer waren ihm nicht gleichgültig, das konnte man sehen, und sie wussten es. Einige versuchten sogar, sich aufrecht hinzusetzen, als wollten sie ihm ihre Achtung zeigen.

Erleichtert, wieder an der frischen Luft zu sein, folgte Simon dem alten Bergmann, der mit gesenktem Kopf hinüber zum Bach ging. Dort setzte sich Smyth auf eine Bank und schaute finster vor sich hin.

Mit einem unsicheren Blick zu Baldwin, der dem besser als jedes Wort verriet, dass der Vogt noch keine Ahnung hatte, wie er dieses Gespräch führen sollte, begann Simon: »Wir sind bei Wat Meavy gewesen, der bestätigt hat, dass er John Beauscyr an diesem Abend, an dem Euer Sohn getötet wurde, gesehen hat.«

»Er hat Beauscyr an diesem Abend gesehen?« Smyth schaute ihn verwirrt an. »Ich … Ihr meint, Beauscyr war es wirklich nicht?«

»Nein, wie es aussieht, war John nicht der Mörder.«

»Mein Gott!«, seufzte der alte Bergmann betroffen. »Und ich bin schuld am Tod meiner Männer, weil … Aber wie kann dieser Meavy so sicher sein? Wollt Ihr damit andeuten, dass …«

»Thomas«, mischte Baldwin sich ein, »ich war heute Morgen sehr beeindruckt davon, wie geschickt Ihr Eure Bogenschützen und Fußtruppen aufgestellt habt und auf diese Weise den Angreifer genau dorthin zwangt, wo Ihr ihn haben wolltet. Das war schon meisterlich. Wenn nicht der zweite Angriff von der anderen Seite her gekommen wäre, hättet Ihr sicherlich Euren Gegner überwältigt, nicht wahr? Es hätte ein großes Massaker gegeben. Wo habt Ihr gelernt, so zu kämpfen?«

Thomas zuckte die Schultern. »Es war einfach Glück, mehr nicht.«

»Es lag also nicht an den Erfahrungen, die Ihr als Soldat in den Kriegen mit Sir William gemacht habt?«

»Er hat es Euch erzählt?«, fragte Smyth verwundert.

»Warum denn nicht?«

»Weil er allen Grund hat, besser darüber zu schweigen«, entgegnete Smyth kurz. »Es ist wahr, ich habe in den Walisischen Kriegen gekämpft und dort Sir William kennen gelernt. So bin ich eigentlich auch hierher gekommen. Seine Männer hatten mir von dem Erz im Moor erzählt, und ich dachte, ich könnte es ebenfalls mal als Zinngräber versuchen.«

Simon schaute etwas verwirrt drein, was Baldwin nicht entging. »Vielleicht solltet Ihr das etwas näher erklären«, sagte er. »Der Vogt ist zu jung, um etwas über diese Kriege zu wissen.«

»Gut«, nickte Thomas und streifte Simon mit einem etwas abfälligen Blick. Offenbar fand er es unglaublich, dass jemand keine Ahnung von der jüngsten Geschichte hatte. »König Edward, der Vater unseres Edwards und ein wesentlich fähigerer König, rief damals in den Achtzigern seine Lords zusammen, um die Waliser ein für alle Mal zu unterwerfen; er bot sogar an, die Streitmacht selbst zu bezahlen. Die Waliser waren immer ein Stachel in seinem Fleisch gewesen, und nachdem er die Schotten besiegt hatte, konnte er sich die Waliser vornehmen. Mein Lord folgte dem Aufruf, und ich ging mit ihm zu den Männern unter Luke de Tany. Ich war damals, im Jahr '82, erst zwanzig, aber ein kräftiger Bursche und wollte mir Ruhm und Ehre verdienen; so wurde ich bald der Anführer einer kleinen Truppe.«

»Und dort seid Ihr Sir William begegnet?«

»O ja, und er war ein überheblicher junger Ritter, genau wie sein Sohn Robert. Ich glaube, es war sein erster Krieg, aber er war eben ein Ritter und hat natürlich nicht mit mir geredet. Ich war nur dazu da, Befehlen zu gehorchen. Anfang Mai waren wir aufgebrochen und marschierten nach Neston an der Mündung des Dee. Ich war Armbrustschütze und diente, wie viele andere Schützen, als Matrose auf einem der mehr als sechzig Schiffe, die man aus den Cinque Ports angefordert hatte. Wir nahmen die Insel Anglesey ein und bauten eine Brücke über die Meerenge zum Festland, damit wir nach Bangor vorrücken konnten. Gegen Ende September wären wir bereit gewesen, aber wir mussten auf den Befehl des Königs warten, denn wir sollten unter den Feinden genau in dem Augenblick Verwirrung stiften, in dem die Männer des Königs sie erneut angriffen.«

»Und, ist es Euch gelungen?«, fragte Simon gespannt.

»Es wäre sicher geglückt. Der König rückte mit dem Earl

of Lincoln aus der einen Richtung vor, Earl Warenne aus der anderen, und Reginald de Grey kam von der dritten Seite. Die Waliser wären einer solchen Streitmacht nie gewachsen gewesen, und die ganze Sache hätte rasch zu Ende sein können, wenn Erzbischof Pecham nicht beschlossen hätte, das Morden zu verhindern. Er versuchte, zwischen den Parteien zu vermitteln, was nur eine dumme Zeitverschwendung war, da die Waliser bloß die Gelegenheit nutzten, um sich wieder neu zu sammeln. Wir saßen inzwischen auf Anglesey fest und hatten nichts zu tun. Viel zu viele Männer waren auf engstem Raum zusammengepfercht, etliche wurden krank, es herrschten erbärmliche Zustände, und wir alle waren gereizt und gelangweilt. Wir wollten endlich weitermachen und die Waliser zurücktreiben. Na ja, und das war der Grund, warum Sir William es getan hat, glaube ich. Langeweile!«

Nachdenklich kratzte er sich an einem Mückenstich auf der Wange, bevor er fortfuhr. »Wir hatten die Insel angegriffen und sie eingenommen, ein Lager aufgeschlagen und die Brücke gebaut, wie man es uns befohlen hatte. Aber dieses elende Warten und Nichtstun war schrecklich! Wir wussten, dass wir jederzeit über die Brücke getrieben werden konnten, um gegen die Waliser zu kämpfen, und hatten Angst vor diesen Verrückten mit ihren langen Messern. Mit den Walisern ist nicht zu spaßen, wisst Ihr? In der Hitze wurden immer mehr Männer krank und starben am Fieber, Streitigkeiten flammten auf, die man normalerweise rasch wieder vergessen hätte, aber unter diesen Umständen endete es oft mit Mord und Totschlag. Und für einen jungen Ritter, der nach Ruhm und Reichtum strebte, war die ganze Lage zum Wahnsinnigwerden.«

Smyth schwieg einen Moment und nickte gedankenverloren. »Ich glaube, de Tany war genauso ungeduldig wie wir alle, und nachdem wir monatelang gewartet hatten, überquerten wir im November die Brücke und rückten ins Land vor. Unser Anführer meinte, er könne mit einem entschlossenen Angriff die Waliser in Verwirrung stürzen und so den Krieg beenden. Es hieß auch, er wolle die Friedensverhandlungen sabotieren, und so mag es gewesen sein, ich weiß es nicht; ich kann nur sagen, wir alle wollten endlich etwas tun. Anfangs kamen wir ohne Schwierigkeiten voran, doch dann geriet das Heer in einen Kampf mit einer walisischen Streitmacht. Ich gehörte wie Sir William zur Nachhut, und er befahl uns, ihm zu folgen. Wir dachten, er wolle den Walisern in den Rücken fallen, aber nein, er führte uns in einem weiten Bogen um die Truppen herum und tiefer ins Land hinein.«

Smyth hob den Blick und schaute Baldwin an. »Es war nämlich so, dass er von einem Nonnenkloster gehört hatte, das einige Meilen entfernt lag, wo es angeblich Gold und Juwelen gab. Darum ging es ihm – nicht um einen ehrenvollen Kampf, sondern ums Beutemachen in einem Krieg, den er für lächerlich hielt. Dorthin führte er uns, und wir griffen das Kloster an. Sie waren von Anfang an verloren, da die Nonnen nur etwa zwanzig Männer zu ihrem Schutz hatten, und wir waren rund hundertfünfzig. Sie wurden alle getötet, auch die Frauen – die man natürlich vorher noch vergewaltigte. Und Sir William war der Erste, der zwei Frauen nahm, ehe er sie seinen Soldaten überließ«, schloss er bitter.

»Und Ihr?«, fragte Baldwin leise.

»Ich? Ich war dabei, aber ich habe nicht vergewaltigt oder getötet und auch nichts gestohlen. Wie könnte irgendein Mensch so barbarisch sein? Das waren keine Schankmädchen, sondern gottgeweihte Frauen! Ich hätte sie nicht anrühren können, selbst wenn ich es gewollt hätte. Nein, ich habe mein Pferd genommen und bin zurück geritten, und das war auch gut so. Sonst hätte ich vielleicht etwas zu Sir William gesagt, und das wäre nur dazu angetan gewesen, mir einen qualvollen Tod und keine Ehre einzubringen. Nein, ich bin zurück, aber inzwischen war die Schlacht verloren und de Tany tot, das Heer war vernichtend geschlagen worden, und ich schaffte es nur mit sehr viel Mühe, wieder zum Lager zu kommen. Es schien wenig Sinn zu haben, von Sir William und seinem Beutezug zu erzählen. Die Lage war sowieso schon schlimm genug, und die meisten Männer wollten am liebsten wieder auf die Schiffe und nach Rhuddlan oder Neston segeln, aber die Schiffskapitäne wollten niemanden aufnehmen. Ich glaube, sie hatten Angst vor dem Zorn des Königs. So saßen wir dort fest, bis zum Glück Otto de Grandison erschien und das Kommando übernahm. Und plötzlich war auch Sir William wieder da, zu meinem Entsetzen offenbar auch noch als strahlender Held.« Smyth lächelte bitter.

»Er und seine Männer hatten alles mitgenommen, was sie tragen konnten, und sich dann schleunigst davongemacht, um nicht den Walisern in die Hände zu fallen, denn inzwischen hatten sie von der Niederlage der Armee gehört. Und so konnte ausgerechnet Sir William die Nachricht dem König überbringen und wurde von ihm dafür belohnt, dass er so tapfer als Botschafter gedient hatte!«

Finster blickte Smyth vor sich hin. »Ich war nur ein armer Armbrustschütze und konnte einen Mann wie Sir William natürlich nicht verklagen; man hätte mich wahrscheinlich hingerichtet für eine solche Unverschämtheit. Also habe ich versucht, es zu vergessen, und blieb bei der Truppe von Otto de Grandison, als er uns wieder über die Meerenge führte. Diesmal rückten wir erfolgreich vor und nahmen Caernarvon und Harlech ein. Die Beute war nicht sehr groß, aber wenigstens kam ich lebend davon, obwohl es bitter war zu sehen, wie ein Ritter mit einem Schurkenstreich Ansehen, Reichtum und die Gunst des Königs erringen konnte. Danach wanderte ich ziellos durchs Land. Der Krieg hatte mich entwurzelt, doch nach einiger Zeit erinnerte ich mich an das, was mir Sir Williams Männer erzählt hatten, dass man im Moor frei leben und sein eigenes Geld als Erzgräber verdienen könne, deshalb kam ich hierher.«

Simon stieß einen tiefen Seufzer aus. Solche Geschichten wie die des alten Bergmanns hatte er immer wieder gehört. Er kannte viele Soldaten, die verbittert darüber waren und sich betrogen fühlten, dass einige, die es am wenigsten verdienten, allen Ruhm einheimsten, während andere, denen es weit mehr zugestanden hätte, vergessen worden waren. So ging es nun einmal in Kriegen zu. »Und es war wirklich Sir William, der den Angriff auf das Nonnenkloster leitete?«

Thomas Smyth nickte nur.

»Sagt mir, Thomas«, fragte Baldwin, »wann habt Ihr Sir William diese Geschichte erzählt?«

Smyth schaute erstaunt auf. »Wie habt Ihr das erraten? Na, ist ja unwichtig! An dem Tag, als Peter ermordet wurde – als ich mich mit ihm traf.«

»An diesem Morgen in Beauscyr?«, fragte Baldwin gespannt.

»Nein, an dem Abend, als er herkam.«

»Was habt Ihr zu ihm gesagt?«

»Ich hatte ihn aufgefordert, zu mir zu kommen, um mit ihm darüber zu reden, was ich wegen des Zinns auf seinem Land tun solle«, erwiderte Thomas und grinste. »Ich denke, Ihr wisst, was ich meine. Er hatte das Geld dabei und dachte, damit sei die Sache abgetan ..., aber dann habe ich ihn gefragt, ob er sich an ein bestimmtes Nonnenkloster erinnern könne, und er wurde stocksteif wie ein Hund, der eine Gefahr wittert. Ich habe ihm alles erzählt, was ich Euch gerade erzählt habe – wie er sich aus lauter Beutegier mit einigen Männern davongestohlen und sich dann auch noch die Gunst des Königs erschlichen hatte. Ich glaube, er war ziemlich entsetzt.«

»Jahrelang habt Ihr das alles für Euch behalten – warum habt Ihr es ihm jetzt, nach so langer Zeit, vorgehalten?«

»Ich wollte, dass mein Sohn mir einige Verantwortung abnimmt. Natürlich habe ich Sir William nicht gesagt, dass Peter mein Sohn war, sondern nur, was ich verlangte: dass der junge Bruther in Freiheit leben könne, ohne irgendwelche Angriffe befürchten zu müssen. Und ich habe ihm gesagt, falls sich doch jemand an Peter vergreife, würde ich meine Geschichte überall erzählen. Immerhin hatte sich inzwischen einiges geändert. Damals war ich ein armer Armbrustschütze, dem niemand Glauben geschenkt hätte, jetzt bin ich der mächtigste Mann in dieser Gegend, reich und angesehen, und Sir William wurde bleich vor

Wut, weil er wusste, dass er mich nicht daran hindern konnte.«

»Ich verstehe«, nickte Baldwin. »Und das war der Grund, warum Ihr dachtet, Peter brauche seine Wachen nicht mehr?«

»Nein, wenn ich hier gewesen wäre, hätte ich dafür gesorgt, dass die Männer weiterhin bei ihm geblieben wären. Aber ich nehme an, er fühlte sich sicher«, seufzte Thomas Smyth. »Ich hatte ihm die ganze Geschichte am Tag zuvor erzählt – und auch dass ich Sir William damit unter Druck setzen würde. Ich dachte, es könne ganz nützlich sein, wenn er wisse, um was für einen Mann es sich bei Sir William handelte, aber ich ahnte ja nicht, dass er an diesem Abend seine Wächter wegschicken würde.«

»Er hat vermutlich geglaubt, er habe nun nichts mehr vor Sir William zu befürchten«, entgegnete Simon.

»Vielleicht«, sagte der alte Bergmann traurig. »Aber das ist jetzt sowieso gleichgültig. Mein Peter ist tot.«

»Eines verstehe ich immer noch nicht«, meinte Baldwin. »Ihr sagt, dass Peter hier vorbeikam und seine Wächter zurückließ, bevor er sich auf den Heimweg machte, aber warum hat er überhaupt diesen Weg genommen? Viel kürzer wäre es doch gewesen, wenn er direkt von der Schenke aus übers Moor gegangen wäre.«

»Er kam gewöhnlich hier vorbei, wenn er aus dem ›Fighting Cock‹ zurückkehrte. Von hier aus ist der Weg sicherer, weil es weniger Sumpflöcher gibt.«

»Aber Ihr habt ihn nicht gesehen?«

»Nein. Ich war an diesem Nachmittag mit George unterwegs; zuerst waren wir im Dorf der Bergleute und dann bei Peters Hütte.«

»Und Sir William war schon hier, als Ihr zurückkehrtet?«

»Ja.«

»Dann wollen wir Euch jetzt in Frieden lassen«, sagte Baldwin. »Es tut mir Leid, dass ich Euch so viele Fragen stellen musste, die sicherlich schmerzliche Erinnerungen wachgerufen haben, aber dadurch konnten einige Punkte aufgeklärt werden.«

»Gut«, nickte Smyth etwas erstaunt. »Wenn ich auch nicht ganz verstehe, was Ihr meint.«

»Mir sind ein paar Dinge klar geworden, bei denen ich bisher noch unsicher war. Und nun wünsche ich Euch einen guten Tag.«

Nachdem er sich erleichtert und die Hose wieder hochgezogen hatte, bemerkte Hugh den alten Kellermeister, der gerade einen Eimer ausgoss und vorwurfsvoll auf den nassen Fleck an der Wand schaute. »Unser Hof ist kein Abtritt.«

»Tut mir Leid«, erwiderte Hugh verlegen, »ich dachte …«

»Vom Diener eines Vogts ist es wohl zu viel verlangt, die paar Schritte weiter zur Latrine zu gehen«, schnaubte er angewidert und wandte sich kopfschüttelnd ab. Hugh folgte ihm und murmelte einige Entschuldigungen, die den Alten ein wenig versöhnlicher stimmten, und als sie die Tür erreichten, taten ihm seine Worte beinahe leid. »Schon gut. Wir sind hier alle etwas gereizt, seit Bruther ermordet wurde. Unser Herr ist gar nicht mehr er selbst, und jetzt haben wir auch noch das Haus voller Verwundeter.«

Hugh nickte. Man hörte bis nach draußen die Schreie und das Stöhnen.

»Ach ja«, seufzte der alte Kellermeister. »Zuerst der arme Bruther und jetzt das.«

»Seinetwegen ist es ja zu diesem Kampf gekommen, weißt du? Dein Herr wollte seinen Mörder fangen.«

»Bruther ist tot. Es ist ungerecht, die Schuld auf ihn abzuschieben«, sagte der Kellermeister schroff, aber als er Hughs bedrücktes Gesicht sah, empfand er Mitleid. »Komm, trink ein Bier mit mir«, lud er ihn ein.

Das ließ Hugh sich nicht zweimal sagen. Er folgte ihm in den Vorratsraum und setzte sich auf ein Weinfass, während der Alte sich auf einem Hocker niederließ, nachdem er zuvor zwei Zinnkrüge mit Bier gefüllt hatte. Beide erstarrten für einen Moment, als aus dem Saal ein schriller Schrei drang.

»Da drin sind ein Medikus und sein Gehilfe bei der Arbeit«, erklärte der Kellermeister. »Denen geht man besser aus dem Weg.«

»Du kanntest Bruther?«, fragte Hugh, der lieber das Thema wechseln wollte.

»Ja. Ein freundlicher junger Mann und sehr höflich; er hatte stets Zeit, mit mir einen Krug Bier zu trinken.«

»Das Bier ist wirklich sehr gut«, nickte Hugh, und der Alte schenkte ihm noch einmal nach.

»Hat Bruther auch immer gesagt. Er trank sowieso gern einen guten Schluck, aber mein Bier sei das beste in ganz Dartmoor, hat er behauptet.«

»Da hätte ich nicht widersprochen«, entgegnete Hugh, und der alte Mann grinste.

»Er war auch ganz schön mutig. Hast du von der Sache mit diesem Ritter gehört? Er hat den Narren nicht nur vertrieben, er hat ihm auch noch sein Seil abgenommen.«

Hugh schaute ihn verwundert an. »Wer hat dir das erzählt?«

»Er selbst, als er an seinem letzten Tag herkam. Er suchte nach meinem Herrn, aber Thomas war im Dorf. Und während sein ehemaliger Herr im Haus nach mehr Wein brüllte, tranken wir ein oder zwei Bier miteinander.«

»Sir William war ebenfalls hier?«

»Ja. Der alte Bastard stapfte außer sich vor Wut im Saal umher, weil er auf meinen Herrn warten musste. Wenn er nicht nach mehr Wein brüllte, fluchte er so gewaltig, dass es Tote hätte aufwecken können. Bruther fand es richtig komisch.«

»Haben sie miteinander gesprochen?«

»Nein, natürlich nicht. Bruther war ja hier bei mir.«

»Er ging also nicht zu ihm hinein?«

»Nicht dass ich wüsste. Allerdings war ich nicht die ganze Zeit bei ihm.«

»Wie das?«

»In der Küche hatten sie Schwierigkeiten mit dem Feuer, und ich ging dem Koch zur Hand.«

»Du hast Bruther hier allein gelassen?«

»Nur bis er sein Bier ausgetrunken hatte. Dann kam er in

die Küche und verabschiedete sich von mir. Der arme Teufel. Es schien ihm wieder besser zu gehen, er schaute richtig glücklich und zufrieden drein.«

»Und so hatte er nicht ausgesehen, als er kam?«, fragte Hugh.

»Nein, da ging es ihm ziemlich jämmerlich. Ich glaube, wegen irgendeines Mädchens. Aber er hat immer gesagt, dass mein Bier seinen Hitzkopf abkühle und ihn beruhige. Nach ein paar Krügen war er wieder in besserer Stimmung. Am Bach hat er sich noch mal umgewandt und mir zugewinkt. Er hatte das Seil über seine Schulter geschlungen und war wirklich richtig fröhlich.«

»Und Sir William war noch hier?«

»O ja. Ich bin zu ihm, als ich aus der Küche zurückkam. Gott sei Dank hatte er sich etwas abgekühlt und tobte nicht mehr so herum. Er hat mich nicht mal angebrüllt, nur gefragt, wo ich gewesen sei, und dann mehr Wein verlangt.«

Hugh kratzte sich am Kopf. »Dann warst du eine ganze Zeit lang weg?«

»So lange es nur ging«, grinste der Kellermeister. »Ich hatte keine Lust, mich dauernd von ihm anschreien zu lassen, und blieb eine gute Weile beim Koch, bis ich meinen Herrn heimkommen hörte.«

»Ach«, sagte Hugh etwas enttäuscht. »Demnach hättest du es also auch gehört, falls Sir William in der Zwischenzeit weggeritten wäre?«

»Wieso hätte er wegreiten sollen?«, fragte der Alte verwundert. »Aber hören können hätte ich's nicht. Die Küche liegt nach hinten raus.«

»Du hättest es also nicht gehört, wenn ein Mann im Hof sein Pferd bestiegen hätte und übers Moor davongeritten wäre?«, fragte Hugh und hielt vor Spannung den Atem an. Doch eigentlich kannte er die Antwort bereits.

25. KAPITEL

In Beauscyr warteten Simon und Baldwin mit ihren beiden Dienern darauf, dass Sir William zurückkehrte. John lehnte lässig an einer Säule und spielte gedankenverloren mit einem Dolch, und Sir Ralph stand scheinbar gleichgültig mit verschränkten Armen an einer Wand. Baldwin entging allerdings nicht die Unsicherheit in seinen Augen. Beide schauten überrascht auf, als Thomas Smyth eintrat.

Wenig später erschienen auch Sir Robert Beauscyr und seine Mutter. Wie immer schritt Lady Matillida in königlicher Haltung zum Tisch, ohne ihre Gäste zu beachten, und setzte sich. Nach kurzem Zögern folgte ihr Sir Robert und nahm wortlos an ihrer Seite Platz. Endlich wurde die Tür aufgestoßen, und Sir William kam herein.

Simon schien es beinahe, als habe er seine Jugend wiedergewonnen. Mit festen Schritten durchquerte er den Saal, lächelte seiner Frau zu und setzte sich.

»Nun, Vogt, was habt Ihr zu melden?«, fragte er und streifte Thomas Smyth, der angespannt hinter Simon stand, mit einem kurzen Blick. »Diese Entführung meines Sohnes darf nicht ohne Folgen bleiben. Ich will, dass die Bergleute dafür zur Rechenschaft gezogen werden.«

»Sir William, ich glaube nicht, dass das eine gute Idee wäre«, erwiderte Simon ruhig.

»Was soll das heißen?« Robert sprang auf. »Ich nehme an, sie haben Euch ein ordentliches Sümmchen geboten, damit Ihr Ruhe gebt, was? Habt Ihr eine Ahnung, wie es ist, verschleppt zu werden wie ein gemeiner Dieb und ...«

»Ja«, erwiderte Baldwin, »das ist wohl schlimm. Ich meine, ein Kaufmann würde es vielleicht mit der Zeit vergessen, aber ein edler Ritter? Der seinen Untergebenen Befehle erteilen will? Das muss sehr schwer sein.« Er lächelte Robert freundlich zu.

Robert öffnete den Mund, doch dann sah er den gefährlichen Schimmer in Baldwins Augen und hielt es für besser zu schweigen.

»Ja, es ist schwierig für einen Ritter, solch eine Kränkung

hinzunehmen, nicht wahr?« Baldwin ging auf Sir Ralph zu, der sich verärgert abwandte.

»Was soll das, Sir Baldwin? Bereitet es Euch Vergnügen, Eure Gastgeber zu beleidigen? Ich finde Eure Worte weder angebracht noch amüsant«, erklärte Lady Beauscyr, die bleich geworden war; ob aus Wut oder Angst vermochte Baldwin jedoch nicht zu sagen.

»Nun gut, Lady. Ich entschuldige mich, dass ich Euch aufgebracht habe, aber ich fürchte, es geht nicht anders.« Baldwin wandte sich an Thomas Smyth, als wollte er ihm die ganze Angelegenheit erklären und betrachte die anderen im Raum lediglich als Zuhörer.

»Diese Morde sind recht verwirrend gewesen. Bei Peter Bruther schien es anfangs eine unendliche Vielzahl von Leuten zu geben, die einen Grund und die Möglichkeit gehabt hätten, ihn zu töten. Ein anderer Bergmann – wir hatten sogar Euch selbst im Verdacht –, vielleicht sogar ein Moorbauer ... vielen hätte sein Tod Vorteile gebracht. Aber nach dem Tod von Hankyn und Taverner stand fest, dass der Mörder in dieser Burg zu suchen war. Das Tor ist nachts geschlossen und verriegelt, also konnte kein Fremder herein. Zuerst haben wir Sir Ralph verdächtigt. Er kam aus dem Norden, wo das Töten an der Tagesordnung ist und die Gerichtsschreiber kaum noch mit dem Ausfüllen der Totenlisten nachkommen. Doch er war in dieser Nacht in der Schenke bei einer Frau, und sofern sie und die anderen nicht gelogen hatten, schied er damit aus.«

Der alte Bergmann nickte, während Baldwin zu John schlenderte, der ihn gar nicht beachtete und weiter mit seinem Dolch spielte. »John machte uns ebenfalls Kopfzerbrechen. Er hatte zwar Sir Ralph zur Schenke begleitet, ist dann jedoch wieder weggeritten. Natürlich wäre auch sein Bruder infrage gekommen. Robert war an diesem Tag davongestürmt und im Moor unterwegs gewesen. Aber wir fanden heraus, dass er fast die ganze Zeit mit seiner Liebsten zusammen war, auch zu der Zeit, als Bruther getötet wurde. Er konnte es demnach nicht gewesen sein.«

John packte seinen Dolch fester und fragte mit gefährlich

leiser Stimme: »Beschuldigt Ihr jetzt etwa *mich*, Sir Baldwin?«

Der Ritter musterte ihn nur schweigend. »Nein«, antwortete Simon an seiner Stelle. »Und zwar aus mehreren Gründen. Bruther war kurz vor Euch in der Schenke, und Ihr seid ihm auf der Straße begegnet, doch da hatte er noch seine Männer bei sich, also könnt Ihr ihn bei dieser Begegnung nicht getötet haben – es gab zu viele Augenzeugen. Nach Eurem Wortwechsel rittet Ihr weiter zur Schenke und bliebt eine Weile dort, ehe Ihr verschwunden seid. Es wäre für Euch jedoch unmöglich gewesen, bis zum Wistman's Wood zu reiten und Bruther zu töten, ihn dann aufzuhängen und trotzdem zur fraglichen Zeit in der Nähe von Chagford mit Wat Meavy zusammenzutreffen. Zum anderen spricht zu Euren Gunsten, dass Ihr ja glauben musstet, Bruther habe seine Männern bei sich. Ihr konntet nicht wissen, dass er sie bei seinem Vater zurückgelassen hatte. Nein, Ihr habt es nicht getan.«

Robert stand auf und stammelte verblüfft: »Wollt Ihr … wollt Ihr sagen, dass ich es war?«

»Nein«, entgegnete Baldwin. »Ihr habt Bruther nicht getötet. Ihr wart mit Alicia zusammen, und nach allem, was sie uns erzählt hat, wäre Euch keine Zeit für den Mord geblieben. Ihr habt euch nach ihren Angaben erst spät getrennt, und ich glaube ihr. Nein, wer immer den Mord begangen hat, muss Bruther sehr gehasst und sich zudem einen Nutzen von seinem Tod versprochen haben – für sich oder seine Familie, ich weiß es nicht. Auf jeden Fall ist, meiner Meinung nach, Folgendes geschehen:

Bruther war an diesem Abend in der Schenke. Er ging dort so oft wie möglich hin, um mit dem Mädchen, das er liebte, zu sprechen. Es war traurig, dass er sich gerade in ein Schankmädchen verliebt hatte, das sich nicht für einen Mann aufsparen konnte. Sogar als sie von seinem Tod hörte, hat sie nur sich selbst bedauert und gesagt, er sei einer der wenigen gewesen, der es ehrlich mit ihr gemeint habe. Alle anderen seien nur an einem flüchtigen Vergnügen interessiert. Nun, jedenfalls machte er sich auf den Heimweg, traf dabei auf Euch, John, und hat Euch und Euren Herrn verspottet und beleidigt. Hat er Euch das Seil vor die Nase gehalten? Und dann fing er vermutlich an, über Euren Vater zu reden, was für ein Teufelskerl Sir William in jungen Jahren gewesen sei – und um nichts besser als ein gemeiner Dieb! Ich vermute, er hat Euch von einem gewissen Kloster in Wales erzählt, wo Euer Vater den Familiennamen besudelt hat. Und Ihr habt Euch gerächt, indem Ihr ihm sagtet, dass Ihr Euch mit seinem Mädchen vergnügen würdet.«

Thomas Smyth nickte. Ja, genauso musste es gewesen sein.

»Dann seid Ihr weitergeritten, aber Ihr wart voller Wut, nicht wahr? Ihr wart wütend über das, was Ihr über Euren Vater erfahren hattet, und außer Euch bei dem Gedanken, dass dieser Kerl Euch ungestraft demütigen konnte«, sagte er zu John. »Ihr wusstet, dass Peter eine solche Geschichte nicht erfinden würde und Euer Vater tatsächlich ein Nonnenkloster geplündert haben musste. Da habt Ihr Euch gedacht, dass Ihr es dann ruhig genauso machen könntet, um Euch Geld zu beschaffen. Und dass Sir William Euch für Eure Taten im Norden verachtet, hat Euch noch wütender gemacht. Deshalb habt Ihr dauernd etwas über Euren Vater vor Euch hingemurmelt, während Ihr dem armen Meavy die Geldbörse abgenommen habt. Ihr wusstet, dass Sir William in seiner Jugend viel Schlimmeres getan hatte, sehr viel Schlimmeres.«

Baldwin nickte zustimmend. »Und Bruther ging weiter zum Haus seines Vaters, wie er es immer tat, aber etwas war an diesem Tag anders: Nun kannte er Sir Williams Vergangenheit, und er glaubte, sein Vater habe Sir William gesagt, er solle ihn in Ruhe lassen. Jetzt hatte er keinerlei Angst mehr vor der Familie Beauscyr. Früher hatte er sich wegen seiner Wachen beschützt gefühlt, doch jetzt schickte er sie an der Tür seines Vaters weg. Warum hätte er das tun sollen, wenn er sich nicht sicher gewesen wäre, dass ihm jetzt nichts mehr geschehen könne?«

Simon lehnte sich zurück und verschränkte seufzend die Arme. »Ja, er dachte natürlich, Sir William wisse seit dem

Morgen Bescheid, und glaubte, er sei ein freier Mann, weil sein Vater gesagt hatte, dass er sich von nun an keine Sorgen mehr wegen der Familie Beauscyr machen müsse. Bruther sah das Pferd des Ritters draußen stehen und ging hinein. Da er sich vor Euch nicht mehr fürchtete, denke ich mir, dass er Euch ebenfalls verspottet und beleidigende Bemerkungen über Euch und Euren Sohn gemacht hat, nicht wahr, Sir William? Und dann begab er sich bestens gelaunt auf den Heimweg.«

»Er konnte nicht wissen, dass sein Vater noch gar nicht mit Sir William gesprochen hatte«, sagte Baldwin. »Thomas Smyth kehrte erst heim, als es fast dunkel war. Er hatte einige Zeit bis zu Bruthers Hütte und zurück gebraucht, und er kam etwas später als Ihr, nicht wahr, Sir William?«

»Ja«, erwiderte der alte Ritter. Sein Gesicht war so bleich, dass Baldwin fast glaubte, er könne durch die pergamentene Haut des alten Mannes die Steine an der Wand sehen.

Simon wollte etwas entgegnen, aber Baldwin hob eine Hand. »Ja, er kehrte ein wenig später als Ihr zurück, aber nach Eurer *zweiten* Ankunft, nicht wahr? Bruther kam ins Haus, während Ihr dort auf Smyth gewartet habt, und … nun, sagen wir mal, Ihr wart nicht sehr glücklich über sein Verhalten. Als Bruther sah, dass sein Vater nicht daheim war, ging er wieder, und Ihr standet da und habt über seine Worte nachgegrübelt. Er kannte Eure Vergangenheit, und Ihr wolltet nicht, dass diese herauskam, also seid Ihr ihm gefolgt, habt ihn überholt und ihm irgendwo aufgelauert. Als er an diesem Hinterhalt vorbeikam, seid ihr auf ihn losgesprungen und habt ihn mit dem Ersten, was Ihr zur Hand hattet, erdrosselt – was war es?«

»Ein Lederriemen von meinem Sattel. Er war schon tagelang locker. Ich riss ihn ab, als ich mein Pferd oben zwischen den Felsen versteckte und mich auf die Lauer legte.«

»Und dann fiel Euch ein, dass es eine gute Idee wäre, jedem Leibeigenen, der glaubte, einfach ins Moor flüchten zu können, gleich noch eine deutliche Warnung zu erteilen – also habt Ihr seine Leiche in den Wistman's Wood gebracht und dort aufgehängt.«

»Es ist wahr«, entgegnete Sir William ruhig. »Ich habe ihn zu diesem verfluchten Wald geschleppt, ihn aufgehängt und bin dann zurück. Ich schwöre, ich hatte keine Ahnung, dass er Thomas Smyths Sohn war. Ich dachte, der kümmere sich nur um Bruther, um mich zu ärgern.«

»Will.« Matillida legte ihm eine Hand auf den Arm, aber er schüttelte sie ab.

»Ich habe ihn getötet, doch das Gesetz ist auf meiner Seite. Er war mein Leibeigener, verflucht! Er hatte nicht das Recht, einfach davonzulaufen und dann auch noch mich und die Meinen zu verhöhnen. Er war mein Leibeigener und gehörte mir! Ich habe versucht, ihn zu überreden, wieder zurückzukommen, aber er wies mein Angebot zurück und begann stattdessen, mich zu beleidigen und zu bedrohen – *mich!* Er sagte, ich solle dafür sorgen, dass mein Sohn von seiner Hure fernbleibe, sonst würde er meine Vergangenheit überall bekannt machen, und da sah ich rot. Ich musste etwas tun. Ich habe ihm im Moor aufgelauert, bin danach so rasch ich konnte zurückgeritten und habe auf Thomas Smyth gewartet.«

»Der Kellermeister hatte nicht einmal gemerkt, dass Ihr weg wart«, nickte Baldwin.

»Wieso seid Ihr dann dahintergekommen?«

»Ihr wart der Einzige, der allein war und keine Zeugen hatte. Eigentlich hatten wir angenommen, Ihr wärt mit Thomas zusammen gewesen, doch er kam erst bei Einbruch der Dunkelheit zurück. Samuel und Ronald verließen um diese Zeit das Gasthaus, wo sie sicher eine ganze Weile verbracht hatten, demnach musstet Ihr schon seit Ewigkeiten bei Smyth gewesen sein. Und dennoch hatte man uns gesagt, Ihr wärt kurz vor Thomas angekommen. Erst heute, als wir hörten, dass der Kellermeister Euch eine beträchtliche Weile allein gelassen hatte, wurden wir stutzig. Sonst hätten wir es vielleicht nie erraten.«

Robert starrte Sir William ungläubig an. »Aber warum hast du ihn umgebracht, Vater? Es gab doch keinen Grund, ihn zu ermorden!«

»Bruder, ich glaube, du musst noch viel lernen, bevor du

ein echter Ritter wirst«, höhnte John. »Ein Ritter macht, was er will, und missachtet alle Schwachen.«

»Bist du wirklich ein so großer Narr?«, fuhr Sir Ralph ihn an. Er bebte vor unterdrückter Wut. »Glaubst du wirklich, ein Ritter müsse nach solchen Grundsätzen leben? Hast du gar nichts gelernt und gar nichts begriffen? Wie kannst du erwarten, dass dein Name in Ehren gehalten wird, wenn Töten und Vergewaltigen das Einzige ist, wofür du bekannt bist? Ein Ritter zu sein heißt nicht, zu stehlen und zu morden; ein Ritter ist der Führer der anderen, der Vollstrecker des göttlichen Willens.«

»Das mag für Euch, der Ihr immer so ehrlich und gewissenhaft seid, gelten, Sir Ralph«, erwiderte John verächtlich. »Aber nicht hier, wo es Leibeigene zu beherrschen gilt. Ihr nennt mich einen Narren, aber Ihr habt Euren Herrn verlassen, als er Euch brauchte und ...«

Die Faust traf den Jungen so heftig am Kinn, dass sein Kopf unter der Wucht des Schlages gegen die Wand prallte. Rasch hatte John sich wieder gefangen, und in seinen Augen schimmerte tierische Wut. Simon sah, wie er den Dolch hob und direkt auf Sir Ralphs Brust zielte, aber der war starr vor Entsetzen und unfähig, sich zu rühren.

Edgar hatte dagegen sofort sein Schwert herausgerissen und schlug John mit der flachen Klinge aufs Handgelenk. Alle im Raum hörten den Knochen knacken. Ungläubig schaute John auf seine gelähmte Hand, der der Dolch entfallen war.

»Schluss jetzt!«, rief Baldwin. »Keine weiteren Tote mehr in diesem verfluchten Haus! Warum habt Ihr Taverner und Hankyn getötet, Sir William? Weil sie Euch auf dem Rückweg vom Wald gesehen hatten und weil Euch die Angst überkam, sie könnten darüber reden?«

Sir William seufzte. »Ja«, gab er zu. »Samuel sah mich und hat zwei und zwei zusammengezählt. Er hat es mir gestern gesagt. Ich wusste, es war nur eine Frage der Zeit, bis sich seine Geschichte herumsprechen würde.«

»Deshalb habt Ihr Feuer gelegt, um die Leute abzulenken«, nickte Simon. »Dann seid Ihr in den Lagerraum geschlichen und habt Samuel erstochen, als er nachschauen ging, woher der Lärm kam, bevor ihr zu Taverners Bett tratet und den kranken Mann im Schlaf ermordet habt.«

Sir William schaute ihn müde an. »Was hättet Ihr denn getan, Herr Vogt?«, fragte er verächtlich. »Euch von ihnen erpressen lassen? Ihr könnt sicher sein, dass der wieselgesichtige kleine Teufel genau das vorhatte. Aber Ihr hättet natürlich keinen Finger gerührt, um Euren Namen und den Eurer Familie zu schützen, was?«

Zu Simons Überraschung war es Robert, der ihm sichtlich entsetzt antwortete: »Ging es dir wirklich darum, Vater? Du hast sie doch nur getötet, um dich selbst zu schützen und deine damaligen Missetaten zu verheimlichen – zwei Männer, die dir jahrelang treu gedient hatten. War die angebliche Ehre deines Namens wirklich das Leben von drei Männern wert? Du hast durch dieses Unrecht nichts anderes zuwege gebracht, als den Familiennamen mit noch mehr Schande zu beflecken!«

»Schweig, du Narr!«, fauchte Matillida und schaute Baldwin mit kalter Gleichgültigkeit an. »Nun, Sir Baldwin, das war sehr interessant, aber letztlich von wenig Bedeutung, und ich sehe auch keinen Grund, warum wir uns das noch weiter anhören sollten.«

»Sir William hat drei Morde begangen, Lady, und wir müssen die Beweise dafür beim nächsten Gerichtstag in Lydford vorlegen. Es tut mir Leid, aber daran lässt sich nichts ändern.«

»Wollt Ihr uns denn wirklich ins Verderben stürzen?«, fragte sie ruhig. »Nutzt das den Toten? Außerdem gibt es keinen Beweis für das, was mein Mann angeblich getan haben soll.«

»Lady, er hat es doch selbst zugegeben!«, rief Simon empört.

»Bislang hat noch niemand meinen Mann beschuldigt«, erwiderte sie gelassen. »Wir könnten also diese unangenehme Angelegenheit leicht vergessen. Zwar sind wir nicht übermäßig wohlhabend, wären aber bereit, für ein solches Entgegenkommen mit Land und Geld zu bezahlen.«

»In diesem Fall sollte ich wohl sprechen«, sagte Thomas Smyth mit bebender Stimme. »Sir William, ich beschuldige Euch des Mordes an Peter Bruther, des Mordes an Samuel Hankyn und des Mordes an Ronald Taverner.«

»Ich denke, das genügt«, meinte Simon. »Sir William, Ihr seid verhaftet und werdet mit uns nach Lydford kommen. Lady, ich hoffe, Ihr versteht nun, wie Ernst es uns ist.«

Matillida funkelte ihn mit flammender Wut an und wollte nach den Wachen schreien, aber Robert legte ihr eine Hand auf die Schulter. »Schweig, Mutter«, befahl er. »Sir Baldwin hat Recht – Vater ist schuldig durch seine eigenen Worte. Ich lasse nicht zu, dass noch mehr Männer getötet werden, nur um ihn zu schützen. Sir Baldwin, Ihr habt meine Unterstützung.«

Ungläubige Angst stand in Sir Williams Augen. »Robert? Was soll das heißen? Du erwartest doch nicht, dass ich mit nach Lydford reite, oder? Ich bringe jeden um, der versucht, mich dorthin zu schleppen, und es schert mich nicht, wer es ist! Die Wachen in dieser Burg sind …«

»… mir unterstellt, und wenn sie hören, dass du ein Mörder bist, der gestanden hat, zwei ihrer Freunde getötet zu haben, werden sie meinen Befehlen gehorchen. Willst du, dass ich dich binden lasse, um es zu beweisen?«

26. KAPITEL

Schläfrig saß Baldwin vor Simons Haus in der Sonne und schaute den Leibeigenen bei der Arbeit auf den Feldern hinter dem Dorf zu. Er dachte zurück an die vergangenen Tage und war froh, dass alles ein mehr oder weniger befriedigendes Ende genommen hatte. Sir Williams Festnahme war ein Ereignis gewesen, das unter den Bürgern des Dorfes anfänglich für etwas Unruhe gesorgt hatte; nie hätten sie damit gerechnet, einmal einen echten Ritter in der kalten unterirdischen Zelle sitzen zu sehen. Aber sie hatten sich rasch daran gewöhnt, und einige freuten sich sogar im Stillen darüber, wie tief ein Ritter sinken konnte – buchstäblich und im übertragenen Sinn. Zwischen den Männern von Beauscyr und den Bergleuten gab es keine Streitigkeiten mehr. Es herrschte Frieden im Moor – bis auf gelegentliche Schlägereien in den Schenken oder Zwistigkeiten darüber, wer sich ein bestimmtes Stück Land als Eigentum abgesteckt hatte.

Als er im Haus eine Kinderstimme und das Trappeln kleiner Füße hörte, schaute Baldwin lächelnd auf. Wenig später erschien Simon, dessen Tochter sich an seinen Arm klammerte. »Hol deinem armen Vater etwas Wein, Edith«, sagte er, und die Achtjährige rannte kichernd zurück ins Haus. Simon sank mit einem zufriedenen Seufzer auf die Bank und warf seinem Freund einen skeptischen Blick zu. »Ich hoffe doch, dass noch ein wenig Wein übrig ist?«

Baldwin grinste und kippte seinen leeren Krug um. »Ich weiß nicht, aber ich hoffe es ebenfalls. Wie geht es unserem Freund Sir William heute Morgen?«

»Wie immer. Verlangt nach wie vor, freigelassen zu werden, beharrt auf seiner Unschuld, beklagt sich, dass das Essen nicht mal für einen Hund tauge, und droht, wenn der König von dieser schändlichen Behandlung höre, würde ich mich an seiner Stelle wiederfinden … du kennst die Leier ja.«

»Wie kann er behaupten, er sei unschuldig? Er hat uns doch alles gestanden, um Himmels willen!«

»Ja, aber daran scheint er sich nicht mehr zu erinnern. Jetzt sagt er, dass er nicht einmal in Bruthers Nähe gewesen sei, leugnet fast fanatisch ab, ihn erdrosselt zu haben, und schon gar nicht will er am Tod der anderen beiden schuld sein.«

Baldwin nickte gedankenverloren. Zusammen mit ihrer Mutter, der schlanken, blonden Margaret, kehrte Edith zurück. Eine Amme legte ihren schlafenden Bruder in der Nähe ab, und als der Vogt seinen Sohn anschaute, empfand er wieder einmal diese Mischung aus Ehrfurcht und Staunen darüber, dass er dieses winzige Menschenkind gezeugt hatte. »John Beauscyr und Sir Ralph reiten bald weiter«, sagte er mit leiser Stimme, um den schlafenden Jungen nicht zu wecken. »Ah, danke dir, Edith. Ja, es schmeckt wunderbar.«

Gespannt wartete Baldwin darauf, mehr zu erfahren, während Simon seiner Tochter das Haar zerraufte, wogegen die Kleine heftig protestierte, und einige Worte mit seiner Frau wechselte. Nach ein paar Minuten konnte Baldwin es nicht länger aushalten. »Vergib, Margaret, aber dein Mann versteht es, einen auf die Folter zu spannen! Was meinst du damit, dass John und Sir Ralph bald weiterreiten? Was ist geschehen, was hat sie wieder zu Freunden gemacht?«

Simon lächelte. »Entschuldige, Baldwin, ich vergaß, dass du gestern ausgeritten warst.« Am Tag zuvor hatte ein Treffen zwischen Thomas Smyth und Robert Beauscyr stattgefunden, das auf Simons Veranlassung zustande gekommen war. Sie hatten den Vogt gebeten, dabei zu sein und ihre Vereinbarung zu bezeugen, damit es künftig keinen Streit mehr gebe. »Die beiden wirkten ziemlich einträchtig, und ich glaube, Thomas hat erkannt, dass er einen neuen Sohn in Robert finden kann; einen Sohn, der sich vielleicht nicht immer seinem Willen beugen wird, wie er es gern hätte, der aber dennoch ein guter Freund ist und ein ehrlicher Mensch. Jedenfalls haben sie sich über alle strittigen Fragen geeinigt – wo die Bergleute nach Zinn graben, wie viel sie den Beauscyrs dafür zahlen und von welchen Plätzen sie fernbleiben sollen. Danach haben sie bekannt gegeben, dass Alicia und Robert heiraten werden und uns zu der Feier eingeladen. Auch dich, Baldwin. Schließlich erschienen auch Sir Ralph und John. Sir Ralph hat es offenbar tief getroffen, wie John neulich über Ehre und Treue gesprochen hat; er hatte keine Ahnung von den ständigen Raubüberfällen. Schließlich hat er John erneut unter seine Fittiche genommen und ist entschlossen, ihm beizubringen, was einen echten Ritter ausmacht, und besonders, was es mit echten ritterlichen Tugenden auf sich hat. Der Junge hat zugestimmt – ich glaube, beinahe zu Sir Ralphs Überraschung! Seinen Vater in dieser demütigenden Lage zu sehen hat John doch sehr aufgewühlt und gezwungen, über sein eigenes Verhalten noch einmal nachzudenken.«

Margaret griff nach dem schweren Zinnkrug, um Baldwins Becher neu zu füllen, und Simon streichelte flüchtig ihre schmale Hand. Sie lächelte ihm liebevoll zu und meinte: »Das ist eigentlich nicht überraschend, oder? Immerhin hat John von Kind an nur erlebt, wie es ist, Macht zu haben. Zuerst bei seinem Vater, der über einen großen Besitz herrschte, und dann im Norden, wo er sich in vielen Schlachten bewähren musste. Da ist es wenig verwunderlich, dass er meinte, er könne sich jederzeit nehmen, was immer er haben wollte.«

»Ja«, sagte Simon, »aber ob er sich wirklich noch ändert?«

»Lass ihm Zeit, Simon«, meinte Baldwin und lehnte sich zurück. »Ich glaube, ich habe das vor ein paar Tagen schon mal gesagt. Er ist noch jung und hat viel zu lernen: nicht nur, was Achtung und Treue heißt, wie man Ruhm und Ehre erringt, sondern vor allem muss er sich erst einmal selbst kennen lernen. Denk an diesen Überfall auf den armen Wat Meavy – das war nicht die gewissenlose Tat eines Verbrechers, sondern die eines verbitterten, verunsicherten Jungen, der meinte, er könne damit seinem Vater beweisen, dass er ein Mann sei, stark und entschlossen wie er, und der wohl hoffte, dadurch seine Anerkennung zu erringen. Lass ihm Zeit, und du wirst vielleicht überrascht sein, was noch aus ihm wird.«

»Er sollte in Italien die Gelegenheit haben, sich zu bewähren; dort wollen sie anscheinend hin.«

Baldwin nickte nur schläfrig. Er fand es viel zu angenehm, in der Sonne zu sitzen und die leichte Brise zu genießen, als dass er Lust gehabt hätte, sich Gedanken um den Ritter und seinen Knappen zu machen. »Ja, dort kann John sich den Ruhm erringen, nach dem er sich sehnt.«

»Sir Ralph sagte … wie war das noch mal? Ach ja – er zitierte aus einem Buch und erklärte, er würde John beibringen, wie sich ein echter Ritter zu verhalten habe.«

»Aus welchem Buch?«

»Eines von einem Mann namens Llull, glaube ich.«

»Ah! Ramon Llull. Ich kenne sein Buch über das Rittertum. Es ist nicht schlecht, obwohl es bessere gibt – aber Sir

Ralph dürfte es gefallen. Llull behauptet, dass die zuverlässigsten, stärksten und mutigsten Männer zu Rittern auserwählt seien. Seiner Überzeugung nach ist der Ritterstand nach dem Sündenfall, als Adam und Eva aus dem Garten Eden vertrieben wurden, geschaffen worden, um die Menschen zu schützen und in Schranken zu halten. Nicht das schlechteste Buch für John, solange er daraus lernt, dass es um das Ideal eines Dienstes an den Menschen geht und nicht um eigensüchtige Macht.«

»Baldwin«, lächelte Margaret, »das soll nicht unsere Sorge sein.«

»Da hast du Recht, meine Liebe«, erwiderte er, ohne die Augen zu öffnen. »Freuen wir uns lieber über das schöne Wetter. Sag deinem Mann, er soll sich ebenfalls ein wenig entspannen und die Sonne genießen. In dieser finsteren Burg hat er selten genug eine Gelegenheit dazu, nicht wahr?«

Simon grinste und schaute seine Frau an, die leise mit der Amme und den Kindern davonging, ehe ihr kleiner Sohn noch wach wurde – denn Baldwin schlief inzwischen fest und schnarchte derart, dass es selbst die Toten auf dem Friedhof von St. Petroc, der fast eine halbe Meile entfernt lag, aufzuwecken drohte.